Du même auteur, chez le même éditeur :

Drenaï :
Légende – édition collector
Druss la Légende
La Légende de Marche-Mort
Waylander – édition collector
Waylander II : Dans le Royaume du Loup
Waylander III : Le Héros dans l'Ombre
Le Roi sur le Seuil
La Quête des héros perdus
Les Guerriers de l'hiver
Loup Blanc

Rigante :
1. *L'Épée de l'Orage*
2. *Le Faucon de Minuit*
3. *Le Cœur de Corbeau*
4. *Le Cavalier de l'Orage*

Jon Shannow :
1. *Le Loup dans l'ombre*
2. *L'Ultime Sentinelle*
3. *Pierre de sang*

Troie :
1. *Le Seigneur de l'Arc d'Argent*
2. *Le Bouclier du Tonnerre*
3. *La Chute des rois*

Romans isolés :
Dark Moon
L'Étoile du Matin
L'Écho du Grand Chant

Chez Milady, en po

Drenaï :
Légende
Druss la Légende
Waylander
Le Roi sur le Seuil

Chez d'autres éditeurs :

Le Lion de Macédoine (cycle)
Renégats

www.bragelonne.fr

David Gemmell

Pierre de sang

Jon Shannow – tome 3

Traduit de l'anglais (Grande-Bretagne) par Rosalie Guillaume

Bragelonne

Collection dirigée par Stéphane Marsan et Alain Névant

Titre original : *Bloodstone*

Illustration de couverture :
Didier Graffet

ISBN : 978-2-35294-366-2

Bragelonne
35, rue de la Bienfaisance – 75008 Paris

E-mail : info@bragelonne.fr
Site Internet : http://www.bragelonne.fr

Pierre de Sang *est dédié avec amour à Tim et Dorothy Lenton,*
pour le don de leur amitié, et pour avoir éclairé l'étroite voie
à un moment où je ne voyais que les ténèbres.

Remerciements

Tous mes remerciements à mes éditeurs, John Jarrold chez Random et Stella Graham à Hastings, à ma secrétaire Jean Maund, et à mon lecteur test Val Gemmell. Je suis également reconnaissant à mes collègues écrivains Alan Fisher et Peter Ling, pour l'aide qu'ils m'ont si largement apportée.

Et, aux nombreux fans qui ont écrit au cours des années pour réclamer d'autres aventures de Jon Shannow, merci !

Prologue

J'ai vu la chute des mondes et la mort des nations. De cet endroit très haut, dans les nuages, j'ai regardé le colossal raz-de-marée fondre vers la côte, engloutir les cités, noyer d'innombrables êtres.

La journée était calme, au début, mais je savais ce qui allait arriver. La cité près de la mer était en train de se réveiller, ses routes étaient engorgées de véhicules, ses trottoirs bondés, les veines de ses passages souterrains encombrées par l'humanité.

Ce dernier jour fut douloureux, car nous avions tenu une assemblée des fidèles pour qui je m'étais pris d'affection, des gens pieux, au cœur chaud et généreux. C'était dur de regarder tous ces visages et de savoir que, moins d'un jour plus tard, ils devraient affronter leur Créateur.

C'est pourquoi j'éprouvais une grande tristesse en gagnant le navire argent et bleu qui nous emmènerait très haut et très loin dans l'avenir. Le soleil se couchait, glorieux, pendant que nous attendions de décoller. Je bouclai ma ceinture et sorti ma Bible. Mais aucun réconfort n'était possible.

Saül était assis à côté de moi et regardait par la fenêtre.

— Une belle soirée, Diacre, dit-il.

Et c'était vrai. Mais les vents du changement soufflaient déjà.

Nous nous élevâmes en douceur dans l'air. Le pilote nous informa que le temps empirait, mais que nous arriverions aux Bahamas avant l'orage. Je savais qu'il n'en serait rien.

Nous volâmes de plus en plus haut, et ce fut Saül qui vit le signe le premier.

— Comme c'est étrange, dit-il en me tapotant le bras. On dirait que le soleil se lève de nouveau.

— C'est le dernier jour, Saül, lui dis-je.

Je m'aperçus qu'il avait détaché sa ceinture, et je lui dis de la remettre. Il venait juste de le faire quand le premier de ces vents terribles frappa l'avion, le renversant presque. Les tasses, les livres, les plateaux, les sacs s'envolèrent, et des cris de terreur jaillirent des gorges des autres passagers.

Les yeux de Saül étaient fermés et il priait, mais je restai calme. Je me penchai sur la droite et je regardai par la fenêtre. La grande vague était désormais arrivée et se ruait vers la côte.

Je pensai aux gens, dans la cité. Certains devaient observer ce qu'ils prenaient pour un miracle, le soleil couchant qui se levait de nouveau. Ils souriraient, ou claqueraient des mains, émerveillés. Puis leurs yeux seraient attirés vers l'horizon. D'abord, ils supposeraient qu'un nuage d'orage bas avait obscurci le ciel. Mais bientôt viendrait la compréhension de la terrible vérité : la mer s'était dressée pour rencontrer le ciel, et fondait sur eux, un mur bouillonnant porteur de mort.

Je détournai les yeux. L'avion frémit, puis monta et descendit, impuissant face au terrifiant pouvoir des vents. Tous les passagers pensaient que la mort était proche. Sauf moi. Moi, je savais.

Je regardai une dernière fois par la fenêtre. La cité avait désormais l'air si petite, ses puissantes tours pas plus grosses que le doigt d'un enfant. Des lumières brillaient aux fenêtres des bâtiments, et des voitures sillonnaient toujours les autoroutes.

Puis tout disparut.

Saül ouvrit les yeux, et sa terreur était manifeste.

— Que se passe-t-il, Diacre ?

— La fin du monde, Saül.

— Allons-nous mourir ?

— Non. Pas encore. Bientôt, vous verrez ce que le Seigneur a prévu pour nous.

Comme une paille dans un ouragan, l'avion fila dans le ciel.

Puis vinrent les couleurs, des rouges et des violets étincelants qui inondèrent le fuselage et masquèrent les hublots, comme si nous avions été engloutis par un arc-en-ciel. Puis elles disparurent. Quatre secondes, tout au plus. Mais moi seul savais qu'au cours de ces quatre secondes plusieurs centaines d'années s'étaient écoulées.

— Cela a commencé, Saül, dis-je.

Chapitre premier

La douleur était trop violente pour être ignorée, et la nausée menaçait de le submerger pendant qu'il chevauchait. Mais le pasteur s'accrocha à la selle et dirigea l'étalon vers la Trouée. La pleine lune était haute dans le ciel clair, les pics des montagnes lointaines bien définis et d'un blanc étincelant sur la ligne d'horizon. La manche du manteau noir du cavalier fumait encore, et un coup de vent fit naître une flammèche. La douleur se réveilla dans sa chair, et il éteignit le tissu avec une main noircie par la suie.

Où étaient-ils ? se demanda-t-il, ses yeux pâles étudiant les montagnes illuminées par la lune et les cols bas. Le pasteur avait la bouche sèche et tira sur les rênes de l'étalon, avant de soulever la gourde attachée à son pommeau. Il dévissa le bouchon de cuivre et porta le flacon à ses lèvres. Il s'aperçut qu'il ne contenait pas de l'eau, mais un alcool très fort. Il le cracha et jeta la gourde.

Les lâches ! Ils avaient besoin de la sinistre stimulation de l'alcool pour les mettre sur la route du meurtre. Il sentit la colère monter en lui, oblitérant momentanément la douleur. Loin, dans la montagne, il vit un groupe de cavaliers émerger des arbres. Il plissa les yeux. Cinq hommes. Dans l'air limpide des montagnes, il entendit l'écho lointain de leur rire.

Le cavalier gémit et chancela sur sa selle, comme les martèlements à sa tempe augmentaient. Il toucha la blessure, sur le côté droit de sa tête. Le sang commençait à coaguler, mais il y avait une indentation dans l'os, là où la balle l'avait touché, et la chair qui l'entourait était brûlante et enflée.

Il sentit qu'il glissait dans l'inconscience, mais il utilisa le pouvoir de sa rage pour y résister.

Il tira sur les rênes pour diriger l'étalon vers le haut, en direction de la Trouée, puis le fit tourner à droite, le long de la longue pente boisée qui menait à la route. La descente était dangereuse et l'étalon glissa par deux fois, tombant sur son arrière-train. Mais le cavalier maintint la tête de l'animal droite, et celui-ci se releva et atteignit enfin le sol plat et la terre bien tassée de la route commerciale.

Le pasteur arrêta sa monture, puis enroula les rênes autour du pommeau et sortit ses revolvers. Ils avaient tous les deux un long canon et les barillets étaient décorés de spirales en argent. Il frissonna, et s'aperçut que ses mains tremblaient. Combien de temps s'était écoulé depuis la dernière fois que ces armes de mort avaient été utilisées ? quinze ans ? vingt ans ?

—*J'avais juré de ne plus jamais m'en servir. De ne plus jamais prendre une vie.*

—*Et tu étais un bel imbécile !*

—*Aime ton ennemi. Fais du bien à celui qui te hait.*

—*Et regarde ceux que tu aimes se faire tuer.*

—*S'il te frappe sur la joue droite, tends-lui la joue gauche.*

—*Et regarde brûler ceux que tu aimes.*

Il revit les flammes rugissantes, entendit les cris de terreur et d'agonie… Nasha courant vers la porte en feu quand la charpente du toit avait cédé et s'était effondrée sur elle. Dova agenouillée à côté du cadavre de son mari, Nolis, sa fourrure en feu, puis ouvrant la porte brûlante, pour se faire déchiqueter par les armes des hommes ivres et hilares, dehors…

Les cavaliers approchèrent et aperçurent la silhouette solitaire qui les attendait. Il était clair qu'ils le reconnaissaient, mais il n'y avait aucune peur sur leur visage. Il trouva cela étrange, puis comprit qu'ils ne pouvaient pas voir les revolvers, cachés par le haut pommeau de sa selle. Et ils ne pouvaient pas non plus connaître le secret bien gardé de l'homme qui leur faisait face. Les cavaliers poussèrent leurs montures vers lui et il resta immobile et silencieux. Ses tremblements avaient cessé, et il sentit un grand calme s'emparer de lui.

—Eh bien, qui voilà ! dit un homme aux larges épaules qui portait un manteau en toile avec des épaulettes. Le diable prend soin des siens, on dirait ! Tu as fait une grosse erreur en nous suivant, pasteur. Ç'aurait été plus facile pour toi de mourir là-bas. (L'homme sortit un couteau à double tranchant.) Maintenant, je vais t'écorcher vif !

Le pasteur ne répondit pas tout de suite, puis il regarda l'homme dans les yeux.

—Ils seront confus, car ils commettent des abominations. Ils ne rougissent pas, ils ne connaissent pas la honte.

Le revolver de sa main droite se leva d'un mouvement souple et sans hâte. L'espace d'un instant, le cavalier se figea, puis il essaya désespérément de sortir son arme. Il n'en eut pas le temps. Il n'entendit jamais le grondement de tonnerre du coup de feu, car la balle de lourd calibre s'enfonça dans son crâne plus vite qu'il perçut le son et le projeta à bas de sa selle. L'explosion terrifia les chevaux, et soudain, tout fut chaos. L'étalon du pasteur se cabra, mais celui-ci se maintint en selle, et tira deux fois. La première balle déchira la gorge d'un homme mince et barbu, et la deuxième s'enfonça dans le dos d'un cavalier qui avait fait volter son cheval dans une vaine tentative d'échapper à la bataille. Un quatrième homme reçut une balle dans la poitrine et tomba sur le sol en hurlant, avant de se mettre à ramper vers les buissons qui bordaient la route. Le dernier homme, qui parvint à contrôler sa monture paniquée, dégaina un long pistolet et tira. La balle passa tout près du col du pasteur, qui se retourna sur sa selle et fit feu avec son revolver de gauche, deux fois. Le visage de son adversaire disparut quand les balles s'écrasèrent contre sa tête. Des chevaux sans cavalier s'enfuirent dans la nuit, et il examina les cadavres. Quatre hommes étaient morts, et le cinquième, blessé, essayait toujours de se cacher, laissant une piste sanglante derrière lui. Le pasteur poussa son étalon vers lui.

—Je veux en finir avec eux, dit l'Éternel.

L'homme roula sur le dos.

—Par Jésus-Christ, ne me tuez pas ! Je ne voulais pas le faire ! Je n'ai tué personne, je vous le jure !

—*C'est donc à leurs fruits que vous les reconnaîtrez,* dit le cavalier.

Le pistolet s'abaissa. L'homme prostré leva les mains et les croisa devant son visage. La balle traversa ses doigts, puis son cerveau.

— C'est terminé, dit le pasteur.

Il remit les pistolets dans les fourreaux, sur ses hanches, puis fit pivoter l'étalon et prit la direction de son foyer. La fatigue et la douleur le submergèrent, et il s'affala sur l'encolure du cheval.

Privé de direction, l'étalon s'arrêta. Le cavalier l'avait dirigé vers le sud, mais ce n'était pas le foyer que l'animal avait toujours connu. Il resta un moment immobile, puis il se mit à marcher vers l'est, en direction des plaines.

Il continua pendant plus d'une heure, puis repéra l'odeur des loups. Des formes bougèrent, à sa droite. L'étalon hennit et se cabra. Le poids mort tomba de son dos… et l'animal partit au galop.

Jérémie s'agenouilla près de l'homme endormi et examina la blessure à sa tempe. Il ne pensait pas que le crâne avait été fracturé, mais il ne pouvait pas en être sûr. Le saignement avait cessé, mais l'hématome était important et s'étendait de la naissance des cheveux à la mâchoire inférieure. Jérémie regarda le visage de l'homme. Il était anguleux et maigre, et les yeux, profondément enfoncés. La bouche était mince, mais, de l'avis de Jérémie, ne dénotait pas de cruauté.

Jérémie savait qu'on pouvait en apprendre beaucoup sur un homme en étudiant son visage, qui reflétait les expériences qu'il avait connues. Il était possible, à son avis, que tout acte de bravoure ou de gentillesse, de faiblesse ou de mépris, laisse une petite marque, une ride ici ou là, qu'on pouvait lire comme un livre. C'était peut-être de cette façon que les saints percevaient la méchanceté chez des gens par ailleurs séduisants. Le visage du blessé était fort, mais ne reflétait ni bonté ni méchanceté, se dit Jérémie. Il nettoya doucement la blessure, puis tira la couverture. Les brûlures du bras et de l'épaule de l'homme guérissaient bien, même si du pus s'écoulait encore de plusieurs cloques.

Jérémie examina les armes de l'homme. Des revolvers à un coup, fabriqués par les Enfants de l'Enfer. Il saisit le premier et arma à demi le chien pour exposer le barillet. Deux balles avaient été tirées. Jérémie retira une cartouche vide et l'observa. L'arme n'était pas neuve. Dans les années précédant la Deuxième Guerre de Satan, les Enfants de l'Enfer avaient façonné des versions à deux coups de ce pistolet, avec un canon légèrement plus court, et des pistolets et des fusils automatiques compacts bien plus précis que ces armes anciennes. Mais cela ne les avait quand même pas sauvés de l'annihilation. Jérémie avait été témoin de la destruction de Babylone. Le Diacre avait ordonné qu'elle soit rasée, pierre par pierre, jusqu'à ce qu'il ne reste qu'une plaine dénudée. Le vieil homme frémit à ce souvenir.

Le blessé gémit et ouvrit les yeux. Jérémie sentit une peur glaciale l'envahir quand il regarda dans ces yeux du gris-bleu d'un ciel d'hiver, acérés comme s'ils pouvaient lire dans son âme.

— Comment vous sentez-vous ? demanda-t-il, le cœur battant la chamade.

L'homme cligna des paupières et essaya de s'asseoir.

— Restez allongé, mon ami. Vous avez été grièvement blessé.

— Comment suis-je arrivé ici ? demanda l'homme d'une voix basse et douce.

— Des gens de mon peuple vous ont trouvé, dans la plaine. Vous êtes tombé de votre cheval. Mais, avant, vous avez été pris dans un incendie, et on vous a tiré dessus.

L'homme inspira à fond et ferma les yeux.

— Je ne me souviens de rien, dit-il enfin.

— Ça arrive, dit Jérémie. Le traumatisme de vos blessures… Qui êtes-vous ?

— Je ne me sou… (L'homme hésita.) Shannow. Je m'appelle Jon Shannow.

— Un nom tristement célèbre, mon ami. Reposez-vous. Je reviendrai ce soir et je vous apporterai à manger.

Le blessé ouvrit les yeux et tendit la main, attrapant le bras de Jérémie.

— Qui êtes-vous, mon ami ?

— Jérémie. Un *Errant.*

Le blessé se laissa retomber sur le lit.

— *Va, et crie aux oreilles de Jérusalem, Jérémie*, murmura-t-il, avant de retomber dans un profond sommeil.

Jérémie descendit du chariot et ferma la porte en bois. Isis avait fait un feu, et il vit qu'elle cueillait des herbes sur la berge, sa courte chevelure blonde étincelant comme de l'or sous le soleil. Il gratta sa barbe blanche, et se dit qu'il aurait aimé avoir vingt ans de moins. Les dix autres chariots avaient été placés en demi-cercle sur la berge, et trois autres feux de camp avaient été allumés. Il vit Meredith agenouillé près du premier, coupant des carottes qu'il jetait dans la marmite suspendue au-dessus du feu.

Jérémie traversa l'étendue d'herbe et s'accroupit près du jeune érudit.

— La vie sous le soleil et les étoiles semble vous réussir, docteur, dit-il d'un ton affable.

Meredith lui fit un sourire timide et repoussa une mèche de cheveux blonds de son front.

— C'est vrai, maître Jérémie. Je me sens devenir plus fort chaque jour. Si plus de gens des cités pouvaient voir cette contrée, il y aurait moins de sauvagerie, j'en suis sûr.

Jérémie ne répondit pas, et regarda le feu. Dans son expérience, la sauvagerie suivait toujours l'homme à la trace. Là où il marchait, le mal n'était jamais loin. Mais Meredith était une âme tendre, et ça ne faisait pas de mal à un jeune homme d'abriter des rêves de bonté.

— Comment va le blessé ? demanda Meredith.

— Il récupère, je crois, mais il affirme ne se souvenir de rien au sujet du combat qui a provoqué ses blessures. Il dit s'appeler Jon Shannow.

La colère étincela dans les yeux de Meredith.

— Que ce nom soit maudit ! dit-il.

Jérémie haussa les épaules.

— C'est juste un nom…

Isis était agenouillée près de la berge et regardait le poisson luisant sous la surface étincelante de l'eau. *C'est un poisson magnifique*, se dit-elle. Et elle projeta son esprit vers lui. Elle sentit aussitôt ses pensées se brouiller et se mêler à celles de l'animal. Elle perçut la fraîcheur de l'eau sur ses flancs, et elle fut emplie d'une impatience étrange, d'un besoin de bouger, d'avancer contre le courant, de nager vers son foyer…

Elle se retira et s'allongea, puis elle sentit l'approche de Jérémie. Elle s'assit et se tourna vers le vieil homme, souriante.

— Comment va-t-il ? demanda-t-elle quand Jérémie s'assit près d'elle.

— Il reprend des forces. J'aimerais que tu ailles un peu à son chevet.

Le vieil homme est troublé, mais il tente de le cacher, pensa-t-elle. Elle résista à la tentation de lire son esprit, et attendit qu'il parle.

— C'est un combattant, un brigand, peut-être. Je l'ignore. C'était notre devoir de l'aider, mais des questions se posent : sera-t-il un danger pour nous, quand il récupérera ? Est-ce un tueur ? Est-il recherché par les Croisés ? Aurons-nous des ennuis pour l'avoir hébergé ? Acceptes-tu de m'aider ?

— Oh ! Jérémie, bien sûr que je vous aiderai. Vous en doutiez ?

Il s'empourpra.

— Je sais que tu n'aimes pas utiliser tes dons sur des gens. Je suis désolé d'avoir été obligé de te le demander.

— Vous êtes un homme très gentil, dit-elle en se levant.

Une vague de vertige la submergea, et elle tituba. Jérémie la rattrapa, et elle se sentit engouffrée par son inquiétude. Lentement, ses forces revinrent, mais la douleur avait commencé à pulser dans sa poitrine et son ventre. Jérémie la prit dans ses bras et retourna au chariot, où le docteur Meredith accourut vers eux. Jérémie l'installa dans le grand fauteuil à bascule près du feu, pendant que Meredith lui prenait le pouls.

— Ça va, maintenant, dit-elle. Je vous assure !

— Et la douleur ? demanda Meredith.

— Elle s'estompe, mentit-elle. Je me suis levée trop vite, c'est tout.

— Allez chercher du sel, dit Meredith à Jérémie.

Quand celui-ci revint, Meredith versa du sel dans la paume de la main d'Isis.

— Mangez-le, ordonna-t-il.

— Ça me donne la nausée, protesta-t-elle.

Il ne répondit pas, et elle lécha le sel dans sa main. Jérémie lui tendit une tasse d'eau, et elle se rinça la bouche.

— Vous devriez vous reposer, dit Meredith.

— Oui, bientôt, assura-t-elle.

Elle se leva lentement. Ses jambes acceptèrent de la soutenir, et elle remercia les deux hommes. Ayant hâte d'échapper à leur regard attentionné, elle gagna le chariot de Jérémie et grimpa à l'intérieur, où le blessé dormait.

Isis prit une chaise et s'assit. Sa maladie empirait, et elle percevait l'imminence de la mort.

Repoussant ces pensées de son esprit, elle posa sa main sur celle de l'homme endormi. Elle ferma les yeux et se laissa engouffrer par les souvenirs de l'homme, descendant de plus en plus profondément, de son âge adulte à son adolescence, puis jusqu'à son enfance.

Deux garçonnets, des frères. Un, timide et sensible, l'autre, turbulent et dur. Des parents attentionnés, des fermiers. Puis les brigands arrivent. Le meurtre et le sang, les garçons qui réussissent à s'enfuir. La tragédie qui les affecte de manière différente, l'un devenant un brigand, l'autre…

Isis revint abruptement à la réalité, sa maladie oubliée tandis qu'elle regardait l'homme endormi. *Je regarde le visage d'une légende*, se dit-elle. Puis elle fusionna de nouveau avec l'homme.

L'Homme de Jérusalem, hanté par le passé, tourmenté par l'avenir, chevauchant à travers les terres sauvages, cherchant… une cité ? Oui, mais bien plus que ça. Cherchant une réponse, une raison d'être. Et, au cours de sa quête, s'arrêtant pour combattre des brigands, civiliser des villes, tuer les hommes malfaisants. Chevauchant sans cesse à travers le pays, bien accueilli quand ses revolvers sont nécessaires, et contraint de repartir quand ils ne le sont plus.

Isis se retira une fois encore, troublée et déprimée. Pas seulement par les souvenirs de mort et de bataille, mais aussi par l'angoisse de l'homme lui-même. L'enfant timide et sensible était devenu un homme violent, craint et évité, et chaque meurtre ajoutait une couche de glace sur son âme. Elle fusionna de nouveau avec lui.

Il/elle était attaqué(e), des hommes surgissaient des ombres. Des coups de feu. Un bruit derrière lui/elle. Shannow/Isis arma le revolver et tira, d'un seul mouvement. Un enfant tomba, la poitrine déchirée par les balles. Oh Dieu! Oh Dieu! Oh Dieu!

Isis se dégagea du souvenir sans se retirer totalement de la fusion. Elle se laissa flotter et laissa le temps passer, s'arrêtant seulement quand l'Homme de Jérusalem arriva à la ferme de Donna Taybard. C'était différent. Là, il y avait de l'amour.

Les chariots avançaient, et Shannow/Isis s'en éloigna pour surveiller les alentours, le cœur plein de joie et de la promesse de lendemains meilleurs. Plus de sauvagerie, plus de mort. Des rêves d'une vie de fermier tranquille et de paisible amitié. Puis les Enfants de l'Enfer étaient arrivés.

Isis se retira et se leva.

— Mon pauvre garçon, dit-elle en passant une main sur le front de l'homme endormi. Je reviendrai demain.

Dehors, Meredith lui demanda :

— Qu'avez-vous trouvé ?

— Il n'est pas un danger pour nous, répondit-elle.

Le jeune homme était grand et mince, avec des cheveux noirs en bataille coupés court au-dessus des oreilles, mais longs sur la nuque. Il chevauchait une vieille jument au dos ensellé à travers la Trouée, et regardait, avec le plaisir de la jeunesse, les montagnes qui se dressaient comme pour lancer un défi au ciel.

Nestor Garrity avait dix-sept ans, et ce voyage était une aventure. Le Seigneur savait que les aventures étaient rares, dans la vallée des Pèlerins. Sa main se posa sur la crosse du pistolet, sur sa hanche, et il laissa son imagination vagabonder. Il n'était plus un employé de la compagnie d'exploitation forestière, il était un Croisé et il pourchassait le légendaire brigand Laton Duke et sa bande. Peu importait que Duke soit le pistoléro le plus redouté de ce côté des Terres Maudites, car son poursuivant était Nestor Garrity, le fléau des bandits de tout poil, rapide et mortel, adoré par les femmes, respecté et admiré par les hommes.

Adoré par les femmes…

Nestor interrompit sa rêverie et se demanda ce que ça pouvait bien faire, d'être adoré par les femmes. Il était sorti une fois avec la fille d'Ezra Feard, Mary, pour l'accompagner à la Danse d'été. Elle l'avait entraîné dehors, sous le clair de lune, et elle avait flirté avec lui.

J'aurais dû l'embrasser, se dit-il. *J'aurais dû faire quelque chose, par l'Enfer!* Il s'empourpra à ce souvenir. La danse s'était transformée en cauchemar quand elle était partie avec Samuel Klares. Ils s'étaient embrassés. Nestor les avait vus, près de la crique. Maintenant, elle était mariée avec lui, et elle venait de donner naissance à son premier enfant.

La vieille jument manqua de trébucher sur l'éboulis de la pente. Arraché à ses pensées, Nestor la guida le reste du chemin, jusqu'en bas de la descente.

Son imagination reprit le dessus. Il n'était plus Nestor Garrity, mais Jon Shannow, le légendaire Homme de Jérusalem, à la recherche de la cité mythique, et il se souciait peu des femmes – même si, effectivement, elles l'adoraient. Nestor plissa les paupières et prit son chapeau pendu à l'arrière de la selle. Il le posa sur son crâne et se redressa sur la selle.

Jon Shannow ne se serait jamais affalé! Il se représenta deux brigands sortant de derrière les rochers. Mentalement, il voyait la peur se peindre sur leur visage. Ils tentèrent de sortir leur pistolet. La main de Nestor jaillit vers son arme. Le viseur de son pistolet s'accrocha à l'extrémité du holster, et l'arme tomba sur l'éboulis. Nestor descendit précautionneusement de cheval et la ramassa.

La jument, ravie d'être soudain allégée, continua à marcher.

— Hé, attends! cria Nestor.

Mais elle n'obéit pas, et le jeune homme, écœuré, la suivit à pied jusqu'en bas de la pente, où elle s'arrêta pour brouter un peu d'herbe sèche. Là, il se remit en selle.

Un jour, je serai un Croisé, pensa-t-il. *Je servirai le Diacre et le Seigneur.*

Il continua son chemin.

Où était le pasteur? Le trouver n'aurait pas dû prendre si longtemps! Les traces étaient faciles à suivre, depuis la Trouée. Mais où allait-il? Et pourquoi était-il parti, pour commencer? Nestor aimait bien le pasteur. C'était un homme paisible, et, pendant toute l'enfance de Nestor, il avait été gentil et compréhensif avec lui. En particulier quand ses parents avaient été tués, cet été-là, dix ans plus tôt. Ils avaient été noyés par une inondation soudaine. Nestor frissonna à ce souvenir. Sept ans – et orphelin ! Maîtresse McAdam était venue le voir, accompagnée par le pasteur. Il s'était assis au chevet de Nestor et lui avait pris la main.

— Pourquoi ils sont morts ? avait demandé l'enfant, choqué. Pourquoi ils m'ont quitté ?

— Je pense que leur heure était venue, mais ils ne le savaient pas.

— Je voudrais être mort, moi aussi, avait gémi le gamin de sept ans.

Le pasteur était resté un long moment avec lui, et lui avait parlé doucement de ses parents, de leur bonté et de leur vie. Pendant un moment, l'angoisse et l'écrasant sentiment de solitude avaient quitté le jeune garçon, et il s'était endormi.

La nuit précédente, le pasteur s'était enfui de l'église, malgré les flammes et les coups de feu. Et il était parti pour se cacher. Nestor le trouverait, lui dirait que tout allait bien, maintenant, et qu'il pouvait revenir chez lui.

Puis il vit les cadavres, entourés de mouches bourdonnantes. Nestor se força à mettre pied à terre et à s'approcher d'eux. De la sueur jaillit sur son visage, et la brise du désert lui parut froide. Il ne parvint pas à regarder directement les corps, et étudia les traces autour d'eux.

Un des chevaux s'était dirigé vers la vallée des Pèlerins, puis avait changé de direction pour s'enfoncer dans les terres sauvages. Nestor jeta un rapide coup d'œil aux morts – ce qui lui retourna l'estomac. Mais il ne les connaissait pas. Et surtout, aucun d'eux n'était le pasteur.

Il remonta en selle et partit à la suite du cavalier solitaire.

Les gens circulaient dans la rue principale de la vallée des Pèlerins quand Nestor Garrity y entra, tenant l'étalon noir par ses rênes. Il était presque midi, et les enfants sortaient des deux bâtiments de l'école pour aller manger dans les champs alentour le repas préparé par leur mère. Les magasins et les trois restaurants de la ville étaient ouverts, et le soleil brillait dans un ciel limpide.

Mais, à une demi-lieue au nord, de la fumée montait toujours paresseusement dans le bleu du ciel. Nestor vit Beth McAdam, debout au milieu des décombres calcinés, pendant que les croque-morts exploraient les débris et rassemblaient les cadavres des Hommes-Loups. Nestor redoutait de devoir apprendre la nouvelle à Beth. Elle était la directrice de l'école quand Nestor était enfant, et personne n'aimait être confronté à elle ! Il sourit, se souvenant du jour où il s'était battu avec Charlie Wills. On les avait séparés de force, puis traînés dans le bureau de Mme McAdam. Elle était debout devant son bureau et se tapotait les doigts avec sa longue canne en bambou.

— Combien mérites-tu de coups, Nestor ? avait-elle demandé.

— Ce n'est pas moi qui ai commencé, avait répondu le gamin.

— Ce n'est pas une réponse à ma question.

Nestor avait réfléchi un moment.

— Quatre, avait-il dit.

— Pourquoi quatre ?

— Se battre à la récréation, c'est quatre coups. C'est la règle.

— Il me semble pourtant que tu as flanqué une bonne bourrade à M. Carstairs quand il t'a séparé de Charlie, non ?

— C'était une erreur, avait dit Nestor.

— Le genre d'erreur qui coûte cher, mon garçon. Ce sera six pour toi, et quatre pour Charlie. Ça te semble juste ?

— Rien n'est juste quand on a treize ans, avait dit Nestor.

Mais il avait accepté les six coups, trois sur chaque main, et n'avait pas pipé mot.

Il avança lentement vers les restes calcinés de la petite église, l'étalon suivant docilement sa jument baie. Beth McAdam était debout, les mains sur ses larges hanches, regardant vers le Mur. Sa chevelure blonde était tressée dans son dos, mais une partie s'était défaite et voletait dans le vent, sur sa joue. Elle se tourna en entendant le bruit des sabots, et regarda Nestor, le visage impassible. Il mit pied à terre et retira son chapeau.

— J'ai trouvé les pillards, dit-il. Ils sont tous morts.

— Je m'y attendais. Où est le pasteur ?

— Pas de trace de lui. Son cheval est parti vers l'est et je l'ai rattrapé. Il y avait du sang sur sa selle. Je suis revenu sur mes pas et j'ai vu des signes d'ours et de loups, mais je ne l'ai pas trouvé, lui.

— Il n'est pas mort, Nestor. Je le saurais. Je l'aurais senti, ici, dit-elle en se frappant la poitrine d'un poing serré.

— Comment a-t-il réussi à tuer cinq hommes ? Tous étaient armés, et tous étaient des tueurs. Et je n'ai jamais vu le pasteur avec un revolver !

— Cinq hommes, dis-tu ? répondit-elle, ignorant sa question. Il y en avait plus de vingt qui encerclaient l'église, d'après les témoins du massacre. Mais je pense qu'un certain nombre appartenait à notre propre... et aimante... communauté.

Nestor n'avait aucune envie de se mêler à la querelle. Des Hommes-Loups dans une église, ça n'était pas décent, de toute façon, et le jeune homme n'était pas surpris que les gens se soient échauffés. Malgré tout, si les Croisés n'avaient pas été appelés pour s'occuper d'un raid de brigands sur la ferme de Shem Jackson, il n'y aurait pas eu de violence.

— Y a-t-il autre chose que vous aimeriez que je fasse, madame McAdam ?

Elle secoua la tête.

— C'était un assassinat, dit-elle. Purement et simplement.

— On ne peut pas assassiner des Hommes-Loups, dit Nestor sans réfléchir. Je veux dire, ils ne sont pas vraiment humains. Ce sont des animaux, non ?

La colère brilla dans les yeux de Beth, mais elle renifla et détourna le regard.

— Merci de ton aide, Nestor. Mais j'imagine que tu as des tâches à accomplir, et je ne veux pas t'en détourner.

Soulagé, il remonta sur sa jument.

— Que voulez-vous que je fasse de l'étalon ?

— Donne-le aux Croisés. Il n'était pas à nous, et je ne tiens pas à le garder.

Nestor chevaucha jusqu'aux baraquements en pierre situés au sud de la ville. Il descendit de cheval et attacha les deux montures à la rambarde, dehors. La porte était ouverte. Le capitaine Léon Evans était assis à un bureau de facture grossière.

— Bonjour, monsieur, dit Nestor.

Evans leva la tête et sourit. C'était un homme grand et large d'épaules, au sourire facile.

— Tu veux t'engager, petit ?

— Oui, monsieur.

— Tu lis ta Bible ?

— Oui, monsieur. Tous les jours.

— Je te ferai passer les examens le premier du mois prochain. Si tu les réussis, je ferai de toi un cadet.

— Je les réussirai, monsieur. Je vous le garantis !

— Tu es un bon petit, Nestor. Je vois que tu as trouvé l'étalon. Et le pasteur ?

— Aucun signe de lui, monsieur. Mais il a tué cinq des pillards.

Le sourire quitta les lèvres du capitaine Evans.

— Vraiment, mon garçon ? Comme on dit, les apparences sont trompeuses. As-tu reconnu un des morts ?

— Aucun, monsieur. Mais trois d'entre eux n'avaient plus de visage. On dirait qu'il est arrivé en bas de la colline et les a envoyés en Enfer aussitôt, puis il est parti. Cinq hommes !

— Six, dit le capitaine. J'ai examiné l'église, ce matin, et il y avait un cadavre, là aussi. Il semble qu'au plus gros de l'incendie le pasteur ait réussi à sortir en cassant la porte de derrière. Il y avait un brigand posté là. Le pasteur doit l'avoir surpris, ils se sont battus et le pasteur a enlevé son arme au type. Puis il l'a tué et a pris son cheval. Jack Shale a dit qu'il a vu le pasteur quitter la ville, et que son manteau et ses cheveux étaient en feu.

Nestor frissonna.

— C'est extraordinaire ! dit-il. Tous ces sermons sur l'amour de Dieu et le pardon, et voilà qu'il descend six pillards. Qui aurait cru ça de lui ?

— Moi, petit, dit une voix dans l'entrée.

Nestor se tourna et vit le vieux prophète entrer lentement. Appuyé sur deux cannes, sa longue barbe blanche pendant sur sa poitrine, Daniel Cade avança péniblement jusqu'à un siège, près du mur. Il respirait lourdement quand il se laissa tomber sur la chaise.

Le capitaine Evans se leva, emplit une tasse d'eau et la tendit au prophète. Cade le remercia.

Nestor recula contre le mur du fond, mais resta à regarder le légendaire personnage boire son eau. Daniel Cade, l'ancien brigand devenu prophète, qui avait combattu les Enfants de l'Enfer lors des Grandes Guerres. Chacun savait que Dieu parlait au vieillard, et les parents de Nestor avaient été parmi ceux que l'intervention de Cade avait sauvés, quand sa propre bande de brigands s'était dressée contre l'armée des Enfants de l'Enfer.

— Qui a brûlé l'église ? demanda Cade d'une voix toujours ferme et sonore qui contrastait étrangement avec son corps frêle et perclus d'arthrite.

— Des pillards venus de l'extérieur de la vallée des Pèlerins, lui dit le capitaine.

— Non, pas tous, répondit Cade. Il y avait des gens de chez nous dans la foule. On a vu Shem Jackson, entre autres. Et ça me dérange beaucoup. N'était-ce pas à cause de lui que les Croisés n'étaient pas là pour protéger l'église ? Parce que la ferme de Jackson avait été attaquée ?

— Oui, nous étions chez lui, dit le capitaine. Des brigands ont volé une partie de ses réserves, et il est venu ici nous avertir.

— Et il est resté pour assister au massacre. Je trouve ça bizarre.

— Je n'approuve pas l'incendie de l'église, monsieur, dit le capitaine. Mais il faut se souvenir que le pasteur a été prévenu – à plusieurs reprises – que les Hommes-Loups n'étaient pas les bienvenus dans la vallée des Pèlerins. Ce ne sont pas des créatures de Dieu. Ils ne sont pas faits à son image. Ils ne font pas partie de sa véritable création. Ce sont des *choses*, qui appartiennent au Diable. Ils n'ont pas leur place dans une église, ni dans aucun lieu où vivent les gens décents. Le pasteur a ignoré tous les avertissements. Il était inévitable qu'un jour ou l'autre une… tragédie… se produise. J'espère seulement que le pasteur est encore en vie. Ce serait triste qu'un homme de bien comme lui meure, même s'il se trompait.

— Oh, j'imagine qu'il est vivant, dit Cade. Alors, vous ne prendrez aucune mesure contre les gens de la ville qui ont aidé les pillards ?

— Je ne pense pas que quiconque les ait *aidés.* Ils les ont simplement observés.

Cade eut l'air dubitatif.

— Ça ne vous semble pas bizarre, que des hommes n'appartenant pas à la vallée des Pèlerins aient décidé d'y venir afin de « rectifier nos erreurs » ?

— Les voies de Dieu sont impénétrables, dit Evans, comme vous-même le savez parfaitement, monsieur. Mais, dites-moi, pourquoi n'avez-vous pas été surpris que le pasteur ait affronté – et vaincu – six hommes armés ? Il porte le même nom que vous, et on dit qu'il est votre neveu, ou peut-être un de vos hommes du temps des guerres des Enfants de l'Enfer. Si c'est bien ça, il devait être très jeune, à l'époque…

Cade ne sourit pas, mais Nestor vit ses yeux briller d'amusement.

— Il est plus vieux qu'il en a l'air, capitaine. Et, non, il n'a jamais fait partie de mes hommes. Et il n'est pas non plus mon neveu, malgré son nom.

Avec un grognement, le prophète se leva. Le capitaine Evans lui prit le bras et Nestor se précipita pour lui tendre ses cannes.

— Je vais bien. Ne vous agitez pas comme ça autour de moi !

Lentement, mais avec une grande dignité, le vieil homme quitta la pièce et grimpa sur le siège d'un petit chariot. Evans et Nestor le regardèrent faire claquer les rênes.

— Un grand homme, dit Evans. Une légende vivante ! Il connaissait l'Homme de Jérusalem. On dit même qu'il a chevauché avec lui.

— Moi, j'ai entendu dire qu'il *était* l'Homme de Jérusalem.

Evans secoua la tête.

— Je l'ai entendu aussi, mais ça n'est pas vrai. Mon père connaissait un homme qui a combattu aux côtés de Cade. C'était un brigand à cette époque, un tueur. Mais Dieu a fait briller sur lui sa grande lumière.

Le Diacre était debout sur le large balcon, sa barbe argent et blanc s'agitant dans la brise matinale. De cet endroit élevé, il regardait avec affection les grands murs et les rues animées d'Unité. Au-dessus de lui, un bimoteur traversait le ciel bleu, en direction de l'est, vers les installations minières. Il emportait le courrier, et peut-être les nouveaux billets de Barta qui remplaçaient peu à peu les grosses pièces en argent qui servaient à payer les mineurs.

La cité prospérait. La criminalité était très faible et les femmes pouvaient circuler sans crainte, même la nuit, dans les avenues bien éclairées.

— J'ai fait de mon mieux, murmura le vieil homme.

— Qu'avez-vous dit, Diacre ? demanda un homme maigre aux épaules voûtées et aux cheveux blancs clairsemés.

— Je parle tout seul, Geoffrey. Ce n'est pas bon signe. (Il se détourna du balcon et rentra dans le bureau.) Où en étions-nous ?

L'homme mince prit un morceau de papier et l'examina.

— Une pétition demande que Cameron Sikes soit gracié. C'est l'homme qui a trouvé sa femme au lit avec un voisin. Il les a tués tous les deux. Il doit être pendu demain.

Le vieil homme secoua la tête.

— J'ai pitié de lui, Geoffrey, mais on ne peut pas faire d'exception. Ceux qui tuent doivent mourir. Quoi d'autre ?

— L'Apôtre Saül voudrait vous voir avant de partir pour la vallée des Pèlerins.

— Suis-je libre, cet après-midi ?

Geoffrey consulta un agenda noir relié en cuir.

— Vous n'avez rien entre 16 h 30 et 17 heures. Dois-je prendre rendez-vous ?

— Oui. J'ignore toujours pourquoi il a demandé cette affectation. Peut-être en a-t-il assez de la cité. Ou bien la cité en a-t-elle assez de lui… Quoi d'autre ?

Pendant une demi-heure, les deux hommes évoquèrent les détails de la journée, jusqu'à ce que le Diacre décrète une pause et se rende dans la grande bibliothèque qui se trouvait à côté du bureau. Il y avait des gardes armés à la porte, et le Diacre se souvint, avec tristesse, du jeune homme qui s'était caché là, deux ans plus tôt. Le coup de feu avait résonné comme le tonnerre dans le bâtiment au plafond en forme de dôme, et la balle avait frappé le Diacre au-dessus de la hanche droite, le projetant sur le sol. L'homme avait hurlé et s'était jeté vers lui, à travers la grande salle, tirant toujours. Les balles avaient ricoché sur le sol en pierre. Le Diacre avait roulé sur le flanc et sorti le petit revolver qu'il portait dans sa poche. Quand le jeune homme était arrivé à sa hauteur, le vieil homme avait tiré. La balle avait touché l'assassin sur l'arête du nez. Le jeune homme était resté un instant debout et avait lâché son pistolet, avant de s'affaler sur le sol, face contre terre.

Le Diacre soupira à ce souvenir. Le père du jeune homme avait été pendu la veille, après avoir tué un homme à la suite d'une dispute au sujet d'une partie de cartes.

Désormais, la bibliothèque et tous les bâtiments municipaux étaient surveillés en permanence par des gardes armés.

Le Diacre s'assit à une longue table en chêne et regarda les rangées d'étagères pendant qu'il attendait la femme. La bibliothèque contenait soixante-huit mille livres ou fragments de livres, tous indexés sous de multiples références : les derniers vestiges de l'histoire de l'humanité, contenus dans des romans, des livres d'étude, des tomes de philosophie, des modes d'emploi, des journaux intimes et des volumes de poésie.

Et à quoi en sommes-nous réduits ? pensa-t-il. *À un monde ruiné, abâtardi par la science et hanté par la magie.* (Ses pensées étaient sombres et son esprit, fatigué.) *Personne n'a raison tout le temps*, se dit-il. *On ne peut que suivre son cœur.*

Un garde fit entrer la femme. En dépit de son grand âge, elle se tenait toujours très droite, et son visage affichait encore des signes évidents de la beauté de sa jeunesse.

— Bienvenue, maîtresse Masters, dit le Diacre en se levant. Que Dieu vous bénisse, vous et votre famille.

La lumière qui tombait des fenêtres à vitraux ajourés faisait jouer des reflets roux et or dans sa chevelure d'argent. Ses yeux bleus étaient étincelants et vifs. Elle lui fit un mince sourire, lui serra la main, puis s'assit en face de lui.

—Que Dieu vous bénisse aussi, Diacre, dit-elle. Et qu'il ait la bonté de vous apprendre bientôt la compassion.

—Espérons-le, dit le Diacre. Et maintenant, quelles sont les nouvelles ?

—Les rêves restent identiques, mais ils sont de plus en plus puissants. Betsy a vu un homme avec la peau écarlate et les veines noires. Il avait les yeux rouges. Des milliers de cadavres gisaient autour de lui, et il se baignait dans le sang des enfants. Samantha a également rêvé d'un démon venu d'un autre monde. Elle était hystérique à son réveil, et elle affirmait que le Diable allait bientôt être lâché sur nous. Qu'est-ce que cela signifie, Diacre ? Les visions sont-elles symboliques ?

—Non, dit-il tristement. La Bête existe réellement.

La femme soupira.

—Moi aussi, j'ai rêvé davantage, récemment. J'ai vu un grand loup qui marchait debout. Ses mains avaient des griffes creuses, et je l'ai regardé les plonger dans le corps d'un homme, et le sang jaillir. La Bête et le Loup sont liés, n'est-ce pas ? (Il hocha la tête sans parler.) Et vous en savez bien plus que ce que vous me dites.

—Quelqu'un d'autre a-t-il rêvé de loups ? demanda-t-il.

—Alice a eu des visions à leur sujet, Diacre, dit maîtresse Masters. Elle a vu une lumière écarlate baigner un camp d'Hommes-Loups. Les petites créatures se sont mises à se tortiller et à changer, puis elles sont devenues des bêtes comme celles de mes rêves.

—J'ai besoin de savoir *quand*, dit le Diacre, et *où*.

Il sortit de sa poche une petite Pierre dorée, qu'il retourna sur le bout de ses doigts.

—Vous devriez utiliser son pouvoir sur vous, dit la femme sévèrement. Vous savez que votre cœur est en train de lâcher.

—J'ai déjà vécu bien trop longtemps. Non, je garde son pouvoir pour la Bête. C'est la dernière, vous savez. Mon petit trésor. Bientôt, le monde devra oublier la magie et se contenter une fois de plus de la science et de ses découvertes. (Son expression s'assombrit.) S'il survit…

— Il survivra, Diacre. Dieu est plus fort que n'importe quel démon.

— S'Il le décide, il survivra. Nous autres humains n'avons pas vraiment fait de la terre un jardin d'Éden.

Elle lui adressa un faible sourire.

— Pourtant, il y a toujours des gens de bien, même si nous savons que la voie du mal offre beaucoup d'attraits. Ne vous abandonnez pas au désespoir, Diacre. Si la Bête arrive, il y aura des gens pour la combattre. Un autre Homme de Jérusalem. Ou un autre Daniel Cade.

— Le moment venu, l'homme adéquat se présentera, dit le Diacre avec un rire sec.

Maîtresse Masters se leva.

— Je vais retourner auprès de mes rêveuses. Que voulez-vous que je leur dise ?

— Qu'elles mémorisent les paysages, les saisons. Quand la Bête arrivera, je dois être présent pour la combattre. Et j'aurai besoin d'aide. (Il se leva et lui tendit la main, qu'elle serra brièvement.) Vous ne m'avez rien dit de vos propres rêves, maîtresse.

— Mes pouvoirs ont diminué au fil des ans. Mais, oui, j'ai vu la Bête. Je crains que vous ne soyez pas assez fort pour lui résister.

Il haussa les épaules.

— J'ai mené de nombreuses batailles, dans ma vie, et je suis toujours là.

— Mais vous êtes vieux, maintenant. *Nous* sommes vieux. Notre force diminue, Diacre. Tout passe... même les légendes.

Il soupira.

— Vous avez fait du très bon travail, ici. Tous ces fragments d'une civilisation perdue... J'aimerais penser qu'après ma mort des hommes et des femmes viendront ici et apprendront grâce aux meilleures choses que nous ont léguées les Anciens.

— Ne changez pas de sujet, reprocha-t-elle.

— Vous souhaitez que j'épargne l'homme qui a tué sa femme et l'amant de celle-ci ?

— Bien entendu. Et vous avez encore changé le sujet.

— Pourquoi devrais-je le gracier ?

— Parce que je vous le demande, Diacre, dit-elle simplement.

— Je vois. Pas d'arguments moraux, pas de citation des Écritures, pas d'appel à mes sentiments les meilleurs ?

Elle secoua la tête, et il sourit.

— Très bien. Il vivra.

— Vous êtes un homme étrange, Diacre. Et vous éludez de nouveau la question. Autrefois, vous auriez pu vous opposer à la Bête. Mais plus maintenant.

Il sourit et lui fit un clin d'œil.

— Je peux encore vous surprendre.

— Je vous l'accorde. Vous êtes un homme surprenant.

Shannow rêva de la mer, du gémissement presque humain des membrures du navire, des vagues bougeant comme des montagnes jetées contre la coque. Il se réveilla et vit la lanterne au-dessus de son lit osciller doucement. Pendant un moment, le rêve et la réalité semblèrent fusionner. Puis il comprit qu'il était à l'intérieur d'un chariot, et il se souvint de l'homme. Jérémie ? Très vieux, avec une barbe blanche et une unique dent proéminente à la mâchoire supérieure. Shannow inspira à fond, et la douleur qui cognait à ses tempes diminua. Avec un gémissement, il s'assit. Son avant-bras et son épaule gauches étaient bandés, et il sentait la peau brûlée tendue et enflammée sous les pansements.

Un incendie ? Il fouilla dans sa mémoire, mais ne trouva rien.

Peu importe, se dit-il, *les souvenirs reviendront. Ce qui est important est que je sache qui je suis.*

Jon Shannow. L'Homme de Jérusalem.

Et pourtant… Au moment où cette pensée le frappa, il se sentit mal à l'aise, comme si le nom était… erroné ? Non. Ses revolvers pendaient à la tête de son lit. Il tendit la main et en saisit un. L'arme était à la fois familière et étrange dans sa main. Il fit basculer le chien et ouvrit le revolver. Deux balles avaient été tirées.

Aussitôt, il vit un homme tomber de son cheval, la gorge en sang. Puis le souvenir s'effaça.

Un combat contre des brigands ? Oui, c'était sûrement ça. Il y avait un petit miroir sur une étagère, à sa droite. Il le prit et examina la blessure à sa tempe. L'hématome jaunissait et se dissipait, et le sillon sur son crâne était couvert par une épaisse croûte. On lui avait coupé les cheveux court, mais il voyait quand même l'endroit où le feu lui avait brûlé le cuir chevelu.

Le feu.

Un autre souvenir soudain ! Des planches enflammées, et Shannow se jetant contre elles jusqu'à ce qu'elles cèdent. Derrière, un homme, le pistolet levé. Le coup qui l'avait frappé à la tête comme un marteau. Puis cette vision disparut aussi.

Il s'était trouvé dans une église. Pourquoi ? Il était sans doute venu écouter un sermon.

Il se leva prudemment du lit, et vit que ses vêtements avaient été rangés sur une chaise, près d'une petite fenêtre. Le manteau brûlé avait été nettoyé et raccommodé avec du tissu noir. En s'habillant, il regarda autour de lui, dans la petite cabine du chariot. Le lit était étroit mais bien fait, en pin poli, et il y avait deux chaises en pin et une petite table près de la fenêtre. Les parois étaient peintes en vert, et, sur le pourtour de la fenêtre, il y avait des sculptures élaborées en forme de feuille de vigne, et un motif étrange avait été gravé sur la porte – deux triangles superposés qui formaient une étoile. Une étagère était fixée sur deux supports, au-dessus du lit. Il attacha le fourreau de ses revolvers autour de ses hanches, et examina les livres. Il y avait une Bible, bien entendu, et plusieurs ouvrages de fiction mais, au bout de l'étagère, il vit un antique volume mince mais grand aux pages jaunies. Il le prit et l'apporta près de la fenêtre. Le soleil se couchait, et il put à peine lire le titre, écrit en lettres d'or. *Chronique des costumes occidentaux*, par John Peacock. Il tourna les pages avec précaution. Les Grecs, les Romains, les Byzantins, les Tudor, les Stuarts, les Cromwelliens... Chaque page montrait des hommes et des femmes vêtus de costumes différents, et chaque page portait une date. C'était fascinant. Jusqu'à ce que les avions arrivent, beaucoup pensaient que seuls trois cents ans s'étaient écoulés depuis la mort du Christ. Mais les hommes et les femmes qui voyageaient dans ces grands vaisseaux du ciel avaient changé tout ça et rendu ces théories obsolètes. Shannow marqua une pause.

Comment sais-je tout cela ?

Il remit le livre à sa place, puis alla à l'arrière de la cabine, ouvrit la porte et descendit d'un pas hésitant les trois marches qui conduisaient dehors.

Une jeune femme aux courts cheveux blonds marchait vers lui, une assiette de ragoût à la main.

— Vous devriez être au lit, lui dit-elle.

Et il se sentait faible et essoufflé, c'était vrai. Il s'assit sur les marches et accepta le ragoût.

— Merci, ma dame, dit-il.

Elle était extraordinairement jolie, avec des yeux bleu-vert et une peau délicatement hâlée.

— Vos souvenirs vous reviennent-ils, monsieur Shannow ?

— Non, dit-il.

Il se mit à manger.

— Ils reviendront, le moment venu, lui assura-t-elle.

L'extérieur du chariot était peint en vert et en rouge, et, de là où il était assis, Shannow aperçut dix autres chariots décorés de la même façon.

— Où allez-vous, tous ? demanda-t-il.

— Là où bon nous semble, dit la jeune fille. Je m'appelle Isis.

Elle lui tendit la main, et Shannow la serra. Elle avait une poignée de main ferme et forte.

— Vous êtes une bonne cuisinière, Isis. Le ragoût est délicieux.

Elle ignora le compliment et s'assit à côté de lui.

— Le docteur Meredith pense que vous avez peut-être une fracture du crâne. Vous ne vous souvenez vraiment de rien ?

— Rien dont j'aie envie de parler. Mais dites-moi plutôt qui vous êtes.

— Il n'y a pas grand-chose à raconter. Nous sommes ce que vous voyez, des *Errants.* Nous suivons le soleil et le vent. En été, nous dansons. En hiver, nous avons froid. C'est une bonne façon de vivre.

— Cela a un certain charme, dit Shannow. Mais pourtant, vous n'avez aucune destination.

Elle le regarda un moment en silence, ses grands yeux bleus soutenant son regard.

— La vie est un voyage qui a une seule destination, monsieur Shannow. Ou bien pensez-vous qu'il en va autrement ?

— Inutile de discuter avec Isis, dit Jérémie, qui venait d'arriver.

Shannow regarda le visage ridé du vieil homme.

— Non, je le pense aussi, dit-il en se levant de la marche.

Il se sentait faible et mal assuré sur ses jambes, et tendit la main pour saisir le bord du chariot. Puis il inspira à fond et avança. Jérémie le suivit et lui prit le bras.

— Vous êtes un dur, monsieur Shannow, mais vos blessures étaient graves.

— Les blessures guérissent, Jérémie.

Shannow regarda les montagnes. La plus proche était émaillée de bosquets d'arbres, mais plus loin s'étendaient d'autres pics perdus dans la distance, bleus et indistincts.

— C'est un beau pays.

Le soleil descendait lentement derrière les pics de l'ouest, qu'il baignait de sa lumière dorée. Vers la droite, Shannow aperçut une butte élevée, dont le grès semblait luire de l'intérieur.

— On l'appelle Montagne du Temple, dit Jérémie. Certains affirment que c'est un lieu sacré, où vivent les anciens dieux. Pour ma part, je pense qu'il s'agit d'un refuge pour les aigles, voilà tout.

— Je ne me souviens pas de ce nom.

— Votre perte de mémoire doit vous angoisser un peu, non ? demanda Jérémie.

— Pas ce soir, répondit Shannow. Je me sens en paix. Mes souvenirs ne sont faits que de mort et de douleur. Ils reviendront bien trop vite. Vous êtes un homme bon. Depuis combien de temps vivez-vous ainsi ?

— Environ douze ans. J'étais tailleur, mais j'avais envie de la liberté sous le vaste ciel. Puis les Guerres Fédératrices ont eu lieu, et la vie, dans les cités, est devenue encore plus absurde. Je me suis donc fabriqué un chariot et je suis parti à l'aventure.

Il y avait des canards et des oies sur la rivière, et Shannow aperçut les traces d'un renard.

— Depuis combien de temps vous occupez-vous de moi ?

— Vingt jours. Au début, mes compagnons pensaient que vous alliez mourir. Je leur ai affirmé que non, parce que vous aviez trop de cicatrices. On vous a tiré dessus trois fois, dans votre vie. Une fois au-dessus de la hanche, une autre dans le haut de la poitrine, et une encore dans le dos. Vous avez aussi deux marques de coups de couteau, une à la jambe et l'autre à l'épaule. Comme j'ai dit, vous êtes coriace. Vous semblez difficile à tuer !

Shannow sourit.

— Voilà une idée réconfortante. Et je me souviens de la blessure à la hanche.

Il chevauchait près des terres du Mur, et il avait vu un groupe de pillards traîner deux femmes dehors. Il avait attaqué et tué les pillards, mais l'un d'eux avait réussi à faire usage de son arme et l'avait touché à la hanche. La balle était ressortie par le bas de son dos. Shannow serait mort sans l'aide de l'Homme-Bête, Shir-ran, qui l'avait trouvé dans le blizzard.

— Vous êtes à des lieues de là, monsieur Shannow. À quoi pensez-vous ?

— Je pensais à un lion, Jérémie.

Ils se promenèrent le long de la berge, puis revinrent vers les feux de camp, dans le cercle de chariots. Shannow était fatigué, et demanda à Jérémie de lui prêter des couvertures pour qu'il puisse dormir à la belle étoile.

— Pas question, mon garçon ! Vous resterez dans ce lit encore un ou deux jours, puis nous aviserons.

Trop fatigué pour protester, Shannow remonta dans le chariot. Jérémie le suivit.

Shannow s'allongea tout habillé sur le lit étroit. Le vieil homme prit des livres et fit mine de partir, mais Shannow le rappela.

— Pourquoi avez-vous dit que mon nom était tristement célèbre ?

Jérémie se tourna vers lui.

— C'est celui de l'Homme de Jérusalem. Vous avez dû entendre parler de lui ? Il chevauchait sur ces terres, il y a une vingtaine d'années.

Shannow ferma les yeux.

Une vingtaine d'années ?

Il entendit la porte de la cabine se fermer, et resta un moment allongé à regarder le ciel étoilé par la minuscule fenêtre.

— Comment vous sentez-vous ? Et pas de mensonges ! dit le docteur Meredith.

Isis sourit, mais ne répondit pas. Si seulement Meredith était aussi assuré dans sa vie qu'il l'était avec ses patients ! Elle leva la main et lui caressa le visage. Le jeune homme s'empourpra.

— J'attends toujours la réponse, dit-il d'une voix plus douce.

— La nuit est belle, fit remarquer Isis, et je me sens en paix.

— Ce n'est pas une réponse, reprocha le jeune homme.

— Elle devra faire l'affaire, dit-elle. Je ne veux pas me concentrer sur ma… faiblesse. Nous savons tous les deux où mon voyage finira. Et nous ne pouvons rien faire pour l'éviter.

Meredith soupira et baissa la tête. Une mèche rousse tomba sur son front. Isis la repoussa.

— Vous êtes un homme de bien, dit-elle.

— Un homme sans pouvoir, dit-il tristement. Je connais le nom de votre maladie, et le nom des médicaments qui pourraient la guérir. L'hydrocortisone, ou la fludrocortisone. Je connais même les quantités exactes à prendre. Ce que j'ignore, c'est comment fabriquer ces stéroïdes, ou avec quoi.

— Peu importe, assura-t-elle. Le ciel est beau, et je suis vivante. Parlons d'autre chose. Je voudrais vous poser des questions sur notre… invité.

Meredith se rembrunit.

— Que voulez-vous savoir ? Ce n'est pas un fermier, pour sûr !

— Je sais. Mais pourquoi sa mémoire lui a-t-elle fait défaut ?

— Le coup sur la tête, probablement, mais il y a de nombreuses raisons à l'amnésie, Isis. Pour vous en dire davantage, il me faudrait connaître les causes précises de la blessure, et les événements qui y ont conduit.

Elle hocha la tête, se demandant si elle allait lui dire ce qu'elle avait appris.

— D'abord, demanda-t-elle, parlez-moi de l'Homme de Jérusalem.

Il éclata d'un rire dur.

— Dieu merci, je ne l'ai jamais rencontré. C'était un sauvage qui a fini par avoir une renommée plus grande qu'il le méritait.

Tout ça parce que nous sommes gouvernés par un autre sauvage qui ignore la pitié et révère la violence. Jon Shannow était un tueur. En dépit des textes quasi religieux et absurdes qui circulent actuellement, il était un vagabond, attiré par la violence comme une mouche par le crottin. Il n'a rien construit, rien écrit, rien produit. Comme le vent qui souffle à travers le désert.

—Il a combattu les Enfants de l'Enfer, dit Isis, et détruit le pouvoir des Gardiens.

—Exactement, dit Meredith. Il a *combattu* et *détruit.* Et maintenant, on le considère comme une sorte de sauveur, un ange noir envoyé par Dieu. Je me demande parfois si nous serons jamais libérés des hommes comme Shannow.

—Vous le considérez donc comme maléfique ?

Meredith se leva et ajouta des brindilles dans le feu, puis revint s'asseoir devant Isis.

—C'est difficile de répondre à cette question. À ma connaissance, ce n'était pas un mercenaire, il ne tuait pas pour de l'argent. Il combattait et tuait les hommes qu'il estimait mauvais ou impies. Mais – et c'est très important à mes yeux – il *décidait* qui était mauvais ou impie, et c'était *lui* qui dispensait ce qu'il estimait être la justice. Dans toute société civilisée, un tel comportement devrait être tenu pour détestable. Il crée un précédent, et autorise tacitement d'autres hommes à suivre ce raisonnement et à tuer tous ceux qui ne sont pas d'accord avec eux. Quand nous révérons un homme comme Shannow, nous ouvrons la voie à d'autres qui veulent suivre son exemple. Comme le Diacre, par exemple. Quand les Enfants de l'Enfer nous ont attaqués, il a détruit leur armée, mais aussi leurs cités. Il leur a infligé une terrifiante punition. Et pourquoi ? Parce qu'il avait décidé qu'ils étaient un peuple maléfique. Des milliers de fermiers et d'artisans ordinaires de ce peuple ont été mis à mort. Un génocide ! Voilà ce que nous lèguent des hommes comme Jon Shannow. Dites-moi, qu'est-ce que ça a à voir avec notre *invité*, comme vous l'appelez ?

—Je l'ignore, mentit-elle. Il dit s'appeler Shannow, donc je me demandais s'il y avait un lien avec son… comment appelez-vous ça, déjà ?

— Son amnésie.

— Oui, son amnésie. Vous avez évoqué les événements qui y ont conduit. (Isis hésita.) Il a vu ses amis se faire massacrer. Certains ont été brûlés, d'autres tués par balles. Son… foyer… a été incendié. Il s'est échappé et a repris les armes qu'il avait abandonnées des années plus tôt. Il était un guerrier, autrefois, mais avait décidé que c'était mal. Dans sa douleur, il a pisté les tueurs et les a combattus, avant de les tuer tous. Cela vous aide-t-il ?

Meredith soupira.

— Pauvre homme, dit-il. Je crois que je l'ai mal jugé. J'ai vu les armes, et je l'ai pris pour un brigand, ou un tueur à gages. Oui, ça m'aide, Isis. L'esprit est une mécanique délicate. Si tout ce que vous m'avez dit est exact – et je fais confiance à votre talent –, ça signifie que notre invité est parti en guerre contre des ennemis abjects, mais aussi contre ses propres convictions. Son esprit n'a pas résisté à tant d'angoisse et de conflit, et il s'est coupé de ses souvenirs. On appelle ça l'« amnésie protectrice ».

— Dois-je le lui expliquer ?

— En aucun cas ! C'est pour ça qu'on l'appelle *protectrice.* Lui dire tout, maintenant, pourrait provoquer un effondrement complet. Laissons-le retrouver lentement ses souvenirs, en temps voulu. Ce qui est fascinant, c'est le choix qu'il a fait de sa nouvelle identité. Pourquoi Shannow ? Que faisait-il dans la vie ?

— Il était pasteur, répondit-elle.

— Ça l'explique sans doute, dit Meredith. Un homme de paix contraint de devenir quelqu'un qu'il réprouve. Quelle meilleure identité que celle d'un homme qui prétendait être religieux mais était en réalité un tueur endurci ? Occupez-vous de lui, Isis. Il aura besoin des soins que vous seule pourrez lui apporter.

— Tout le monde a tort et tu as raison, c'est ça que tu dis, maman ?

Le visage du jeune homme était rouge de colère quand il se leva de la table et gagna la fenêtre, qu'il ouvrit, pour regarder les champs labourés. Beth McAdam inspira à fond et lutta pour garder son calme.

— J'ai raison, Samuel. Et peu m'importe ce que disent les autres. Ce qu'on est en train de faire est mal, c'est tout.

Samuel se tourna vers sa mère.

— C'est mal ? C'est mal, de suivre la volonté de Dieu ? Tu as une idée bizarre du mal ! Comment peux-tu t'élever contre la parole du Seigneur ?

Ce fut le tour de Beth de montrer sa colère.

— Le meurtre, tu appelles ça la volonté de Dieu ? Les Hommes-Loups n'ont jamais fait de mal à personne ! Et ils n'ont pas demandé à être comme ils sont. Dieu seul sait ce qui les a rendus ainsi, mais ils ont une âme, Samuel. Ils sont doux et gentils.

— Ce sont des abominations, cria Samuel. Et, comme le dit le Livre, *Tu n'introduiras donc pas dans ta maison une abomination, car tu te mettrais avec elle sous le coup de la malédiction.*

— Il y a seulement *une* abomination dans cette maison, Samuel, et c'est moi qui lui ai donné le jour. Pars ! Retourne auprès de tes meurtriers d'amis. Et dis-leur de ma part que, s'ils viennent sur mes terres pour chasser les Hommes-Loups, je les accueillerai avec la mort et le feu !

La mâchoire du jeune homme s'affaissa.

— As-tu perdu la tête ? Ce sont nos voisins que tu parles de tuer !

Beth gagna le mur du fond et décrocha le fusil des Enfants de l'Enfer à long canon. Puis elle regarda son fils, et vit non l'homme aux larges épaules qu'il était devenu, mais le petit garçon qui avait peur du noir et pleurait quand le tonnerre roulait. Elle soupira. Il s'était transformé en un grand et bel homme aux cheveux courts et blonds et au menton ferme. Mais, comme l'enfant qu'il avait été, il était resté influençable.

— Samuel, répète-leur exactement ce que j'ai dit. Et s'ils doutent de ma parole, rappelle-leur que je ne plaisante pas. Le premier qui s'attaquera à mes amis est un homme mort.

— Tu as été séduite par le Diable, dit-il avant de sortir.

Beth entendit son cheval s'éloigner au galop dans la nuit et vit une petite forme sortir de la cuisine et se planter devant elle. Elle se força à sourire et caressa la douce fourrure des épaules de la créature.

— Je suis désolée que tu aies entendu ça, Pakia, soupira Beth. Il a toujours été malléable comme de l'argile sur le tour du potier. C'est ma faute. J'ai été trop dure avec lui. Je ne le laissais jamais gagner. Et maintenant, il ressemble à un roseau qui se plie à tout vent.

La petite Femme-Loup pencha la tête sur le côté. Son visage était presque humain, mais couvert de fourrure, et sa mâchoire était plus allongée. Elle avait des yeux ovales de la couleur de l'or, bronze émaillé de rouge.

— Quand le pasteur reviendra-t-il ? demanda-t-elle d'une voix rendue un peu pâteuse par sa longue langue.

— Je l'ignore, Pakia. Jamais, peut-être. Il a tant essayé d'être un bon chrétien, d'endurer les insultes et les moqueries…

Beth gagna la table et s'assit. La mince Pakia lui posa une main aux longs doigts sur l'épaule. Beth la couvrit de la sienne.

— Je l'aimais, tu sais, quand il était un homme véritable. Mais, par Dieu, il est impossible d'aimer un saint ! (Elle secoua la tête.) Où qu'il soit, il doit être très malheureux. Vingt ans de sa vie tombés en poussière !

— Ce n'était pas du temps perdu, dit Pakia, et il n'est pas tombé en poussière. Il nous a donné la fierté et nous a montré la réalité de l'amour de Dieu. Ce n'est pas un don négligeable, Beth.

— Peut-être, dit Beth sans conviction. Maintenant, tu dois dire à ton peuple de partir dans la montagne et de bien se cacher. Je crains des violences terribles avant peu. On parle d'autres chasses…

— Dieu nous protégera, dit Pakia.

— Continuez tous de croire en Dieu, mais gardez vos fusils sous la main, dit doucement Beth.

— Nous n'avons pas de fusil.

— C'était une citation, petite. Elle signifie que, parfois… Dieu a besoin que nous prenions soin de nous-mêmes.

— Pourquoi nous haïssent-ils ? Le Diacre n'a-t-il pas dit que nous sommes tous les enfants de Dieu ?

Une question simple, à laquelle Beth n'avait aucune réponse. Elle posa le fusil sur la table et regarda la petite Femme-Loup. Elle mesurait un mètre cinquante environ et elle avait un aspect général humanoïde, mais son dos était arqué et ses longues mains avaient des doigts à trois jointures qui se terminaient par des griffes noires. Une fourrure gris argent recouvrait son corps.

—J'ignore pourquoi, Pakia, et aussi pour quelle raison le Diacre a changé d'avis. Désormais, les Fédérateurs disent que vous êtes des abominations. Je pense qu'ils veulent dire « différents ». Mais, dans mon expérience, les hommes n'ont pas besoin de raison précise pour la haine. Elle leur vient trop naturellement ! Vous devriez partir, maintenant. Et ne revenez pas avant un certain temps. J'irai dans les montagnes vous apporter des fournitures et des provisions quand les choses se seront un peu calmées.

—Je voudrais que le pasteur soit là, dit Pakia.

—Moi aussi. Mais je préférerais avoir l'homme qu'il était autrefois...

Nestor compta les derniers billets et les glissa dans un sac en papier, qu'il ferma et ajouta à la pile. Cent quarante-six bûcherons et sept transporteurs devaient être payés ce jour, et les billets de Barta n'étaient arrivés d'Unité que tard le soir précédent. Nestor regarda les gardes armés devant la porte ouverte.

—J'ai terminé, cria-t-il.

Nestor ferma le livre de comptes et se leva, s'étirant le dos. Le premier des gardes, Leamis, un ancien bûcheron aux épaules rondes, entra dans la pièce et posa son fusil contre le mur de la cabane. Nestor plaça les sachets de paie dans un sac en toile et les donna à Leamis.

—La nuit a été longue pour toi, petit, dit le garde.

Nestor hocha la tête. Les yeux lui piquaient et il tombait de sommeil.

—L'argent devait arriver hier matin, dit-il d'une voix fatiguée. Nous avons cru qu'il y avait eu une attaque.

—Ils ont pris le chemin le plus long, à travers la Trouée, dit Leamis. Ils pensaient que quelqu'un les suivait.

—Et c'était vrai ?

—Qui sait ? Mais on dit que Laton Duke rôde dans les environs et, du coup, plus personne ne se sent en sécurité. Mais l'argent est quand même arrivé à bon port !

Nestor gagna l'entrée et enfila son lourd manteau. Dehors, l'air de la montagne était froid, car le vent s'était levé. Il y avait trois chariots près de la cabane, équipés de chaînes pour le transport du bois. Les conducteurs étaient debout et discutaient, attendant leur paie. Nestor se tourna vers Leamis et lui fit ses adieux, puis il alla à l'enclos où se trouvaient les chevaux de la société. Il prit un harnais dans la boîte d'équipement et réchauffa le mors sous son manteau. Mettre un mors glacial dans la bouche chaude d'un cheval était le meilleur moyen de le contrarier. Il choisit un hongre à la robe fauve, lui mit la bride et la selle et descendit vers le bas de la montagne. En chemin, il croisa d'autres chariots, qui transportaient les bûcherons vers leur journée de travail.

Le soleil étincelait quand Nestor quitta le sentier de montagne et se dirigea vers la vallée des Pèlerins. Loin, au nord, il vit l'usine, carrée et laide, où on mettait la viande en conserve pour l'envoyer vers les cités en voie de développement, et, vers l'est, derrière les pics, de la fumée sortait déjà des fonderies, en une spirale noire qui montait dans le ciel comme un cyclone lointain.

Il continua son chemin et dépassa la pancarte cassée aux lettres effacées, qui accueillait les voyageurs à… « val… Pèl… pop. 827 ». Plus de trois mille personnes vivaient désormais dans la vallée, et les besoins en bois de construction pour les nouvelles maisons dénudaient peu à peu les flancs des montagnes.

Un grondement sourd le poussa à tirer sur les rênes de son hongre, et il leva la tête, pour voir une machine volante à deux ailes avancer pesamment à travers le ciel. Elle était couleur de toile bise, avec un lourd moteur à l'avant et des roues fixes sur les ailes et la queue. Nestor la détestait, il haïssait le bruit qu'elle faisait et son intrusion dans ses pensées. Quand la machine se rapprocha, le hongre devint nerveux. Nestor descendit promptement de son dos et saisit les rênes en lui caressant la tête et en lui soufflant doucement dans les naseaux. L'animal se mit à trembler, mais la machine les dépassa et le son s'estompa rapidement.

Nestor remonta en selle et repartit vers son foyer.

Quand il entra dans la ville, il essaya de ne pas regarder la zone carbonisée où s'était dressée la petite église, mais ses yeux s'y posèrent malgré lui. Les cadavres avaient été emportés, et des ouvriers s'affairaient à enlever les dernières poutres noircies. Nestor continua, laissant son cheval au palefrenier, aux écuries de la société.

Il marcha les derniers mètres jusqu'à l'appartement qu'il occupait, au-dessus du bazar de Josiah Broome.

L'appartement était minuscule, composé d'un salon carré qui donnait sur une petite chambre sans fenêtre. Nestor enleva ses vêtements et s'assit près de la fenêtre du salon, trop fatigué pour dormir. Il ramassa le livre qu'il étudiait. La couverture était en carton bon marché et le titre, imprimé en rouge. *Le Nouvel Élie*, par Erskine Wright. Les tests d'admission parmi les Croisés seraient difficiles, il le savait, et il avait si peu de temps pour lire ! Il se frotta les yeux, s'adossa à la chaise et ouvrit le livre à la page marquée, puis il lut le récit des voyages du Grand Saint.

Il s'endormit en lisant et se réveilla trois heures plus tard. Il se leva en bâillant. Il entendit des bruits de coups de feu dans la rue et gagna la fenêtre. Plusieurs cavaliers venaient de s'arrêter, et l'un d'eux était aidé par ses camarades pour descendre de cheval, du sang coulant d'une blessure à la poitrine.

Nestor s'habilla promptement et se précipita dans la rue. Il arriva à temps pour voir le capitaine Evans rejoindre le groupe. Il avait l'air héroïque dans sa chemise grise à plastron de protection et son chapeau noir à large bord. Il portait deux pistolets, attachés à la taille, la crosse renversée.

— Cette salope lui a tiré dessus ! cria Shem Jackson, le visage tordu de rage. Qu'allez-vous faire ?

Evans s'agenouilla près du blessé.

— Emmenez-le chez le docteur Shivers. Et faites vite, sinon il saignera à mort !

Plusieurs hommes soulevèrent le blessé gémissant et le portèrent le long de la rue, au-delà du magasin de Broome. Puis tout le monde se mit à parler en même temps, mais Léon Evans leva la main pour réclamer le silence.

— Un seul, dit-il en désignant Shem Jackson.

Nestor n'aimait pas cet homme, connu pour ses manières brusques quand il était sobre, et sa violence quand il était saoul.

Jackson cracha par terre.

— Nous avons repéré des Hommes-Loups à la limite de ma propriété, dit-il en se passant une main graisseuse sur les lèvres. Moi et les gars ici présents, on est partis à leur poursuite. On est arrivés près de la maison de McAdam, et voilà qu'elle sort et nous tire dessus ! Jack est tombé, puis le cheval de Miller a été tué sous lui. Qu'allez-vous faire ?

— Vous étiez sur sa propriété ? demanda Evans.

— Qu'est-ce que ça a à y voir ? protesta Jackson. On ne peut pas la laisser continuer à tirer sur n'importe qui !

— J'irai lui parler, promit Evans. Mais, à partir de maintenant, restez loin de Beth McAdam. C'est compris ?

— Les paroles, ça suffit pas ! dit Jackson. Il faut que quelqu'un s'occupe d'elle ! C'est la loi !

Evans lâcha un sourire sans humour.

— Ne me dites pas ce qu'est la loi, Shem, dit-il doucement. Je connais la loi. Beth McAdam a averti, loyalement, qu'elle ne tolérerait pas d'hommes en armes sur sa propriété. Elle a également dit qu'elle tirerait sur toute personne qui ferait intrusion sur ses terres pour chasser les Hommes-Loups. Vous n'auriez pas dû y aller. Et maintenant, comme je l'ai dit, j'irai lui parler.

— D'accord, allez lui parler, siffla Jackson. Mais je vous le dis : personne, homme ou femme, ne me tire impunément dessus !

Evans l'ignora.

— Rentrez chez vous.

Les hommes s'éloignèrent, mais Nestor vit qu'ils se dirigeaient vers la taverne de *La Nacre.* Il avança, et le capitaine le regarda, les paupières plissées.

— J'espère que tu n'étais pas avec eux, petit ? demanda Evans.

— Non, monsieur. Je dormais dans ma chambre. J'ai entendu le bruit de leur arrivée. Je ne pensais pas que Mme McAdam tirerait sur quelqu'un.

— C'est une femme de caractère, Nestor. Elle a été une des premières arrivées à la vallée des Pèlerins. Elle a combattu les hommes-lézards, et depuis, il y a eu deux raids de brigands contre sa ferme. Cinq ont été tués lors d'un combat au pistolet, il y a environ dix ans.

Nestor gloussa.

— Elle avait du caractère, pour sûr, quand elle dirigeait l'école. Je m'en souviens !

— Moi aussi, dit Evans. Tes études, ça avance ?

— Chaque fois que je commence à lire, je m'endors, reconnut Nestor.

— Pourtant, tu dois le faire, Nestor. Un homme ne peut pas suivre le chemin de Dieu sans étudier Sa parole.

— Je ne comprends pas bien, monsieur. La Bible est si pleine de tuerie et de vengeance ! C'est dur de savoir ce qui est bien.

— C'est pour ça que Dieu a envoyé des prophètes comme Daniel Cade et Jon Shannow. Tu dois étudier leurs paroles. Alors, les voies secrètes te seront révélées. Et ne t'inquiète pas au sujet de la violence, Nestor. Toute vie est violence. Il y a la violence de la maladie, de la faim et de la pauvreté. Même la naissance est violente. Un homme doit comprendre ces choses. Rien de bien n'arrive jamais aisément.

Nestor n'y comprenait toujours rien, mais il ne voulut pas passer pour un imbécile devant son héros.

— Oui, monsieur, dit-il.

Evans sourit et lui tapota l'épaule.

— Le Diacre envoie un de ses Apôtres à la vallée des Pèlerins, à la fin du mois. Viens l'écouter.

— Je n'y manquerai pas, monsieur. Qu'allez-vous faire au sujet de Mme McAdam ?

— Elle est très stressée, avec le pasteur qui a disparu et l'incendie. Je vais aller la voir et lui parler.

— Samuel m'a dit qu'il pense qu'elle est possédée par le Diable, dit Nestor. Il m'a dit qu'elle l'a jeté dehors et l'a traité d'abomination.

— C'est un faible. Ça arrive souvent aux jeunes qui ont des parents un peu trop forts. Mais j'espère qu'il se trompe. Le temps le dira.

— Est-ce vrai que Laton Duke et ses hommes sont dans les parages ? demanda Nestor.

— Son gang a été exterminé à coups de feu près de Pernum, alors j'en doute fort, dit le Croisé. Ils ont essayé de voler une diligence de Barta qui se dirigeait vers les mines.

— Il est mort, alors ?

Evans éclata de rire.

— N'aie pas l'air si déçu, petit ! C'est un brigand.

Nestor s'empourpra.

— Je ne suis pas déçu, mentit-il. C'est seulement qu'il est… célèbre… et… romantique, en un sens.

Evans secoua la tête.

— Je n'ai jamais rien trouvé de romantique à un voleur. C'est un homme qui n'a ni la force ni la détermination de travailler, et qui vole ceux qui sont meilleurs que lui. Si tu veux un héros, choisis quelqu'un d'un peu mieux que Laton Duke, Nestor !

— Oui, monsieur, promit le jeune homme.

Chapitre 2

On demande souvent : comment les droits d'un individu peuvent-ils être équilibrés avec ceux de la société ? Considérez le fermier, mes frères. Quand il plante des graines pour sa moisson, il sait que les corbeaux viendront et en mangeront. Trop d'oiseaux, et il n'y aura pas de moisson. Donc, le fermier prend son fusil. Cela ne signifie pas qu'il hait les corbeaux, ni que les corbeaux sont maléfiques.

La Sagesse du Diacre, Chapitre IV

Beth abattit la hache. Le coup n'était pas gracieux, mais la force de son geste enfonça profondément la lame de cinq kilos dans le bois, qui se fendit net. Des insectes sortirent de l'écorce et elle les fit tomber par terre avant de poser les morceaux dans la pile de bois pour l'hiver.

La sueur coulait abondamment sur son visage. Elle l'essuya avec sa manche et posa la hache contre le mur de l'abri à bois, puis elle prit son long fusil et gagna le puits. Elle regarda la hache et la souche d'arbre qui lui avait servi de billot, et elle se représenta le pasteur, à cet endroit, et la poésie fluide de ses mouvements. Elle soupira.

Le pasteur…

Même elle avait fini par considérer Shannow comme l'homme de Dieu, dans la vallée, et elle avait presque oublié son passé redoutable. Mais il avait changé. Oui, par Dieu, il avait changé ! Le lion s'était mué en agneau. Et Beth avait honte de n'avoir pas apprécié ce changement.

Son dos la faisait souffrir, et elle aurait aimé se reposer.

— Ne laisse jamais un travail à moitié fait, se morigéna-t-elle.

Elle souleva la louche en cuivre du seau et but l'eau fraîche, puis elle retourna à sa hache. Le bruit des sabots d'un cheval sur le sol de terre battue la fit jurer. Elle avait laissé le fusil près du puits !

Elle lâcha la hache et traversa rapidement le terrain découvert, sans regarder le cavalier. Elle saisit le fusil.

— Tu n'auras pas besoin de ce truc, Beth, ma chère, dit une voix familière.

Clem Steiner passa la jambe par-dessus le pommeau de sa selle et sauta sur le sol. Un grand sourire s'afficha sur le visage de Beth et elle avança vers lui, les bras ouverts.

— Tu as l'air en forme, Clem, dit-elle en le serrant dans ses bras.

Elle saisit ses larges épaules et le repoussa doucement, en regardant son visage buriné.

Ses yeux étaient d'un bleu étincelant, et son sourire donnait l'impression qu'il était encore un gamin, malgré le gris à ses tempes et les rides autour de ses yeux et de sa bouche. Son manteau noir semblait avoir pris peu de poussière pendant son trajet, et il portait un gilet rouge vif par-dessus un ceinturon d'armes noir poli.

Beth le serra de nouveau dans ses bras.

— Tu es une vue rafraîchissante pour une vieille femme, dit-elle, sentant l'émotion enfler dans sa gorge.

— Oh, Beth, tu es toujours la plus belle femme que je connaisse !

— Toujours aussi flatteur, dit-elle en essayant de cacher son plaisir.

— Quelqu'un oserait-il te mentir ? (Son sourire s'effaça.) Je suis venu dès que j'ai entendu ce qui était arrivé. Des nouvelles ?

— Non. Occupe-toi de ton cheval, Clem, je vais te préparer à manger.

Beth regagna la maison, et remarqua pour la première fois depuis des jours qu'elle était en désordre, que la poussière s'était déposée sur le plancher. Soudain furieuse, elle oublia la nourriture et alla chercher la serpillière et le balai dans la cuisine.

— Quel taudis ! grommela-t-elle quand Clem entra.

Il sourit.

— C'est une maison dans laquelle on vit, dit-il.

Il enleva son ceinturon et prit une chaise.

Beth gloussa et posa la serpillière.

— Un homme ne devrait pas surprendre une femme comme ça, dit-elle. Surtout après tant d'années ! Qui t'ont été clémentes, mon garçon. Tu t'es un peu remplumé. Ça te va bien.

— J'ai eu une bonne vie, dit-il.

Mais il détourna le regard en parlant, et examina la fenêtre percée dans la pierre grise du mur.

— C'est une maison solidement construite, Beth. J'ai vu les fentes pour fusil, aux fenêtres du haut, et les volets renforcés du rez-de-chaussée. Une vraie forteresse ! Seules les vieilles maisons ont encore des fentes à fusil. Je crois que les gens pensent que le monde devient plus sûr.

— Seulement les imbéciles, Clem.

Elle lui raconta le raid contre l'église, et les conséquences sanglantes quand le pasteur avait ceint ses revolvers. Clem écouta en silence. Quand elle eut terminé, il se leva et alla à la cuisine, où il se versa un verre d'eau. Là aussi, il y avait une porte solide, avec une épaisse barre à côté. La fenêtre était étroite et les volets, renforcés par des bandes de fer.

— Ç'a été dur, à Pernum, dit-il. La plupart d'entre nous pensaient qu'avec la fin de la guerre nous retournerions à nos fermes et à une vie ordinaire. Mais il n'en a rien été. J'imagine que c'était idiot de croire que ça serait le cas, après toutes les tueries, au nord. Et la guerre qui a éliminé les Enfants de l'Enfer. Les Hommes du Serment sont-ils déjà arrivés jusqu'ici ? (Elle secoua la tête. Il traversa la pièce et resta debout devant la porte.) Ce n'est pas bon, Beth. Il faut affirmer sa foi devant trois témoins. Et ceux qui ne le font pas… Au mieux, ils perdent leur terre.

— J'en déduis que tu as prêté le Serment ?

Il revint s'asseoir en face d'elle.

— On ne me l'a jamais demandé. Mais je le ferai, j'imagine. Ce ne sont que des mots. Mais dis-moi, y a-t-il eu des nouvelles de lui, depuis l'incendie ?

— Non. Il a tué six pillards et il a disparu.

— Ça fera un choc aux bien-pensants s'ils découvrent qui il est. Tu sais qu'il y a une statue de lui, à Pernum ? Pas très ressemblante, surtout vu le halo en cuivre autour de sa tête.

— Ne plaisante pas à ce sujet, Clem. Il a essayé de l'ignorer, et je pense qu'il avait tort. Il n'a jamais dit ou fait un dixième de ce qu'ils prétendent… Et quant à être le nouveau Jean le Baptiste… pour moi, c'est un blasphème. Tu étais là, Clem. Tu as vu l'Épée de Dieu s'abattre. Tu as vu les machines volantes. Tu *sais* la vérité.

— Tu te trompes, Beth. Je ne sais rien du tout. Si le Diacre affirme qu'il est l'envoyé de Dieu, qui suis-je pour dire le contraire ? Il semblerait que Dieu ait été avec lui, non ? Il a gagné la Guerre Fédératrice, n'est-ce pas ? Et quand Batik est mort et que les Enfants de l'Enfer nous ont envahis de nouveau, il s'est occupé de les éliminer. Des dizaines de milliers de morts. Et les Croisés ont pratiquement exterminé les brigands et les Carns. Il m'a fallu six jours pour venir ici, Beth, et je n'ai pas eu besoin de mon fusil. Il y a des écoles, des hôpitaux, et plus personne ne meurt de faim. Tout n'est pas mauvais !

— Des tas de gens, ici, seraient d'accord avec toi, Clem.

— Mais pas toi ?

— Je n'ai rien contre les écoles et tout le reste.

Elle se leva et revint de la cuisine avec du pain, du fromage et un morceau de jambon fumé.

— Mais ces discours sur la nécessité de tuer les incroyants et les païens, et le massacre des Hommes-Loups – c'est mal, Clem. Purement et simplement mal.

— Que puis-je faire ?

— Trouve-le, Clem. Ramène-le à la maison.

— Tu ne demandes pas grand-chose, Beth, n'est-ce pas ? C'est un grand pays, bourré de déserts et de montagnes…

— Le feras-tu ?

— Je peux manger, d'abord ?

Jérémie appréciait la compagnie du blessé, mais beaucoup de choses au sujet de Shannow l'inquiétaient, et il confia ses craintes au docteur Meredith.

— C'est un homme très secret, mais je pense qu'il se souvient de beaucoup moins de choses qu'il l'avoue. Il semble y avoir un grand gouffre dans sa mémoire.

— J'ai essayé de me souvenir de tout ce que j'ai lu sur l'amnésie protectrice, dit Meredith. Le traumatisme dont il a souffert était si fort que son esprit conscient l'a refusé et a effacé des zones entières de ses souvenirs. Donnez-lui du temps.

Jérémie sourit.

— Le temps, on n'a que ça, mon ami !

Meredith hocha la tête et s'adossa à son siège, regardant le ciel qui s'obscurcissait. Un vent léger soufflait des montagnes, et il sentait l'odeur des peupliers près de la rivière et celle de l'herbe sur les flancs des collines.

— À quoi pensez-vous ? demanda Jérémie.

— Ici, tout est beau. Ça rend le mal qui règne dans les cités comme lointain, presque sans importance.

— Le mal n'est jamais sans importance, soupira Jérémie.

— Vous savez ce que je veux dire, lui reprocha Meredith.

Jérémie hocha la tête, et les deux hommes restèrent un moment assis, dans un silence paisible. Le voyage du jour avait été bon, en plaine, et les chariots s'étaient arrêtés à l'ombre d'une chaîne de montagnes déchiquetée. Un peu au nord se trouvait une petite cascade. Les *Errants* avaient dressé leur camp à côté de la rivière qui en partait. Les femmes et les enfants exploraient un bosquet sur le flanc de la montagne, ramassant du bois mort pour les feux de camp, pendant que la plupart des hommes étaient à la chasse. Shannow se reposait dans le chariot de Jérémie.

Isis arriva, portant un fagot de brindilles qu'elle laissa tomber aux pieds de Jérémie.

— Ça ne vous ferait pas de mal de travailler un peu, dit-elle.

Les deux hommes remarquèrent qu'elle avait l'air fatiguée et que ses joues étaient un peu trop rouges.

— L'âge a ses privilèges, dit Jérémie en se forçant à sourire.

— La paresse, voulez-vous dire ! (Elle se tourna vers le jeune docteur roux.) Et vous, quelle est votre excuse ?

Meredith s'empourpra et se leva d'un bond.

— Je suis désolé. Je… n'avais pas réfléchi. Que voulez-vous que je fasse ?

— Vous pourriez aider Clara à ramasser le bois. Vous auriez pu nettoyer et faire cuire les lapins. Vous auriez pu partir chasser avec les autres hommes. Par Dieu, Meredith, vous êtes un sacré inutile !

Elle virevolta sur ses talons et repartit vers le bois.

— Elle travaille trop dur, dit Jérémie.

— C'est une battante, Jérémie, répondit tristement Meredith. Mais elle a raison. Je passe trop de temps perdu dans mes pensées, à rêvasser, pour ainsi dire.

— Certains hommes sont des rêveurs, répondit Jérémie. Ce n'est pas un mal. Allez aider Clara. Elle est trop près de son terme pour transporter du bois mort.

— Oui… oui, vous avez raison, reconnut Meredith.

Seul, Jérémie fit un cercle de pierres et construisit un feu. Il n'entendit pas Shannow approcher, et leva la tête seulement quand le craquement du bois de la chaise de Meredith l'avertit que quelqu'un venait de s'y asseoir.

— Vous avez l'air plus en forme, dit le vieil homme. Comment vous sentez-vous ?

— Je guéris, dit Shannow.

— Et votre mémoire ?

— Y a-t-il une ville, près d'ici ?

— Pourquoi le demandez-vous ?

— Pendant que nous voyagions, aujourd'hui, j'ai vu de la fumée, au loin.

— Je l'ai vue aussi, dit Jérémie. Mais, avec un peu de chance, demain soir nous en serons loin.

— Avec un peu de chance ?

— Les *Errants* ne sont pas très appréciés, par ces temps troublés.

— Pourquoi ?

— Difficile question, monsieur Shannow. Peut-être les hommes liés à un lopin de terre envient-ils notre liberté ? Peut-être nous considèrent-ils comme une menace pour leur stabilité ? En bref, j'ignore pourquoi. Autant me demander pourquoi les hommes aiment s'entre-tuer, ou trouvent la haine si facile et l'amour si difficile…

— C'est probablement une question de territoire, dit Shannow. Quand des hommes s'enracinent quelque part, ils en viennent à croire que tout ce qui les entoure leur appartient – les daims, les arbres, les montagnes. Vous arrivez, vous tuez les daims, et ils considèrent que c'est du vol.

— Ça aussi, reconnut Jérémie. Mais vous ne partagez pas cette vision des choses, monsieur Shannow ?

— Je ne m'enracine nulle part.

— Vous êtes un homme étrange. Vous savez des choses, vous êtes courtois, et pourtant, vous avez l'aspect d'un guerrier. Je le vois en vous. Je pense que vous êtes un… homme redoutable, monsieur Shannow.

Shannow soutint le regard de Jérémie.

— Vous n'avez rien à craindre de moi, vieil homme. Je ne suis pas un homme belliqueux. Je ne vole pas, et je ne mens pas.

— Avez-vous combattu lors de la guerre, monsieur Shannow ?

— Je ne le pense pas.

— La plupart des hommes de votre âge ont combattu lors de la Guerre Fédératrice.

— Parlez-m'en.

Avant que le vieil homme ait eu le temps de commencer, Isis arriva à la course.

— Des cavaliers ! dit-elle. Et ils sont armés.

Jérémie se leva et avança entre les chariots. Isis le suivit, et plusieurs femmes et enfants s'attroupèrent. Le docteur Meredith, les bras chargés de bois mort, se tenait, nerveux, à côté d'une femme enceinte et de ses deux filles. Jérémie s'abrita les yeux du soleil couchant et compta les cavaliers. Ils étaient quinze, et tous portaient un fusil. À leur tête se trouvait un jeune homme mince aux cheveux blancs qui lui arrivaient aux épaules. Les cavaliers trottèrent jusqu'aux chariots avant de tirer sur les rênes. L'homme aux cheveux blancs se pencha par-dessus le pommeau de sa selle.

— Qui êtes-vous ? demanda-t-il d'une voix dégoulinante de mépris.

— Jérémie, monsieur. Et ces gens sont mon peuple.

L'homme regarda les chariots décorés et dit quelque chose à voix basse à son compagnon de droite.

— Êtes-vous des gens du Livre ? demanda Cheveux-blancs.

— Bien entendu, répondit le vieil homme.

— Vous avez vos papiers de Serment ? demanda l'homme d'une voix douce mais un peu sifflante.

— On ne nous a jamais demandé de prêter serment, monsieur. Nous sommes des *Errants*, et nous restons rarement assez longtemps en ville pour qu'on nous pose des questions sur notre foi.

— Moi, je vous pose la question, dit l'homme. Et je n'aime pas votre ton, *Vagabond*. Je suis Aaron Crane, le Preneur de Serment du village de Pureté. Savez-vous pourquoi on m'a donné ce poste ? (Jérémie secoua la tête.) Parce que j'ai le don de discernement. Je repère un païen à cinquante pas. Et il n'y a pas de place pour ces gens-là dans le pays de Dieu. Ils sont une tache sur la Terre, un cancer sur la chair de la planète, et une abomination aux yeux de Dieu. Récitez-moi le psaume XXII.

Jérémie inspira à fond.

— Je ne suis pas un érudit, monsieur. Ma Bible est dans mon chariot. Je vais aller la chercher.

— Vous êtes un païen ! cria Crane. Et votre chariot va brûler !

Il se tourna vers ses compagnons.

— Faites des torches avec leurs feux de camp. Brûlez les chariots !

Les hommes mirent pied à terre et avancèrent vers les feux, Crane à leur tête.

Jérémie s'interposa.

— Je vous en prie, monsieur, ne faites…

Un cavalier saisit le vieil homme et le projeta au sol. Il tomba lourdement, mais se remit sur pied, quand Isis se jeta sur l'homme qui l'avait frappé, le poing levé. Le cavalier para aisément son coup et la poussa.

Et Jérémie regarda, désespéré mais impuissant, les hommes converger vers le feu.

Aaron Crane exultait en marchant vers le feu. C'était le travail pour lequel il était né : sanctifier le pays et le rendre digne des gens du Livre. Ces *Vagabonds* étaient la lie de ce monde, et ne comprenaient rien à ce que le Seigneur exigeait. Les hommes étaient paresseux et apathiques, les femmes, pas mieux que des prostituées. Il regarda la femme blonde qui avait frappé Leach. Ses vêtements étaient élimés, et sa poitrine pointait sous sa chemise en laine. Pire qu'une putain, décida-t-il, sentant la colère enfler en lui. Il se représenta les chariots en flammes, les païens suppliant qu'on les épargne. Mais il n'y aurait pas de pitié pour ces mécréants, résolut-il. Qu'ils supplient devant le trône du Tout-Puissant. Oui, ils mourraient. Pas les enfants, bien entendu : il n'était pas un sauvage.

Leach fit la première torche et la tendit à Aaron Crane.

— Par cet acte, hurla Crane, que le nom du Seigneur soit glorifié !

— Amen, dirent les hommes réunis autour de lui.

Crane avança vers le premier chariot... Et s'arrêta net. Un homme de grande taille se tenait devant lui. Il ne dit rien, mais resta debout, à regarder Crane. Le Preneur de Serment aux cheveux blancs étudia l'homme et remarqua aussitôt deux choses. D'abord, que le nouveau venu le regardait droit dans les yeux. Et ensuite, qu'il était armé. Crane observa les deux revolvers dans les étuis accrochés sur les hanches de l'homme. Celui-ci n'avait fait aucun geste menaçant, mais il se tenait devant le chariot. Pour lui mettre le feu, Crane serait obligé de lui passer sur le corps...

— Qui êtes-vous ? demanda Crane, essayant de gagner du temps.

— *Ils ouvrent contre moi leur gueule, semblables au lion qui déchire et rugit*, cita l'homme d'une voix profonde et basse.

Crane fut sidéré. La citation venait du psaume qu'il avait demandé au vieux *Vagabond* de réciter, mais les mots semblaient avoir maintenant acquis un sens différent, secret.

Poussez-vous, dit Crane, et n'essayez pas d'interférer avec le travail de Dieu.

— Vous avez le choix : vivre ou mourir, dit l'homme d'une voix toujours basse et sans trace de colère.

Crane sentit la terreur enfler dans son ventre. L'homme le tuerait, il le savait avec une certitude glaciale. S'il tentait d'enflammer le chariot, il tirerait un de ses revolvers et le tuerait. Crane sentit sa gorge se dessécher. Une flammèche tomba de la torche et lui brûla le dos de la main, mais il ne bougea pas. Il en était incapable. Derrière lui se tenaient quinze hommes armés, mais ils lui auraient été tout aussi utiles à des centaines de lieues de là… De la sueur coula dans ses yeux.

—Que se passe-t-il, Aaron ? demanda Leach.

Crane laissa tomber sa torche et recula, les mains tremblantes. L'homme avançait vers lui, et le Preneur de Serment sentit la panique grandir en lui.

Il se tourna et courut vers son cheval. Il grimpa en hâte sur sa selle, saisit les rênes et lança la bête au galop pendant une bonne demi-lieue. Puis il arrêta son cheval et mit pied à terre.

Agenouillé sur la terre dure, il sentit la bile remonter dans sa bouche, et se mit à vomir.

La tête de Shannow le faisait souffrir quand il avança vers le groupe d'hommes. Le Preneur de Serment s'éloignait au galop, mais ses soldats étaient toujours là, perturbés et ne sachant quoi faire.

—Votre chef est parti, dit Shannow. Avez-vous autre chose à faire ici ?

L'homme trapu qui avait passé la torche à Crane était tendu, et Shannow vit la colère monter en lui. Mais Jérémie avança.

—Vous devez tous avoir soif après votre longue chevauchée, dit-il. Isis, apportez un peu d'eau à ces hommes. Clara, allez chercher les tasses dans mon chariot. Ah, mes amis, en ces temps troublés, ces malentendus sont choses courantes. Nous sommes tous des gens du Livre, et celui-ci ne nous dit-il pas d'aimer nos voisins et de faire du bien à ceux qui nous haïssent ?

Isis, le visage empourpré et coléreux, apporta une cruche en cuivre pendant que Clara distribuait des tasses aux cavaliers.

L'homme trapu fit signe à Isis de s'éloigner et regarda durement Shannow.

—Qu'avez-vous dit au Preneur de Serment ? gronda-t-il.

—Demandez-le-lui, répondit Shannow.

—C'est bien ce que je compte faire ! dit l'homme.

Il se tourna vers ses camarades, tous en train de boire.

—Partons ! cria-t-il.

Tandis qu'ils s'éloignaient, Shannow retourna près du feu et se laissa tomber dans la chaise du docteur Meredith. Jérémie et le docteur s'approchèrent de lui.

— Je vous remercie, mon ami, dit Jérémie. Je pense qu'ils nous auraient tous tués.

— Ce ne serait pas sage de passer la nuit ici, dit Shannow. Ils reviendront.

— Certains d'entre nous, dit l'Apôtre Saül, le soleil étincelant sur sa longue chevelure dorée, pleurent les milliers de gens qui sont tombés en luttant contre nous pendant les Grandes Guerres. Et, je vous le dis, mes frères, je suis de ceux-là. Car ces âmes égarées ont donné leur vie pour la cause des ténèbres, alors qu'elles pensaient combattre pour celle de la lumière.

» Comme le bon Seigneur nous l'a dit, le chemin est étroit et peu le trouvent. Mais cette Grande Guerre est terminée, mes frères ! Elle a été gagnée, pour la gloire de Dieu et de son fils, Jésus-Christ. Et elle a été gagnée par vous, et par moi, et par les multitudes de croyants qui ont résisté aux actes sataniques de nos ennemis, les païens comme les Enfants de l'Enfer.

Une chaleureuse acclamation s'éleva, et Nestor Garrity regretta de ne pas avoir été un des soldats du Christ dans les Grandes Guerres. Mais, à cette époque, il n'était qu'un enfant, qui allait dans la petite classe et vivait dans la peur de la redoutable Beth McAdam. Tout autour de lui, les hommes et les femmes de la vallée des Pèlerins s'étaient réunis au Grand Pré pour entendre les paroles de l'Apôtre. Certains des gens présents se souvenaient encore de la machine volante blanche et argentée qui était passée au-dessus de la vallée des Pèlerins, vingt ans auparavant, amenant au peuple le Diacre et ses Apôtres. Nestor aurait aimé la voir en vol. Son père l'avait emmené à Unité huit ans plus tôt, dans la grande cathédrale au centre de la cité. Là, dressée sur un piédestal d'acier étincelant, trônait la machine volante. Nestor n'oublierait jamais cet instant.

— C'est peut-être terminé, mes amis, mais une autre bataille nous attend, dit l'Apôtre, dont les mots ramenèrent Nestor au présent. Les forces de Satan ont été vaincues, mais il reste encore du danger sur nos terres. Car, ainsi qu'il est écrit, le Diable est le Grand Trompeur, le fils de l'Étoile du Matin. Ne vous laissez pas abuser, mes frères et mes sœurs, le Diable n'est pas une bête hideuse. Il est beau et charmant, et ses paroles coulent comme du miel. Et nombreux sont ceux qui se fourvoieront à cause de lui. Il est la voix du mécontentement qui murmure la nuit à votre oreille. Il est l'homme – ou la femme – qui s'oppose à la parole de notre Diacre et à sa quête sacrée pour ramener ce monde torturé au Seigneur.

» Car n'a-t-il pas été écrit, *C'est à leurs fruits que vous les reconnaîtrez*? Alors, je vous demande ceci, mes frères, qui a apporté la vérité dans ce monde maudit? Dites-le-moi!

Il leva les bras et toisa la foule du haut de son podium.

— Le Diacre! crièrent les gens.

— Et qui est descendu du Paradis avec la parole de Dieu?

— LE DIACRE!

Pris dans l'excitation hypnotique du moment, Nestor se leva et ponctua d'un coup de poing dans l'air chaque réponse. Les voix mêlées de la foule roulaient comme le tonnerre, et Nestor eut du mal à voir l'Apôtre à travers la forêt de bras levés. Mais il l'entendait clairement.

— Et qui Dieu a-t-Il envoyé à travers les méandres du temps?

— LE DIACRE!

L'Apôtre Saül attendit que le grondement se calme, puis il écarta les mains pour réclamer le silence.

— Mes amis, à ses œuvres vous l'avez jugé. Il a construit des hôpitaux et des écoles et de grandes cités et, une fois de plus, les connaissances de nos ancêtres sont utilisées par les enfants de Dieu. Nous avons des machines pour labourer la terre, et pour naviguer sur les mers, et pour voler dans les airs. Nous avons des médicaments, des médecins et des infirmières bien formés. Et ce pays torturé croît de nouveau, ne faisant qu'un avec le Seigneur. Et Il est avec nous, à travers Son Serviteur, à Unité.

» Mais partout, le péché attend pour nous faire tomber. C'est pour cela que les Preneurs de Serment se déplacent dans le pays. Ce sont les jardiniers de ce nouvel Éden, qui cherchent et arrachent les mauvaises herbes et les plantes qui ne fleurissent pas. Aucune famille qui craint Dieu ne doit avoir peur des Preneurs de Serment.

Seuls ceux que Satan a séduits doivent connaître la terreur d'être démasqués. Tout comme seuls les brigands et les hors-la-loi doivent craindre nos nouveaux Croisés, nos excellents jeunes soldats, comme votre propre capitaine Léon Evans.

Nestor hurla son approbation à pleins poumons, mais sa voix se perdit dans un océan de sons.

Quand le tumulte diminua, l'Apôtre Saül reprit la parole.

— Mes amis, la vallée des Pèlerins a été le premier village que nous avons survolé quand le Seigneur nous a fait venir du ciel. Et, pour cette raison, le rôle de Preneur de Serment sera très spécial. Le Diacre m'a demandé de remplir cette fonction, et je le ferai, avec votre bénédiction. Et maintenant, prions...

Quand les prières se terminèrent et que le dernier hymne eut été chanté, Nestor retourna dans la rue principale, avançant lentement avec le reste de la foule. La plupart des gens rentrèrent chez eux, mais quelques privilégiés, dont Nestor, avaient été invités à une réception au *Repos du Voyageur,* pour accueillir officiellement le nouveau Preneur de Serment. Nestor se sentait particulièrement flatté qu'on lui ait demandé de venir, même si c'était seulement en tant que serveur. C'était un moment historique. Le jeune homme avait du mal à croire qu'un des Neuf Apôtres vivrait réellement parmi les habitants de la vallée des Pèlerins, même si c'était seulement pour un mois ou deux. C'était un immense honneur !

Josiah Broome, qui était désormais le patron du *Repos du Voyageur,* attendait dans l'arrière-cuisine de l'auberge quand Nestor arriva. Broome, qui approchait des soixante-dix ans, était un petit homme aux os menus, chauve et myope. Malgré sa tendance à faire des discours pompeux, Broome était un homme de cœur, et Nestor l'aimait bien.

— C'est toi, jeune Garrity ? demanda Broome en s'approchant de lui.

— Oui, monsieur.

— Bon garçon. Il y a une chemise blanche propre dans la pièce au-dessus, et une cravate noire neuve. Mets-les et aide Wallace à préparer les tables.

Nestor acquiesça et grimpa à l'étage, dans les chambres du personnel. Wallace Nash mettait sa chemise blanche quand Nestor entra.

— Salut, Nes. Une sacrée journée, non ? dit le jeune homme roux.

D'un an plus jeune que Nestor, il mesurait trois centimètres de plus – il faisait presque un mètre quatre-vingt-dix – et il était épais comme une brindille.

— On dirait qu'un vent un peu fort pourrait te renverser, Wallace.

Le jeune homme roux sourit.

— Je le dépasserai à la course avant qu'il y arrive.

Nestor gloussa. Wallace Nash était le coureur le plus rapide qu'il ait jamais vu. L'année précédente, pour le jour de la Résurrection, à tout juste quinze ans, Wallace avait couru trois fois contre l'étalon primé d'Edric Scayse, Cercle de Feu. Il avait gagné les deux sprints et perdu seulement la course de plus longue distance. Une journée magnifique ! Nestor s'en souvenait fort bien, car c'était la première fois qu'il s'était saoulé – chose qu'il s'était juré de ne jamais refaire.

— Tu veux servir les boissons ou la nourriture ? demanda Wallace.

— Peu importe, répondit Nestor, enlevant sa vieille chemise rouge et sortant la blanche d'un tiroir.

— Charge-toi des boissons, alors, dit Wallace. Mes mains ne sont pas assez assurées, aujourd'hui. Seigneur, qui aurait cru qu'un Apôtre viendrait dans notre ville ?

Nestor enfila la chemise blanche et se débattit avec le nœud de cravate, puis il alla voir dans le miroir s'il l'avait noué correctement.

— Tu penses qu'il fera un miracle ou deux ? demanda Wallace.

— Par exemple ?

— Ma foi, j'imagine qu'il pourrait essayer de ressusciter le pasteur, dit le roux en gloussant.

— Ce n'est pas drôle, Wallace. Le pasteur était un homme de bien.

— Ce n'est pas vrai, Nes. Il a critiqué le Diacre pendant un de ses sermons. Tu arrives à y croire ? Dans une église ! C'est extraordinaire que Dieu ne l'ait pas foudroyé sur place !

— Si je me souviens bien, il a seulement dit qu'il pensait que les Preneurs de Serment n'étaient pas nécessaires. C'est tout.

— Tu veux dire que l'Apôtre Saül n'est pas nécessaire ? demanda Wallace.

Nestor allait répondre par une plaisanterie quand il vit une lueur maniaque dans l'œil de Wallace.

— Bien sûr que non, Wallace. C'est un grand homme, dit-il prudemment. Viens, il faut aller se mettre au travail.

La soirée fut longue, et Nestor avait mal au dos, appuyé au mur avec son plateau de boissons. Peu de gens buvaient désormais, et l'Apôtre Saül était assis près du feu avec le capitaine Evans et Daniel Cade. Le vieux prophète était venu tard. La plupart des autres participants à la soirée d'accueil étaient partis avant que le vieil homme arrive. L'Apôtre l'avait chaudement accueilli, mais Nestor avait eu l'impression que Daniel Cade était mal à l'aise.

— Je suis honoré de vous rencontrer enfin, dit Saül. Bien entendu, j'ai tout lu sur vos exploits lors de la première guerre des Enfants de l'Enfer. Des temps difficiles qui demandaient des hommes de fer, comme maintenant. Je suis désolé de voir que vous avez tant de mal à bouger. Vous devriez venir à Unité. Notre hôpital fait des miracles tous les jours, grâce aux découvertes de nos équipes médicales.

— Grâce aux Pierres de Daniel, vous voulez dire, corrigea Cade.

— Je vois que vous êtes bien informé, monsieur. Oui, les fragments nous ont été fort utiles. Nous cherchons toujours des Pierres plus grandes.

— Le sang et la mort, c'est tout ce qu'elles vous apporteront, dit Cade. Tout comme avant.

— Dans les mains des hommes pieux, tout est pur, dit Saül.

Même s'il avait été ravi d'être là, au début, désormais Nestor était fatigué et commençait à s'ennuyer. Il devait retourner au site forestier peu après l'aube pour collationner les commandes de bois et donner des instructions aux hommes de la scierie. L'oncle Joseph n'était pas un patron facile, et s'il surprenait Nestor à bâiller une seule fois, il lui casserait les oreilles pendant une heure à la fin de la journée.

— On m'a dit que vous connaissiez l'Homme de Jérusalem, dit Saül à Cade.

Aussitôt, Nestor oublia sa fatigue.

— Oui, je le connaissais, grogna le vieil homme, et je ne l'ai jamais entendu dire une seule prophétie. Je ne pense pas qu'il serait ravi de lire ce qu'on écrit sur lui, maintenant.

— C'était un saint homme, dit Saül, sans montrer de signes d'irritation. Et ses paroles ont été soigneusement recueillies, de nombreuses sources, dans tout le pays. Des gens qui l'ont connu, et entendu parler. C'est pour moi une tragédie de ne jamais l'avoir rencontré.

Cade hocha la tête.

— Eh bien, moi, je l'ai rencontré, Saül. C'était un homme solitaire, amer et malheureux. Il cherchait une cité qu'il savait parfaitement ne pas exister. Et quant à ses prophéties... je ne l'ai jamais entendu en dire une seule. Mais c'est vrai qu'il vous a amenés dans ce monde, le Diacre et vous, quand il a envoyé l'Épée de Dieu à travers le portail temporel. Nous savons tous que ça, c'est vrai.

— Les voies du Seigneur sont parfois étranges, dit Saül avec un sourire gêné. Le monde que nous avons quitté était une fosse d'aisances où le Diable régnait en maître. Le monde que nous avons trouvé avait le potentiel de devenir un nouvel Éden – si seulement les hommes se tournaient de nouveau vers Dieu. Et par Sa Grâce, nous avons vaincu. Dites-moi, monsieur, pourquoi avez-vous refusé toutes nos invitations à venir à Unité et à être honoré comme il se doit pour vos travaux au nom du Seigneur ?

— Je n'ai pas besoin d'honneurs, répondit Cade. J'ai vécu la plus grande partie de ma vie à Rivervale, après la guerre des Enfants de l'Enfer. J'avais épousé une femme de cœur, et j'ai élevé deux grands fils. Ils sont morts tous les deux pendant vos guerres. Lisa a été enterrée l'automne dernier, et je suis venu ici attendre la mort. Des honneurs ? Que valent-ils ?

Saül haussa les épaules.

— Une opinion qui peut se défendre, de la part d'un homme de bien, monsieur Cade. Et maintenant, dites-moi : pensez-vous que la vallée des Pèlerins est une communauté qui craint Dieu ?

— Il y a des gens bien ici, Saül. Certains sont meilleurs que d'autres. Je ne pense pas qu'on puisse juger un homme seulement parce que trois de ses amis disent qu'il est croyant. Il y a des fermiers dans les villages environnants, des nouveaux venus qui ne pourraient pas trouver trois hommes qui les connaissent assez bien pour se porter garants. Ça ne fait pas d'eux des païens.

— Vous aviez aussi une église qui accueillait les Hommes-Loups, fit remarquer Saül. Et un pasteur qui leur prêchait la parole de Dieu. C'était une obscénité, monsieur Cade. Et il a fallu des gens venus d'ailleurs pour mettre fin à ça. Ça ne dit rien de bon sur votre communauté.

— Qu'avez-vous contre les Hommes-Loups ? demanda Cade.

Saül plissa les paupières.

— Ce ne sont pas de véritables créations, monsieur Cade. Dans le monde d'où je viens, les animaux étaient modifiés génétiquement afin de ressembler aux humains. Pour des raisons médicales. Si un homme avait le cœur ou les poumons malades, il pouvait se les faire retirer et remplacer. C'était une abomination, monsieur Cade. Les animaux n'ont pas d'âme, pas dans le sens strict de la vie éternelle. Ces créatures mutantes sont comme des germes de maladie qui nous rappellent les dangers et les désastres du passé. Nous ne devons pas refaire les erreurs qui ont conduit Dieu à détruire l'ancien monde. Jamais ! Nous sommes à la veille d'un nouvel Éden, monsieur Cade. Rien ne doit arrêter notre progression.

— Et ce nouvel Éden, nous le trouverons en chassant des gens de leur foyer, en tuant les Hommes-Loups et tous ceux qui ne sont pas d'accord avec nous ?

— Ni le Diacre ni aucun de ses Apôtres ne prend plaisir à tuer, monsieur Cade. Mais vous savez ce que dit la Bible. Le Seigneur Dieu ne tolère pas la présence du mal au sein de son peuple.

Cade attrapa ses cannes et se leva péniblement.

— Et la prochaine guerre, Saül ? Contre qui sera-t-elle livrée ?

— Contre les impies, où qu'ils se trouvent, répondit Saül.

— Il se fait tard, et je suis fatigué, dit Cade. Je vous souhaite une bonne nuit.

— Que Dieu soit avec vous, dit Saül en se levant.

Cade ne répondit pas et se dirigea vers la porte, lourdement appuyé sur ses cannes. Nestor étouffa un bâillement et allait demander s'il pouvait rentrer chez lui quand Saül parla au capitaine Evans.

— Un homme dangereux, capitaine. Je crains que nous soyons obligés de nous occuper de lui.

Nestor sursauta de surprise. À cet instant, Léon Evans leva les yeux, le vit et lui sourit.

— Rentre à la maison, Nestor, dit-il. Sinon tu vas t'écrouler de fatigue.

Nestor le remercia, s'inclina devant l'Apôtre et sortit. Il vit le vieux prophète, appuyé contre son cabriolet, incapable de grimper le marchepied. Nestor s'approcha et lui prit le bras, puis il souleva Cade et l'installa sur le siège.

— Merci, petit, grogna Cade, le visage empourpré après ses efforts de la soirée.

— C'était un plaisir, monsieur.

— Méfie-toi des paroles de cuivre et de fer, petit, murmura le prophète.

Il agita les rênes, et Nestor regarda le cabriolet s'éloigner dans la nuit.

Désormais seul, Shannow attendit au milieu des rochers, son cheval attaché à cinquante pas vers le nord, dans un petit bosquet. Il regarda vers l'est et aperçut le dernier chariot qui s'enfonçait plus loin, dans les montagnes. Le ciel s'éclaircissait. L'aube approchait.

Shannow s'installa le dos à un rocher et regarda vers l'ouest. Peut-être s'était-il trompé. Peut-être le Preneur de Serment aux cheveux blancs avait-il décidé de ne pas faire de raid punitif. Il l'espérait. La nuit était fraîche, et il inspira à fond l'air vivifiant des montagnes. Content d'être seul, il laissa son esprit vagabonder.

Vingt ans s'étaient écoulés depuis que son nom était craint par les impies. Vingt ans !

Où étais-je ? se demanda-t-il. *Comment ai-je vécu ?*

Il commença à passer en revue tout ce dont il se souvenait sur sa vie, les combats au revolver, les villes et les villages.

Oui, je me souviens d'Allion, pensa-t-il.

Il revit le jour où Daniel Cade avait conduit ses brigands dans la ville. Dans la fusillade qui avait suivi, plusieurs des hommes de Cade avaient été jetés à bas de leur selle, et Cade avait reçu une balle dans le genou. Daniel Cade. Frère Daniel. Pour une raison que Shannow n'avait jamais comprise, Dieu avait choisi Daniel pour conduire la guerre contre les Enfants de l'Enfer.

Mais ensuite ? Des images floues dérivèrent dans son esprit, puis se dissipèrent comme la brume soufflée par la brise. Une femme blonde, grande et forte, et un jeune combattant, rapide comme l'éclair avec un pistolet…

Cram ? Glen ?

— Non, dit Shannow à voix haute. Clem. Clem Steiner.

Tout ça me reviendra, se dit-il. *Il faut que je me laisse le temps.*

Puis il entendit le bruit feutré de sabots de chevaux qui avançaient lentement dans les ténèbres et le craquement des selles en cuir. Shannow sortit ses revolvers et se cacha mieux entre les rochers quand les chevaux approchèrent. Il enleva son chapeau à large bord et regarda prudemment vers l'ouest. Il les voyait désormais, mais pas assez nettement pour les compter.

Je ne veux pas tuer de nouveau.

Il pointa son revolver vers le ciel et tira. Certains chevaux se cabrèrent, effrayés, et d'autres s'emballèrent. Shannow vit un homme projeté à bas de sa selle, et un autre sauta de sa monture, qui ruait sauvagement. Plusieurs coups de feu retentirent, mais les balles frappèrent seulement les rochers.

Shannow se jeta à plat ventre et regarda de l'autre côté des rochers. Les cavaliers avaient mis pied à terre et avançaient vers lui. À l'est, il entendit le son lointain de coups de feu.

Les chariots ! À cet instant, il comprit qu'ils avaient formé deux groupes et que le massacre avait commencé. La colère monta en lui.

Il se redressa et sortit d'entre les rochers. Un homme se leva. Shannow lui tira une balle dans la poitrine. Un autre bougea, sur sa droite, et son revolver tonna de nouveau.

Il avança vers les hommes, ses revolvers crachant le feu. Sidérés par son attaque imprévue, les cavaliers s'enfuirent. À droite de Shannow, un homme gémit quand il le dépassa. Une balle siffla près du visage de l'Homme de Jérusalem, si près qu'il sentit le vent de son passage et qu'elle bourdonna à son oreille. Il pivota et tira de ses deux armes. Un homme armé d'un fusil fut projeté sur le sol.

Il y avait deux chevaux non loin. Shannow s'approcha du premier et grimpa en selle. Un homme jaillit du sous-bois, et Shannow lui tira dessus deux fois. Puis il talonna l'animal et fila à travers la plaine. La colère bouillonnait désormais en lui, une rage profonde qui menaçait de l'engouffrer. Il ne tenta pas de la calmer.

C'était toujours pareil. Les forts s'en prenaient aux faibles. La violence et la mort. La luxure et la destruction.

Quand cela s'arrêtera-t-il? se demanda-t-il. *Grand Dieu, quand?*

La pleine lune illuminait la terre de sa lueur d'argent, et, au loin, il aperçut le rouge d'un incendie – un chariot en flammes. Les tirs étaient maintenant sporadiques, mais ils suggéraient qu'au moins certains des *Errants* combattaient toujours.

Arrivé plus près, il vit cinq hommes agenouillés derrière des rochers. L'un d'eux avait de longs cheveux blancs. Un homme portant un fusil se leva et visa les chariots. Shannow tira. Son coup rata l'homme, mais ricocha sur le rocher et le type sursauta. Le Preneur de Serment aux cheveux blancs pivota, vit Shannow et se mit à courir. Shannow l'ignora et pointa ses revolvers sur les tireurs.

— Posez vos armes, ordonna-t-il. Maintenant! Sinon, vous mourrez.

Trois des quatre hommes obéirent et levèrent les mains, mais le dernier – l'homme trapu à qui Shannow avait parlé, un peu plus tôt – pointa son fusil sur Shannow, qui lui colla une balle dans le cerveau.

— Jérémie, c'est moi, Shannow! cria l'Homme de Jérusalem. Vous m'entendez?

— On lui a tiré dessus, répondit une voix. Ça ne va pas, ici. Trois morts, deux personnes grièvement blessées.

Shannow fit signe à ses captifs d'aller vers le cercle de chariots. Arrivé au milieu, il regarda autour de lui. Clara, la femme enceinte, était morte. Il lui manquait la moitié de la tête. Un homme trapu appelé Chalmers gisait à côté d'elle. Près du chariot de Jérémie était étendu le corps d'une fillette en robe bleue décolorée : une des deux filles de Clara. Shannow mit pied à terre et rejoignit Meredith, qui était agenouillé près de Jérémie. Le vieil homme avait été blessé à deux endroits, en haut de la poitrine et à la hanche. Son visage était gris sous le clair de lune.

— Je survivrai, murmura-t-il.

Les chariots avaient été installés en cercle grossier, et plusieurs chevaux avaient été abattus. Isis et deux des hommes luttaient pour éteindre un incendie dans le dernier chariot. Les revolvers en mains, Shannow avança vers les captifs, debout au centre du cercle.

— *Le soufflet est brûlant, le plomb est consumé par le feu. C'est en vain qu'on épure, les scories ne se détachent pas.*

Il pointa ses revolvers sur eux et abaissa les chiens.

— Shannow, non ! hurla Jérémie. Laissez-les ! Par le Christ, il y a déjà eu assez de morts !

Shannow inspira à fond.

— Aidez à éteindre le feu, ordonna-t-il aux hommes.

Ils obéirent aussitôt. Sans ajouter un mot, Shannow retourna à son cheval et se mit en selle.

— Où allez-vous ? demanda le docteur Meredith.

Shannow ne répondit pas.

Aaron Crane et les survivants du raid arrivèrent au galop dans Pureté et s'arrêtèrent devant la longue salle de réunion. Crane, couvert de poussière et les cheveux en bataille, descendit de cheval et courut à l'intérieur. La salle était bondée, car la réunion de prières était en cours. Sur l'estrade, Padlock Wheeler était au milieu de son sermon, qui concernait la voie à suivre par les justes. Il s'arrêta en voyant Crane et gémit intérieurement, mais il n'était pas sage d'encourir la colère du Preneur de Serment. L'officiant à la barbe noire se tut un moment, puis il se força à sourire.

— Vous semblez troublé, mon frère, dit-il.

Les têtes se tournèrent vers le nouvel arrivant, dont celles du capitaine Seth Wheeler et des douze soldats des Croisés de Pureté.

Crane se redressa de toute sa hauteur et passa une main fine dans ses longs cheveux blancs.

— Les forces du Diable ont été lâchées contre nous, dit-il. Les cavaliers du Seigneur ont été frappés !

La congrégation poussa un halètement collectif, et plusieurs femmes crièrent des questions concernant le sort de leur mari, de leur frère ou de leur fils.

— Silence ! tonna Padlock Wheeler. Laissez parler le Preneur de Serment.

— Comme vous le savez tous, dit Crane, nous sommes tombés sur une bande d'*Errants* païens. Avec eux se trouvait une force démoniaque. J'ai reconnu aussitôt le pouvoir de Satan. Nous avons essayé de la vaincre, en vain. Beaucoup de mes hommes sont morts, quelques-uns ont réussi à fuir, grâce à l'intervention du Seigneur. Il nous faut davantage d'hommes ! J'exige que les Croisés partent aux trousses de ces démons !

Padlock Wheeler regarda son frère Seth. Le capitaine se leva. C'était un homme grand et maigre avec un visage allongé et une expression sévère.

— Que les femmes rentrent chez elles, dit-il. Nous discuterons ensuite de ce qu'il faut faire.

— Où est mon fils ? cria une femme en courant vers Crane. Où est Lemuel ?

— Je crains qu'il ait péri, dit Crane, mais il est mort en faisant le travail du Seigneur.

La femme flanqua une violente gifle à Crane. Deux autres femmes la saisirent et la forcèrent à reculer.

— Arrêtez ! tonna Padlock Wheeler. Nous sommes dans la maison de Dieu !

La foule se figea. Lentement, les femmes quittèrent la salle pendant que les hommes se regroupaient autour de Crane.

Seth Wheeler avança.

— Parlez-nous de ce démon, ordonna-t-il à Crane.

— Il a pris l'apparence d'un homme, mais il est inspiré par Satan. C'est un tueur. Un terrifiant tueur ! (Crane frissonna.) Il a jeté sur moi un sort qui m'a ôté tout pouvoir de le supplanter.

— Combien y a-t-il eu de morts ?

— Je l'ignore. Nous avons avancé sur deux fronts. Le tueur nous attendait à l'est et il a assassiné quatre hommes : Lassiter, Pope, Carter et Lowris. Puis il est parti vers l'ouest et a tué... tout le monde sauf moi. J'ai réussi à m'échapper.

— Vous vous êtes enfui ?

— Qu'aurais-je pu faire d'autre ?

Seth Wheeler regarda les hommes rassemblés dans la salle. Ils étaient une vingtaine, plus ses douze Croisés.

— Combien d'*Errants* y avait-il ?

— Onze chariots, dit Crane. Une trentaine de personnes. Il faut les détruire !

Toujours sur l'estrade, Padlock Wheeler vit la porte de derrière s'ouvrir et un homme de grande taille entrer. Vêtu d'un manteau noir couvert de poussière et reprisé au bras gauche, il portait deux revolvers à long canon.

— Où sont les hommes de loi de cette communauté ? dit-il.

Sa voix, même si elle n'était pas tonitruante, interrompit la conversation au centre de la salle.

Crane le vit et hurla.

— C'est lui ! C'est le Diable !

Le Preneur de Serment aux cheveux blancs recula et plongea à l'abri d'une rangée de bancs.

— Ici, c'est une maison du Seigneur, dit Padlock. Que voulez-vous ?

— La justice, répondit l'homme. Vous abritez un meurtrier, un tueur de femmes et d'enfants.

— Ce n'est pas ce qu'il dit, répondit Padlock. Il affirme que vous êtes possédé par un démon.

Le nouveau venu secoua la tête.

— À vingt lieues d'ici, ses compagnons enterrent une femme appelée Clara. Elle était enceinte, et la moitié de son visage a été pulvérisée. À côté d'elle, on mettra aussi une de ses filles. Et Crane a grièvement blessé le vieil homme à qui il a demandé de citer le psaume XXII. Je lui ai fait comprendre que je connaissais cette citation, mais c'est un homme mauvais, et il était décidé à assassiner ces gens. Alors, dites-moi : comment le jugerez-vous ?

Padlock regarda vers l'endroit où Crane s'était réfugié. L'officiant était ravi. Il avait toujours estimé que Crane était un homme dangereux, et voilà qu'on lui offrait l'occasion de se débarrasser de lui. Il demanderait à Seth de faire une enquête, et il ne doutait pas que le Preneur de Serment serait jugé coupable. Mais, au moment où il allait parler, il vit Crane tirer un pistolet de sa ceinture et armer le chien.

Puis ce fut le chaos.

— Vous mentez ! hurla Crane en se levant et en visant l'étranger.

La balle fendit le bois de la porte, près de la tête de l'étranger. Les hommes réunis plongèrent à couvert, mais l'étranger sortit tranquillement un de ses revolvers et tira, une seule fois. La tête de Crane explosa.

Le corps du Preneur de Serment resta debout encore une fraction de seconde, son manteau noir inondé de sang et de cervelle. Puis il s'écroula sur le sol.

— Je suis l'Homme de Jérusalem, dit l'étranger, et je ne mens jamais.

Il remit son revolver à sa ceinture et sortit.

Un par un, les hommes se levèrent et vinrent observer le cadavre. Padlock Wheeler, les jambes tremblantes, descendit de l'estrade. Son frère Seth regarda le corps et secoua la tête.

— Que va-t-il arriver, maintenant ? demanda Padlock.

— Nous enverrons un message à Unité, dit Seth. Ils devront nous envoyer un autre Preneur de Serment.

Padlock saisit le bras de son frère et l'entraîna un peu à l'écart.

— Il a affirmé être Jon Shannow !

— Je l'ai entendu. C'était un blasphème. J'emmènerai quelques hommes à la rencontre des *Errants,* demain. Nous leur parlerons pour découvrir ce qui est réellement arrivé.

— Crane était un sale type ! Je ne verserai pas une seule larme sur lui. Pourquoi ne pas laisser les *Errants* poursuivre leur chemin ?

— Non. Cet homme a dit être l'Homme de Jérusalem. Il a profané le nom du saint. Tout le monde l'a entendu. Il doit en répondre.

— Je ne veux pas voir mourir quelqu'un d'autre à cause de la méchanceté de Crane. Pas même un blasphémateur !

Seth eut un sourire sans joie.

— Je suis un Croisé, Pad. Que puis-je faire d'autre ?

— Sois prudent, mon frère. Tu l'as vu tirer. Il était en danger, mais il a visé calmement et il a envoyé l'âme de Crane droit en Enfer ! Et si ce qu'a dit ce misérable est vrai – et je n'en doute pas –, il a aussi descendu plusieurs autres hommes armés.

— Je n'ai pas le choix, Pad. J'essaierai de le prendre vivant.

Chapitre 3

Dans une petite partie du jardin, une herbe minuscule parla aux fleurs qui y poussaient. « Pourquoi, demanda-t-elle, le jardinier essaie-t-il de me tuer ? N'ai-je pas droit à la vie ? Mes feuilles ne sont-elles pas vertes, tout comme les vôtres ? Est-ce trop demander que vouloir grandir et voir le soleil ? » Les fleurs réfléchirent, et décidèrent de supplier le jardinier d'épargner l'herbe. Il le fit. Jour après jour, l'herbe grandit, de plus en plus forte, de plus en plus haute, ses feuilles couvrirent celles des autres plantes, et ses racines s'étalèrent. Une à une, les fleurs moururent, jusqu'à ce qu'il reste seulement une rose. Elle regarda l'énorme buisson que l'herbe était devenue, et lui demanda : « Pourquoi essaies-tu de me tuer ? N'ai-je pas droit à la vie ? Mes feuilles ne sont-elles pas vertes, tout comme les tiennes ? Est-ce trop demander que vouloir grandir et voir le soleil ? » « Oui, c'est trop demander », répondit l'herbe.

La Sagesse du Diacre, Chapitre VII

Quand Shannow retourna au camp, Clara et sa fille avaient été enterrées. Jérémie était couché dans son chariot, la poitrine bandée, le visage gris de chagrin et de douleur. Shannow grimpa à l'intérieur et s'assit à côté du vieil homme.

— Vous l'avez tué ? demanda Jérémie.

— Oui. J'aurais préféré l'éviter, mais il m'a tiré dessus.

— Les choses ne s'arrêteront pas là, monsieur Shannow. Bien que je ne vous blâme pas. Ce n'est pas vous qui avez apporté le mal ici. Mais vous devez partir.

— Ils reviendront, et vous aurez besoin de moi.

— Non. J'ai parlé aux hommes que vous avez capturés avant de les libérer. Crane était l'instigateur. (Jérémie soupira.) Il y aura toujours des hommes comme Crane. Heureusement, il y aura, aussi, des hommes comme Meredith et comme vous. C'est un équilibre, monsieur Shannow. L'équilibre de Dieu, si on veut.

— Le mal fleurira toujours si les hommes ne s'y opposent pas.

— Le mal fleurit de toute façon. L'avidité, le désir, la jalousie. Nous portons tous en nous les graines du mal. Certains sont plus forts et y résistent, mais des hommes comme Crane alimentent les graines. (Jérémie leva les yeux vers le visage maigre de Shannow.) Vous n'êtes pas maléfique, mon garçon. Que Dieu soit avec vous.

— Je suis désolé, vieil homme, dit Shannow en se levant.

Dehors, il vit Isis approcher, portant un paquet.

— J'ai récupéré les munitions des morts, et il y a aussi un peu de nourriture, dit-elle.

Il la remercia et se tourna pour partir.

— Attendez ! (Elle lui tendit une petite bourse.) Il y a douze pièces de Barta, là-dedans. Vous aurez besoin d'argent.

Jérémie entendit le craquement de la selle en cuir quand Shannow grimpa dessus, puis le claquement régulier des sabots de son cheval quand il s'éloigna des chariots. La douleur de sa blessure était vive, mais le vieil homme la supporta courageusement. Il se sentait nauséeux et plus faible qu'un nouveau-né.

Isis lui apporta un bol de tisane, qui lui remit l'estomac en place.

— Je préfère qu'il soit parti, dit-elle, même si je l'aimais bien.

Ils restèrent un moment assis en silence, puis Meredith se joignit à eux.

— Des cavaliers approchent, dit-il. Des Croisés, apparemment.

— Accueillez-les bien, et amenez leur chef ici, dit Jérémie.

Quelques minutes plus tard, un homme de grande taille aux épaules voûtées et au visage austère grimpa dans le chariot.

— Bienvenue dans ma demeure, dit Jérémie.

L'homme le salua de la tête, enleva son chapeau gris à large bord et s'assit près du lit.

— Je suis le capitaine Seth Wheeler, dit-il. On m'a dit qu'il y a avec vous un homme qui prétend s'appeler Jon Shannow ?

— Ne me demanderez-vous pas, monsieur, pourquoi il y a des tombes fraîchement creusées, dehors, et pourquoi je suis allongé ici, avec une balle dans la poitrine ?

— Je sais pourquoi, marmonna Wheeler en détournant le regard. Mais je n'en suis pas responsable, maître, et je ne l'approuve pas. Il y a eu des morts des deux côtés, et l'homme qui a déclenché toute l'affaire en fait partie.

— Alors, pourquoi pourchasser Jon Shannow ?

— C'est un blasphémateur et un hérétique. L'Homme de Jérusalem – que son souvenir soit honoré – a quitté cette terre il y a vingt ans, emporté par Dieu comme Élie avant lui, dans un chariot de feu.

— Si Dieu a pu l'emporter, ce qu'Il a fait, bien entendu, pourquoi ne pourrait-Il pas également le ramener ?

— Je ne discuterai pas de ce point avec vous, maître. Mais je dirai ceci : si le bon Seigneur avait choisi de ramener parmi nous l'Homme de Jérusalem, je ne pense pas qu'il arriverait avec des cheveux brûlés et un manteau raccommodé. Mais il suffit. Dans quelle direction est-il parti ?

— Je ne peux pas vous aider, monsieur. J'étais dans mon chariot quand il est parti. Vous devrez demander à un des membres de mon peuple.

Wheeler se leva et gagna la porte, mais il se retourna.

— J'ai déjà dit que je n'approuve pas ce qui est arrivé ici, dit-il doucement, mais sachez, *Vagabond*, que je partage l'opinion de Crane au sujet des gens comme vous. Vous êtes une tache sur la terre du Seigneur. Comme le dit le Diacre, *Il n'y a pas de place pour les charognards en notre sein. Seuls ceux qui construisent les cités du Seigneur sont les bienvenus.* Vous devrez avoir quitté les terres de Pureté avant demain soir.

Shannow chevaucha vers les terres hautes, en prenant au nord. Le cheval, un hongre bai, était fort, mais il était fatigué après ses exploits de la nuit, et il respirait lourdement. Shannow mit pied à terre et conduisit l'animal au milieu des arbres, à la recherche d'une grotte ou d'un endroit à l'abri du vent. Il avait froid, et son moral n'était pas des meilleurs.

La perte de mémoire était irritante, mais il pouvait s'en arranger. Autre chose le tourmentait depuis les profondeurs obscures de son esprit. Il avait tué des hommes, quelques heures plus tôt, mais ce n'était rien de neuf pour l'Homme de Jérusalem.

Je n'ai pas cherché la bagarre, se dit-il. *Ils sont partis en quête de sang, et ils l'ont trouvé ! Même si c'était le leur. Tel est le prix de la violence.*

Malgré tout, la tuerie pesait lourdement sur son âme.

Shannow tituba, sa force le quittant soudain. Ses blessures étaient trop récentes pour ce genre d'exercice, il le savait, mais il continua quand même. Les arbres étaient désormais plus denses, et il vit une fissure dans la paroi rocheuse, sur sa gauche.

Il faudra qu'elle fasse l'affaire, se dit-il.

Il inspira à fond et continua son chemin. Quand il approcha de la fissure, il aperçut le reflet d'un feu qui dansait sur la paroi, juste à l'intérieur de l'ouverture.

— Hello, du camp ! appela-t-il.

Dans les contrées sauvages, il n'était pas avisé d'entrer dans un campement sans prévenir. Avec la peur constante des brigands, une arrivée soudaine pouvait conduire un voyageur effrayé à tirer sans réfléchir.

— Entrez, dit une voix qui résonna étrangement à travers la fissure.

Shannow remit le pan de son manteau sur son revolver de droite et, conduisant le cheval de la main gauche, il avança. La fissure n'était étroite qu'à l'entrée. Ensuite, elle s'élargissait en une grotte en forme de poire. Un vieil homme à la longue barbe blanche était assis devant le feu, sur lequel rôtissait un morceau de viande. Une mule était entravée à l'arrière de la caverne. Shannow conduisit son cheval à côté d'elle, fit passer les rênes par-dessus sa tête et laissa l'extrémité reposer sur le sol. Puis il rejoignit l'homme à la barbe blanche.

— Bienvenue près de mon feu, dit l'homme d'une voix grave. (Il tendit la main.) Vous pouvez m'appeler Jake.

— Jon Shannow.

— Heureusement que vous êtes arrivé, monsieur Shannow ! Je regardais ma viande et je me disais qu'il y en avait trop pour moi seul. Et voilà que le Seigneur m'a fourni un invité ! Vous venez de loin ?

Shannow fit signe que non. Une grande fatigue l'avait envahi, et il s'adossa contre un rocher et allongea les jambes. Jake emplit un bol de bouillon brûlant et le lui donna.

— Tenez, buvez ça, mon garçon. C'est super pour ravigoter les gens, et j'y ai mis plein de sucre.

Shannow but le bouillon, qui était riche et avait un goût doux-amer.

— Je vous remercie, Jake. C'est très bon. Dites-moi, est-ce que je vous connais ?

— C'est bien possible, fiston, le monde est vraiment petit ! Je suis allé ici et là : à Allion, à Rivervale, à la vallée des Pèlerins, dans les Terres Maudites... Presque partout, en fait !

— Rivervale... Oui, il me semble que je me souviens...

Il revit une femme splendide et un jeune garçon. Le souvenir s'effaça comme un rêve quand on se réveille, mais un nom se glissa à travers les méandres de sa mémoire.

— Donna ! dit-il.

— Ça va, petit ?

— Me connaissez-vous, Jake ?

— Je vous ai déjà vu. Le nom que vous portez est redoutable. Êtes-vous sûr que c'est bien le vôtre ?

— J'en suis sûr.

— Vous me semblez un peu trop jeune, si je peux me permettre. Quel âge avez-vous ? trente-cinq ans ? trente-six ?

— Je crois que je vais dormir, maintenant, dit Shannow en s'allongeant près du feu.

Il fit des rêves incohérents et pleins d'anxiété. Il était blessé, et Shir-ran, l'Homme-Lion, le soignait. Une créature à la peau écailleuse entra en courant dans la grotte, un couteau aux bords déchiquetés à la main. Les revolvers de Shannow crachèrent le feu, et la créature tomba, avant de devenir un enfant aux grands yeux horrifiés.

— Oh Dieu, non ! Ça ne peut pas recommencer ! cria Shannow.

Il ouvrit les yeux et vit Jake agenouillé à côté de lui.

— Réveillez-vous, mon garçon, ce n'était qu'un rêve.

Shannow gémit et s'assit. Le feu s'était presque éteint, et le vieil homme lui tendit une assiette pleine de morceaux de viande froide.

— Mangez un peu. Vous vous sentirez mieux, après.

Shannow prit l'assiette et mangea. Jake saisit un pot sur le feu encore tiède et emplit une tasse en étain. Puis il ajouta des brindilles sur les braises, et les flammes jaillirent.

— Bientôt, il fera plus chaud.

Jake se leva et gagna l'arrière de la grotte. Il en revint avec une couverture qu'il drapa sur les épaules de Shannow.

— Vous avez participé à cette bataille, la nuit dernière, dit-il. Je sens la poudre sur votre manteau. Était-ce un bon combat ?

— Existe-t-il de bons combats ? répondit Shannow.

— C'est un bon combat quand le mal est éliminé.

— Mais le mal ne périt généralement pas seul, dit Shannow. Ils ont tué une jeune femme et sa fille.

— Triste époque, reconnut Jake.

La viande était bonne, et Shannow sentit ses forces revenir. Il enleva son ceinturon d'armes et le posa à côté de lui, puis il étira ses muscles fatigués. Jake avait raison. La chaleur du feu commençait à se réverbérer sur les murs et chauffait la petite grotte.

— Que faites-vous dans cette contrée sauvage, Jake ?

— J'aime la solitude. En général. Et c'est un bon endroit pour parler à Dieu, vous ne trouvez pas ? Il est propre et vaste, et le vent emporte vos paroles jusqu'aux cieux. J'imagine que vous étiez avec les *Vagabonds.*

— Oui. Des gens bien.

— Peut-être, fiston, mais ils ne labourent ni ne construisent de maison, dit Jake.

— Tout comme les oiseaux du ciel, répondit Shannow.

— Belle référence biblique, monsieur Shannow, et j'apprécie une bonne discussion. Mais vous vous trompez. Les oiseaux mangent beaucoup de graines, puis ils s'envolent. Ils ne digèrent pas toutes les graines, et ils en déposent un certain nombre à d'autres endroits. Toutes les grandes forêts du monde ont probablement été ensemencées grâce à de la fiente d'oiseau.

Shannow sourit.

— Les *Errants* sont peut-être comme les oiseaux. Peut-être répandent-ils la graine de la connaissance.

— Ça en ferait des gens vraiment dangereux, dit Jake, les yeux étincelants à la lueur du feu. Il existe toutes sortes de connaissances, monsieur Shannow. J'ai connu un homme autrefois qui pouvait identifier toutes les plantes vénéneuses qui existent. Il voulait écrire un traité à ce sujet. C'est une connaissance dangereuse, vous êtes d'accord ?

— Les gens qui liraient son traité pourraient ainsi savoir quelles plantes éviter de manger, dit Shannow.

— Exact, et ceux qui voudraient en savoir plus sur les poisons sauraient quelles plantes faire manger à leurs ennemis.

— A-t-il écrit le traité ?

— Non. Il est mort pendant la Guerre Fédératrice. Il a laissé une veuve et des enfants. Avez-vous combattu dans la Guerre ?

— Non. Du moins, je ne le pense pas.

Jake le regarda attentivement.

— Vous avez du mal à vous souvenir des choses ?

— Certaines choses, oui, dit Shannow.

— Comme ?

— Comme les vingt dernières années.

— J'ai vu votre blessure à la tête. Ce sont des choses qui arrivent. Alors, qu'allez-vous faire ?

— Attendre. Le Seigneur me montrera mon passé quand Il sera prêt à le faire.

— Que puis-je faire pour vous ?

— Parlez-moi du Diacre et de sa Guerre.

Le vieil homme gloussa de rire.

— C'est beaucoup à raconter, mon garçon, pour une seule nuit autour d'un feu de camp ! Il s'appuya à un rocher et se gratta les jambes.

— Je deviens trop vieux pour apprécier de dormir à la dure, dit-il. Bien, alors, par où commencerons-nous ? Ah ! Le Diacre. (Il renifla et réfléchit un moment.) Si vous êtes celui que vous affirmez être, monsieur Shannow, alors c'est vous qui avez amené le Diacre dans ce monde. Lui et ses congénères étaient dans un avion qui a pris l'air le jour d'Armageddon. Il a été fait prisonnier par le même pouvoir qui a également capturé l'Épée de Dieu.

Vous les avez libérés quand vous avez envoyé l'Épée dans le passé, pour détruire Atlantis[1].

Shannow ferma les yeux. Le souvenir était imprécis, mais il revit l'Épée planer dans le ciel et le portail temporel s'ouvrir. Et autre chose... Le visage d'une magnifique femme noire. Son nom refusa de lui revenir, mais il entendit sa voix. « *Ce n'est pas une "épée" mais un missile nucléaire. Une bombe volante.* » Malgré ses efforts, Shannow fut incapable d'extirper d'autres détails à sa mémoire.

— Continuez, dit-il à Jake.

— Le Diacre et ses hommes ont atterri près de Rivervale. Cela a été comme le second avènement. Personne dans ce monde ne connaissait la corruption et le déclin qui avaient envahi les anciennes cités. Des assassins dans les rues, la luxure et la dépravation partout. Le monde, nous dit-il, était sans Dieu. Les péchés de Sodome et Gomorrhe avaient été multipliés par cent dans cet ancien monde. Bientôt, le Diacre est devenu une personnalité révérée. Son pouvoir grandit. Il disait que le nouveau monde ne devait pas être autorisé à refaire les mêmes erreurs que l'ancien, que la Bible contenait les germes de la future prospérité de l'humanité. Certains se sont dressés contre lui, disant que ses plans étaient un affront à leur conception personnelle de la liberté et du libre arbitre. Cela a conduit à la dernière Grande Guerre, puis à la seconde guerre des Enfants de l'Enfer. Mais le Diacre a gagné les deux. Et maintenant, il gouverne, à Unité, et on dit qu'il prévoit de construire la nouvelle Jérusalem. (Jake se tut et ajouta des brindilles dans le feu.) Il n'y a pas grand-chose d'autre que je puisse vous dire, mon garçon.

— Et l'Homme de Jérusalem ?

Jake sourit.

— Ma foi, vous, si vraiment il s'agit de vous, étiez Jean le Baptiste revenu sur Terre, ou peut-être Élie, ou les deux. Vous étiez le héraut qui annonçait la nouvelle révélation de la parole de Dieu à notre monde. Jusqu'à ce que vous soyez emmené par Dieu dans un char de flammes vers un autre monde qui avait besoin de vos talents. Vous ne vous souvenez toujours de rien ?

1. Voir *L'Ultime Sentinelle.*

— Rien au sujet d'un char de flammes, dit sèchement Shannow. Je sais seulement qui je suis. Comment je suis arrivé ici, ou bien l'endroit où j'ai été pendant vingt ans, reste un mystère pour moi. Mais j'ai le sentiment que je vivais sous un nom différent, et je n'ai pas utilisé mes armes. J'étais peut-être fermier. Je l'ignore, mais je le découvrirai, Jake. Des fragments de souvenirs ne cessent de me revenir. Un jour, ils feront un tout.

— Avez-vous dit à quelqu'un qui vous êtes ?

— Oui. J'ai tué un homme, dans le village de Pureté. Je leur ai dit, à ce moment-là.

— Ils vont se lancer à vos trousses. Vous êtes un personnage saint, désormais, une légende. Les gens affirmeront que vous avez blasphémé en utilisant le nom de l'Homme de Jérusalem. Personnellement, je pense qu'ils feraient bien de vous laisser tranquille. Mais les choses ne se passeront pas comme ça. Il y a peut-être une terrible ironie dans tout ça.

— De quelle manière ?

— Le Diacre est entouré d'un groupe d'hommes qui sont très proches de lui. L'un d'eux – Saül – a formé une légion de cavaliers qu'il a appelés les Cavaliers de Jérusalem. Ils voyagent partout, en tant que juges et dispensateurs de loi. Ils sont habiles au maniement des armes et ont été choisis parmi les meilleurs – ou les pires – Croisés. Des hommes dangereux, monsieur Shannow. Peut-être seront-ils envoyés à votre poursuite.

Jake gloussa dans sa barbe.

— Vous semblez trouver la situation amusante, dit Shannow. Est-ce parce que vous ne me croyez pas ?

— Au contraire, c'est amusant, mais seulement parce que je vous crois !

Nestor Garrity visa soigneusement. Le pistolet eut un recul dans sa main et la pierre qu'il avait posée sur le rocher frémit quand la balle passa au-dessus d'elle. Le son se réverbéra dans l'air calme de la montagne, et un faucon, surpris par le bruit soudain, s'envola d'un arbre situé à gauche de Nestor. Nestor regarda piteusement autour de lui. Il n'y avait personne dans le secteur, et il visa de nouveau.

Cette fois, il fit voler en éclat une partie du rocher, plus bas et à droite de la pierre qu'il visait. Il jura à voix basse, puis tira en hâte les quatre dernières balles.

La pierre n'avait pas bougé. Nestor s'assit, ouvrit le pistolet et y introduisit six autres balles. L'arme lui avait coûté dix-huit pièces de Barta, presque un mois de salaire, et M. Bartholomew lui avait assuré que c'était un pistolet sain et qui tirait droit, créé par l'ancienne usine des Enfants de l'Enfer près de Babylone.

— Est-il aussi bon que ceux que fabriquaient les Enfants de l'Enfer ? avait demandé Nestor.

Le vieil homme avait haussé les épaules.

— Je suppose.

Nestor avait bien envie de le rapporter à la boutique et de demander son remboursement.

Il remit le pistolet au fourreau et ouvrit le paquet de sandwichs qu'il avait achetés à Mme Broome, puis il sortit sa Bible. À cet instant, il entendit un cheval approcher et se tourna. Un cavalier venait de passer la crête de la colline. C'était un homme grand, bien de sa personne, avec des cheveux noirs striés d'argent, et il portait un manteau noir et un gilet en brocard rouge. À sa hanche pendait un pistolet nickelé dans un étui de cuir verni.

Le cavalier s'arrêta à une petite distance du jeune homme et mit pied à terre.

— Tu es bien Nestor Garrity ? demanda-t-il.

— Oui, monsieur.

— Clem Steiner. Mme McAdam m'a suggéré de te parler.

— Pour quelle raison, monsieur ?

— Cela concerne le pasteur. Elle m'a demandé de le retrouver.

— J'ai bien peur qu'il soit mort, monsieur Steiner. Je l'ai cherché un bon moment. J'ai trouvé du sang, et des empreintes de loups.

Steiner sourit.

— Tu ne le connais pas aussi bien que moi, Nestor. Ce genre de type n'est pas facile à tuer. (Nestor vit Steiner regarder le rocher constellé d'impacts de balles.) Tu t'entraînes ?

— Oui, monsieur. Mais je crains de n'être pas doué pour le tir. L'endroit le plus sûr de ces montagnes, c'est cette fichue pierre !

D'un seul mouvement souple, le pistolet de Steiner sembla bondir dans sa main. Au premier coup, la pierre sauta en l'air, et le second coup la pulvérisa. Puis Steiner remit le pistolet dans son fourreau.

— Pardonne-moi, Nestor. Je n'ai jamais pu résister à faire étalage de mes talents. C'est un vrai vice ! Et maintenant, au sujet du pasteur, y avait-il d'autres traces au même endroit ?

Nestor, toujours sidéré par la démonstration, lutta pour reprendre ses esprits.

— Non, monsieur. Pas celles d'un homme à pied, en tout cas.

— D'autres traces ?

— Non... Enfin, oui ! Il y avait des traces de roues vers l'est. Des grandes. Je pense qu'il s'agissait d'*Errants.* Les traces étaient récentes, encore bien marquées.

— Vers où allaient-elles ?

— Vers l'est.

— Il y a des villes, dans cette direction ?

— Un nouveau village qui s'appelle Pureté. Il est gouverné par Padlock Wheeler. Avant, il était un des généraux du Diacre. Je... ne suis pas allé voir dans cette direction.

Steiner alla près du rocher, prit un petit caillou et le plaça au sommet. Puis il revint près de Nestor.

— Fais-moi voir comment tu tires.

Nestor inspira à fond et aurait aimé avoir le courage de refuser. Mais il sortit le pistolet, arma le chien et visa.

— Un moment, dit Steiner. Tu penches la tête et tu vises avec l'œil gauche.

— Le droit n'est pas aussi bon, reconnut Nestor.

— Range le pistolet.

Nestor repoussa le chien en avant et obéit.

— Très bien. Maintenant, vise ma selle avec ton doigt.

— Quoi ?

— Vise ma selle. Vas-y.

Nestor s'empourpra, mais il leva la main et tendit le doigt.

— Maintenant, vise l'arbre, à ta droite. Bien.

— Ce n'est pas viser qui me pose un problème, monsieur Steiner, c'est tirer !

Steiner gloussa.

— Non, Nestor, c'est parce que tu ne vises pas correctement que tu rates. Cette fois, sors ton pistolet, arme-le et dirige-le vers le caillou. N'essaie pas de viser précisément, contente-toi de le diriger vers le caillou et de tirer.

Nestor savait ce qui allait arriver, et il aurait voulu ne jamais avoir quitté son appartement, ce jour-là. Il sortit quand même le pistolet, le dirigea vers le caillou et tira aussitôt, décidé à en finir au plus vite avec son embarras.

Le caillou explosa.

— Ouah ! cria Nestor. Par l'Enfer, j'ai réussi !

— Oui, dit Steiner. Voilà un caillou qui ne menacera plus jamais un innocent !

Steiner se dirigea vers son cheval, et Nestor comprit que l'homme allait partir.

— Attendez ! s'écria-t-il. Vous ne voulez pas manger quelque chose avec moi ? J'ai des sandwichs et des biscuits au miel. Ce n'est pas grand-chose, mais vous êtes le bienvenu.

Pendant qu'ils mangeaient, Nestor lui parla de son ambition de devenir un Croisé, et même, un jour, un Cavalier de Jérusalem, peut-être. Steiner écouta poliment, sans qu'une ombre de moquerie apparaisse sur son visage. Nestor parla plus longtemps qu'il l'avait fait de sa vie entière, en une seule fois et à une seule personne, puis il s'arrêta, gêné.

— Je suis désolé, monsieur Steiner. Je crois que je vous ai mortellement ennuyé. C'est juste que… personne ne m'avait écouté aussi attentivement, avant…

— J'apprécie l'ambition, fiston. C'est une bonne chose. Si un homme veut quelque chose, et qu'il y travaille assez dur, en général, il l'obtient, avec un peu de malchance.

— De malchance ? demanda Nestor.

— Oui. La plupart du temps, le rêve est mieux que la réalité. Aie pitié de l'homme qui a réalisé tous ses rêves, Nestor.

— L'avez-vous fait, monsieur ?

— Pour sûr.

Le visage de Steiner eut soudain l'air solennel, et Nestor changea de sujet.

— Vous avez été un Croisé, monsieur Steiner ? demanda-t-il. Je n'ai jamais vu quelqu'un tirer aussi bien que vous.

— Non, pas un Croisé.

— Vous n'avez pas été… un brigand ?

Steiner éclata de rire.

— J'aurais pu le devenir, fiston, mais je ne l'ai pas fait. J'ai eu de la chance. J'avais pourtant une ambition bizarre. Je voulais être celui qui tuerait l'Homme de Jérusalem.

La mâchoire de Nestor manqua se décrocher.

— C'est une chose terrible à dire.

— Oui, maintenant. Mais à l'époque, il était seulement un homme avec une sacrée réputation. Je travaillais pour Edric Scayse, et il m'a conseillé d'oublier cette ambition. Je lui ai dit : « Il ne peut pas me battre, monsieur Scayse. » Et tu sais ce qu'il a répondu ? « Il ne te battrait pas, Clem, il te tuerait. » Et il avait raison. Quand Shannow a été fabriqué, on a brisé le moule ! C'est l'homme le plus dangereux que j'aie connu.

— Vous le connaissiez, monsieur Steiner ? Seigneur, vous en avez, de la chance !

— La chance a joué un grand rôle dans ma vie, dit Steiner. Et maintenant, je ferais mieux de me mettre en chemin.

— Vous allez chercher le pasteur ?

— Je le trouverai, fiston, dit Clem en se levant.

À cet instant, Nestor sut ce qu'il avait envie de faire, avec une certitude qu'il n'avait jamais connue auparavant.

— Puis je venir avec vous, monsieur Steiner ? Je veux dire, si ça ne vous dérange pas.

— Tu as un travail ici, fiston, et une vie organisée. Cette aventure pourrait prendre un certain temps.

— Peu importe. Depuis la mort de mes parents, je travaille pour mon oncle. Mais je pense que je pourrais apprendre davantage de vous, monsieur Steiner, bien plus que de lui. Et j'en ai assez de compter les pièces de Barta et de distribuer des salaires pendant des heures interminables. Je n'ai plus envie de répertorier le bois de construction et de rédiger des commandes. Me laisserez-vous venir avec vous ?

— Je vais aller en ville acheter des fournitures, Nestor. Il te faudra une couverture et un manteau épais. Et un fusil serait bien pratique.

— Oui, monsieur, dit Nestor, ravi. J'ai un fusil. Et je demanderai le reste à M. Broome.

— Quel âge as-tu, fiston ?

— Dix-sept ans, monsieur.

Clem Steiner sourit.

— J'arrive encore – tout juste ! – à me souvenir de ce que ça fait, d'avoir dix-sept ans. Allons-y !

Josiah Broome approcha ses pieds nus du foyer et essaya de se concentrer sur la chaleur des flammes et d'ignorer le flot ininterrompu de paroles qui émanait de la cuisine. Ce n'était pas facile, car Else Broome n'était pas une femme qu'on pouvait impunément ignorer. Josiah regarda le feu, plongé dans des pensées moroses. Il avait aidé à construire la vallée des Pèlerins, autrefois, puis il avait été un de ses chefs quand la ville avait été reconstruite après l'invasion d'Atlantis. Josiah Broome avait survécu à l'attaque des guerriers-lézards connus sous le nom de Dagues, et il avait essayé, à sa manière, de faire de la vallée des Pèlerins un endroit décent pour les familles qui s'y étaient installées.

Il abhorrait les hommes de violence, les guerriers portés sur la boisson et la bagarre qui avaient autrefois peuplé ces terres. Et il détestait les hommes comme Jon Shannow, dont la conception de la justice était de massacrer tous ceux se mettaient en travers de leur chemin. Et voilà que désormais, en ces jours civilisés, Jon Shannow était considéré comme un saint, un homme de Dieu. La voix d'Else continua à bourdonner, et il perçut une note interrogative à la fin d'une phrase.

— Je suis désolé, ma chère, je n'ai pas entendu ce que tu as dit.

Else Broome s'avança sur le pas de la porte, sa forme corpulente bouchant presque l'entrée.

—J'ai demandé si tu étais d'accord pour que nous invitions l'Apôtre Saül au barbecue ?

—Oui, ma chère. Comme tu veux.

—Comme je le disais à la veuve Scayse, l'autre jour…

Elle continua à parler en retournant dans la cuisine, et Broome se replongea dans ses réflexions sans plus l'entendre.

Jon Shannow, le saint !

Le pasteur en avait ri. Broome se souvenait de leur dernière soirée ensemble, dans la petite sacristie située derrière l'église.

—Ça n'a pas d'importance, Josiah, avait dit Jon Cade. Ce qui était ne nous concerne plus. Ce qui compte, c'est que la parole de Dieu ne soit pas corrompue. Le Livre parle d'amour et de jugement. Et je refuse d'admettre que les Hommes-Loups n'ont pas droit à cet amour.

—Je ne dis pas que je ne suis pas d'accord avec vous, pasteur. En fait, de tous les hommes, c'est vous que je tiens en la plus haute estime. Vous avez tourné le dos aux voies de la violence et vous avez montré beaucoup de courage au cours des dernières années. Vous êtes une inspiration pour moi. Mais les habitants de la vallée des Pèlerins se laissent séduire par les nouveaux enseignements du Diacre. Et j'ai peur pour vous, et pour l'église. Ne pourriez-vous pas vous occuper des Hommes-Loups en dehors de la ville ? Cela ne permettrait-il pas à la colère de retomber ?

—Je le suppose, avait reconnu Cade. Mais le faire serait reconnaître auprès des ignorants et de ceux qui sont pleins de préjugés qu'ils ont le droit de refuser à ma congrégation un service dans mon église. Je ne peux pas permettre cela. Pourquoi leur est-il si difficile de voir la vérité ? Les Hommes-Loups n'ont pas demandé à être comme ils sont, même le Diacre le reconnaît. Et il n'y a pas plus de mal en eux que dans n'importe quelle autre race.

—J'ignore ce que pense le Diacre. Mais j'ai lu les paroles de son Apôtre Saül, et il affirme qu'ils ne sont pas des créatures de Dieu, et donc appartiennent au Diable. Un pays pur, dit-il, a besoin de gens purs.

—Je suis d'accord avec le principe, et il y a beaucoup de bon dans ce que le Diacre a dit, par le passé. Je le respecte. Il vient d'un monde devenu fou où régnaient la dépravation et la luxure, la corruption et la maladie du corps et de l'esprit. Et il cherche à faire de ce monde un endroit meilleur. Mais personne ne connaît mieux que moi les dangers d'observer des règles trop inflexibles.

— Allons, mon ami, ne vivez-vous pas toujours selon ces règles inflexibles ? Ceci n'est qu'un bâtiment. Si Dieu – en supposant qu'il existe un Dieu – a de l'amour pour les Hommes-Loups, il les aimera tout autant dans les montagnes qu'ici. Je crains qu'il y ait de la violence, bientôt.

— Alors, nous tendrons l'autre joue, Josiah. Une réponse non violente détourne la colère. Avez-vous vu Beth, dernièrement ?

— Elle est venue au magasin avec Bull Kovac et deux de ses cavaliers. Elle avait l'air en forme, Jon. C'est dommage que vous deux, vous n'ayez pas pu rester ensemble. Vous étiez si bien assortis !

Cade avait eu un sourire triste.

— Elle était amoureuse de l'Homme de Jérusalem, pas du pasteur. Les choses ont été difficiles pour elle, en particulier lors du raid des brigands, quand je n'ai rien fait pour les arrêter. Elle m'a dit que je n'étais plus un homme.

— Ça a dû vous blesser !

— Certes, mais j'ai connu des douleurs plus graves, Josiah. Il y a très longtemps, j'ai tué un enfant. J'étais attaqué, et il y avait des hommes en armes tout autour de moi. J'en ai tué quatre, puis j'ai entendu un bruit derrière moi. J'ai pivoté et j'ai tiré. C'était un petit garçon qui jouait dehors. Il me hante toujours. Que serait-il devenu ? un chirurgien ? un ministre ? un père et un époux aimant ? Mais c'est vrai, perdre Beth m'a fait beaucoup de peine.

— Vous avez dû être tenté d'aller chercher vos revolvers, pendant le raid.

— Pas un instant. Parfois, je rêve que je suis de nouveau sur les routes, mes revolvers à la ceinture. Puis je me réveille, couvert de sueur froide.

Cade s'était levé pour aller près d'un coffre, à l'autre bout de la pièce. Il l'ouvrit et en sortit un ceinturon d'armes.

— Les revolvers de l'homme du tonnerre.

Broome avait rejoint le pasteur.

— Ils sont en parfait état.

— En effet. Parfois, la nuit, je reste assis ici et je les nettoie. Ça m'aide à me souvenir de ce que j'ai été, autrefois. Et ce que, si Dieu le veut, je ne serai plus jamais.

— Tu n'as pas écouté un mot de ce que j'ai dit, reprocha Else Broome en revenant dans le salon.

— Qu'as-tu dit, ma chère ?

— Mais qu'est-ce que tu as, ce soir ? Je t'ai demandé si tu accepterais de témoigner pour le Serment, pour la femme McAdam.

— Bien entendu. Beth est une vieille amie.

— Bah ! Une enquiquineuse, oui, et nous serions mieux lotis si on la chassait de la vallée.

— De quelle manière pose-t-elle des problèmes, ma chère ?

— Tu as le cerveau ramolli ou quoi ? Elle a tiré sur des hommes qui chassaient les Hommes-Loups. Elle parle contre le Diacre, et son propre fils dit qu'elle a été séduite par Satan. Cette femme est une disgrâce pour nous tous !

— C'est une bonne chrétienne, Else, comme toi.

— Je considère ça comme une insulte, cracha Else Broome, ses nombreux mentons frémissant. Tu as un magasin à gérer, et je ne crois pas que les gens le prendront bien si tu soutiens une femme de ce genre. Ezra Feard te prendra tous tes clients, tu verras ! Et je ne vois pas pourquoi ce serait toi qui devrais être son témoin pour le Serment. Qu'elle trouve quelqu'un d'autre que ça ne dérange pas d'être la risée de tous.

Broome reporta son attention sur le feu.

— Et, autre chose…, commença Else Broome.

Mais son mari n'écoutait pas. Il pensait aux hommes morts sur la route, et à l'esprit torturé de celui qui les avait tués.

Chapitre 4

Le monde n'a pas besoin d'hommes charismatiques. Il n'a pas besoin d'intellectuels. Et il n'a pas besoin non plus d'hommes bienveillants. Ce qu'il réclame à grands cris, ce sont des saints !

La Sagesse du Diacre, Chapitre II

Seth Wheeler tira sa couverture sur ses oreilles et posa la tête sur sa selle. L'air nocturne était froid, et il n'avait plus dormi à la belle étoile depuis deux ans. Le tissu était mince.

C'est ça, ou alors je vieillis, pensa-t-il. *Non, c'est la fichue couverture !*

Seth s'assit et s'approcha du feu, toujours enveloppé dans la couverture. Le feu était bas, à peine quelques flammes au-dessus des braises. Il restait quatre brindilles, qui auraient dû être conservées pour le matin. Il jeta un regard nerveux à ses quatre compagnons endormis et jeta le bois dans le feu, qui reprit aussitôt. Seth frissonna quand la chaleur l'enveloppa. Il avait presque oublié combien c'était bon d'avoir chaud.

Le firmament était sans nuage, et une gelée blanche parsemait l'herbe. Le vent souffla, déposant des cendres sur les bottes de Seth. Il regarda les brindilles. Pourquoi brûlaient-elles si vite ?

À cette hauteur, dans les montagnes, il y avait peu de bois mort. Ses hommes avaient ramassé ce qu'ils avaient trouvé dans le secteur. Seth avait le choix : retourner à sa couverture glaciale, ou ramasser davantage de bois. Il se leva en jurant à voix basse, enjamba un homme endormi et gagna les arbres proches.

La chevauchée avait été longue. Ils avaient trouvé rapidement les traces du tueur, et l'avaient suivi dans les montagnes. Mais ils avaient perdu deux fois la piste et avaient passé quatre jours à essayer de la retrouver. Puis ils avaient suivi une mauvaise piste et étaient tombés sur un vieil homme et sa mule. Un vieux bizarre, avait pensé Seth, avec des yeux qui semblaient voir à travers les gens…

— Nous pourchassons un homme, avait dit Seth au vieillard. Nous sommes des Croisés de Pureté.

— Je le sais, avait répondu le vieux. J'ai passé la nuit dans la grotte, là-bas, avec l'homme que vous cherchez.

— Vers où est-il parti ?

— Vers le nord. Dans les terres sauvages.

— Nous le trouverons, avait dit Seth.

— J'espère que non, fiston. Vous avez l'air d'être des types bien. Ce serait dommage que vous vous fassiez tuer.

— C'est un de vos amis, cet homme ? avait demandé Seth.

— Non. Je l'ai seulement rencontré la nuit dernière. Soyez prudent, Croisé. Les types comme lui ne vous laissent pas de seconde chance.

Le vieil homme leur avait souri puis était parti sans ajouter un mot.

Leur nourriture presque épuisée, et ayant de plus en plus froid, les Croisés avaient enfin trouvé la piste du tueur. Le lendemain, ils l'attraperaient.

Seth ramassa une brassée de bois mort et une branche épaisse et repartit vers le feu. Quelque chose de froid toucha sa nuque, et une voix encore plus froide s'éleva.

— Vous faites une erreur qui conduira à votre mort.

Le Croisé déglutit. Il avait les jambes tremblantes, mais il n'était pas un lâche et se ressaisit.

— Vous êtes un blasphémateur et un tueur, dit-il.

— Ramenez vos hommes à Pureté, dit la voix. Je n'ai pas envie de vous tuer. Mais si vous êtes encore sur mes traces au matin, aucun de vous ne reverra sa famille. Si je l'avais voulu, j'aurais pu entrer dans votre camp et vous tuer dans votre sommeil. Partez !

Le canon du revolver se retira. Seth sentait la sueur couler dans ses yeux, et il n'avait plus froid. Il avança de deux pas, puis lâcha le bois, tira son pistolet et pivota.

Il n'y avait personne.

Il resta une bonne minute figé. Le froid revint dans ses os. Il remit son pistolet au fourreau, ramassa le bois et retourna près du feu, qu'il alimenta jusqu'à ce que les flammes soient trop hautes pour rester à côté. Il retourna s'allonger sous sa couverture, pensant à Élisabeth, et à leurs fils, Josh et Pad.

Un des hommes s'éveilla en sursaut.

— Par l'Enfer, Seth, tu veux tous nous faire rôtir ?

Le bord de sa couverture avait pris feu. Il l'éteignit en tapant dessus.

Le bruit éveilla les autres.

— Nous rentrons, dit Seth. Nous n'avons plus rien à manger, et les terres sauvages commencent juste de l'autre côté de la crête.

— Ça va, Seth ? demanda Sam Drew, son lieutenant.

— Oui. Mais cet homme est trop pour nous, les gars. Croyez-moi. Nous ferons prévenir l'Apôtre Saül, à la vallée des Pèlerins. Il enverra les Cavaliers de Jérusalem. Qu'ils s'occupent de lui.

— Ça ne te ressemble pas, Seth. Pourquoi as-tu changé d'idée ?

— C'est bizarre, Sam. Il y a un petit moment, j'avais froid, et je détestais ça. Maintenant, je suis content d'être gelé ! Ça me prouve que je suis toujours en vie. Et j'aimerais bien le rester !

Il était presque minuit, et la rue principale de la vallée des Pèlerins était presque déserte quand les cinq cavaliers arrivèrent à la maison qui se trouvait derrière les bâtiments des Croisés. Le premier homme, grand et aux épaules larges, portait un manteau long à épaulettes. Il mit pied à terre et se tourna vers les autres.

— Mettez les chevaux à l'écurie, puis allez vous reposer.

Il enleva son chapeau à large bord et grimpa les trois marches qui menaient au porche de la maison, puis il frappa à la porte. Une jeune femme en longue robe blanche l'ouvrit et fit la révérence.

— Que Dieu soit avec vous, mon frère, dit-elle. Êtes-vous Jacob Moon ?

— Oui. Où est l'Apôtre ?

— Voulez-vous bien me suivre, monsieur ?

La femme aux cheveux noirs avança dans le couloir, puis ouvrit une porte sur la droite. Moon entra dans le bureau où l'Apôtre Saül était assis dans un grand fauteuil en cuir et lisait une Bible aux pages bordées d'or. Il la posa, se leva et sourit à la femme.

— Ce sera tout, Ruth. Vous pouvez partir.

Ruth fit une autre révérence et ferma la porte derrière elle.

— Que Dieu soit avec vous, Jacob.

— La peste soit de ces âneries religieuses, dit Moon. C'est déjà assez dur de les dire quand il y a des gens qui écoutent. Que je sois damné si je les utilise en privé !

Saül gloussa.

— Vous êtes trop impatient, Jacob. C'est un grave défaut pour un homme qui cherche à gouverner.

— Je me fiche de gouverner, dit l'homme. Je veux seulement devenir riche. Le vieil imbécile est mort, comme vous l'avez ordonné.

Le sourire de Saül s'effaça et il plissa les paupières.

— Je vous ai choisi parce que vous avez du talent. Mais sachez une chose, Jacob : si vous devenez un danger pour moi, je n'hésiterai pas à vous éliminer. Et rien n'est plus dangereux qu'une langue trop bien pendue.

Le nouvel arrivant ne sembla pas perturbé par la menace. Il jeta son chapeau au sol, enleva son manteau et le posa sur le dos d'une chaise. Puis il défit son ceinturon d'armes et s'étira.

— Vous avez quelque chose à boire ? La chevauchée m'a donné soif.

Saül versa un verre de vin rouge et le donna à Moon, qui le but d'une seule traite avant de tendre le verre pour le faire remplir.

— Dites-moi comment ça s'est passé ! ordonna Saül.

Moon haussa les épaules.

— Comme vous l'avez dit. Il est allé seul dans sa cabane des montagnes. J'ai attendu les vingt jours, en le surveillant sans arrêt. Puis un cavalier est arrivé d'Unité. Il a rencontré le vieil homme, puis il est reparti. Le matin suivant, j'ai tiré une balle dans la nuque du vieux. J'ai enterré le corps dans les contreforts de la montagne. Personne ne le trouvera.

— Vous êtes sûr que c'était lui ?

—Non, c'était l'ange Gabriel! ricana Moon. Bien entendu, c'était lui. Vous pouvez dormir en paix, Saül, le Diacre est mort. La question est : qui voulez-vous que je tue, maintenant ?

Saül se rassit.

—Aujourd'hui, personne, Jacob. Mais il y aura des troubles, c'est certain. Il y a une bonne terre vers l'ouest, qui recèle peut-être de l'argent, voire de l'or. Son propriétaire s'appelle Ishmael Kovac. Il y a aussi une ferme où se trouvent, je pense, des gisements importants de pétrole. Elle appartient à une femme du nom de Beth McAdam. Le Serment leur sera refusé à tous les deux, et nous pourrons acquérir légalement les terres.

—Alors, pourquoi nous avoir fait venir ici ? On dirait que vous avez les choses en main.

Saül sirota son vin.

—Il y a une complication, Jacob.

—C'est souvent le cas.

—L'incendie de l'église. Son pasteur a survécu. Il a pourchassé cinq de mes hommes et les a tués. Hier, j'ai eu un long entretien avec un homme du cru qui connaît le pasteur depuis vingt ans.

—Allez au fait, Saül. Je n'ai pas besoin des détails!

—Je pense que si. Le pasteur est arrivé ici il y a vingt ans, juste après l'Arrivée Bénie de notre saint Diacre. C'était un jeune homme d'une vingtaine d'années. Mais ce villageois m'a raconté une histoire très intéressante. Il a dit que le pasteur était en réalité bien plus vieux que ça, et qu'il avait retrouvé sa jeunesse grâce à une Pierre de Daniel, dans une tour.

—Il était saoul, ou complètement idiot, dit Moon en finissant le verre et en tendant la main vers la bouteille.

—Ni l'un ni l'autre. Et je sais qu'il y avait une Pierre de Daniel dans cette tour, parce que le Diacre et moi y sommes allés, il y a quinze ans. Nous avons vu ses restes, dénués de pouvoir désormais. Elle était immense, Jacob, assez grande pour garder dans un champ de stase des avions et des vaisseaux pendant des centaines d'années. L'homme qui a absorbé ce qui restait du pouvoir de la Pierre, afin de redevenir jeune, était Jon Shannow.

Moon se figea.

— Vous plaisantez !

— Pas du tout, Jacob. L'Homme de Jérusalem. Le seul et l'unique. Le nouvel Élie.

— Et vous pensez que le pasteur était Jon Shannow ? Pourquoi diable serait-il resté dans ce trou perdu, s'il est l'Homme de Jérusalem ? Il aurait pu devenir fabuleusement riche.

— J'ignore ses raisons, mais je pense que c'est la vérité. Il est parti aux trousses de nos camarades et les a tués, et maintenant, il est quelque part, là-dehors.

Saül agita la main en direction de la fenêtre.

— Diable ! Il pourrait faire entrer le renard dans le poulailler, ce type ! Mettre fin au mythe du Diacre, prouver qu'il était un vieux moulin à paroles pompeux, et un menteur, en plus !

— Je ne pense pas, dit Saül. L'Homme de Jérusalem fait désormais trop partie de la légende. Les gens s'attendront à voir un halo sur sa tête. Non, c'est seulement une partie du problème. D'abord, nous ne voulons pas que le Diacre soit discrédité, puisque je suis son héritier. Et je veux que le royaume soit aussi uni derrière moi que derrière lui. Et, ensuite, Beth McAdam a été autrefois la maîtresse de Shannow. Il peut rester des liens entre eux. Quand elle sera dépossédée ou tuée, je ne veux pas avoir un type comme Shannow à mes trousses.

— Et l'homme qui connaît la vérité ?

— C'est une autre affaire. Pour le moment, il m'est utile, mais il a promis de servir de témoin pour Beth McAdam, dans dix jours. La nuit avant la Prise de Serment, vous le tuerez.

— A-t-il une jolie épouse ?

Saül éclata de rire.

— Jolie ? Else Broome ? Elle ressemble à une truie obèse qui aurait été forcée d'entrer dans une robe trop petite.

— Elle est grasse, hein ? Moi, je les aime grasses, dit Jacob Moon.

Le docteur Meredith trouvait le vieil étranger incroyablement irritant. Jérémie, lui, semblait amusé, mais tout le monde savait que Jérémie appréciait un bon débat. Même Isis écoutait, fascinée.

— Comment pouvez-vous vous opposer au développement de la raison et de la science ? insista le docteur.

— Facilement, répondit Jake. Il y a des siècles, un homme de la Grèce antique a concocté la théorie que toute matière, des objets les plus grands au plus petits, d'une planète à un caillou, est composée de minuscules éléments. Le plus petit, il l'a appelé *atome*, ce qui signifie « impossible à couper ». L'homme étant ce qu'il est, il a fallu qu'il coupe ce qu'on ne pouvait pas couper. Et regardez où ça nous a menés ! L'homme est un chasseur, un tueur. Un prédateur. Tous les progrès qu'il fait sont invariablement liés à la destruction, physique ou mentale.

— Et la médecine ? dit Meredith. Le monde d'avant la Chute avait fait de magnifiques avancées dans le contrôle des maladies.

— C'est vrai, reconnut Jake. Puis ils ont continué par l'ingénierie génétique, afin que des organes d'animaux puissent être transplantés chez des humains. D'où les Hommes-Loups, et les autres malheureuses créatures mutantes qui rôdent sur notre planète. D'où l'accumulation d'armes chimiques, de bactéries et de germes de maladies qui ont été jetés dans ce qui était l'Atlantique, et qui a maintenant empoisonné de vastes zones de notre Terre actuelle.

Jake se leva et gagna le tonneau d'eau, où il remplit sa chope en étain.

— Tout peut se résumer par un unique exemple, dit-il. Le Christ a dit aux gens de s'aimer les uns les autres et de faire du bien à ceux qui vous haïssent. Il a dit que tous les hommes étaient frères et que nous devons aimer notre prochain comme nous-mêmes. Au bout de quelques siècles, les gens se disputaient sur la signification de ces paroles. Puis ils sc sont déclaré la guerre à ce sujet et se sont massacrés les uns les autres afin de prouver que leur version d'« aime ton prochain » était la meilleure.

Jérémie éclata de rire.

— Ah ! Jake, vous êtes un excellent orateur ! Le Diacre et vous, vous avez beaucoup de choses en commun !

— Ouais, dit Jake. Le Diacre dans sa tour d'ivoire, et moi sur ma mule, nous savons tous deux comment le monde fonctionne…

— Le Diacre est maléfique, dit Meredith. Purement et simplement.

— Non, mon garçon, dit Jake. Rien dans ce monde oublié de Dieu n'est pur et simple. Excepté la mort. C'est la seule chose dont nous pouvons être sûrs : tout le monde meurt. À part ça, nous nageons dans une mer de complexité. Je ne suis pas d'accord avec vous, au sujet du Diacre. C'est seulement un homme qui aime voir des délimitations bien tracées. J'étais à Unité quand il était magistrat. Il a pris quelques excellentes décisions, à mon avis.

— Certes ! railla Meredith. Par exemple, le meurtre public. Traîner un homme dans les rues pour qu'il soit exécuté devant sa famille.

— Vous dénaturez un peu les choses, dit Jake. Vous parlez du fait que le malfaiteur reçoit sa punition sur le lieu de son crime. Je ne pense pas que ce soit si mal. Ça permet aux gens de s'apercevoir que justice est faite.

— Ce n'est pas de la justice, cria Meredith, c'est de la barbarie !

— Notre époque est barbare, docteur. Mais vous pourriez arguer que tout tient aux valeurs. Quelle valeur accordons-nous à la vie ? Le Diacre a dit qu'à son époque un tueur pouvait se retrouver dans la rue au bout de quelques années. Même les tueurs en série pouvaient être libérés après un certain temps. La valeur que les gens de son époque accordaient à une vie était de l'ordre de deux à trois ans. La vie ne valait pas cher, à cette époque. Au moins, avec le Diacre, un tueur sait qu'il aura ce que sa victime a eu. Pas plus, pas moins.

— Et si la cour se trompe ? demanda Meredith. Si un innocent est déclaré coupable ?

— Et alors ? répondit Jake. C'est triste, pour sûr, mais les erreurs, ça arrive. Ça ne signifie pas que le système est mauvais. Un médecin de ma connaissance a dit un jour à un patient qu'il était trop gros et devait faire de l'exercice. Il s'est mis au régime, et il est tombé raide mort. Que sommes-nous censés faire ? Encourager tout le monde à devenir obèse, au cas où il y aurait un autre gros type au cœur faible dans le lot ?

— C'est une vision des choses exagérée !

Jake sourit, et Jérémie intervint.

— Et le pardon, Jake ? Le Christ n'en a-t-il pas parlé aussi ?

— Ma foi, on peut très bien pardonner à un homme, mais le pendre quand même.

— J'en ai assez ! siffla Meredith en se levant pour retourner à son chariot.

— Est-ce si simple, Jake ? demanda Isis. Tout est-il noir ou blanc pour vous, réellement ?

Le vieil homme la regarda, et son sourire s'effaça.

— Rien n'est simple, Isis, même si nous essayons de simplifier. Le jeune docteur Meredith n'a pas tort. La vie est le plus grand des dons, et tout homme ou femme a des possibilités infinies de faire le bien ou le mal. Parfois les deux.

La brise nocturne forcit et fit danser les flammes du feu. Jake frissonna et s'enroula plus étroitement dans son vieux manteau en peau de mouton.

— Mais je suppose que la question, en fait, est celle de la détermination. Pour qu'une société soit prospère, elle doit avoir des règles solides pour protéger les faibles et inspirer les forts. Vous êtes d'accord ?

— Bien entendu, dit Isis.

— Ah ! Mais voilà que les complications commencent. Dans la nature, les faibles périssent et les forts survivent. Donc, si nous protégeons les faibles, ils se reproduiront, telles de mauvaises herbes dans la société, et ils auront besoin de plus en plus de protection, jusqu'à ce qu'il y ait plus de faibles que de forts. Et, dans une démocratie, ils gouverneront et promulgueront des lois qui encourageront à encore plus de faiblesse. Cette société tombera malade et mourra, car elle aura semé les graines de sa propre destruction.

— Comment définissez-vous la faiblesse, Jake ? Voulez-vous dire les malades, ou les infirmes ?

Jake éclata de rire.

— Comme je l'ai dit, c'est là que les complications commencent ! Certains sont faibles de corps, mais forts en esprit et en courage. Certains ont la force physique d'un lion, mais sont, à l'intérieur, lâches et faibles. En fin de compte, une société jugera ses gens sur leur capacité à fournir ce dont cette société a besoin pour grandir et prospérer.

—Ah! dit Jérémie. Mais ça nous amène aux vieux, qui ont travaillé pour la société, mais qui ne peuvent plus le faire. Ils deviennent faibles, et, selon votre point de vue, inutiles. Vous vous condamnez vous-même, vieil homme. Vous n'auriez aucune place dans une société forte.

—Ce n'est pas le cas, dit Jake. Parce que si j'ai gagné de l'argent en travaillant, si j'ai fait des économies, j'utiliserai mon argent pour acheter de la nourriture et des vêtements, ce qui continuera à aider la société. Car je paierai le tailleur pour mon manteau, ce qui lui permettra de gagner de l'argent. Je contribue encore.

—Mais si vous n'avez pas fait d'économies? demanda Isis.

—Alors, selon ma propre définition, je serais un imbécile, et donc un inutile!

—Vous peignez un tableau bien dur, Jake, dit Jérémie.

—Le monde est un endroit dur. Mais croyez-moi, mes amis, il est bien moins dur que le monde que le Diacre a laissé derrière lui. Comme je l'ai dit, c'est un océan de complexité. Mais, là-dehors, sous les étoiles de Dieu, on peut encore trouver la simplicité. Vous autres *Errants*, vous le comprenez. Vous chassez les daims et les moutons sauvages pour manger, et vous vous rendez en ville pour travailler contre des pièces de Barta afin de pouvoir garder le mode de vie que vous vous êtes choisie. S'il n'y a pas de daims, vous aurez faim. Simple. Et si l'un de vous refusait de chasser, ou n'était pas capable de chasser ou de travailler, vous le rejetteriez.

—Ce n'est pas vrai! dit Isis. Nous nous occuperions de lui.

—Pendant combien de temps? demanda Jake. Et s'il n'y en avait pas un seul, mais trois, cinq, ou vingt-cinq? Vous ne pouvez survivre que si vous travaillez ensemble. Une société, c'est pareil, petite.

—Mais quelque chose ne vous échappe-t-il pas, Jake, dans tous vos raisonnements? dit Isis. L'homme, je le reconnais, est un animal qui chasse et qui tue. Mais il est aussi capable d'amour et de compassion. Une société devrait sûrement incorporer ces valeurs.

—Vous êtes une femme avisée, Isis, dit Jake. Mais vous avez laissé à l'écart un certain nombre des vices de l'homme, par exemple, la propension à faire le mal. Certains hommes – ou femmes – sont tout simplement mauvais. Ils ne comprendraient pas la compassion ou l'amour. Ils pourraient vous tuer pour le prix d'un repas, ou juste parce que l'envie les en a pris. Une société ne peut prospérer que si tous sont décidés à travailler pour le bien commun. Le mot « faible » n'est peut-être pas adéquat. « Parasites » serait peut-être une meilleure définition. Mais je ne possède pas toutes les réponses. Et le Diacre non plus.

— Dites-moi, Jake, demanda Isis, même si j'accepte les arguments que vous avez avancés jusque-là, qu'en est-il du massacre des Enfants de l'Enfer ? Les hommes, les femmes et les enfants ont été assassinés par l'armée du Diacre. Par milliers. Étaient-ils tous faibles, Jake ? Les bébés qui ont été tués étaient-ils maléfiques ?

Le sourire de Jake disparut.

— Non, petite, ils n'étaient pas maléfiques. Le Diacre a eu tort, à mon avis. Mais, à sa décharge, ça s'est passé à la fin d'une guerre terrible, et les esprits étaient échauffés. Deux armées ont convergé vers Babylone…

Il se tut et regarda le feu.

— Vous y étiez ? murmura Jérémie.

— J'y étais. Je ne suis pas entré après la chute des murs de la cité, mais j'ai tout entendu. Les hurlements ! Le Diacre les a entendus aussi. Il est sorti en courant de sa tente, il a escaladé les murs en ruine et les cadavres des défenseurs. Mais il était impossible d'arrêter le massacre. Quand l'aube s'est levée, le Diacre a erré dans la cité, les yeux rouges à force d'avoir pleuré. Et il n'y a pas eu un seul homme de l'armée de Dieu qui n'ait pas été bourrelé de remords. Mais la guerre était finie, et les Enfants de l'Enfer ne nous envahiraient plus jamais.

Jérémie se pencha et posa la main sur l'épaule de Jake.

— Je crois que vous aussi, vous portez des cicatrices à cause de ce jour.

— Oui. De celles qui ne guérissent jamais, dit-il tristement.

Shannow descendit de la colline et arriva dans la vallée. Il y avait des champs cultivés, avec des arbres plantés en ligne pour couper le vent. À sa droite, à environ une demi-lieue, se dressait une ferme en bois avec un toit d'ardoise. Il y avait un enclos derrière la maison à deux niveaux et, plus loin, une grange. Tout semblait paisible. Shannow se tourna sur sa selle et regarda derrière lui. Les montagnes s'élevaient derrière lui, et il n'y avait aucun signe de poursuite.

Le cheval était fatigué et avançait d'un pas dénué d'énergie.

— Ce n'est plus très loin, mon garçon, dit le cavalier.

Shannow alla jusqu'à l'enclos et mit pied à terre. La porte de la maison s'ouvrit, et une femme âgée sortit à grands pas dans la cour. Grande et maigre, sa chevelure argentée attachée en chignon, elle fit face au cavalier, un fusil dans les bras, le doigt sur la détente.

— Si vous êtes un brigand, je vous préviens que je ne tolérerai aucune bagarre ici. Et je peux castrer un cafard à cinquante pas avec ce fusil.

Shannow sourit.

— Même si je n'ai pas l'air d'un saint, ma dame, je ne suis pas belliqueux, ni un brigand. Je vous serais reconnaissant de me donner un peu d'eau et de me laisser faire reposer mon cheval pendant une journée. Je pourrais couper du bois, ou accomplir toute tâche que vous m'assignerez.

Elle avait des yeux brillants et le visage parsemé de fines rides, avec une peau qui avait la texture du cuir. Elle renifla bruyamment et ne lui rendit pas son sourire.

— Je ne renverrai pas un homme sans lui offrir au moins un repas, dit-elle. Dessellez votre bête et rejoignez-moi à la maison. Mais vous laisserez vos revolvers sur le crochet, devant la porte d'entrée. Vous n'en aurez pas besoin, à l'intérieur.

Elle se tourna et repartit vers la maison. Shannow dessella sa monture et la conduisit dans l'enclos.

La porte d'entrée menait à une grande pièce rectangulaire, élégamment meublée de chaises en bois sculpté, d'une table pliante au dessin complexe et d'un long canapé couvert de cuir de cheval. Même les placards étaient en pin sculpté. Comme elle l'avait demandé, Shannow accrocha ses armes et gagna une chaise, à côté du foyer vide. Il avait mal au dos et à la nuque à cause de sa longue chevauchée, et il s'assit avec soulagement.

— Je vois que vous savez vous installer comme chez vous, dit-elle en sortant de la cuisine et en posant un plateau sur une petite table, devant lui.

Il y avait un morceau de pain et du fromage, posés sur des assiettes en porcelaine fine.

— Votre maison est très belle, ma dame, dit Shannow.

— Oui. Zeb était très habile pour le travail du bois, et tout ça. Et ne m'appelez pas *ma dame.* Mon nom est Wheeler. Zerah Wheeler.

— La lumière qui se lève, dit Shannow.

— Pardon ?

— La femme qui m'a élevé s'appelait Zerah. Cela signifie « la lumière qui se lève », dans une des anciennes langues. En hébreu, je crois.

Zerah s'assit en face de lui.

— Ça me plaît bien, dit-elle. Vous vous dirigez vers Domango ?

— À quelle distance est-ce ?

— Environ à trois jours vers l'ouest, si le temps est clément, et il l'est d'habitude, en cette saison.

— J'irai peut-être là-bas.

Shannow mordit dans le pain, mais il était presque trop fatigué pour manger.

Zerah lui offrit une tasse d'eau fraîche.

— Vous chevauchez depuis longtemps ? demanda-t-elle.

— Oui. Toute ma vie.

Il s'adossa à la chaise et ferma les yeux.

— Eh, n'allez pas vous endormir là-dessus ! dit-elle sèchement. Vous êtes couvert de poussière. Allez dans la grange. Il y a une arrivée d'eau. Vous pourrez vous laver avant de dormir. Et, si vous vous réveillez assez tôt, il y aura des œufs et du lard. Sinon, vous vous contenterez de pain rassis. Dehors, il y a une barrière que vous pourrez réparer demain matin, si vous avez décidé de gagner votre nourriture.

Shannow se remit debout.

— Tous mes remerciements, Zerah Wheeler. Que Dieu bénisse votre maison.

— Vous avez un nom, jeune homme ? demanda-t-elle quand il arriva à la porte et mit son ceinturon sur l'épaule.

— Jon, dit-il en sortant dans la nuit.

La grange était chaude, et il dormit sur un lit de paille. Il fit de nombreux rêves, chaotiques. Il se vit dans une petite église, puis sur un navire posé en haut d'une montagne. Des visages passèrent devant ses yeux, des noms dansèrent dans son esprit.

Il se réveilla à l'aube et se lava à l'eau froide. Il trouva une boîte à outils et répara la barrière. Puis il remplaça plusieurs tuiles qui étaient tombées du toit en pente de l'abri à bois. Le stock de bois pour l'hiver était maigre, mais il y avait une scie et une hache, et il entreprit de préparer des bûches pour le feu. Il travaillait depuis une heure quand Zerah l'appela pour le déjeuner.

— J'apprécie un homme qui sait comment travailler, dit-elle quand il s'assit à la table. J'avais trois fils, et aucun d'eux n'était paresseux. Comment avez-vous reçu cette blessure à la tête ?

— On m'a tiré dessus, lui dit-il en se servant des œufs frits et du lard.

— Qui ?

— Je l'ignore. Je n'en ai aucun souvenir.

— Je suppose que vous avez répliqué, dit-elle. Vous n'avez pas l'air d'un homme qu'on peut attaquer impunément !

— Où sont vos fils ? demanda Shannow.

— L'un est mort pendant la Guerre Fédératrice. Seth et Padlock vivent à Pureté. Seth est maintenant un Croisé. Ça lui convient bien, c'est un homme qui aime l'ordre. Vous êtes passé par Pureté ?

— Oui.

— C'est bizarre, vous savez. Je suis sûre de vous avoir déjà vu. Mais je n'arrive pas à me souvenir où.

— Si vous vous en souvenez, je serai heureux que vous me le disiez, dit Shannow.

Il finit son déjeuner et aida la vieille femme à débarrasser la table. Puis il retourna à l'abri. Le travail était fatiguant, mais ses muscles étaient reposés, et l'air de montagne était vivifiant. Zerah sortit un peu après midi et lui apporta une tasse de tisane fumante et bien sucrée.

— J'ai réfléchi, dit-elle, et ce n'était pas vous, en fait. Mais il y avait un homme à Allion, où j'ai grandi. Un tueur de brigands qui s'appelait Shannow. Vous lui ressemblez un peu. Vous n'êtes pas aussi grand, ni aussi large d'épaules. Mais vous avez la même forme de visage que lui. Vous avez l'intention de garder cette barbe ?

— Non. Mais je n'ai pas de rasoir.

— Quand vous aurez fini ce que vous faites, venez à la maison. J'ai toujours le nécessaire de rasage de Zeb. Vous pourrez l'utiliser.

Chapitre 5

Il y avait un loup qui tuait les agneaux, les chèvres et les oies. Un jour, un saint homme alla voir le loup et lui dit: « Mon fils, tu es une bête vicieuse, et tu es bien loin de Dieu. » Le loup y réfléchit un moment, et comprit que l'homme avait raison. Il demanda comment il pourrait s'approcher du Paradis. Le saint homme lui dit de changer son comportement et de prier. Le loup le fit, et fut bientôt connu pour sa pureté et la douceur de ses prières. Un été, il marchait près de la rivière quand une oie se moqua de lui. Le loup se retourna et tua l'oie d'un seul coup de ses redoutables dents. Un mouton qui était à côté lui demanda: « Pourquoi l'avez-vous tuée ? »
Le loup répondit: « Les oies ne devraient pas se gausser d'un loup saint. »

La Sagesse du Diacre, Chapitre XI

Shannow regarda dans le miroir ovale et essuya les dernières traces de savon sur son visage. Il avait l'air plus jeune sans sa barbe poivre et sel, mais la vue de son visage bien rasé ne lui apporta aucun nouveau souvenir. Déçu, il recula, nettoya le rasoir et le remit dans sa boîte en bois sculpté.

Il était fatigué. Le voyage à travers les montagnes avait été long et difficile, car le terrain lui était inconnu. Une fois persuadé que la poursuite avait cessé, il avait quand même dû trouver un chemin entre les pics. Il avait essayé de nombreuses pistes, mais certaines se terminaient en cul-de-sac, dans des canyons fermés, ou menaient à des corniches si étroites et dangereuses que seuls les mouflons et les mules élevées pour la montagne pouvaient s'y aventurer sans danger. Les habitants des cités ne s'imaginaient pas l'immensité des terres sauvages, les montagnes sans fin, les corniches et les collines qui semblaient s'étirer à l'infini. Pendant son voyage, Shannow avait trouvé les restes pourris d'un chariot, encore plein d'articles visiblement destinés à meubler une maison. Le chariot était dans un canyon en cul-de-sac, presque en bas d'une pente raide. Tout près, il avait vu un crâne et un morceau de fémur brisé. Ces gens-là aussi avaient essayé de traverser les pics, et n'y avaient trouvé qu'une tombe à ciel ouvert où leur nom ne figurerait jamais.

Dans la pièce principale, Zerah Wheeler regarda Shannow de près.

— Vous n'êtes pas exactement un bel homme, dit-elle, mais votre visage ne ferait quand même pas tourner le lait. Asseyez-vous à table, et je vous apporterai à manger, du jambon et des oignons frais.

En l'attendant, il regarda autour de lui. Chaque meuble avait été amoureusement sculpté et donnait à la maison une atmosphère de paix. Il y avait un buffet de coin, triangulaire, avec des portes en verre au plomb, qui contenait des minuscules tasses et soucoupes magnifiquement peintes et vernies. Shannow gagna le buffet et regarda à l'intérieur. Zerah le vit admirer les objets quand elle revint avec la nourriture.

— Zeb les avait trouvées dans un navire, dans le désert. Elles sont belles, n'est-ce pas ?

— Splendides, reconnut Shannow.

— Mon Zeb appréciait les belles choses.

— Depuis quand est-il mort ?

— Il y a plus de dix ans. Nous étions assis sur le canapé et observions le coucher de soleil. C'était l'été, et nous avions l'habitude de mettre le canapé sous le porche. Il a posé sa tête sur mon épaule et il m'a dit : « Quelle belle nuit. » Puis il est mort. (Zerah s'éclaircit la voix.) Allez, servez-vous de ce jambon, Jon. Je n'ai pas envie de devenir toute mélancolique. Parlez-moi de vous.

— Je n'ai pas grand-chose à raconter, dit-il. J'ai été blessé, et des *Errants* m'ont trouvé. Je connais mon nom, mais presque rien à part ça. Je sais chevaucher et tirer, et je connais bien ma Bible. À part ça…

Il haussa les épaules et se coupa une tranche de jambon.

— Vous avez peut-être une femme quelque part, et des enfants. Y avez-vous songé ?

— Je ne pense pas, Zerah.

Pourtant, à cet instant, il se souvint d'une femme blonde et deux enfants, un garçon et une fille... Samuel ? Mary ? Oui, c'était ça. Mais ils n'étaient pas ses enfants, il le savait.

— De quoi vous souvenez-vous, au sujet de votre blessure ?

— Il y avait un incendie. J'étais... piégé. J'ai réussi à sortir. Je me souviens de coups de feu, et d'être parti à cheval dans les montagnes. Je crois que j'ai trouvé les hommes qui avaient mis le feu...

Ils seront confus, car ils commettent des abominations.

— Vous les avez tués ?

— Je le pense.

Il termina son repas et fit mine de se lever.

— Restez assis, dit-elle. J'ai des gâteaux dans le four. Ça faisait un moment que je n'en avais pas fait, et ils ne sont peut-être pas extraordinaires. Nous verrons.

Il y avait tant de bribes de souvenirs qui gisaient dans la poussière de son esprit, comme des perles qui n'auraient pas été tenues par un fil. Zerah revint avec les gâteaux, qui étaient moelleux et fourrés de confiture.

Shannow gloussa.

— Vous vous trompiez, Zerah. Ils sont extraordinaires !

Elle sourit, puis eut l'air pensive.

— Si vous avez envie de rester un peu, vous êtes le bienvenu. Dieu sait que j'ai besoin d'aide, ici !

— C'est très gentil à vous, dit-il, voyant sa solitude, mais je dois découvrir d'où je viens. Je ne crois pas que la mémoire me reviendra, ici. Mais, avec votre permission, j'aimerais rester quelques jours de plus.

— Le ruisseau qui me sert à arroser mes légumes est embourbé. Il faudrait enlever le limon, dit-elle en se levant et en emportant les assiettes.

— Je m'en occuperai avec plaisir, dit-il.

Quand le soleil émergea au-dessus des montagnes, l'Apôtre Saül sortit de son grand lit. Une des sœurs s'agita, mais l'autre continua à dormir profondément. Saül se leva et s'enveloppa dans sa robe de chambre. La Pierre dorée reposait sur la table de chevet. Il la prit et quitta vivement la pièce.

Revenu dans ses appartements, il se tint devant le miroir ovale et observa son visage avenant au menton carré et l'abondante chevelure dorée qui touchait ses larges épaules. Bien loin du Saül Wilkins chauve, voûté et maigre qui était arrivé avec le Diacre, vingt ans plus tôt. Mais Saül avait presque oublié *cet homme-là.* Il regarda les minuscules rides autour de ses yeux, les marques de vieillissement presque imperceptibles sur ses joues et sa gorge. Puis il baissa les yeux sur la Pierre, qui avait la taille d'une pièce de monnaie. Il ne restait que quatre minces veines dorées au milieu du noir.

La veille, il y en avait cinq.

Les sœurs n'en avaient pas valu la peine, se dit-il. Sous l'influence de la Pierre de Daniel, elles avaient obéi à tous ses désirs et avaient accompli des actes dont elles auraient eu terriblement honte, si elles avaient pu s'en souvenir. Mais les pousser à la débauche, puis leur en retirer le souvenir, lui avait coûté un cinquième de son pouvoir. Désormais, à la froide lumière de l'aube, ça semblait un terrible gaspillage.

— Soyez maudit, Diacre ! siffla-t-il.

La colère monta en lui. Ce vieil abruti avait su où se trouvaient les Pierres de Daniel. En fait, il en avait une réserve, cachée quelque part dans son palais d'Unité. Mais s'en serait-il servi pour lui-même ? Non. Quelle sorte d'idiot aurait eu à sa disposition un tel pouvoir et ne l'aurait pas utilisé pour rester jeune et vigoureux ? C'était injuste. *Que serait-il devenu, sans moi ?* pensa Saül. *Qui a formé les Cavaliers de Jérusalem et conduit la charge finale en haut de la colline de Fairfax ? Moi ! Qui a classé les livres et organisé les lois ? Moi ! Qui a créé la grande légende du Diacre et fait de ses rêves une réalité ? Moi. Toujours moi. Et que m'a-t-il donné en récompense ? Une seule et minuscule Pierre.*

De sa fenêtre, il vit la terre calcinée à l'endroit où l'église s'était dressée, et cette vue calma sa colère.

— Amenez-moi le pasteur de la vallée des Pèlerins, avait demandé le Diacre.

— Pourquoi ?

— C'est un homme très spécial, Saül. Les Hommes-Loups le respectent.

— Ce ne sont que des bêtes. Des créatures mutantes.

— Ils ont des gènes humains. Et ils ne sont pas une menace. J'ai prié longtemps à leur sujet, Saül, et chaque fois que je prie, je vois les Piliers de Feu. Je pense que les Hommes-Loups pourraient vivre dans les terres qui s'étendent au-delà. Je crois que c'est là que Dieu veut qu'ils se rendent.

— Et vous donnerez au pasteur la charge de les y conduire ?

— Oui. Vous et moi sommes les seuls qui restent désormais, Saül. Et je crois que ce jeune homme ferait un excellent chef.

— Qu'est-ce que ça signifie, Diacre ? Je suis votre héritier, vous le savez.

Le Diacre avait secoué la tête.

— Je vous aime comme un fils, Saül. Mais vous n'êtes pas l'homme qu'il faut pour diriger un peuple. Vous suivez vos propres désirs. Regardez-vous ! Où est Saül Wilkins, maintenant ? Où est le petit homme qui aimait Dieu ? Vous avez utilisé la Pierre sur vous.

— Et pourquoi pas ? Avec elles, nous pouvons être immortels, Diacre. Pourquoi ne pas vivre éternellement, et gouverner éternellement ?

— Nous ne sommes pas des dieux, Saül. Et je suis fatigué. Allez me chercher le pasteur.

Saül regarda le bois calciné et la terre carbonisée. Le Diacre avait-il su que ce diseur de sermons anonyme était l'Homme de Jérusalem ? Il en doutait. C'était l'unique homme sur cette terre nouvelle qui pouvait détruire le mythe du Diacre.

Ma foi, maintenant que vous êtes mort, vieux salaud, votre mythe prendra de l'essor !

Saül aurait aimé être témoin du moment où la balle lui avait ôté la vie.

Je me demande quelle dernière pensée a traversé votre esprit, Diacre. Une prière ? Si c'était le cas, vous avez pu la terminer en personne, devant votre Créateur ! Combien de temps s'écoulera avant que l'Église comprenne que son saint Diacre ne reviendra jamais ? Encore dix jours ? vingt ?

À ce moment, ils m'enverront chercher, car je suis le dernier des hommes venus d'au-delà du portail du temps.

Les trois premiers Apôtres étaient morts bien avant les Guerres Fédératrices, tués par les radiations et les produits chimiques délétères qui emplissaient l'air de ce nouveau monde. Puis le Diacre avait trouvé les Pierres, et en avait donné une à chacun des huit survivants pour renforcer leur organisme contre les poisons de l'atmosphère. Une chacun! Saül sentit sa colère renaître. Il avait rapidement usé la sienne, pour se rendre non seulement plus fort, mais aussi plus beau. Et pourquoi pas? Il avait vécu quarante-trois ans avec un visage hideux et un corps petit et malingre. Ne méritait-il pas une nouvelle vie? N'était-il pas un des Élus?

Puis la guerre avait commencé. Alan et lui avaient reçu le commandement de deux sections des Cavaliers de Jérusalem. Les choses avaient basculé, à la colline de Fairfax. Mais Alan était mort, criblé de balles, en approchant de la crête. Saül avait été le premier à arriver près du mourant.

—Aide-moi! avait murmuré Alan.

Deux des balles lui avaient fracassé la colonne vertébrale, qui était presque coupée en deux au niveau de la ceinture. Sa Pierre était dans une bourse en cuir. Saül l'avait sortie. Elle était presque entièrement dorée, avec seulement quelques minces fils noirs. Guérir Alan l'aurait sans doute épuisée complètement. De toute façon, ses blessures étaient probablement trop graves pour qu'il soit possible de lui sauver la vie. Saül avait empoché la Pierre et était parti. Quand il était revenu, une heure après, Alan était mort.

Un mois plus tard, Saül avait rencontré Jacob Moon, un ancien brigand blanchi sous le harnais. L'homme était un tueur, et Saül avait immédiatement compris l'intérêt d'un tel homme. En lui rendant sa jeunesse, il s'en était fait un allié qui le propulserait un jour au sommet du pouvoir.

Moon avait tué les autres Apôtres, un par un. Et Saül avait récupéré les Pierres de pouvoir. La plupart étaient presque vidées de leur magie.

Puis il n'était resté que le Diacre…

Saül s'habilla et descendit au rez-de-chaussée. Moon était assis à la table du petit déjeuner et finissait une assiette de lard et d'œufs.

— Vous avez passé une excellente nuit, frère Saül, dit Moon avec un sourire égrillard. Par l'Enfer, quel boucan !

— Quelles nouvelles du pasteur, Jacob ?

Moon haussa les épaules.

— Un peu de patience ! Mes hommes ratissent les terres sauvages pour s'informer. J'ai aussi envoyé Witchell à Domango. Nous le trouverons.

— C'est un homme dangereux.

— Il ne sait même pas qu'on est à ses trousses. Ça le rendra imprudent.

Saül se versa une tasse de lait frais et la sirotait quand il entendit un bruit de sabots dans la cour. Il gagna la fenêtre et vit un homme de grande taille, à la barbe carrée et aux larges épaules, vêtu d'un long manteau noir, mettre pied à terre et se diriger vers la maison. Saül alla ouvrir la porte.

— Que Dieu soit avec vous, mon frère, dit-il.

— Et avec vous également, mon frère, dit l'homme, et qu'il bénisse cette bonne maison. Je suis Padlock Wheeler, de Pureté. Êtes-vous l'Apôtre Saül ?

— Entrez, mon frère, dit Saül en faisant un pas de côté.

Il se souvenait de Wheeler, qui avait été le général favori du Diacre, un dur à cuire qui menait ses hommes jusqu'à l'épuisement et au-delà. Ils l'acceptaient parce qu'il ne leur demandait rien qu'il n'était pas prêt à faire lui-même. Après la guerre, se souvint Saül, Wheeler était rentré chez lui et était devenu pasteur. Il avait l'air plus vieux désormais, et sa barbe arborait une fourche argentée au menton. Wheeler enleva son chapeau à fond plat et entra dans la salle à manger.

— Vous avez l'air différent de la dernière fois où je vous ai vu, monsieur, dit Wheeler. Vous étiez plus maigre, je m'en souviens, et vous aviez moins de cheveux. Même votre visage semble maintenant plus... régulier.

Saül sentit l'irritation monter. Il détestait qu'on lui rappelle l'homme qu'il avait été autrefois, et qu'il risquait de redevenir s'il perdait le pouvoir des Pierres.

— Qu'est-ce qui vous amène ici ? dit-il en luttant pour garder un ton poli.

— Notre Preneur de Serment a été tué par balles, dit Wheeler. C'était une vraie vermine, et il méritait son sort. Mais l'homme qui l'a tué est un blasphémateur et un hérétique. Pardonnez-moi de parler sans ambages, mais il a prétendu être l'Homme de Jérusalem.

Moon se leva.

— Vous l'avez appréhendé ?

Wheeler regarda Moon et ne répondit pas, étudiant l'homme.

— Voici Jacob Moon, un Cavalier de Jérusalem, dit Saül.

Wheeler hocha la tête, mais continua à regarder Moon. Puis il parla.

— Non, nous ne l'avons pas capturé. Nos Croisés l'ont suivi, mais ils ont perdu sa piste dans les montagnes. Il semble qu'il se dirigeait vers les terres sauvages, près de Domango.

Saül secoua la tête et prit l'air chagriné.

— Vous apportez de terribles nouvelles, frère Wheeler. Mais je suis sûr que le frère Moon saura quoi faire.

— En effet, dit Jacob Moon.

Il y avait beaucoup de choses qu'Oswald Hankin, douze ans, ne savait pas, mais il était sûr d'une chose : Dieu n'existait pas.

— J'ai faim, Oz, dit sa petite sœur, Esther. On rentre quand à la maison ?

Oz passa un bras autour des épaules de la gamine de six ans.

— Tais-toi, j'essaie de réfléchir.

Que pouvait-il lui dire ? Elle avait vu leur père se faire tuer, les balles s'enfoncer dans son corps, le sang jaillir. Oz ferma les yeux pour essayer de se débarrasser du souvenir, mais il restait là, immuable, dans son esprit, sinistre et dur, et d'une sauvagerie inouïe.

Esther et lui jouaient dans les hautes herbes quand sept cavaliers étaient arrivés devant leur maison. Rien n'avait annoncé le meurtre qui allait s'ensuivre. Le ciel était clair, le soleil brillait, et, le matin même, leur père leur avait lu un vieux livre relié de cuir avec les bords dorés. L'histoire de Lancelot et Guenièvre.

Oz, sans savoir pourquoi, avait décidé de rester dans les hautes herbes, mais Esther avait eu envie d'aller voir les cavaliers de plus près. Leur père était sorti de la maison pour les accueillir. Il portait une chemise blanche, et sa longue chevelure dorée brillait sous le soleil.

— Nous vous avions prévenu, avait dit le cavalier de tête, un chauve avec une barbe en forme de trident. Nous n'accepterons pas de païens aux environs de Domango.

— De quel droit me traitez-vous de païen ? avait demandé leur père. Je n'accepte pas votre autorité en cette matière. J'ai fait un long voyage pour acheter cette terre, et, d'où je viens, je suis connu comme un homme qui respecte l'Église. Comment pourrais-je maintenant être en faute ?

— On vous a demandé de partir, avait dit le cavalier. Ce qui va arriver pèsera sur votre tête, païen !

— Quittez mes terres !

Cela avait été les derniers mots que leur père avait prononcés. Le cavalier avait sorti un pistolet et avait tiré. La balle s'était enfoncée dans la poitrine de l'homme désarmé. Puis tous les autres avaient ouvert le feu à leur tour.

— Trouvez les gamins ! avait crié le chef à la barbe en trident.

Esther avait été trop choquée pour crier, mais Oswald avait dû la traîner de force dans les hautes herbes. Ils avaient rampé un bon moment, puis ils avaient coupé par le bois de pins et avaient grimpé dans la montagne, jusqu'à la vieille grotte. Il y faisait froid, et ils s'étaient blottis l'un contre l'autre pour se tenir plus chaud.

Que vais-je faire ? pensa Oz. *Où pouvons-nous aller ?*

— J'ai faim, Oz, répéta Esther. (Elle commença à pleurer. Oz la serra dans ses bras et lui embrassa les cheveux.) Où est papa ?

— Il est mort, Esther. Ces types l'ont tué.

— Quand viendra-t-il nous chercher ?

— Il est mort, répéta Oz d'un ton las. Viens, marchons un peu. Ça te réchauffera, et ça te fera oublier ta faim.

Il prit la main d'Esther et gagna l'entrée de la grotte. Puis il regarda dehors. Pas de traces de mouvements sur les pistes montagnardes. Il écouta, mais n'entendit aucun sabot de cheval. Seulement le vent qui murmurait à travers les arbres.

Tenant Esther par la main, il descendit vers l'est, loin de leur maison.

Leur mère était morte, à Unité, un an après la naissance d'Esther. Oz ne rappelait pas grand-chose à son sujet, sinon qu'elle avait les cheveux roux et un sourire rayonnant. Son seul souvenir marquant était celui du pique-nique près du lac, le jour où il était tombé à l'eau. Sa mère s'était jetée dans le lac, derrière lui, et l'avait ramené sur la berge. Il se souvenait clairement de sa chevelure rousse dégoulinante, et de ses yeux verts pleins d'amour et d'inquiétude.

Quand elle était morte, il avait beaucoup pleuré, et avait demandé à son père pourquoi Dieu l'avait tuée.

—Dieu ne l'a pas tuée, mon fils. C'est un cancer qui l'a fait.

—Dieu est censé faire des miracles, avait dit le gamin de sept ans.

—C'est exact, Oz. Mais ce sont Ses miracles. C'est Lui qui choisit. Tout le monde meurt. Un jour, je mourrai. C'est mal de blâmer Dieu pour la mort. Nous devrions plutôt Le remercier pour le don de la vie, qu'Il nous a fait.

Oz adorait son père, et avait remisé son manque de foi au tréfonds de son esprit.

Mais, en ce jour, il avait appris la vérité. Dieu n'existait pas, et son père était mort. Assassiné.

Esther trébucha sur une racine qui dépassait, mais Oz lui tenait la main et l'empêcha de tomber. Elle se remit à pleurer et refusa de continuer à marcher. Oz s'assit près d'elle, sur une souche d'arbre. Il n'avait jamais été si loin dans les montagnes et ignorait totalement où le chemin menait. Mais, de toute façon, il n'avait aucun autre endroit où aller. Derrière eux, les tueurs devaient les chercher…

Quand Esther se fut calmée, ils repartirent et arrivèrent à une piste en pente raide qui conduisait dans une vallée. Au loin, Oz vit une maison et une grange. Il s'arrêta et regarda la maison.

Et si « barbe en trident » vivait là ? ou un des autres ?

—J'ai vraiment très faim, Oz, gémit Esther.

Oz inspira à fond.

—Descendons, alors, dit-il.

Zerah Wheeler était assise dans son fauteuil près du feu et pensait à ses fils. Pas en tant qu'adultes, mais aux enfants qu'ils avaient été. Oz et Esther Hankin étaient désormais endormis dans le grand lit que Zeb avait fabriqué, plus de quarante ans auparavant, leur chagrin oublié pour un temps dans un sommeil béni. Zerah soupira en pensant à Zacharie. Dans son esprit, il était toujours l'enfant rieur qui accumulait les farces et les bêtises et qu'aucune réprimande ne pouvait décourager. Seth et Padlock avaient toujours été si sérieux!

Comme moi, pensa-t-elle. *Ils regardent le monde d'un œil cynique et méfiant…*

Mais pas Zak. Il se réjouissait du soleil ou de la neige, et il regardait autour de lui avec des yeux émerveillés par la beauté du monde. Zerah renifla et se racla la gorge.

—Vous les croyez? demanda-t-elle à son mystérieux invité.

—Oui. Certes, les enfants peuvent mentir. Mais pas cette fois. Ils ont bien vu ce qu'ils disent avoir vu.

—Je suis d'accord, dit Zerah. Ils ont été témoins d'un meurtre. Vous devrez aller à Domango et informer les Croisés. Ça s'est passé sur leur territoire. Je garderai les enfants ici, avec moi.

Jon resta un moment silencieux.

—Vous êtes une femme bien, maîtresse Wheeler. Mais s'ils viennent pendant que je ne suis pas là?

Les yeux de Zerah brillèrent d'une lueur glaciale.

—Fiston, je suis connue dans la région. Certains ont essayé de m'abuser. Je les ai enterrés à l'arrière de la maison. Ne vous faites pas de souci pour ma vieille peau!

Elle lui indiqua la direction de Domango et lui dit quels repères il devait chercher sur le chemin.

—Je pars tout de suite, maîtresse, dit-il en se levant. Merci pour le repas.

—Vous n'avez pas besoin d'être si guindé, Jon. Je ne verrai pas d'inconvénients à ce que vous cessiez de m'appeler « maîtresse » et utilisiez mon prénom.

Il sourit, ce qui était agréable à voir, car ses yeux semblaient moins froids.

— Comme vous voulez… Zerah. Bonne nuit.

Elle se leva et gagna la porte, où elle le regarda prendre ses revolvers et sortir dans l'enclos. Et, une fois encore, elle se demanda qui il était. Elle rentra dans la maison et éteignit une des lampes. Elle n'avait plus beaucoup d'huile, et il lui faudrait bientôt aller à Domango pour en acheter. À une époque, la ferme avait fonctionné avec trois ouvriers, et du bétail paissait dans les prés, au sud. Mais ces jours étaient révolus. Désormais, Zerah Wheeler survivait en cultivant des légumes à l'arrière de la maison et en élevant quelques cochons et un tas de poules.

Deux fois par an, Padlock venait la voir. Il arrivait dans un chariot chargé de boîtes, des pêches mises en conserve à Unité, des sacs de farine, du sel et du sucre, et – plus précieux que le reste – des livres. La plupart étaient des études de la Bible imprimées par les presses du Diacre, mais de temps en temps, elle trouvait un joyau venu de l'ancien monde. Elle avait lu un de ceux-là des dizaines de fois, en savourant chaque mot, chaque phrase. C'était la première partie d'une trilogie. Pad ne s'en était pas aperçu quand il l'avait acheté. Pour lui, c'était juste un vieux bouquin qui pourrait plaire à sa mère. Et il lui avait plu ! D'abord, elle avait été irritée par l'absence des autres livres de la trilogie. Mais, au cours des sept dernières années, elle avait pensé à l'histoire, et avait fini par inventer sa propre suite ; et cela lui avait donné bien du plaisir pendant les longues soirées solitaires.

Elle entendit des sanglots étouffés venant de la chambre, et elle alla s'asseoir au chevet de la petite fille. Esther pleurait dans son sommeil.

— Chut, petite, murmura-t-elle en lui caressant la tête, tu es en sécurité, tout va bien.

— Tout va bien, chuchota Esther.

Puis elle se mit à sucer son pouce. Zerah n'appréciait pas trop cette habitude chez les enfants, mais il fallait savoir quand reprendre un enfant, et ce n'était pas le bon moment.

— J'ai toujours eu envie d'avoir une fille, murmura Zerah, caressant toujours la chevelure de la petite.

Puis elle vit qu'Oswald était réveillé et qu'il avait l'air effrayé.

— Viens avec moi prendre un verre de lait, dit-elle. J'en bois toujours un avant de dormir. Doucement, pour ne pas réveiller la petite Esther.

Oswald la suivit. C'était un enfant solidement bâti, qui lui rappelait Seth, avec ses yeux sérieux et sa mâchoire carrée. Elle servit deux tasses de lait et en tendit une à Oswald, qui s'accroupit à côté du feu en train de s'éteindre.

— Tu as du mal à dormir, petit ?

— Oui. J'ai rêvé de papa. Il parcourait la maison en nous cherchant. Mais il était couvert de sang et il n'avait plus de visage.

— Tu as vu des choses terribles, Oz. Mais tu es en sécurité, ici.

— Ils viendront nous chercher. Vous ne pourrez pas les arrêter.

Zerah se força à sourire.

— Betty et moi, on les arrêtera, Oz ! Compte là-dessus !

Elle alla décrocher du râtelier son long fusil.

— Ma Betty peut tirer quatre balles, et chacune est plus épaisse que ton pouce. Et je vais te confier un petit secret : je n'ai pas raté mon coup une seule fois, avec ce fusil, depuis près de dix-sept ans.

— Ils étaient plus de quatre, dit Oz.

— Merci de m'avertir, Oz.

Elle posa le fusil et alla ouvrit le tiroir d'une commode, d'où elle sortit un petit revolver nickelé et une boîte de cartouches.

— Ce pistolet appartenait à mon fils, Zak. Il est petit mais puissant. Il a été fabriqué par les Enfants de l'Enfer, il y a trente ans.

Elle ouvrit la culasse et mit le chien en position relevée pour libérer le cylindre, puis elle plaça cinq cartouches dans l'arme, en abaissant le chien sur la place vide.

— Je te le donne, Oz. Ce n'est pas un jouet. C'est un revolver. Ça tue des gens. Si tu fais l'idiot avec, tu risques de te faire tuer, ou de tuer ta sœur. Tu es assez mûr pour comprendre ça ?

— Oui, maîtresse Wheeler. Je suis assez mûr.

— Je n'en doutais pas. Maintenant, à nous deux, Oz, nous allons prendre soin de ta petite sœur. Et nous nous assurerons que la justice soit rendue. Mon gars, Jon, est en train de se diriger vers Domango pour signaler le… (Elle hésita en voyant l'angoisse dans les yeux du jeune garçon.) Pour signaler le crime aux Croisés.

Le visage d'Oz se tordit, et ses yeux s'emplirent de larmes.

— L'homme qui a tiré le premier sur papa *était* un Croisé ! dit-il.

Le cœur de Zerah s'alourdit, mais elle garda une expression neutre.

— Tout s'arrangera, Oz, tu verras ! Et maintenant, retourne au lit. J'aurais besoin que tu sois reposé et alerte, demain matin. Et mets ce pistolet à côté de toi, près du lit.

Le jeune garçon sortit et Zerah retourna à la commode. Du troisième tiroir, elle sortit un ceinturon d'armes et un pistolet à canon court. Elle le nettoya, puis elle le chargea.

Malgré le danger, Shannow adorait chevaucher de nuit. L'air était piquant et frais, et le monde sommeillait. Le clair de lune donnait aux arbres un aspect scintillant, et la moindre pierre étincelait comme de l'argent. Il allait lentement, laissant le cheval choisir son chemin avec soin sur la piste.

Sa perte de mémoire ne l'irritait plus. Les souvenirs reviendraient, ou ne reviendraient pas. Ce qui l'inquiétait, c'était les problèmes que cette perte pouvait entraîner pour l'Homme de Jérusalem. Si un ennemi qu'il se serait fait durant ces vingt ans se plantait devant lui, Shannow craignait d'être incapable de reconnaître le danger.

Puis il y avait la question du vieillissement. Selon Jérémie, l'Homme de Jérusalem chevauchait dans les Terres Maudites vingt ans auparavant, et c'était un homme d'une quarantaine d'années. Ce qui aurait fait de lui, à ce moment, un homme d'une soixantaine d'années. Pourtant, ses cheveux étaient toujours noirs, et sa peau était presque exempte de rides.

Il chevaucha pendant trois heures, puis monta son camp dans un vallon. Il n'y avait pas d'eau dans le secteur, et Shannow n'alluma pas de feu, mais resta assis, le dos contre un arbre, sa couverture autour des épaules. Sa blessure à la tête ne le faisait plus souffrir, mais la croûte le démangeait.

Assis sous le clair de lune, il passa sa vie en revue, assemblant les minuscules fragments à mesure qu'ils lui revenaient.

Je suis Jon Shannow.

Puis un visage lui revint à l'esprit, un visage maigre et anguleux avec des yeux maussades. Un nom l'accompagnait : Varey. Varey Shannow. Comme si une clé se glissait dans la serrure correspondante, il revit le tueur de brigands qui avait pris le jeune homme sous sa protection.

J'ai adopté son nom quand il a été assassiné.

Et son propre nom lui revint aussi : Cade. Jon Cade. Les mots lui firent l'effet d'une eau fraîche sur une langue desséchée.

Le monde était devenu fou, des pasteurs, partout, parlaient d'Armageddon. Mais, si Armageddon existait, alors la nouvelle Jérusalem devait également exister, quelque part. Le nouveau Jon Shannow s'était mis en devoir de la trouver. Son voyage avait été long et périlleux. Varey Shannow lui avait appris à ne jamais reculer devant le mal.

« Affronte-le, où que tu le trouves, Jon. Car il prospérera si les hommes cessent de le combattre. »

Shannow ferma les yeux et se souvint des conversations qu'ils avaient eues autour de nombreux feux de camp.

« Tu es un homme fort, Jon, et la coordination entre tes yeux et ta main est fantastique. Tu es rapide, mais tu restes calme sous le feu. Sers-toi de ces capacités, Jon. Cette terre est infestée de brigands, d'hommes qui n'hésitent pas à mentir, voler et tuer pour de l'argent. Il faut les combattre, car ils sont maléfiques. (Shannow sourit à ce souvenir.) On dit qu'il est impossible d'arrêter un homme qui poursuit sa route en sachant qu'il a raison. Mais ce n'est pas vrai, Jon. Une balle peut arrêter n'importe quel homme. Mais peu importe. Gagner n'est pas le but. Si un homme se bat seulement quand il estime pouvoir gagner, le mal le vaincrait, chaque fois. Le brigand compte sur le fait que, quand il arrive avec ses hommes armés jusqu'aux dents, sa victime, comprenant qu'elle n'a aucune chance, abandonnera la partie. Fais-moi confiance, Jon, c'est le moment où il faut sortir et tirer sur tout ce qui bouge ! »

Juste avant ce jour fatal, quand les deux hommes étaient arrivés dans la petite ville, Varey Shannow s'était tourné vers le jeune homme qui chevauchait à ses côtés.

« Les hommes diront beaucoup de choses à mon sujet quand je ne serai plus là. Ils diront que je me mettais trop facilement en colère ou que je n'étais pas très intelligent. Ils diront, c'est sûr, que j'étais laid et grossier. Mais aucun ne pourra jamais dire que j'ai violé une femme, volé ou menti, ou reculé devant le mal. Pas trop mal, comme épitaphe, hein, Jon ? »

Varey Shannow avait été fauché en pleine force de l'âge, tué d'une balle dans le dos par des bandits qui craignaient qu'il soit à leur poursuite.

Jon Shannow ouvrit les yeux et regarda les étoiles.

— Vous étiez un type bien, Varey, dit-il.

— Parler tout seul est un signe certain de folie, paraît-il, dit Jake, et j'espère que vous n'allez pas faire feu !

Shannow désarma le chien et remit le revolver dans son étui. Au premier bruit, il avait dégainé le revolver et l'avait armé, d'un seul et souple mouvement. Malgré la vitesse de sa réaction, il était agacé par l'approche silencieuse du vieil homme.

— On peut se faire tuer, en s'approchant de cette manière d'un campement.

— Exact, mon garçon, mais je supposais que vous n'étiez pas le genre de type à tirer sans regarder. (Il s'accroupit en face de Shannow.) Pas de feu. Vous vous attendez à des ennuis ?

— Les ennuis arrivent quand on s'y attend le moins, dit Shannow.

— Ça, c'est bien vrai !

La barbe du vieil homme était argentée sous le clair de lune. Il enleva son manteau en peau de mouton et lança un sifflement bas. Sa mule arriva en trottant dans le camp. Jake lui enleva sa selle et prit sa couverture, puis il tapota la croupe de l'animal, qui alla se placer à côté du cheval de Shannow.

— C'est une brave bête, obéissante, dit Jake affectueusement.

— Comment m'avez-vous trouvé ?

— Je ne vous ai pas trouvé. Ma mule doit avoir senti l'odeur de votre étalon. Vous allez à Domango ?

Shannow opina.

— Il y a eu pas mal de remue-ménage en ville, ces temps-ci,

reprit Jake. Des cavaliers sont arrivés de partout. Des durs, à en juger par leur allure. Vous avez entendu parler de Jacob Moon ?

— Non.

— Un Cavalier de Jérusalem. Il aurait tué quatorze hommes, dit-on. Et devinez sur qui il pose des questions ?

— Qui êtes-vous, Jake ? rétorqua Shannow.

— Juste un vieux bonhomme, fiston. Rien de spécial. J'en déduis que Moon ne vous intéresse pas ?

— En ce moment, je suis plus intéressé par vous. D'où venez-vous ?

Jake gloussa.

— D'ici et là. J'ai traversé les montagnes plusieurs fois. Vous pensez que je vous pourchasse ?

— Peut-être. Peut-être pas. Mais vous pourchassez quelque chose, Jake.

— Rien qui puisse vous inquiéter, mon garçon.

Jake secoua sa couverture et la drapa autour de ses épaules avant de s'allonger sur le sol.

— Au fait, ces *Errants* que vous avez aidés, ils se rendent aussi à Domango. Vous les y verrez probablement.

— Vous en savez des choses, vieil homme, dit Shannow en fermant les yeux.

Shannow se réveilla à l'aube et s'aperçut que le vieil homme était parti. Il s'assit et bâilla. Il n'avait jamais connu quelqu'un qui se déplace aussi silencieusement que Jake. Il sella son cheval et arriva bientôt à une grande plaine. Sur sa gauche, il y avait des ruines, de grands piliers de pierre, brisés et renversés, et les sabots du cheval résonnèrent sur ce qui restait d'une large route pavée. La cité devait avoir été immense, se dit Shannow, et s'étendre vers l'est sur plusieurs lieues.

Il avait souvent vu des ruines similaires au cours de ses voyages, froides épitaphes de pierre à la gloire passée d'Atlantis.

Un autre souvenir ressurgit à cet instant, un homme à la barbe dorée et aux yeux de la couleur d'un beau ciel d'été.

Pendarric. Le roi.

Et il se souvint clairement du jour où l'Épée de Dieu avait déchiré le voile du temps. Il tira sur les rênes de son cheval et regarda les ruines d'un œil nouveau.

— Je vous ai détruit, dit-il.

Le portail du temps avait été ouvert par Pendarric, le chef d'Atlantis, et Shannow l'avait refermé en envoyant un missile à travers le passage. Le monde avait basculé sur son axe, et des raz-de-marée avaient déferlé sur le continent. Les paroles d'Amaziga Archer lui revinrent en mémoire, remontant des profondeurs de son esprit.

« Vous n'êtes plus l'Homme de Jérusalem. Non ! Désormais, vous serez l'Homme d'Armageddon, le destructeur de mondes. »

Shannow tourna le dos à l'antique cité et prit la direction du sud-ouest. Peu après, il vit la maison des Hankin. Il n'y avait pas de cadavre dehors, mais on voyait des traces de sang frais dans la poussière de la cour. Quand il arriva, un homme de grande taille à la barbe blond-roux sortit de la maison, un fusil dans les bras.

— Que voulez-vous ? demanda-t-il.

— Rien, mon ami. Je suis en route pour Domango, et j'ai pensé m'arrêter pour demander un peu d'eau pour mon cheval, si ça ne vous dérange pas.

Shannow ne voyait pas le deuxième homme posté derrière la fenêtre, mais il aperçut le canon du fusil qui dépassait du rideau.

— Eh bien, faites vite ! On n'aime pas les *Vagabonds*, ici.

— Vraiment ? La dernière fois que j'ai fait halte ici, il y avait un homme et ses deux enfants. Est-il parti ?

L'homme plissa les paupières.

— Oui, dit-il enfin. Il est parti.

— Vous êtes le nouveau propriétaire ?

— Non. On m'a seulement demandé de surveiller la ferme. Et maintenant, faites boire votre bête et filez d'ici !

Shannow mit pied à terre et conduisit son cheval à un abreuvoir près du puits. Il desserra les sangles de la selle et retourna près de l'homme.

— C'est beau, ici, dit-il. Un bon endroit pour élever une famille, sans jamais se fatiguer d'admirer ces montagnes.

L'homme roux cracha par terre.

— Cet endroit en vaut un autre.

— Alors, où est donc parti mon… ami, avec ses deux enfants ? demanda Shannow.

— Je l'ignore, dit l'homme au fusil, de plus en plus mal à l'aise.

Shannow regarda la poussière et les taches qui émaillaient le sol.

— On a tué un cochon, dit vivement l'homme.

Le deuxième homme sortit de la maison. Il était puissamment bâti, avec un cou de taureau et des épaules massives.

— Qui diable est ce type, Ben ? demanda le nouveau venu, la main droite sur la crosse de son pistolet, toujours au fourreau.

— Un étranger qui va à Domango. Il voulait abreuver son cheval.

— C'est bon, le cheval a bu, dit-il à Shannow. Et maintenant, partez !

Shannow resta immobile sans parler, retenant sa colère. Il n'y avait plus de mouvements dans la maison, et il devina que seuls ces deux hommes avaient été laissés pour garder la propriété. Il avait déjà vu des types comme eux : des tueurs impitoyables, cruels et dénués d'amour ou de compassion.

— L'un de vous a-t-il participé au meurtre ? demanda-t-il doucement.

— Quoi ? répondit l'homme au fusil, en sursautant.

L'homme aux larges épaules fit un pas en arrière et essaya de dégainer. Shannow lui tira une balle dans la tête. Le type resta un instant debout, les yeux écarquillés par le choc, puis il tomba sur la terre ensanglantée. Le revolver de l'Homme de Jérusalem pivota, et sa gueule noire se positionna devant le visage de l'autre homme.

— Jésus-Christ ! dit le type en lâchant son arme et en levant les mains.

— Répondez à la question, dit Shannow. Avez-vous participé au meurtre de maître Hankin ?

— Non… Je n'ai pas tiré sur lui, je vous le jure devant Dieu. C'étaient les autres.

— Qui était à la tête des tueurs ?

— Jack Dillon. Mais Hankin, il n'avait pas de papiers de Serment, et personne ne voulait se porter garant pour lui. C'est la loi. On lui a dit de partir, ce qui lui est arrivé est sa faute. S'il s'était contenté de partir, il ne lui serait rien arrivé de mal, vous comprenez ?

— Et ce Dillon s'est désormais emparé de cette propriété ?

— Non. On la surveille pour Jacob Moon. Je vous en prie, ne me tuez pas.

L'homme tomba à genoux et se mit à pleurer.

— Maître Hankin a-t-il pleuré et supplié ? demanda Shannow.

Il savait qu'il aurait dû tuer ce type. Et il savait également que l'ancien Jon Shannow n'aurait pas hésité une seconde. Il rengaina son arme et se dirigea vers son cheval.

— Fils de pute ! hurla l'homme.

Shannow se tourna et vit que le type avait ramassé son fusil et le pointait vers lui.

— Misérable ! Vous vous croyez invulnérable ? Vous pensez que vous pouvez arriver ici et faire ce que vous voulez ? Voyons un peu si vous serez aussi faraud avec une balle dans le bide !

Shannow fit un pas de côté et saisit son revolver en même temps. Le coup de fusil passa tout près, traversant son manteau. Shannow tira et l'homme au fusil bascula en arrière, lâchant son fusil. Il grogna en touchant le sol, sa jambe tressauta une fois, puis il cessa de bouger.

— Tu es devenu un imbécile, Shannow, dit l'Homme de Jérusalem.

Vers l'est, la contrée était vaste et vide, la plaine sèche, l'herbe jaunie. Il voyait l'endroit où avaient jadis coulé des rivières et des ruisseaux, évaporés depuis longtemps par la chaleur brûlante du soleil. Après une heure de chevauchée, il vit la coque brisée d'un navire rouillé émergeant du désert qui s'étendait jusqu'à l'horizon, la sinistre preuve que ce lieu avait été autrefois le fond d'un océan.

Shannow contourna le bord du désert, et, au bout d'une autre heure, commença à gravir la longue pente qui menait aux terres hautes. Là, il y avait des arbres, de l'herbe verte, et une grande route passante qui descendait au loin vers la ville de Domango.

Le soleil était haut dans le ciel, et Clem était ravi de la liberté que lui apportait la chevauchée. Meg était une femme adorable, une excellente épouse, mais il s'était senti piégé dans sa ferme de Pernum. Pourtant, cette idée l'emplissait de culpabilité. Sa vie à la ferme lui avait apporté tout ce qu'il pensait avoir toujours voulu : la sécurité, un statut social et l'amour. Alors, pourquoi cela ne lui avait-il pas suffi ? Quand les sauterelles avaient dévasté sa récolte, cinq ans auparavant, il aurait pu continuer à travailler toute la journée, comme avant. Les marchands de la ville l'appréciaient, et ils lui auraient prêté de l'argent pour qu'il reconstruise son exploitation. Au lieu de cela, il s'était enfui et avait pris la route.

Le premier vol avait été facile : deux hommes qui transportaient une cargaison de billets de Barta à Pernum. Clem leur avait tendu une embuscade sur la route de la montagne et il avait logé une balle dans l'épaule du premier. Le second avait jeté son fusil. Ce jour-là, il s'était fait douze mille billets de Barta.

Après, les choses s'étaient rapidement dégradées. Il avait envoyé la moitié de la somme au banquier de Pernum qui détenait l'hypothèque sur sa ferme. Le reste était allé à Meg.

Ensuite, plus rien n'avait été facile.

— Comment était-il ? demanda Nestor.

Ses paroles interrompirent le cours des pensées de Clem. Ils n'étaient qu'à une heure de cheval de la ville de Pureté, et Clem voyait déjà la fumée des usines qui s'élevait paresseusement dans le ciel bleu.

— Qu'as-tu dit, petit ?

— L'Homme de Jérusalem. Comment était-il ?

Clem réfléchit un instant.

— Il était dur, Nestor. Très dur. Imprévisible et mortellement dangereux. La vallée des Pèlerins était un village tout récent, à cette époque. Il n'y avait pas de Diacre, pas de gouvernement unifié. Les gens partaient pour des territoires inconnus et y construisaient leur ferme. Les marchands les suivaient, et, peu après, des villes s'élevaient. Nous nous sommes arrêtés dans la vallée des Pèlerins, juste en vue du Grand Mur. C'était quelque chose, ce mur !

— Je l'ai vu, dit Nestor. Mais, et Jon Shannow ?

Clem éclata de rire.

— Par Dieu, petit, j'adore les jeunes ! Ce mur a été construit il y a douze mille ans, et derrière se trouvait une cité, où les hommes se transformaient en lions. Et dans le ciel, étincelante, il y avait l'Épée de Dieu. Une sacrée chose, Nestor. Bref, les démons des profondeurs ont été lâchés aux alentours. Des Hommes-Serpents !

— J'en ai vu un, aussi, dit Nestor. Il y en a un à Unité, dans le musée. Et il y a aussi plusieurs squelettes.

— J'en ai vu un, aussi, se moqua Clem, que les interruptions commençaient à exaspérer. Mais ce que tu ne sais pas, c'est que le roi de ces démons avait envoyé des hommes spéciaux pour tuer Shannow. De grands guerriers sans peur, très rapides avec des pistolets. Shannow a tué le premier, mais les deux autres ont enlevé maîtresse McAdam et l'ont emmenée à l'endroit où l'Épée était suspendue dans le ciel.

— Pourquoi ont-ils enlevé la directrice de l'école ?

— Par le sang de Dieu, petit, tu ne peux pas te contenter d'écouter ?

— Je suis désolé, monsieur.

— Ils ont kidnappé Beth parce qu'elle était proche de Shannow. Ils voulaient l'attirer, et ça a marché. Mais il ne leur a pas fallu longtemps pour le regretter ! J'avais été blessé, mais je les ai quand même suivis. Je suis arrivé sur les lieux au moment où Shannow s'est rendu. Soudain, il y a eu des coups de feu partout. J'en ai descendu un, mais le plus fort des deux faisait face à l'Homme de Jérusalem. Shannow était là, tranquille, comme s'il n'y avait pas de problème, calme et puissant. Puis tout a été terminé. Je te le dis, petit, je ne voudrais pas l'affronter !

— Il était si rapide ?

— Oh ! Ce n'était pas une question de vitesse. Je suis plus rapide qu'il l'a jamais été. C'est une question de… certitude. C'est un homme étrange. Il s'est enfermé dans des chaînes de fer. (Il regarda Nestor.) Tu sais pourquoi il déteste tant les brigands et les tueurs ? (Le garçon secoua la tête.) Parce qu'au fond de lui il en est un. C'est inné chez lui. Tu comprends, la plupart des gens hésitent avant de tuer. Je pense qu'en général c'est une bonne chose. La vie est précieuse, et on ne doit pas l'ôter à quelqu'un sans réfléchir. Même un brigand peut changer, tu sais. Prends Daniel Cade. Il n'y avait pas de salaud plus meurtrier que lui, mais il a vu la lumière, petit. Et il a combattu les Enfants de l'Enfer. Oui, la vie est précieuse. Mais pour Shannow ? Contrarie-le, et tu es mort. C'est aussi simple que ça. C'est pourquoi les brigands ont peur de lui. Il les traite exactement comme ils traitent les autres.

— Vous parlez de lui comme s'il était encore vivant, mais ce n'est pas le cas, non ? Il est monté au Paradis il y a des années.

Clem hésita, taraudé par le besoin de partager le secret qu'il gardait depuis vingt ans.

— Pour moi, il est vivant, dit-il. Je ne l'ai pas vu mourir, et je n'ai pas vu de char de flammes, non plus. Mais je l'ai observé quand il a dompté une ville sauvage. Tu n'as jamais rien vu de semblable.

— J'aurais aimé le voir, dit Nestor. Ah ! Si seulement j'avais pu le rencontrer au moins une fois !

— Avec des si, on mettrait Unité en bouteille. Depuis combien de temps connais-tu le pasteur ?

— Depuis toujours. C'est un homme tranquille. Avant, il vivait avec maîtresse McAdam, mais elle l'a mis à la porte. Depuis, il vivait dans une petite maison, derrière l'église. Il faisait de bons sermons... Personne ne s'endormait jamais pendant l'office. Jusqu'à ce qu'il laisse entrer les Hommes-Loups. La plupart des gens ont cessé de fréquenter l'église. S'il avait été plus fort, il aurait fichu ces Hommes-Loups dehors. Et nous aurions toujours une église.

— Qu'est-ce que la force a à voir avec ça ?

— Ma foi, en ville, tout le monde en a eu assez et on le lui a dit. Mais j'imagine qu'il n'avait pas le courage d'ordonner aux Hommes-Loups de partir. Certains hommes n'aiment pas les affrontements.

— Je suppose, dit Clem. Et toi, tu l'aimais bien ?

Nestor haussa les épaules.

— Je ne l'aimais ni ne le détestais. J'étais surtout désolé pour lui. Une fois, Shem Jackson l'a frappé. Le pasteur est tombé, puis il s'est relevé et a continué son chemin. J'ai eu honte pour lui, ce jour-là. Je n'arrive toujours pas à croire qu'il ait tué tous ces brigands. J'imagine qu'il a dû les surprendre.

— C'est un homme surprenant, reconnut Clem.

Chapitre 6

Le mal renaîtra toujours, comme les débris remontent à la surface. Parce qu'un homme maléfique essaiera toujours d'imposer sa volonté aux autres. Tous les gouvernements de l'histoire ont vu des hommes maléfiques accéder au pouvoir. Dès lors, comment nous assurerons-nous que le règne du mal sera à jamais banni de ce nouveau monde ? Nous ne le pouvons pas. Tout ce que nous pouvons faire est nous efforcer d'être saints, et chercher, individuellement, la volonté de Dieu. Et nous pouvons prier pour que, quand le mal renaîtra, il y ait des hommes, oui, et des femmes qui lui résisteront.

La Sagesse du Diacre, Chapitre XXII

Isis se tenait devant le grand bureau et regardait le Croisé, essayant de contenir sa colère. L'homme avait de petits yeux brillants et un visage qui respirait la cruauté et l'arrogance.

— Vous n'avez aucune raison d'emprisonner notre médecin, dit-elle.

— Quand le Preneur de Serment arrivera, nous verrons ce qu'il dira, répondit l'homme. Nous n'aimons pas les *Vagabonds*, ici. Nous ne voulons pas de voleurs et d'oisifs, à Domango.

— Nous ne sommes pas des voleurs, monsieur. Nous sommes venus en ville pour chercher du travail. Je suis couturière, notre chef, Jérémie, est tailleur, et le docteur Meredith est médecin.

— Eh bien, maintenant, il est prisonnier !

— De quoi est-il accusé ?

— De mendicité. Et maintenant, filez d'ici, ou je vous trouverai une jolie petite cellule ! (Il la déshabilla du regard.) Ça vous plairait peut-être, après tout !

— J'en doute, dit une voix basse et glaciale.

Isis se tourna et vit Jon Shannow dans l'entrée. Il avança dans la pièce et vint se poster devant le bureau.

—Je suis ici pour signaler un meurtre, dit-il.

Le Croisé s'adossa de nouveau à son siège et croisa ses mains sur sa nuque.

—Un meurtre, dites-vous ? Où et quand ?

—À environ trois heures de cheval vers le nord-est. Un homme appelé Hankin. Il a été tué à coups de pistolet par un groupe de cavaliers.

Isis vit l'expression du Croisé changer, et l'homme se redressa.

—Comment savez-vous qu'il y a eu un meurtre ? demanda-t-il. Vous avez été témoin ?

—Non. Mais ses enfants l'ont vu.

—Et où sont-ils, à présent ?

—En sécurité.

—Vous avez vu le cadavre ?

—Non. Mais je crois les enfants.

L'homme se tut, mais les doigts de sa main droite commencèrent à tapoter nerveusement le plateau du bureau.

—D'accord, dit-il enfin. Ça devra attendre que le capitaine soit de retour, dans l'après-midi. Pourquoi ne pas aller vous chercher quelque chose à manger, et revenir plus tard ?

—Très bien.

Shannow sortit du bureau, et Isis le suivit.

—Attendez ! cria-t-elle. Ils ont mis le docteur Meredith en prison !

—Il vaudrait mieux pour vous que vous m'évitiez, dit Shannow. Le mal rôde ici, et je vais l'attirer.

Isis allait répondre, mais il traversa la rue et gagna l'auberge qui se trouvait de l'autre côté.

—Vous connaissez cet homme ? demanda le Croisé, qui venait de sortir aussi.

—Non, dit-elle. Il est passé à côté de nos chariots il y a quelques jours, c'est tout.

—Restez loin de lui, ma belle. Ce type amène les ennuis.

—D'accord, dit Isis.

Dans la petite auberge, Shannow était assis le dos au mur. Il y avait trois autres clients : un homme maigre et chauve qui avait fini son repas et lisait un livre ; un jeune mineur trapu avec le bras gauche en écharpe ; et un jeune homme mince à la peau noire qui sirotait une tasse de baker chaud. Shannow concentra son attention sur le jeune homme noir. Il portait un manteau de laine gris foncé sur une chemise blanche, Shannow vit la crosse émaillée d'un revolver dépasser d'un holster d'épaule, du côté gauche.

Une grande femme noire s'approcha de la table de Shannow.

— Nous avons de bons steaks, des œufs pondus du jour, et du pain frais qui sort du four, dit-elle. Ou alors, ce qui est inscrit sur le tableau noir.

Shannow regarda le tableau.

— Je prendrai du pain et du fromage, et du lait chaud, je vous prie.

— Vous voulez du miel dans votre lait ? demanda-t-elle.

— Volontiers.

Quand elle s'éloigna, ses pensées revinrent à l'entretien, dans le bureau. La réaction du Croisé avait été… décalée. Il n'avait montré aucune surprise quand Shannow avait parlé de meurtre, et s'était seulement inquiété de savoir où étaient les enfants, et si Shannow avait vu le cadavre. Quand la serveuse revint avec une tasse de lait sucré, Shannow la remercia, puis lui demanda à voix basse :

— Il y a un homme du nom de Jack Dillon, dans le coin. Comment le reconnaîtrai-je ?

— Il vaut mieux que vous ne le rencontriez pas, dit la femme en s'éloignant.

Quand elle passa à côté de la table du mince jeune homme noir, elle se pencha vers lui et lui murmura quelque chose à l'oreille. L'homme hocha la tête, puis se leva et vint s'asseoir à la table de l'Homme de Jérusalem, en face de lui.

— Dillon est baraqué, il est chauve et il a une barbe épaisse, dit le nouveau venu. Ça vous aide ?

— Où le trouverai-je ?

— Si vous le cherchez, mon ami, c'est *lui* qui vous trouvera. Vous voulez travailler pour lui, c'est ça ?

— Qu'est-ce qui vous fait penser ça ?

— Je connais votre genre, dit le noir. Des prédateurs.

— Si c'est le cas, dit Shannow avec un bref sourire, ne prenez-vous pas un chemin dangereux en m'insultant ?

L'homme gloussa.

— Vivre, c'est prendre des risques, l'ami. Mais je pense qu'il est minime, dans cette situation. Comme vous le voyez, je suis armé, et je suis face à vous. (Ses yeux noirs brillaient et montraient tout le mépris qu'il éprouvait pour Shannow.) Que dites-vous de ça ?

— *L'insensé met en dehors toute sa passion, mais le sage la contient*, cita Shannow. Soyez prudent, jeune homme, il peut être dangereux de porter des jugements hâtifs.

— Vous m'avez traité d'insensé ?

La main du jeune homme était tout près de la crosse de son pistolet, sous sa veste.

— J'énonçais seulement un fait, dit Shannow, et si vous écoutez avec attention, vous entendrez le bruit d'un revolver qu'on arme. (Le double-clic du chien résonna sous la table.) Vous me semblez très désireux de provoquer des problèmes, jeune homme. Serait-il possible que vous ayez été envoyé pour me tuer ?

— Personne ne m'a envoyé. Mais je déteste les types de votre genre.

— Les jeunes sont toujours si rapides à juger ! Connaissiez-vous un fermier appelé Hankin ?

— Je le connais. Des hommes comme vous l'ont obligé à abandonner sa terre. Il n'a pas pu trouver trois personnes pour se porter garant de lui, pour le Serment.

— Il a été assassiné, dit Shannow. À coups de feu, et ses enfants sont pourchassés comme des animaux. J'attends de voir le capitaine des Croisés, puis je porterai plainte contre Jack Dillon.

Le Noir posa les coudes sur la table et se pencha vers Shannow.

— Vous ignorez tout au sujet de Dillon, hein ?

— Je sais qu'avec d'autres hommes il a tué un homme désarmé de sang-froid. Et je m'assurerai que justice soit faite.

L'homme soupira.

— Il semble que je me sois trompé à votre sujet, l'ami. Mais je ne suis pas le seul imbécile à cette table. Je pense que vous devriez partir d'ici immédiatement, et aller loin, et vite !

— Et pourquoi devrais-je faire ça ?

— Jack Dillon *est* le capitaine des Croisés. Nommé le mois dernier, par l'Apôtre Saül en personne.

— Quel genre de ville est-ce, ici ? Il n'y a pas d'honnêtes hommes ?

L'homme éclata de rire.

— D'où sortez-vous, l'ami ? Qui osera se dresser contre un Croisé consacré ? Ils sont quarante, plus Jacob Moon et ses Cavaliers. Personne ne s'opposera à eux.

Shannow se tut, et l'homme entendit le déclic du chien du revolver quand Shannow le désarma.

— Je m'appelle Archer, dit-il. Gareth Archer.

Il tendit la main.

— Laissez-moi, petit. J'ai à réfléchir.

Archer s'éloigna, et la serveuse revint avec une autre tasse de lait. Elle lui sourit. Shannow regarda par la fenêtre, vers la rue principale de la ville. Derrière les bâtiments à l'ouest, il voyait les mines, au loin, sur les collines, et encore plus loin, la fumée qui sortait des fonderies et des usines. La suie et la fumée produisaient tant de poussière et d'obscurité !

Un visage apparut soudain dans son esprit, celui d'un homme mince d'âge moyen, chauve, aux traits marqués et aux doux yeux marron.

« — C'est le progrès, pasteur. Depuis que les avions ont atterri et que nous avons découvert ce que nous avions été autrefois, tout a changé. Les avions transportaient des ingénieurs, des chirurgiens, toutes sortes de gens capables. La plupart sont morts en moins d'un an, mais ils nous ont transmis beaucoup de connaissances. Nous construisons de nouveau. Bientôt, nous aurons de bons hôpitaux, des écoles, et des usines qui fabriqueront les machines qui nous aideront à labourer la terre et à récolter les moissons. Puis il y aura des cités et des routes pour les relier entre elle. Ce sera un paradis.

— Un paradis construit sur de la fumée et de la suie puante ? Les arbres sont tous morts, autour de l'usine de mise en conserve, et il n'y a plus de poissons dans la Petite Rivière. »

Shannow but le lait sucré et chercha un nom pour ce visage. Brown ? Bream ? Puis il lui revint : Broome ! Josiah Broome. Et, avec le nom, lui revint également le visage vigoureux d'une femme encadré par des cheveux blonds comme les blés.

Beth.

Le souvenir lui fit l'effet d'un coup de poignard dans le cœur.

« — Jésus-Christ ! Avant, tu étais un homme. Maintenant, tu laisses des ordures comme ce Shem Jackson te frapper devant tout le monde. Il t'a fait tomber dans la poussière ! Par Dieu, Jon, qu'es-tu devenu ?

— Le coup l'a diminué plus qu'il m'a humilié, moi. J'en ai fini avec les tueries, Beth. J'ai abandonné la voie de la violence. Ne peux-tu comprendre qu'il doit exister une meilleure façon de vivre, pour l'humanité ?

— Ce que je comprends, c'est que je ne veux plus de toi ici. En fait, je ne veux plus de toi du tout ! »

Le bruit de sabots de chevaux ramena Shannow au présent. Quatre cavaliers s'arrêtèrent devant le bureau des Croisés. Shannow se leva, posa une pièce d'argent sur la table et gagna la porte.

Gareth Archer le rejoignit.

— Ne faites pas l'imbécile, mon ami ! Dillon est un excellent tireur, et ceux qui l'accompagnent ne sont pas des anges.

— *Si tu faiblis au jour de la détresse, ta force n'est que détresse*, dit Shannow.

Il sortit et gagna le trottoir de bois, puis descendit les trois marches qui menaient à la rue poussiéreuse.

— Jack Dillon ! appela-t-il.

Les quatre hommes mirent pied à terre et le plus grand, avec une barbe noire et puissamment bâti, se tourna vers lui.

— Qui me demande ?

Les gens qui passaient dans la rue s'arrêtèrent et regardèrent les deux hommes.

—Je suis Jon Shannow, et je vous déclare un meurtrier et un brigand.

Shannow entendit le halètement collectif de la foule, et il vit le barbu s'empourprer.

Dillon se lécha les lèvres, puis il recouvra une partie de sa superbe.

—Quoi ? C'est insensé !

Shannow marcha lentement vers lui, et sa voix fut clairement entendue par tous les observateurs.

—Vous avez tué un fermier appelé Hankin, de sang-froid. Puis vous avez pourchassé ses enfants. Que répondez-vous à cette accusation, mécréant ?

—Je n'ai pas de comptes à vous rendre !

La main de l'homme se posa sur son pistolet, et la foule s'éparpilla. Dillon dégaina le premier, et la balle siffla près de la joue de Shannow, dont les revolvers aboyèrent. Dillon, frappé à la poitrine et au ventre, recula et déchargea son pistolet dans la poussière. Un autre homme tira sur Shannow, mais la balle le rata largement. Shannow lui tira dessus avec son revolver de droite. L'homme tomba sur une rambarde et cessa de bouger. Les deux autres Croisés étaient immobiles comme des statues. Dillon était agenouillé, son gilet inondé de sang.

Shannow rejoignit l'agonisant.

— *Celui qui creuse une fosse y tombe, Et la pierre revient sur celui qui la roule.*

—Qui… êtes… vous ?

Dillon s'écroula sur le côté, mais ses yeux emplis de douleur continuèrent à fixer celui qui l'avait mortellement blessé.

—Je suis la vengeance, dit Shannow.

Il flanqua un coup de pied dans le pistolet de l'homme et examina la foule.

—Vous avez autorisé le mal à prospérer, ici, dit-il. Honte sur vous tous !

À sa gauche, il vit Gareth Archer arriver, conduisant son cheval.

Gardant les deux Croisés restants en vue, Shannow se mit en selle.

— Chevauchez au sud-est pendant une heure, murmura Archer. Puis tournez à l'ouest à la fourche du ruisseau.

— Elle est là ?

Archer fut surpris, mais il hocha la tête.

— Vous saviez ?

— Je la vois en vous, dit Shannow.

Il fit pivoter son cheval et sortit lentement de la ville.

Amaziga Archer l'attendait près du ruisseau. La femme noire avait peu changé depuis la dernière fois que Shannow l'avait vue, et, comme lui, elle semblait ne pas avoir été touchée par le passage des années. Sa chevelure était toujours noir d'ébène, son visage sans ride, ses yeux en amande noirs et brillants. Elle portait une chemise de protection et une jupe de cheval en cuir. Son cheval était un hongre gris d'environ seize paumes.

— Suivez-moi, ordonna-t-elle.

Elle conduisit son hongre sur un sol rocailleux où coulait le ruisseau peu profond. Ils chevauchèrent dans l'eau pendant une heure, puis elle fit tourner sa monture vers la droite et lui fit grimper la berge escarpée. Shannow suivit, son cheval peinant le long de la pente glissante.

— Ils verront où nous sommes sortis de l'eau, dit-il. Un bon pisteur ne sera pas trompé par le chemin que nous avons pris. Le ruisseau coule lentement, et les traces de sabots seront visibles pendant quelques jours.

— Je le sais, Shannow, dit-elle. Montrez-moi un peu de respect ! J'ai passé une heure, avant votre arrivée, à aller et venir dans l'eau, et je suis sortie sur la berge au moins à sept endroits différents. De plus, là où nous allons, aucun homme – excepté un – ne pourrait nous suivre.

Sans rien ajouter, elle se dirigea vers une grande paroi rocheuse. Le sol était dur. Shannow regarda vers le bas et s'aperçut qu'ils se trouvaient sur une ancienne route pavée de blocs de granit.

— C'était la route de Pisaecuris, dit-elle. Une grande cité des Akkadiens. Ils descendaient des peuples de l'Empire Atlante, et vivaient il y a des milliers d'années.

Devant eux s'étendait une série de bâtiments en ruine, et, plus loin, un cercle de grandes pierres. Amaziga Archer traversa les ruines et mit pied à terre au centre du cercle. Shannow descendit aussi de cheval.

— Et maintenant ? demanda-t-il.

— Maintenant, nous allons à la maison, dit-elle.

D'une grande poche de sa jupe, elle sortit une petite Pierre dorée. L'air étincela de lumière violette, et le cheval de Shannow se cabra, mais celui-ci le calma. La lumière se dissipa. Au-delà du cercle se trouvait désormais une maison à deux niveaux, en brique rouge et en bois peint, avec un toit d'ardoise noire en pente. Elle avait des fenêtres sur toutes les façades et reposait sur quatre roues noires et robustes.

— C'est ma maison, dit-elle froidement, interrompant son examen de la bâtisse. J'aimerais pouvoir dire que vous y êtes le bienvenu, mais ce n'est pas le cas. Il y a un enclos derrière la maison. Lâchez-y les chevaux pendant que je prépare un repas.

Elle lui lança les rênes de son hongre et entra dans la maison. Shannow conduisit les montures à l'arrière du bâtiment, les dessella et les libéra dans l'enclos. Puis il retourna à la porte d'entrée et frappa doucement sur le bois.

— Par Dieu, dit-elle, vous n'avez pas besoin d'être poli, ici !

Il entra et découvrit une pièce remarquable. Le sol était entièrement recouvert d'un épais tapis en laine grise, sur lequel se dressaient quatre fauteuils rembourrés et une couche couverte de cuir noir souple. Du plafond pendait une bizarre lampe en verre, pas plus grande qu'un gobelet à vin et d'où sortait une lumière si vive qu'elle lui fit mal aux yeux. Il y avait un feu dans une cheminée en pierre, mais les tisons, bien que brillants, ne brûlaient pas. Sur un bureau, près du mur du fond, on voyait un engin étrange, une boîte, grise sur trois côtés, mais avec un côté noir faisant face à une chaise. Des fils sortaient de l'arrière et couraient jusqu'à un petit bloc fixé dans le mur.

— Quel est cet endroit ? demanda Shannow.

— Mon bureau, dit Amaziga. Vous devriez vous sentir flatté, Shannow. Vous êtes seulement le troisième homme à le voir. Le premier était mon second mari, et le deuxième, mon fils, Gareth.

— Vous vous êtes remariée. C'est bien.

— Qu'en savez-vous ? dit-elle sèchement. Mon premier mari est mort à cause de vous. Il était l'amour de ma vie, Shannow. Je ne pense pas que vous soyez capable de comprendre ça, non ? Et, à cause de vous et de votre foi de dément, ma maison a été détruite et j'ai perdu mon premier fils. Je ne pensais pas que vous puissiez faire autre chose pour me blesser, mais pourtant, vous voilà, en chair et en os. Le nouvel Élie, s'il vous plaît, et vos valeurs tordues ont été sanctifiées par les lois de votre bizarre nouveau monde.

— Est-ce pour ça que vous m'avez fait venir ici, ma dame ? demanda-t-il doucement. Afin de pouvoir me blâmer pour tous les maux de l'humanité ? Votre époux a été tué par un homme mauvais. Mais votre peuple est mort parce qu'il suivait Sarento, et que celui-ci était derrière la guerre des Enfants de l'Enfer. C'est lui, pas moi, qui a transformé les Pierres de Daniel en sang et a provoqué la destruction des Gardiens. Mais vous savez tout ça. Donc, à moins que vous me teniez pour responsable de chaque orage, sécheresse, peste ou maladie, dites-moi, je vous prie, pourquoi vous avez demandé à votre fils de me guider vers vous.

Amaziga ferma ses beaux yeux et inspira à fond, puis expira lentement.

— Asseyez-vous, Shannow, dit-elle enfin d'une voix plus douce. Je vais faire du café, et puis nous parlerons.

Elle gagna un placard, sur le mur du fond, et en sortit un paquet aux couleurs vives. Shannow la regarda verser le contenu – de petites pierres noires – dans un pichet en verre. Elle actionna un bouton et le pichet vrombit et transforma les pierres en poudre. Elle versa la poudre dans un sachet en papier posé sur un autre pichet plus grand. Voyant qu'il la regardait, elle lui sourit pour la première fois.

— C'est une boisson très populaire dans ce monde, dit-elle. Vous l'aimerez sans doute mieux avec du lait et du sucre. S'y habituer prend un certain temps.

— Où sommes-nous ? demanda-t-il.

— En Arizona, dit-elle, ce qui ne lui apprit rien de plus.

Elle traversa la pièce et s'assit en face de lui.

— Je suis désolée pour mes paroles coléreuses. Et je sais que vous n'êtes pas *entièrement* coupable. Mais si vous n'étiez pas entré dans ma vie, mon premier mari serait encore en vie, et Luke aussi. Et je ne peux pas oublier que je vous ai vu détruire un monde – et peut-être deux. Des millions et des millions de gens. Mais Beth avait raison. Vous n'essayiez pas de faire exploser l'Épée de Dieu. Vous ne saviez même pas exactement ce que c'était. (De l'eau chaude bouillonna dans le pichet, et Amaziga se leva et traversa la pièce.) Je ne suis pas croyante, Shannow. S'il existe un Dieu, il est capricieux et inconstant, et je ne veux pas avoir affaire avec lui. J'ai tant de raisons de ne pas vous apprécier que j'ai du mal à rester polie.

Les gargouillements du pichet cessèrent soudain, et Amaziga versa le liquide noir dans deux tasses décorées. Elle en donna une à Shannow, qui la renifla avec inquiétude. Quand il goûta, il s'aperçut que la boisson était amère et âcre, un peu comme le baker mais avec plus de corps.

— Je vais chercher le sucre, dit Amaziga.

Sucrée, la boisson était presque supportable.

— Dites-moi ce que vous voulez de moi, ma dame, dit-il en posant la tasse.

— Vous êtes si sûr que ça que je veux quelque chose ?

— Oui. Je ne cherche pas une autre dispute, mais je savais déjà que vous me méprisiez. Vous me l'avez fait comprendre assez souvent. Donc, si je suis ici, c'est que vous avez besoin de moi. La question est : pour quoi ?

— Peut-être voulais-je seulement vous sauver la vie.

— Non, ma dame. Vous me détestez, moi et tout ce que vous pensez que je représente. Pourquoi m'auriez-vous sauvé ?

— D'accord ! dit-elle sèchement. Il y a quelque chose, c'est vrai.

— Dites-moi, et, si c'est possible, j'essaierai de le faire.

Elle se frotta le visage et détourna le regard.

— Vous faites des promesses avec une telle facilité, dit-elle à voix basse.

— Et, quand je le fais, je les tiens, ma dame. Je ne mens pas.

— Je le sais ! dit-elle en élevant la voix. Vous êtes l'Homme de Jérusalem. Oh ! Christ !

— Dites-moi simplement ce que vous voulez, insista-t-il.

— Je vais vous le dire, Shannow. Vous allez croire que je suis folle, mais vous devez m'écouter jusqu'au bout. C'est promis ?

Il hocha la tête et elle resta un moment silencieuse, puis elle le regarda dans les yeux.

— Très bien. Je veux que vous rameniez Sam dans le monde des vivants.

Il la regarda sans rien dire.

— Ce n'est pas aussi dingue que ça en a l'air, continua Amaziga. Croyez-moi, Shannow. Le passé, le présent et l'avenir coexistent, et nous pouvons les visiter. Vous le savez, car les légions de Pendarric ont traversé les gouffres du temps pour envahir nos terres. Elles ont traversé douze mille ans. C'est faisable.

— Mais Sam est mort, femme.

— Vous avez un esprit bien linéaire ? cria-t-elle. Supposons que vous retourniez dans le passé et que vous l'empêchiez de se faire tuer ?

— Mais je ne l'ai pas fait. Je ne comprends pas les principes régissant ces voyages, mais je sais que Sam Archer est mort, parce que c'est ce qui est arrivé. Si je retournais dans le passé et changeais ce fait, il se serait déjà produit, et nous n'aurions pas cet entretien.

Elle éclata soudain de rire et applaudit.

— Bravo, Shannow ! Enfin un peu d'imagination ! Bien. Alors, réfléchissez à ça : si je retournais dans le passé et que je tuais votre père avant qu'il rencontre votre mère et revenais ici, serais-je seule ? Auriez-vous cessé d'exister ?

— On pourrait le supposer, dit-il.

— Non, dit-elle d'une voix triomphante. Vous seriez toujours ici. C'est la grande découverte !

— Et comment pourrais-je être ici sans avoir eu de père ?

— Il existe une infinité d'univers en parallèle au nôtre, peut-être partageant le même espace. Infini. Un nombre incalculable, autrement dit. Il existe des milliers de Jon Shannow, peut-être des millions. Quand nous passons par les antiques portails temporels, nous allons en fait dans un univers parallèle. Certains sont identiques au nôtre, d'autres sont très peu différents. Avec un nombre infini d'univers, ça signifie que tout ce que l'esprit peut concevoir *doit* exister quelque part. Donc, quelque part, Sam Archer n'est pas mort à Castlemine. Vous voyez ce que je veux dire ?

— J'ai entendu vos paroles, ma dame, mais les comprendre, c'est tout autre chose.

— Pensez-y comme à des grains de sable dans le désert. Aucun n'est exactement semblable à un autre. La possibilité d'en trouver deux identiques serait, disons, de une sur cent millions. Mais le nombre de grains du désert est limité, même s'il y en a trente milliards. Et si on suppose qu'il n'y ait aucune limite au nombre de grains ? Une chance sur cent millions serait excellente ! Et, dans cette infinité, il y aurait une infinité de grains identiques. C'est comme ça que fonctionne le Multivers. Je le sais. Je l'ai vu.

Shannow termina son café.

— Vous dites donc que, dans un monde, quelque part, il y a un Sam Archer qui attend d'être emmené à Castlemine ? Oui.

— Exactement.

— Alors, pourquoi n'êtes-vous pas retournée le chercher ? Pourquoi est-il nécessaire d'envoyer un messager ?

Amaziga alla remplir les tasses. Cette fois, Shannow but le café avec plaisir. Elle s'assit dans le fauteuil en cuir.

— J'y suis allée, dit-elle. Et j'ai trouvé Sam, et je l'ai ramené à la maison. Nous avons vécu ensemble ici pendant presque un an.

— Il est mort ?

— Non. J'ai commis une erreur. Je lui ai tout raconté, et un matin, il était parti. À la recherche de ce qu'il appelait « sa propre vie ». Il ignorait que j'étais déjà enceinte de Gareth. Peut-être cela l'aurait-il fait changer d'avis, je l'ignore. Mais cette fois, je ferai les choses comme il faut, Shannow. Avec votre aide.

— Votre fils doit avoir environ vingt ans. Comment se fait-il que vous ayez attendu si longtemps avant de réessayer ?

Amaziga soupira.

— Il a dix-huit ans. Il m'a fallu deux ans pour trouver Sam de nouveau, et j'ai eu de la chance. J'ai passé les dix dernières années à étudier la voyance et le mysticisme. Il m'est apparu que les voyants ne peuvent pas *voir* l'avenir, puisqu'il n'existe pas encore. Ce qu'ils font, c'est jeter des coups d'œil dans d'autres mondes *identiques* – et c'est pour ça que certaines de leurs visions sont si ridiculement fausses. Ils voient un avenir qui existe dans un autre monde, et prédisent qu'il arrivera dans le nôtre. Mais toutes sortes d'événements peuvent changer les futurs possibles. Finalement, j'ai trouvé un homme qui avait des pouvoirs incroyables. Il habitait dans un endroit appelé Sedona – une des plus belles contrées que j'aie jamais vues, des promontoires de roche rouge au milieu d'un magnifique désert. J'ai vécu un certain temps avec lui. J'ai utilisé mes Pierres Sipstrassi pour copier ses pouvoirs, et les transférer dans une machine. (Elle se leva et gagna la boîte à façade noire, sur le bureau.) Cette machine. Elle ressemble à un ordinateur, mais elle est très spéciale.

Amaziga appuya sur un bouton, et l'écran s'alluma, montrant le visage d'un bel homme aux cheveux blond-roux et aux yeux d'un bleu exceptionnel.

— Bienvenue à la maison, Amaziga, dit la machine d'une voix basse et douce, et très humaine. Je vois que vous avez trouvé l'homme que vous cherchiez.

— Oui, Lucas. Voici Jon Shannow.

Shannow se leva et s'approcha de la boîte.

— Vous avez emprisonné cet homme là-dedans ? demanda-t-il, horrifié.

— Non, pas l'homme. Il est mort. J'étais partie faire des recherches, et il a eu une crise cardiaque. Lucas est une création qui contient tous les souvenirs de cet homme. Mais il est également différent. Il a conscience d'exister. Il fonctionne comme une sorte de télescope temporel, qui utilise à la fois le pouvoir des Sipstrassi et la magie des anciens portails temporels. Grâce à son *talent*, nous pouvons voir des univers alternatifs. Montre-lui, Lucas.

— Qu'aimeriez-vous voir, monsieur Shannow ? demanda Lucas.

Il aurait voulu répondre « Jérusalem », mais il en fut incapable. Il hésita.

— À vous de choisir, dit-il à la machine.

Le visage disparut, et Shannow vit une cité sur une colline, avec un grand temple au centre. Le ciel était bleu, et le soleil inondait la scène. Devant le temple, un homme était debout, les bras levés, face à la foule qui l'écoutait. Il portait une armure dorée avec un casque poli sur la tête. Des sons sortirent de la machine, une langue que Shannow ne connaissait pas. Mais la voix de l'homme était basse et mélodieuse. La voix de Lucas s'éleva.

— Cet homme est Salomon, et il consacre le Temple de Jérusalem.

L'image s'effaça et fut remplacée par une autre. Cette fois, la cité était en ruine et un homme à la barbe noire regardait les bâtiments brisés d'un air morose. Luca intervint de nouveau.

— Voici le roi des Assyriens. Il a détruit la cité. Salomon a été tué lors d'une grande bataille. Comme vous le voyez, il n'y a pas de temple. Dans ce monde, il a échoué. Souhaitez-vous voir d'autres variations ?

— Non, dit Shannow. Montrez-moi le Sam Archer que vous voulez que je trouve.

L'image changea. Shannow vit un flanc de montagne et une série de tentes. Plusieurs personnes ramassaient du bois. L'un d'eux était l'homme de grande taille aux larges épaules dont il se souvenait si bien : Sam Archer, archéologue et Gardien. Il portait un fusil accroché à l'épaule et était debout sur une corniche, regardant vers la plaine, sur laquelle on voyait une armée.

— Le jour qui suit cette scène, dit Lucas, l'armée envahit la montagne et tue tout le monde.

— De quelle guerre s'agit-il ?

— Celle des Enfants de l'Enfer. Ils ont vaincu, et sont maintenant occupés à éliminer les derniers vestiges de l'armée ennemie.

L'écran changea de nouveau et redevint le beau visage aux yeux bleus.

— Est-ce que j'existe, dans ce monde ? demanda Shannow.

— Vous existiez, et vous étiez fermier. Vous avez été tué lors de la première invasion. Sam Archer ne vous connaissait pas.

— Qui gouverne les Enfants de l'Enfer ? Sarento ? Welby ?

— Ni l'un ni l'autre. La Pierre de Sang gouverne.

— Quelqu'un doit bien la contrôler.

— Non, Shannow, dit Amaziga. Dans ce monde, la Pierre de Sang est vivante. Sarento l'a absorbée en lui, et, ce faisant, il a créé un démon aux pouvoirs terrifiants. Des milliers de gens sont morts depuis, pour nourrir la Pierre de Sang.

— Est-il possible de la tuer ?

— Non, dit Lucas. Elle est immunisée contre les balles et peut créer autour d'elle un champ de force d'une puissance immense. L'Épée de Dieu aurait pu la détruire, mais, dans ce monde, il n'y a pas de missile suspendu dans le ciel.

— La Pierre de Sang ne vous concerne pas, Shannow, intervint Amaziga. Tout ce que je veux est que vous sauviez Sam et que vous me le rameniez. Pouvez-vous faire ça ?

— J'ai un problème, dit-il.

— Oui, avec votre mémoire. Je peux vous aider à ce sujet. Mais seulement quand vous reviendrez.

— Pourquoi attendre ?

Elle hésita un moment.

— Je vais vous dire la vérité, et je vous demande de l'accepter. Si je vous rendais vos souvenirs, vous ne seriez plus le même homme. Et l'homme que vous deviendriez – même s'il serait plus acceptable à mes yeux – aurait moins de chances de succès. Me faites-vous confiance ?

Shannow resta assis, silencieux, ses yeux clairs plongés dans ceux de la femme.

— Vous avez besoin de Shannow le tueur.

— Oui, murmura-t-elle.

— C'est une chose qui nous rabaisse tous les deux, dit-il.

— Je le sais, répondit-elle, les yeux baissés.

La rue principale de Pureté grouillait de gens quand Nestor et Clem y arrivèrent. Des mineurs, dont la paie de la semaine brûlait les doigts, se dirigeaient vers les tavernes et les maisons de jeu, pendant que les habitants du cru allaient vers les restaurants et les auberges. Les magasins étaient encore ouverts, alors que le crépuscule était tombé depuis longtemps, et trois allumeurs de réverbères parcouraient la rue avec des échelles et des mèches. Derrière eux, les immenses lampes à huile, alignées sur deux rangées, émettaient une lueur jaune qui transformait la boue de la rue principale en une coulée d'or.

Nestor n'était jamais venu à Pureté, mais il avait entendu dire que les mines d'argent avaient apporté une grande prospérité à la communauté. L'air puait la fumée et le soufre, et de nombreuses mélodies luttaient pour s'imposer dans la rue, discordantes et bruyantes.

—Allons prendre un verre, cria Clem. J'ai l'impression d'avoir avalé la moitié du désert!

Nestor acquiesça, et ils s'arrêtèrent devant une grande taverne aux fenêtres ornées de vitraux. Une vingtaine de chevaux étaient attachés à la rambarde, et Nestor eut du mal à trouver un endroit pour y laisser les leurs. Clem plongea sous la barrière et entra dans l'établissement. À l'intérieur, il y avait des tables de jeu et un grand bar où officiaient cinq serveurs. Un groupe jouait sur des instruments à vent en cuivre, accompagné par un pianiste. Au-dessus de la salle de jeu, une galerie faisait le tour de la pièce, et des femmes habillées de manière voyante s'y promenaient au bras de mineurs ou d'hommes du cru. Le jeune homme fronça les sourcils. Ce comportement était immoral, et il était étonné qu'une ville appartenant au Diacre tolère de telles démonstrations.

Clem se faufila jusqu'au bar et commanda deux bières. Nestor n'aimait pas le goût de la bière, mais il ne protesta pas quand on lui posa un verre sous le nez.

Le bruit dans la taverne était assourdissant, et Nestor but sans parler, mal à l'aise. Quel plaisir pouvait-on bien tirer de tels endroits? Il gagna une table de jeu de cartes, où des hommes poussaient des billets de Barta vers le centre. Il se demanda pourquoi ces gens travaillaient toute la semaine pour gaspiller leur argent en une seule nuit. C'était incompréhensible…

Nestor se retourna… et heurta un type costaud qui portait une pinte de bière. Le liquide éclaboussa la chemise de l'homme, et le verre se brisa sur le sol couvert de sciure.

— Espèce d'imbécile ! cria l'homme.

— Je suis désolé, dit Nestor. Permettez-moi de vous payer un autre verre.

Un poing frappa Nestor au visage, l'expédiant à travers une table de jeu, qui s'écroula en répandant des billets de Barta par terre. Nestor essaya de se relever, mais, sonné, il resta sur les genoux. Un pied botté s'écrasa contre son flanc, et il fit une roulade pour s'éloigner, mais il fut arrêté par un pied de table. L'homme le saisit par les revers de sa veste et le tira vers lui.

— Ça suffit, dit Clem Steiner.

— Ça suffira quand je l'aurai décidé, dit l'homme en regardant autour de lui.

— Lâchez-le, ou je vous tuerai, dit Clem.

La musique s'était tue quand Nestor avait été attaqué, mais désormais, le silence était insupportable. Lentement, l'homme le lâcha, puis le poussa loin de lui. Il se tourna vers Clem, la main posée sur la crosse du pistolet, à sa hanche.

— Vous me tuerez, crotte de bique ? Vous savez qui je suis ?

— Oui. Un gros lard aussi rapide qu'une tortue agonisante, dit Clem avec un charmant sourire. Alors, avant d'essayer de dégainer ce pistolet, vous devriez demander à vos amis – si vous en avez – de venir vous prêter main-forte.

L'homme jura et fit mine de sortir son arme, mais, à l'instant où sa main se posait sur la crosse, il se retrouva face au canon du revolver nickelé de Clem. Clem avança et posa le canon de l'arme sur le front de l'homme.

— Comment un type aussi lent que vous a-t-il vécu assez vieux pour devenir si laid ?

En parlant, il avança et flanqua un solide coup de genou à l'entrejambe de l'homme, qui se plia en deux, gémissant. De la crosse de son pistolet, Clem lui assena un coup violent sur la nuque, et le type tomba face contre terre, immobile.

— Un endroit charmant, dit Clem en rangeant son pistolet. Tu as fini de te distraire, Nestor ?

Nestor avança en titubant, et Clem le saisit par le bras.

— Par Dieu, petit, c'est quelque chose de t'avoir sur les bras !

Un homme âgé s'approcha d'eux.

— Fiston, si vous voulez un bon conseil, quittez Pureté. Sachs n'oubliera pas cette raclée. Il vous cherchera.

— Quel est le meilleur restaurant de la ville ? demanda Clem.

— Le *Petite Marie.* À deux pâtés de maisons de là, vers le sud. À droite.

— Bien ! Quand il se réveillera, vous lui direz où je suis allé. Et dites-lui d'apporter une pelle. Je l'enterrerai là où il tombera.

Clem guida Nestor hors de la taverne et le souleva pour le remettre en selle.

— Tiens bon, petit. La douleur va passer.

— Oui, monsieur, marmonna Nestor.

Clem sauta en selle et il conduisit Nestor vers le nord.

— N'allons-nous pas du mauvais côté, monsieur ?

Clem gloussa. Plusieurs pâtés de maison plus loin, ils arrivèrent à un petit restaurant dont la pancarte peinte proclamait *Le Restaurant d'Unité.*

— Ça fera l'affaire. Comment te sens-tu ? demanda Clem.

— Comme si j'avais été piétiné par un cheval.

— Tu survivras ! Allons manger.

Le restaurant n'avait que cinq tables, dont une seule était occupée. Le client était un homme de grande taille portant l'uniforme d'un Croisé. Clem accrocha son chapeau à un râtelier, près de l'entrée, et gagna une table. Une serveuse mince aux cheveux blonds s'approcha de lui.

— On a du steak. On a du poulet. On a du jambon. Choisissez.

— Je comprends pourquoi ce restaurant semble si populaire, dit Clem. J'espère que la nourriture est plus chaude que l'accueil !

— Vous ne le saurez pas si vous ne choisissez pas, dit-elle sans changer d'expression. On a du steak. On a du poulet. On a du jambon.

— Je prendrai un steak et des œufs. Lui aussi. À point.

— Euh, moi, je préfère bien cuit, dit Nestor.

— Il est jeune, mais il apprendra, dit Clem. Deux steaks, à point.

—On a du vin du pays. On a de la bière. On a du baker. Choisissez.

—Le vin est-il bon ? (Elle leva un sourcil.) D'accord, oubliez ma question. Nous prendrons de la bière.

Quand elle partit, Nestor se pencha vers Clem.

—Quelle sorte de ville est-ce, ici ? Vous avez vu ce qu'ils faisaient dans cette taverne ? Ils jouaient, et ils fréquentaient ces… ces…

Le jeune homme s'interrompit, gêné.

Clem gloussa.

—Ah ! Tu parles des femmes ? Mon petit Nestor, tu as beaucoup de choses à apprendre !

—Mais c'est contraire aux lois du Diacre.

—Il y a des choses contre lesquelles la loi ne peut rien, dit Clem, son sourire s'effaçant. La plupart des hommes ont besoin de la compagnie d'une femme, de temps en temps. Dans une communauté minière, où il y a une femme pour vingt hommes, une bonne prostituée peut aider à garder la paix. Sinon, c'est la porte ouverte aux ennuis.

—Votre ami est un homme avisé, dit le Croisé en se levant et en les rejoignant à leur table.

Il était grand et voûté, avec une moustache tombante.

—Bienvenue à Pureté, les gars, dit-il. Je suis Seth Wheeler, le capitaine des Croisés.

—Ce sont les premières paroles affables que nous entendons, dit Clem en lui tendant la main.

Wheeler la serra et prit une chaise.

—En visite ? demanda-t-il.

—On ne fait que passer, dit Clem avant que Nestor ait le temps de répondre.

Wheeler hocha la tête.

—Ne nous jugez pas trop durement, jeune homme, dit-il à Nestor. Votre ami a raison. Quand les mines d'argent ont ouvert, toutes sortes de mécréants sont venus ici, ainsi que plus de quatre mille mineurs. Des types durs. Au début, nous avons essayé d'imposer les lois concernant le jeu et le reste. Mais ça a continué. Des escrocs plumaient les mineurs, ce qui a conduit à des assassinats. Alors, nous avons ouvert les maisons de jeu et nous avons tenté de les garder honnêtes. Ce n'est pas parfait, mais nous essayons de préserver la paix. Ce n'est pas aisé.

— Mais, et la loi ? demanda Nestor.

Wheeler lui fit un sourire las.

— Je pourrais édicter une loi disant que les gens ne peuvent respirer que le dimanche. Vous croyez qu'elle serait respectée ? Les seules lois auxquelles les gens obéissent, ce sont celles avec lesquelles ils sont d'accord, ou qui peuvent être imposées par des hommes comme moi. Je peux obliger les mineurs et les mécréants à rester loin des gens décents. Mais Unité a besoin d'argent, et c'est le plus riche filon qui ait été découvert. Donc, nous avons des dispenses spéciales de l'Apôtre Saül pour faire fonctionner nos… établissements.

Il était évident que Wheeler n'aimait pas la situation, et Clem pensa que c'était un type bien.

— Où allez-vous donc ? demanda-t-il à Nestor.

— Nous cherchons quelqu'un, répondit le jeune homme.

— Quelqu'un de particulier ?

— Oui, monsieur. Le pasteur de la vallée des Pèlerins.

— Jon Cade ? J'ai entendu dire qu'il a été tué quand son église a été brûlée.

— Vous le connaissiez ? demanda Clem.

— Je ne l'ai jamais vu, mais il paraît qu'il était amical envers les Hommes-Loups et qu'il les laissait même entrer dans son église. Pas étonnant qu'elle ait flambé. Vous pensez qu'il est vivant ?

— Oui, monsieur, dit Nestor. Il a tué certains des attaquants, mais il a été grièvement blessé.

— Ma foi, il n'est pas venu ici, petit, je vous l'assure. Mais décrivez-le-moi, et je ferai circuler son signalement.

— Il mesure environ un mètre quatre-vingt-dix, il a les cheveux noirs, grisonnants aux tempes. Et il portait un manteau noir et une chemise blanche, un pantalon noir et des chaussures noires. Il a le visage maigre et des yeux profondément enfoncés, et il ne sourit pas beaucoup. Il a trente-cinq ans, peut-être un peu plus.

— Cette blessure, demanda doucement Wheeler, était-elle à la tempe ? Ici ? (Il tapota le côté droit de sa tête.)

— Oui, monsieur, je crois. Quelqu'un l'a vu partir à cheval, et il saignait de la tête.

— Comment pouvez-vous savoir ça si vous ne l'avez pas vu ? demanda Clem.

— Oh ! J'ai vu un homme qui correspond à cette description. Que pouvez-vous me dire d'autre à son sujet ?

— C'est un homme tranquille, dit Nestor, qui n'aime pas la violence.

— Vraiment ? Pour un homme qui n'aime pas la violence, il l'utilise plutôt bien ! Il a tué notre Preneur de Serment à coups de revolver, dans l'église. Je dois reconnaître que Crane – celui qu'il a tué – était un personnage parfaitement odieux, mais la question n'est pas là. Il a également participé à une fusillade quand Crane et d'autres hommes ont attaqué un groupe d'*Errants*. Plusieurs hommes – et une femme – ont été tués. Je pense que cette blessure a dû perturber l'esprit de votre pasteur, petit. Vous ne croiriez pas qui il prétend être !

— Qui ? demanda Nestor.

— L'Homme de Jérusalem !

La mâchoire de Nestor manqua de se décrocher, et il regarda Clem, dont le visage était resté impassible. Wheeler s'adossa de nouveau à sa chaise.

— Ça ne semble pas vous avoir surpris, l'ami ?

Clem haussa les épaules.

— Les blessures à la tête peuvent avoir des effets imprévisibles, dit-il. J'en déduis que vous ne l'avez pas attrapé ?

— Non. Pour être franc, j'espère que nous ne le capturerons pas. Cet homme est très malade, et il a été provoqué. Mais, je vous le dis, il sait manier un revolver. C'est un don surprenant pour un pasteur qui n'aime pas la violence.

— C'est un homme surprenant, dit Clem.

Jacob Moon pensait à des sujets plus graves pendant que l'homme mortellement blessé rampait à travers la cour, essayant d'atteindre le pistolet qui était tombé sur le sol. Il étudiait les possibilités qui s'offraient à lui. L'Apôtre Saül l'avait traité correctement, lui avait rendu sa jeunesse et lui avait fourni en abondance de l'argent et des femmes. Mais son époque était presque terminée.

Saül croyait peut-être qu'il pourrait prendre la place du Diacre, mais Moon savait que cela n'arriverait pas. Malgré son air bravache et sa détermination à tuer pour accéder au pouvoir, il y avait une faille dans le caractère de Saül. Apparemment, les autres ne l'avaient pas remarquée. Mais ils étaient aveuglés par l'éclat du Diacre, et ne voyaient pas la faiblesse de l'homme qui se tenait à ses côtés.

Soyons francs, se dit Moon, *Saül n'a pas beaucoup d'épaisseur.*

Le blessé gémit. Il était arrivé à côté du pistolet. Moon attendit qu'il referme la main sur la crosse, puis lui tira deux fois dans le dos. Le coup précédent lui avait sectionné la moelle épinière au-dessus des hanches, et ses jambes étaient totalement paralysées. La victime de Moon, l'arme à la main, essaya de se retourner pour viser son ennemi. Il en fut incapable. Ses jambes étaient un poids mort.

Moon se déplaça vers la droite.

— Par ici, Kovac, dit-il. Essaie de ce côté !

Le puissant Taureau Kovac poussa maladroitement sur ses bras afin de se tourner assez pour voir l'assassin. Les doigts tremblants, Taureau arma le chien. Moon dégaina et tira, et la balle pénétra dans la tête de Kovac au-dessus de l'arête du nez.

— Par Dieu, dit un des deux Cavaliers de Jérusalem qui accompagnaient Moon, voilà qui était bien distrayant !

— Se distraire ne règle pas nos affaires, dit Moon. Vous deux, retournez à la vallée des Pèlerins et faites un rapport sur l'attaque de la ferme de Kovac. Dites que je suis parti sur les traces des tueurs. Si vous avez besoin de moi, je serai à Domango. Jed ! appela-t-il quand les cavaliers firent pivoter leurs montures.

— Oui, monsieur ?

— Je n'ai pas le temps de m'occuper du patron du bazar. Vous devrez vous en charger.

— Quand ?

— Dans deux jours, lui dit Moon. La nuit avant la Prise de Serment.

Quand les deux hommes furent partis, Moon enjamba le cadavre et entra dans la maison. Les murs en bois étaient de bonne facture et bien ajustés, le sol de terre battue, bien dur et propre. Taureau Kovac y avait dessiné une série de motifs pour le rendre plus accueillant. Il n'y avait aucune image sur les murs, et les meubles étaient faits maison. Moon tira une chaise et s'assit. Un pichet de baker était toujours posé sur le vieux poêle en fer et fumait doucement. Il se servit une tasse du breuvage, et son esprit retourna au problème de Saül.

L'Apôtre avait raison. La terre était la clé de la richesse. Mais pourquoi la partager ? La plus grande partie de ce qu'ils avaient déjà récupéré était au nom de Moon.

Une fois Saül mort, pensa-t-il, *je serai doublement riche.*

Un petit chat noir et blanc sortit de l'ombre et vint se frotter contre la jambe de Moon. Puis il sauta sur ses genoux et se mit à ronronner. Moon lui caressa la tête et l'animal se coucha sur son giron et ronronna de plus belle.

La question était de savoir à quel moment le tuer.

En caressant le chat, Moon sentit sa tension intérieure diminuer, et il se souvint d'un passage de l'Ancien Testament. Qui disait quelque chose comme *il y a un temps pour tout, un temps pour planter, un temps pour moissonner, un temps pour vivre, un temps pour mourir.* Oui, cela lui plaisait bien !

Le temps de mourir n'était pas encore arrivé, pour Saül…

D'abord, il y avait l'Homme de Jérusalem. Puis la femme, Beth McAdam.

Moon termina sa tasse de baker et se leva. Le chat tomba sur le sol. Quand il sortit de la maison, le chat le suivit et resta dans l'entrée, en miaulant.

Moon se tourna et tira, d'un seul mouvement fluide. Puis il rechargea son pistolet, se mit en selle et partit pour Domango.

Chapitre 7

Les gens disent que nous ne vivons plus à une époque de miracles. Ce n'est pas le cas. Ce que nous avons perdu, c'est notre capacité à les reconnaître.

La Sagesse du Diacre, Introduction

Josiah Broome posa sa Bible. Il n'avait jamais été véritablement croyant, mais il appréciait les parties du Nouveau Testament qui parlaient de l'amour et du pardon. Il était toujours sidéré de voir comme les gens étaient rapides à haïr, mais lents à aimer. Mais c'était vrai, se dit-il, que la haine est plus facile que l'amour.

Else était sortie pour la soirée. Elle assistait à l'étude biblique qui se tenait tous les vendredis à la maison de maîtresse Bailey, à la périphérie de la ville, derrière la salle de réunion, et Josiah Broome profitait pleinement du silence inhabituel. Le vendredi soir était une sorte d'oasis de calme dans sa vie bien rangée. Il posa la Bible sur l'étagère, alla à la cuisine et remplit la bouilloire. Une tasse de baker avant de se coucher, bien sucrée avec du miel, était son seul luxe du vendredi soir. Il avait l'habitude de la boire lentement sous le porche en observant les lointaines étoiles.

Le lendemain, il se porterait garant pour la Prise de Serment de Beth, et Else le houspillerait toute la soirée. Mais, pour le moment, il profitait du silence. La bouilloire commença à vibrer. Il prit un torchon, l'enveloppa autour de la poignée et enleva le récipient du fourneau. Il emplit sa tasse, y ajouta la poudre de baker et trois grosses cuillerées de miel. Pendant qu'il remuait le breuvage, il entendit frapper à la porte d'entrée. Exaspéré par l'interruption, il emporta sa boisson avec lui dans la pièce principale.

— Entrez ! cria-t-il.

En effet, la porte n'était jamais fermée.

Daniel Cade entra lentement, appuyé sur ses cannes, le visage empourpré par l'effort. Josiah Broome se hâta de lui prendre le bras et de le guider vers un profond fauteuil. Cade s'y affala avec soulagement et posa ses cannes sur le sol.

Il renversa la tête et inspira plusieurs fois à fond. Broome posa la tasse de baker sur une table, à côté de son visiteur.

— Buvez ça, monsieur, dit-il. Ça vous aidera à recouvrer vos forces.

Broome retourna à la cuisine et se prépara une autre tasse avant de revenir près du feu. Cade respirait plus facilement, mais il avait l'air fatigué et usé, avec des cernes noirs sous les yeux, et une pâleur malsaine avait remplacé le rouge de ses joues.

— Je suis pratiquement foutu, fiston, haleta-t-il.

— Qu'est-ce qui vous amène chez moi, monsieur ? Et ce n'est pas que vous ne soyez pas le bienvenu !

Cade sourit. Il leva la tasse de baker d'une main tremblante et but.

— Par Dieu, c'est vraiment sucré ! dit-il.

— Je peux vous en préparer une autre, monsieur.

— Non, ça fera l'affaire, fiston. Je suis venu pour parler, pas pour boire. Vous avez remarqué les nouveaux arrivants ?

Broome fit signe que oui. Plus d'une dizaine de cavaliers étaient arrivés à la vallée des Pèlerins au cours de la semaine précédente, tous des hommes durs et lourdement armés.

— Des Cavaliers de Jérusalem, dit-il. Ils servent le Diacre.

Cade grommela.

— Saül, plutôt. Je n'aime pas ça, Broome. Je connais ce genre de types. Par le Sang de Dieu, *je suis comme eux* ! Des brigands, croyez-moi. J'ignore quel jeu joue Saül, mais je n'aime pas ça, Broome.

— Ce sont des hommes de Jacob Moon. Ils sont arrivés un peu avant le meurtre du pauvre Taureau Kovac, dit Broome.

Cade plissa les paupières.

— Oui. L'homme pour qui Beth et vous deviez être garants pour le Serment. Et maintenant, deux de ces Cavaliers de Jérusalem se sont installés dans la maison de Taureau. Il se passe quelque chose de très louche, mais personne d'autre ne semble s'en apercevoir.

— Que voulez-vous dire ?

— Ça a commencé avec l'incendie de l'église. Pourquoi aucun Croisé n'était-il présent ? Et comment les attaquants savaient-ils qu'il n'y aurait personne pour leur faire face ? Il y avait au moins vingt tueurs masqués autour du bâtiment, mais seulement cinq ont quitté la ville. Si on enlève celui qui a été tué devant l'église, ça laisse quatorze hommes dont on ignore d'où ils sortaient ! Bizarrement, ce nombre correspond au nombre de Croisés qui sont partis s'occuper de l'attaque contre la ferme de Shem Jackson.

— Vous ne suggérez pas que…

— Je suggère que quelque chose sent mauvais, dans la vallée des Pèlerins.

— Je pense… pardonnez-moi ma franchise… que vous réagissez de façon excessive. J'ai parlé à l'Apôtre Saül, et il m'a assuré que Jacob Moon et les Cavaliers de Jérusalem arrêteront bientôt les brigands qui ont assassiné le pauvre Taureau. Ces hommes sont soigneusement choisis pour leur habileté et leur dévouement, tout comme les Croisés. Je connais Léon Evans depuis qu'il est petit. Je ne peux pas croire qu'il aurait participé à… à une affaire aussi abominable !

— Vous avez plus confiance que moi, dit Cade d'une voix lasse. Quelque chose est en train de se passer, et je n'aime pas ça. Et je n'aime pas ce Saül ; je ne comprends pas ce que le Diacre voit en lui, excepté qu'il est le seul Apôtre encore en vie.

— Je suis sûr que c'est un homme de valeur. Je lui ai souvent parlé, et je l'ai toujours trouvé courtois et attentionné, dit Broome, qui commençait à se sentir mal à l'aise. Il connaît les Écritures par cœur, et il passe ses journées en prières et en communion avec le Seigneur.

Cade gloussa.

— Allons, allons, Broome, inutile de me jeter de la poudre aux yeux ! Vous n'êtes pas chrétien – même si vous en êtes plus près que bien d'autres. Mais peu importe. Jon m'a dit que vous étiez un des rares à connaître son passé. Il vous faisait confiance, et je ferai de même. Je pars pour Unité, demain. Je vais essayer de voir le Diacre et de découvrir ce qu'il se passe.

— Pourquoi être venu me voir ?

— Je crois que Saül sait ce que je pense de lui, et il essaiera peut-être de m'empêcher d'atteindre la capitale. Si je n'y arrive pas, Broome, je veux que vous rapportiez à Jonnie ce que je vous ai dit. C'est compris ?

— Mais… mais il est mort. Perdu dans le désert.

— Il n'est pas mort. Vous n'écoutez jamais les commérages ? Un homme qui affirme être l'Homme de Jérusalem a tué le Preneur de Serment de Pureté. Il n'est pas mort, Broome. Que Dieu me damne, il est vivant de nouveau ! Et il reviendra.

Il y eut un mouvement dans l'entrée, et Broome vit un homme de grande taille, aux larges épaules, avec un pistolet à la main.

— Que voulez-vous ? demanda-t-il en se levant.

— On m'a dit de vous tuer, dit l'homme d'une voix aimable. Mais personne ne m'a parlé de ce vieux croûton. Mais bon, les ordres sont les ordres.

L'homme sourit, puis son pistolet tonna, et Broome fut projeté contre le mur. Il tomba lourdement, une douleur violente naissant dans sa poitrine, et heurta la petite table près de sa chaise. Elle se renversa, et il sentit la tasse de baker couler sur son dos, le liquide chaud traversant sa chemise. Malgré la douleur, il resta conscient et regarda l'homme qui lui avait tiré dessus.

— Pourquoi ? demanda-t-il d'une voix claire.

L'homme haussa les épaules.

— Je ne pose pas de questions, dit-il.

— Moi non plus, dit Daniel Cade.

Les yeux de Broome se tournèrent vers le Prophète. Sa voix était différente, plus froide que la tombe. L'homme pivota vers lui, le pistolet levé, mais il ne fut pas assez rapide. Cade lui tira deux balles dans la poitrine. L'homme tomba contre le chambranle et essaya de lever son arme, mais il parvint seulement à tirer dans le sol. Il s'affala et lâcha le pistolet.

— Vous êtes… censé être… un homme de Dieu, dit l'homme en crachant du sang.

—Amen, dit Cade.

Il leva son arme et logea une balle dans la tête de l'homme.

—Va pourrir en Enfer, dit le Prophète.

Broome se mit péniblement à genoux, du sang tachant sa chemise, le bras gauche pendouillant lamentablement.

—Allez, Jed, dépêche-toi! cria une voix, dehors. Qu'est-ce que tu fabriques?

—Si vous pouvez marcher, Broome, murmura Cade, je vous suggère de sortir par l'arrière. Vous y trouverez mon cabriolet. Allez chez Beth McAdam.

—Et vous?

—Filez maintenant, fiston. Plus le temps de discuter.

Cade avait ouvert son pistolet et introduisait des balles dans le barillet. Broome se leva en titubant, puis recula dans la cuisine. La vitre de la fenêtre avant éclata, et un homme écarta les rideaux. Cade lui tira dessus. Un autre homme armé bondit par la porte. Broome le vit tirer deux fois, touchant le Prophète chaque fois. Le pistolet de Cade aboya et l'homme s'envola, du sang giclant sur le mur derrière lui.

Broome sortit et se hissa dans le cabriolet de Cade. Il saisit les rênes de sa main valide, flanqua un coup de pied au frein pour le desserrer et abattit les rênes sur le dos du cheval. L'animal bondit et le cabriolet prit rapidement de la vitesse.

Un coup de feu retentit derrière lui, puis un second. Il entendit une balle s'enfoncer dans le bois et se baissa. Puis le cabriolet fut hors de portée de tir et fonça dans la nuit.

—J'aimerais savoir ce qui se passe, dit Nestor Garrity à Clem Steiner, une fois qu'ils furent seuls.

Clem détourna le regard et attaqua son steak.

—Qui est-il? Réellement? insista Nestor.

Clem repoussa son assiette et s'essuya la bouche avec sa serviette.

—Il est celui qu'il dit être.

—L'Homme de Jérusalem? C'est impossible! Je le connais! Il est pasteur, pour l'amour de Dieu!

—Les temps changent, Nestor. Les hommes changent. Il a combattu les Dagues, et il en a eu assez. Penses-y, petit. C'était un homme triste et amer, à la recherche d'une cité qui n'existait pas. Puis il a envoyé l'Épée de Dieu à travers les portes du temps et a détruit un monde. Peut-être deux! Il était amoureux de Beth. Il voulait une vie différente. Les derniers restes de pouvoir de la Pierre de Daniel lui ont rendu sa jeunesse. C'était un nouveau départ, pour lui. Pour autant que je sache, seul deux hommes l'ont reconnu quand il est revenu du Mur : Josiah Broome et Edric Scayse. Scayse a emmené ce secret dans la tombe, et Broome... C'est un homme paisible, un rêveur. Il appréciait ce que Shannow essayait de devenir. C'est tout, Nestor.

—Mais... les livres? Le char qui l'a emmené au Paradis? C'étaient des mensonges?

—Effectivement, dit Clem avec un sourire narquois. Mais c'est la nature des légendes, petit. On s'en souvient de travers. Pas intentionnellement, la plupart du temps. Tiens, regarde-moi, par exemple. Quand j'étais enfant, j'avais un instituteur qui me disait que je deviendrai un brigand ou un fauteur de troubles. Il m'a expulsé de l'école et a dit à mes parents que j'étais un bon à rien. Maintenant, je possède trois cent mille acres de terre et je suis un homme riche et puissant. J'ai revu cet instituteur l'an dernier, et tu sais ce qu'il m'a dit? « Clem, j'ai toujours su que tu avais en toi le potentiel de devenir quelqu'un de bien. » Et il ne mentait pas. Tu comprends?

—Non. Je ne comprends rien du tout! Tout est construit sur des mensonges. Le Diacre, tout! Rien que des mensonges. Et cette merde de Bible! Les études! Des mensonges!

—Ouh là, petit, ne mélange pas tout! dit Clem. Nous avons tous besoin de héros, et Shannow était... est... un type bien. Peu importe ce que les autres écrivent à son sujet, il a toujours fait ce qu'il pensait être juste, et il n'a jamais laissé le mal fleurir là où il passait. Et certaines des choses qu'il a faites sont indiscutables : il a combattu les Enfants de l'Enfer, et il détruit les Gardiens qui avaient fomenté cette guerre. Nestor, c'est un homme de bien, et ce n'est pas sa faute si d'autres, plus politiquement orientés, ont utilisé son nom à mauvais escient.

— Je veux rentrer chez moi, dit Nestor. Je n'ai plus envie de faire ça.

— D'accord, petit, dit Clem. Je comprends.

Clem paya le repas et se leva. Nestor se leva aussi, les épaules affaissées et le regard distant. Clem eut pitié du jeune garçon. Les sabots de fer de la réalité avaient piétiné ses rêves.

— Allons-y, dit-il.

Ensemble, ils sortirent dans la rue. Un coup de feu résonna, et des échardes jaillirent d'un poteau à côté de la tête de Clem. Il plongea, sortit son pistolet et tira sur l'homme armé qui arrivait en vue. La balle frappa l'homme à l'épaule et le fit pivoter et lâcher son fusil. Nestor resta un moment figé. Puis il vit l'homme de la taverne.

Sachs pointait un pistolet vers le dos de Clem. Sans réfléchir, Nestor dégaina son pistolet et tira. La balle s'enfonça dans la poitrine de Sachs. Soudain, la colère engouffra Nestor, et il avança vers le blessé en continuant à tirer. Chaque coup frappa l'homme, qui fut projeté contre le mur d'un bâtiment.

— Salaud ! hurla Nestor, qui continua à appuyer sur la détente bien après que le pistolet se fut vidé et que son adversaire eut expiré à ses pieds. Clem le rejoignit et lui enleva doucement l'arme. Nestor sanglotait convulsivement.

— Ce ne sont que des mensonges ! cria-t-il.

— Je sais, dit Clem.

Seth Wheeler apparut, un pistolet à long canon à la main.

— Par l'Enfer, que se passe-t-il, ici ? demanda-t-il à Clem.

— Un peu plus tôt, nous nous étions disputés avec... lui, dit-il en montrant le cadavre. Quand nous sommes sortis du restaurant, on nous a tiré dessus. Il y a un autre type, là derrière, avec une balle dans l'épaule. J'imagine qu'il pourra vous en dire plus.

— C'est sûr, dit Wheeler, que Sachs ne risque pas de nous dire quoi que ce soit ! Les gars, il faut que vous veniez avec moi au bureau. Je dois faire un rapport pour les aînés de la ville.

— C'était un sacré imbécile, dit Clem amèrement. Il est mort à cause d'une bière renversée.

— Je pense qu'il a tué d'autres gens pour moins que ça, marmonna Wheeler. Mais on n'a jamais eu de preuves.

Plus tard, après avoir fini de rédiger son rapport, Seth Wheeler posa son stylo et regarda Nestor. Le visage du jeune homme était mortellement pâle, et ses yeux étaient voilés.

— Ça va, petit ? demanda le Croisé.

Nestor hocha la tête sans répondre.

— Je suppose que vous n'avez jamais participé à une fusillade laissant des morts, avant ?

Nestor regarda ses pieds sans rien dire. Wheeler se tourna vers Clem.

— Je crois que vous feriez mieux de quitter la ville. Sachs n'était pas populaire, mais il avait des compagnons de beuverie. Des durs. Qui pourraient éprouver le besoin de… ma foi… vous me comprenez.

— Oui. Nous serions partis demain matin, de toute façon. Mais autant le faire immédiatement.

— Vous voyagerez vers Domango ? demanda Wheeler. C'est là où votre ami a été vu en dernier.

— Je pense, dit Clem.

— Alors, pouvez-vous me faire une faveur, et vous arrêter en chemin pour voir si ma mère va bien ? Elle a une ferme, de l'autre côté de la montagne. Si vous suivez la piste de Domango, vous ne pouvez pas la rater. Elle vous préparera un bon repas et vous offrira un toit pour la nuit.

— Un message ?

Wheeler eut un sourire enfantin.

— Dites-lui simplement que Seth et Pad vont bien, et que nous viendrons la voir à la fin de l'été.

Wheeler prit le pistolet vide de Nestor et ouvrit un tiroir de son bureau. Il en sortit une boîte de cartouches et rechargea l'arme avant de la rendre à Nestor.

— Un pistolet vide n'est bon à rien, dit-il. Et gardez la boîte ! dit-il en la jetant à Clem.

— Il vaudrait peut-être mieux que tous les pistolets soient vides, répondit Clem en tendant la main au Croisé.

— Je suis bien d'accord, dit Seth Wheeler.

Shannow était couché dans la chambre d'amis, réveillé, et regardait les étoiles briller par la fenêtre. Amaziga et lui avaient parlé tard dans la nuit, puis elle l'avait emmené dans cette étrange pièce. Le lit avait un cadre métallique et un matelas épais, mais il n'avait pas de couvertures, seulement une sorte d'édredon empli de plumes. À côté du lit se trouvait une petite table avec dessus une de ces étranges lampes qui éclairaient sans huile. On l'allumait et on l'éteignait grâce à un petit bouton fixé sur son pied. À côté, il y avait une petite boîte, qui portait les nombres 03 h 14 quand Shannow avait regardé pour la première fois. Quand il tourna la tête vers l'objet, les chiffres indiquaient 03 h 21. Il ne mit pas longtemps à comprendre que les nombres changeaient à intervalles réguliers. Un dispositif de mesure du temps !

Il sortit du lit et alla, nu, à la fenêtre, qu'il ouvrit. L'air nocturne sentait bon mais n'était pas frais. En fait, il faisait plus chaud dehors que dedans. Un bourdonnement se fit soudain entendre sur le mur, près du lit. Il approcha de la grille de métal qui s'y trouvait, et s'aperçut que de l'air froid en sortait.

Shannow traversa la pièce et gagna l'autre pièce qu'Amaziga lui avait montrée. Il entra dans la grande boîte de verre et tourna la petite roue comme elle le lui avait indiqué. De l'eau froide sortit d'une coupelle, au-dessus de lui. Il prit un pain de savon et entreprit de laver la poussière du voyage de son corps. Mais l'eau devint de plus en plus chaude, et il finit par être obligé de bondir hors de la boîte. Il examina la roue. Elle portait des flèches qui pointaient vers deux cercles, un rouge, l'autre bleu. Ces cercles étaient aussi sur les robinets de l'évier placé à côté de la boîte. Il appuya dessus. L'un donnait de l'eau froide, l'autre de l'eau chaude.

Il retourna dans la douche et tourna la roue vers le bleu. La vapeur disparut peu à peu et l'eau rafraîchit. Il remonta dans la boîte et rinça le savon sur sa peau.

Rafraîchi, il s'essuya et retourna à son lit. Le bourdonnement résonnait toujours au-dessus de lui, et le bruit l'irrita, lui donnant l'impression qu'il avait décidé de camper à côté d'une ruche. Il se mit debout sur le lit et regarda dans l'évent, cherchant un moyen de le fermer. Il y avait un levier, et, au moment où il s'apprêtait à appuyer dessus, il entendit la voix de Lucas.

— … trop dangereux, Amaziga. Ça a déjà pratiquement détruit un monde. Pourquoi prendre un risque aussi terrible ?

Shannow n'entendit pas la réponse de la femme, mais Lucas l'interrompit.

— Rien, comme vous le savez, n'est certain. Mais les probabilités sont trop fortes. Je vais vous montrer les données.

Shannow descendit du lit, ouvrit doucement la porte et sortit dans le couloir au sol couvert de tapis. Les voix étaient plus fortes, et il entendit aussi Amaziga.

— … Les probabilités sont fortes. C'est normal. Et elles le seraient, quelles que soient les actions que j'entreprendrais. Sarento est devenu la Pierre de Sang, et avec le pouvoir que ça lui donne, et son intelligence extraordinaire, il est presque sûr qu'il découvrira des portails temporels. N'est-ce pas vrai ?

— Ce n'est pas la question, dit la voix raisonnable de l'homme-machine. Par vos actions, vous ferez augmenter les probabilités.

— Imperceptiblement, dit Amaziga.

— Et Shannow ? Pour lui, les risques sont grands. Il pourrait mourir lors de la quête que vous lui avez assignée.

— Ce ne serait pas une bien grande perte pour la planète, dit Amaziga d'un ton méprisant. C'est un tueur, un homme de violence. Alors que le sauvetage de Sam signifierait tant ! Il était… est… un savant et un humaniste. Ensemble, nous pourrions éviter la chute du monde. Tu comprends ? Sur cette version de la Terre, au moins, nous pourrions empêcher l'apocalypse. Et ça vaut bien le risque que courra Shannow !

L'Homme de Jérusalem retourna dans sa chambre et s'allongea.

Il y avait du vrai dans les dures paroles qu'il venait d'entendre. Du tréfonds de sa mémoire, il entendit Josiah Broome dire :

J'ai peur de penser aux gens qui admirent des hommes comme Jon Shannow. Qu'apportent-ils au monde ? Rien, je vous le dis.

Ses revolvers étaient accrochés au dossier d'une chaise. Les armes de l'homme du tonnerre.

Quelle paix ont-ils jamais apportée ? se demanda-t-il. *Quel bien as-tu jamais fait ?*

Il ne pouvait pas répondre à cette question, et il plongea dans un sommeil troublé.

—Allongez-vous et reposez-vous, dit la voix.

Mais Josiah Broome ne pouvait pas obéir. Son épaule lui faisait affreusement mal, et il sentait une pulsation douloureuse dans les doigts de sa main gauche. La nausée monta en lui, et des larmes coulèrent à travers ses paupières fermées, inondant ses joues maigres. Il ouvrit les yeux et vit un vieil homme à la longue barbe blanche.

—On m'a tiré dessus, dit-il. Ces types m'ont tiré dessus !

Il se dit aussitôt qu'il était ridicule. Bien entendu, l'homme savait qu'on lui avait tiré dessus. Broome sentait le bandage qui entourait sa poitrine et passait sur son épaule.

—Je suis désolé, dit Broome en pleurant, sans savoir de quoi il s'excusait.

La douleur monta, et il gémit.

—La balle a ricoché contre une côte, dit doucement le vieil homme, puis elle a cassé votre clavicule avant de s'enfoncer profondément dans votre omoplate. C'est mauvais mais pas mortel. (Broome sentit la main chaude de l'homme sur son front.) Maintenant, reposez-vous. Nous parlerons au matin.

Broome inspira à fond.

—Pourquoi ont-ils fait ça ? Je n'ai pas d'ennemis.

—Eh bien, dit le vieil homme d'une voix ironique, alors, au moins un de vos amis ne vous aime pas beaucoup.

Mais Josiah n'était pas en état d'apprécier l'humour de son sauveteur. Il plongea dans un sommeil nerveux et troublé, hanté par de terribles cauchemars. Il était pourchassé à travers un désert brûlant par des cavaliers aux yeux de feu. Ils lui tiraient sans cesse dessus, et chaque balle pénétrait dans son corps frêle, mais ne le tuait pas, malgré la douleur. Il se réveilla en sursaut, et une vague de douleur monta de sa blessure. Broome cria, et le vieil homme fut aussitôt à son chevet.

—Il vaut mieux que vous vous asseyez, mon garçon, dit-il. Je vais vous aider.

Le vieil homme était plus fort qu'il en avait l'air. Broome fut bientôt en position assise, le dos contre le mur de la grotte. Il y avait un petit feu, sur lequel cuisait de la viande, dans une marmite en fer noir.

— Comment suis-je arrivé ici ? demanda Broome.

— Vous êtes tombé d'un cabriolet, fiston. Vous avez eu de la chance. La roue vous a raté de peu.

— Qui êtes-vous ?

— Vous pouvez m'appeler Jake.

Broome regarda attentivement l'homme. Il y avait quelque chose de familier à son sujet, mais il ne put déterminer quoi.

— Je m'appelle Josiah Broome, dit-il. Dites-moi, Jake, est-ce que je vous connais ?

— Maintenant, oui, Josiah Broome.

Jake alla remuer le ragoût avec une cuiller en bois.

— Ce truc va être bon, dit-il.

Broome lui fit un faible sourire.

— Vous ressemblez à un des prophètes, dit-il. À Moïse. Dans un livre que je possédais autrefois, il y avait une image de Moïse ouvrant les eaux de la mer Rouge. Vous êtes exactement comme lui.

— Ma foi, je ne suis pas Moïse, dit Jake.

Quand il enleva son manteau, Josiah vit la crosse de deux pistolets dans le ceinturon d'armes du vieil homme. Jake le regarda.

— Avez-vous reconnu un de ces hommes ?

— Je crois... Mais j'espère que je me trompe !

— Des Cavaliers de Jérusalem ?

Broome ne cacha pas sa surprise.

— Comment le savez-vous ?

— Ils vous ont suivi et ont trouvé le cabriolet. Puis ils sont revenus sur leurs pas. Je les ai entendus parler. Ils étaient fous de rage, je peux vous le dire.

— Ils... ne vous ont pas vu ?

— Personne ne me voit à moins que je le veuille, dit Jake. C'est un don que j'ai. Et, vous serez soulagé de l'apprendre, je m'y connais un peu en soins aux blessés. Où alliez-vous ?

— Où j'allais ?

— Hier soir, dans le cabriolet ?

— Oh ! C'était celui de Daniel Cade. Il… Oh ! Mon Dieu…

— Qu'y a-t-il ?

Broome soupira.

— Il a été tué la nuit dernière. Il m'a sauvé, en tirant sur… sur l'assassin. Mais ils y avaient d'autres types. Ils ont attaqué la maison et l'ont tué.

— Mais Daniel en a probablement emmené au moins deux avec lui. C'est un dur. (Il gloussa.) Personne n'a envie de quitter la vie, fiston, mais le vieux Daniel, s'il a eu le choix, a sûrement décidé de combattre les impies !

— Vous le connaissiez ?

— Autrefois, oui, dit Jake. Ce n'était pas un homme qu'on pouvait contrarier impunément.

— C'était un brigand et un tueur, dit sévèrement Broome. Un mécréant. Mais il a vu la lumière.

Jake éclata de rire.

— Pour ça, oui, maître Broome ! Un vrai miracle de la route de Damas !

— Vous vous moquez de lui ? demanda Broome pendant que Jake servait le bouillon dans un bol en bois et le donnait au blessé.

— Je ne me moque pas, fiston, et je ne juge pas, non plus. Plus maintenant. C'est bon pour les jeunes. Et maintenant, buvez votre bouillon. Ça remplacera un peu du sang que vous avez perdu.

— Je dois prévenir Else, dit Broome. Elle doit s'inquiéter.

— C'est sûr, dit Jake. D'après ce que j'ai entendu les cavaliers dire, elle croit que vous avez tué le Prophète.

— Quoi ?

— C'est le bruit qui circule, fiston. Il a été trouvé mort dans votre maison, et quand les Cavaliers de Jérusalem sont arrivés pour voir ce que signifiaient les coups de feu, vous en avez tué deux. Vous êtes un homme dangereux.

— Mais personne ne croira ça ! Je me suis élevé contre la violence toute ma vie !

— Vous seriez étonné par ce que les gens croient. Finissez votre bouillon.

—Je vais retourner en ville, dit soudain Broome. J'irai voir l'Apôtre Saül. Il me connaît, et il a le don de discernement. Il m'écoutera.

Jake secoua la tête.

—On ne peut pas dire que vous ayez l'esprit vif, Broome.

L'homme appelé Jake resta assis à l'entrée de la grotte pendant que le blessé gémissait dans son sommeil. Il était fatigué, lui aussi, mais il n'avait pas le temps de profiter d'une bonne nuit de sommeil. Les tueurs étaient toujours quelque part, dehors, et un mal encore plus grand attendait de se glisser dans ce monde torturé. Jake sentit une grande tristesse l'envahir, et il se frotta les yeux. Puis il se leva et étira ses jambes fatiguées. Un peu sur la gauche, sur une parcelle de terrain découvert, la mule leva la tête et le regarda. Une chouette passa au-dessus de lui, cherchant sa proie. Jake inspira à fond l'air de la montagne, puis il se rassit et étira ses longues jambes devant lui.

Son esprit retourna vers les années écoulées, mais ses yeux restèrent alertes, attentifs au moindre mouvement. Il était peu probable que les tueurs soient en train de se rapprocher. Ils avaient dû dresser un camp quelque part, et se remettraient à suivre les traces le lendemain matin. Jake sortit un de ses revolvers et fit tourner le barillet.

Depuis combien de temps n'as-tu plus tiré avec cette arme ? se demanda-t-il. *Trente-huit ans ? Quarante ?*

Il remit le revolver dans son étui, puis, plongeant la main dans une grande poche de son manteau en peau de mouton, il en sortit une petite Pierre dorée. Grâce à son pouvoir, il aurait pu redevenir jeune. Il plia le genou et sentit la douleur de l'arthrite se réveiller.

Utilise la Pierre, vieil imbécile, se dit-il.

Mais il n'en fit rien. Le moment où le pouvoir serait nécessaire approchait, et il devrait servir une cause bien plus importante que réparer une articulation abîmée par l'âge.

Aurais-je pu arrêter le mal ? pensa-t-il. *Oui, probablement, si j'avais su comment faire.*

Mais je ne le savais pas, et je ne le sais toujours pas. Tout ce que je peux faire, c'est le combattre quand il arrivera.

Si tu en as le temps !

Il s'était écoulé des semaines depuis la dernière douleur paralysante dans sa poitrine, accompagnée des courbatures dans son biceps gauche et des fourmillements dans les doigts. Il aurait dû utiliser la Pierre à ce moment, mais il ne l'avait pas fait. Contre le pouvoir qui menaçait, même ce fragment pur et parfait de Sipstrassi ne serait peut-être pas suffisant.

La nuit était fraîche. Josiah Broome dormait plus paisiblement quand Jake entra dans la grotte pour alimenter le feu. Mais son visage était couvert de sueur, et crispé par la douleur et le choc.

Vous êtes un type bien, Josiah Broome, pensa Jake. *Le monde a besoin de plus de gens comme vous, avec votre haine de la violence et votre foi dans la bonté de la nature humaine.*

Jake retourna à son poste et sentit son chagrin enfler. Il leva les yeux vers le velours noir du ciel.

— Que voyez-vous en nous, Seigneur ? demanda-t-il. Nous ne construisons rien, mais nous détruisons tout. Nous tuons et nous torturons. Pour chaque homme comme Broome, il existe des centaines de Jacob Moon, des dizaines de Saül. Pauvre Saül. Traitez-le avec douceur quand vous le verrez, Seigneur, car il était autrefois un homme de prière et de bonté.

L'avait-il vraiment été ?

Jake se souvint du petit homme chauve et voûté qui avait organisé les finances de l'église, préparé les fêtes et les réunions, et qui avait levé des fonds. Il y avait déjà des épines dans sa chair, à cette époque, mais il les contrôlait. La nature l'aidait, à cette époque, car il était petit et laid. Mais ce n'était plus le cas.

J'aurais dû m'en apercevoir, pensa Jake, *quand il a utilisé la Pierre pour devenir beau et blond. J'aurais dû l'arrêter à ce moment.*

Mais il ne l'avait pas fait. Au contraire, il s'était réjoui que Saül Wilkins ait enfin trouvé une apparence qui lui apportait le bonheur.

Mais sa joie avait été de courte durée, car Saül s'était mis en quête des plaisirs de la chair que sa vie, sa laideur et sa foi lui avaient refusés depuis toujours.

— Je ne peux pas le haïr, Seigneur, dit Jake. Ce n'est pas dans ma nature. Et je suis à blâmer pour avoir mis le pouvoir entre ses mains. J'ai essayé de construire un monde saint, et j'ai échoué.

Jake cessa de parler tout seul et écouta. La brise murmurait à travers les feuilles des arbres. Il ferma les yeux et inspira à fond. Il sentit l'odeur de l'herbe, et autre chose.

— Viens, petite Pakia, dit-il, car je sais que tu es là.

— Comment me connaissez-vous ? dit une petite voix sortant du sous-bois.

— Je suis vieux, et je sais beaucoup de choses. Sors, et vient t'asseoir près de moi.

La petite Femme-Loup émergea des broussailles et avança nerveusement vers le vieil homme. Elle s'assit à trois mètres de lui. Sa fourrure était argentée dans le clair de lune, et elle examina de ses yeux noirs le visage ridé et la barbe blanche.

— Il y a des hommes armés dans les bois. Ils ont trouvé les traces de votre mule. Ils seront là dès l'aube.

— Je sais, dit-il doucement. C'était gentil à toi de me chercher.

— Beth m'a demandé de trouver maître Broome. Je sens l'odeur du sang.

— Il est dans la grotte. Il dort. Je l'amènerai chez Beth. Va le lui dire.

— Je connais votre odeur, dit Pakia. Mais je ne vous reconnais pas.

— Mais tu sais que tu peux me faire confiance, petite. N'est-ce pas ?

La Femme-Loup hocha la tête.

— Je peux lire dans votre cœur. Il n'a pas de douceur en lui, mais vous ne mentez pas.

Jake sourit.

— Hélas, tu as raison. Je ne suis pas un homme gentil. Quand tu auras prévenu Beth, je veux que tu ailles rejoindre ton peuple. Dis-lui de s'éloigner d'ici le plus vite possible. Quelque chose de maléfique arrive, qui dévastera la terre comme un violent incendie. Les Hommes-Loups doivent être le plus loin possible.

— Notre Saint nous a prévenus, dit Pakia. La Bête vient, de derrière le Mur. Celui qui répand le sang, celui qui dévore les âmes. Mais nous ne pouvons pas abandonner notre amie Beth.

— Parfois, dit tristement Jake, la meilleure chose que nous pouvons faire pour nos amis est de les abandonner. La Bête a de nombreux pouvoirs, Pakia. Mais le pire d'entre eux est de changer ce qui est bon et de le rendre maléfique. Dis à votre Saint que la Bête peut faire basculer le cœur vers l'obscurité, et pousser un homme à déchirer la gorge de son frère. Oui, elle a ce pouvoir. Et elle arrivera bientôt.

— De qui dois-je dire que ces paroles émanent ? demanda Pakia.

— Dis-lui que ce sont les paroles du Diacre.

Clem Steiner s'inquiétait au sujet du jeune homme. Nestor n'avait pas dit grand-chose depuis leur départ de Pureté, et il paraissait ne pas se soucier de l'éventualité d'une poursuite. Clem était sorti deux fois de la piste et avait observé la contrée éclairée par la lune, mais il n'avait vu personne les suivre. Nestor chevauchait la tête baissée, perdu dans ses pensées, et Clem ne brisa pas le silence jusqu'à ce qu'ils s'arrêtent dans un petit vallon et fassent un petit feu. Nestor était adossé à un gros pin, les genoux relevés.

— Ce n'était pas ta faute, petit, dit Clem, qui n'avait pas compris l'origine du désarroi du jeune homme. C'est lui qui s'en est pris à nous. (Nestor ne répondit pas, et Clem soupira.) Parle-moi, fiston. Ça ne te rapportera rien de bouder.

Nestor leva la tête.

— Vous n'avez jamais cru en quelque chose, monsieur Steiner ?

— Je crois en l'inévitabilité de la mort.

— Ouais, dit Nestor en détournant le regard.

Clem jura intérieurement.

— Dis-moi ce qui ne va pas, Nestor. Je ne suis pas doué pour les devinettes.

— Qu'y a-t-il à dire ? Tout ça, c'est du crottin de cheval ! (Nestor éclata de rire.) Quand je pense que je croyais à tout ça ! Le Diacre avait été envoyé par Dieu, l'Homme de Jérusalem était un prophète comme ceux du Livre. Nous étions le peuple élu de Dieu. Toute ma vie, j'ai cru à un mensonge. C'est trop !

Nestor déroula sa couverture sur le sol.

Clem resta un moment silencieux avant de parler.

— Si tu as besoin d'entendre des paroles de sagesse, Nestor, tu n'es pas avec l'homme qu'il faut. Je suis trop vieux pour me souvenir de ce que ça fait d'être jeune. Quand j'avais ton âge, je voulais seulement être connu comme le meilleur tireur du monde. Je me moquais pas mal de Dieu et de l'histoire. Je ne pensais jamais à rien, sauf, peut-être, à devenir un peu plus rapide. Donc, je suis bien incapable de te conseiller. Mais je sais quand même que tu as tort. Tu ne peux pas changer le monde, petit. Il y aura toujours des serpents. Tout ce que tu peux faire est vivre ta vie de la manière que tu juges la meilleure.

— Et la vérité ? demanda Nestor, de la colère dans les yeux.

— La vérité ? Que diable peut bien être la vérité ? Nous naissons, nous vivons, nous mourons. Tout le reste est seulement affaire d'opinion.

— Vous ne comprenez pas, n'est-ce pas ? J'imagine que les gens comme vous ne comprendront jamais.

Les paroles piquèrent Clem, mais il essaya de ravaler sa colère.

— Tu ne veux pas me dire ce que tu entends par « les gens comme moi », gamin ?

— D'accord. Tous vos rêves ont toujours été égoïstes. Le tireur le plus rapide. Être connu pour avoir tué l'Homme de Jérusalem. Posséder de la terre et être riche. Qu'est-ce que ça peut vous faire que le Diacre soit un imposteur, ou si on ment à des centaines d'enfants comme moi. Pour vous, ça ne compte pas. Vous êtes comme tout le monde. Vous m'avez menti, vous aussi. Vous ne m'avez pas dit que le pasteur était Jon Shannow, pas avant d'y être obligé.

— Ne fais jamais confiance aux princes, Nestor, dit Clem, douloureusement conscient que les paroles du jeune homme étaient amèrement vraies.

— C'est censé vouloir dire quoi ?

Clem soupira.

— J'ai connu un vieux type qui travaillait pour Edric Scayse. Il lisait sans arrêt d'anciens livres, certains incomplets. Il m'a cité cette phrase. Elle est vraie, mais nous faisons ça tout le temps. Un chef s'élève dans les rangs, et nous jurons qu'il est le meilleur homme qui soit depuis que Jésus a marché sur l'eau. Mais ce n'est pas vrai. Il est humain, et il fait des erreurs, et nous ne lui pardonnons pas. Je ne connais pas le Diacre, mais un grand nombre des choses qu'il a faites étaient pour le mieux. Peut-être croyait-il réellement que Jon était Jean le Baptiste. Il me semble que beaucoup de prétendus saints hommes s'égarent… ça doit être dur. On regarde le ciel, et on demande : « Seigneur, dois-je aller à droite ou à gauche ? » Puis on voit un oiseau s'envoler à gauche et on pense que c'est un signe divin. Le Diacre et ses gens ont été prisonniers dans le temps pendant trois cents ans. L'Homme de Jérusalem les a libérés. Peut-être Dieu l'avait-il envoyé. Je l'ignore. Mais, Nestor, la totalité de ce que j'ignore pourrait recouvrir ces montagnes jusqu'au sommet. Pourtant, tu as raison à mon sujet. Je ne le nierais pas, j'en serais incapable. Mais ce que je dis, c'est que la vérité, quelle qu'elle soit, n'existe pas en dehors de l'homme. Elle existe dans son cœur. Jon Shannow n'a jamais menti. Il n'a jamais prétendu être autre chose que ce qu'il était. Il a combattu toute sa vie pour défendre la lumière. Il n'a jamais reculé devant le mal. Peu lui importait ce que les autres considéraient comme étant juste. Et il n'existe pas un homme au monde qui aurait pu entamer sa foi. Parce qu'il n'essayait pas de la transmettre aux autres. Elle était à lui, à lui seul. Tu comprends ? Et quant à la vérité… Une fois, je lui ai posé la question. J'ai dit : « Supposons que tout ce en quoi vous croyez n'est que de la poussière dans le vent ? Supposons que rien n'est vrai, quel effet cela vous ferait-il ? » Il a haussé les épaules et il a souri. Et tu sais ce qu'il a dit ? « Ça n'aurait pas la moindre importance, parce que ça *devrait* être vrai. »

— Et je suis censé comprendre ça ? cria Nestor. Toute ma vie, on m'a appris à croire en quelque chose qui a été fabriqué de toutes pièces par des hommes. Et je n'ai pas l'intention de continuer à me laisser blouser. Pas par le Diacre, et pas par vous. Demain, je rentrerai chez moi. Et vous, vous pourrez aller au diable !

Nestor se coucha et tourna le dos au feu. Clem se sentit vieux et fatigué, et décida de laisser tomber. Le lendemain, ils parleraient de nouveau…

Les gens comme vous ne comprendront jamais !

Le gamin avait l'esprit vif, c'était certain. Au fil des ans, Clem avait rassemblé une bande de voleurs autour de lui, et leurs attaques étaient hardies et brillamment exécutées. Des moments excitants ! Pourtant, des hommes étaient tués ou estropiés, des hommes bien, pour la plupart. Clem se souvenait du premier, un jeune garde qui surveillait la paie, et qui, contre toute attente, avait refusé de poser son fusil. Il avait tiré sur Clem et lui avait éraflé l'épaule, et il avait tué l'homme derrière Clem. Le garde était tombé, criblé de balles. Clem avait tiré, lui aussi. Le jeune homme le hantait encore. Il faisait son devoir et gagnait honnêtement sa vie.

« Les gens comme vous ne comprendront jamais ! »

Clem soupira. *Tu veux connaître* les gens comme moi, *gamin ? Des hommes faibles gouvernés par leurs désirs, mais sans la force et la détermination de travailler pour les satisfaire.*

Quand son gang était tombé dans l'embuscade et que ses hommes avaient été déchiquetés par les balles, Clem avait poussé son cheval par-dessus le bord d'une falaise et avait fait une chute de trente mètres, atterrissant dans un torrent bouillonnant. Il avait survécu, alors que tous ses hommes étaient morts. N'ayant aucun endroit où aller, il était retourné à la vallée des Pèlerins, où les gens se souvenaient de lui comme d'un charmant jeune homme appelé Clem Steiner, pas comme un brigand qui écumait le pays sous le nom de Laton Duke.

De quel droit fais-tu des sermons à ce gamin ? se demanda-t-il. *Comment as-tu pu lui dire de vivre sa vie à la manière qu'il estime juste ? Tu l'as fait, toi, Clem ?*

Et que lui avait apporté tout cet argent volé ? Un superbe gilet rouge et un pistolet nickelé, et plusieurs centaines de putains sans visage dans des dizaines de villes sans nom.

Oh, oui, Clem, comme professeur, tu te poses un peu là !

Il ramassa des brindilles et se pencha vers le feu. Le sol trembla, et le petit foyer cracha des étincelles dans l'air. Les chevaux entravés hennirent de peur, et un rocher, délogé de la pente, roula vers la vallée. Nestor se leva d'un bond, mais le sol bougea sous lui et le déséquilibra. Une vive lumière éclaira le vallon. Clem leva la tête.

Il y avait deux lunes dans le ciel, une pleine et l'autre en croissant. Nestor les vit également.

Une faille déchiquetée s'ouvrit à travers une colline, avalant les arbres. Puis la pleine lune disparut, et un silence inquiétant tomba sur la Terre.

— Que se passe-t-il ? demanda Nestor.

Clem se rassit, le feu oublié. Il ne songeait qu'à la dernière fois où il avait vu des choses similaires, et senti la terre trembler sous lui, quand la terreur des guerriers-lézards avait été lâchée sur la contrée.

Nestor lui saisit le bras.

— Que se passe-t-il ?

— Quelqu'un vient d'ouvrir un portail, dit doucement Clem.

Chapitre 8

Deux hommes sages et un imbécile marchaient dans la forêt, quand un lion affamé leur sauta dessus. Le premier homme sage estima la taille du lion à environ deux mètres cinquante de la truffe au bout de la queue. Le deuxième homme sage remarqua que l'animal boitait de la patte avant gauche, et qu'il avait été forcé par son infirmité à devenir un mangeur d'hommes. Quand le lion se dressa pour attaquer, l'imbécile lui tira dessus. Il faut dire qu'il ne savait pas quoi faire d'autre.

La Sagesse du Diacre, Chapitre XIV

Shannow se réveilla tôt et chercha ses vêtements. Ils avaient disparu, mais à la place, il trouva un pantalon noir en sergé épais et une chaude chemise en laine de couleur crème. Ses bottes étaient posées à côté. Il s'habilla rapidement, attacha son ceinturon d'armes et gagna la pièce principale. Amaziga n'était pas là, mais la machine était allumée, et le beau visage serein de Lucas s'affichait sur l'écran.

— Bonjour, dit le visage. Amaziga est allée en ville se procurer des fournitures. Elle devrait être revenue d'ici une heure. Il y a du café, si vous en voulez, et des céréales.

Shannow regarda avec suspicion la cafetière et décida d'attendre.

— Aimeriez-vous écouter de la musique ? demanda Lucas. J'ai plus de quatre mille mélodies disponibles.

— Non, merci, dit Shannow en s'asseyant dans un grand fauteuil en cuir. Il fait froid, ici.

— Je vais régler la clim, dit Lucas.

Le bourdonnement bas cessa, et, peu après, la pièce devint plus tiède.

— Êtes-vous à l'aise, avec mon visage à l'écran ? demanda Lucas. Si vous le souhaitez, je peux retirer le visuel et laisser l'écran vide. Pour moi, peu importe. Amaziga a créé ce visuel, et le trouve réconfortant, mais je peux comprendre que cela soit très déconcertant pour un homme venu d'une autre époque.

— Oui, dit Shannow, c'est déconcertant. Êtes-vous un fantôme ?

— Une question intéressante. L'homme de qui je tiens mes souvenirs et mon mode de pensée est maintenant mort. Je suis donc une copie, en quelque sorte, de son être le plus profond, qui peut être vue mais pas touchée. En tant que fantôme, j'estime que je ferais assez bien l'affaire. Mas, comme lui et moi avons coexisté, je serais plutôt un jumeau mental.

Shannow sourit.

— Si vous voulez que je vous comprenne, Lucas, il vous faudra parler plus lentement. Dites-moi, êtes-vous satisfait ?

— La satisfaction est un mot que je peux décrire, mais cela ne signifie pas forcément que je le comprends. Je n'ai aucune perception du mécontentement. Les souvenirs de l'homme Lucas contiennent de nombreux exemples de mécontentement, mais ils ne me touchent pas quand je les évoque. Je pense qu'Amaziga serait plus apte que moi à répondre à cette question. C'est elle qui m'a créé. Je pense qu'elle a choisi de limiter l'entrée de données, en éliminant les concepts émotionnels inutiles. L'amour, la haine, les pulsions liées à la testostérone, les peurs, les jalousies, la fierté, la colère… Ces choses ne sont ni utiles ni nécessaires dans une machine. Vous comprenez ?

— Je crois, oui, dit Shannow. Parlez-moi de la Pierre de Sang et du monde dans lequel nous devons entrer.

— Qu'aimeriez-vous savoir ?

— Commencez au début. D'habitude, je comprends mieux les histoires, de cette façon.

— Au début ? Très bien. Dans votre propre monde, vous avez combattu le chef des Gardiens, Sarento, il y a de nombreuses années, et vous l'avez détruit dans les catacombes sous les montagnes où se trouvait le navire brisé. Dans le monde vers lequel Amaziga vous emmènera, il n'y avait pas de Jon Shannow. Sarento gouvernait. Puis il a été frappé par une maladie terrible, mortelle. Comme il avait corrompu le rocher Sipstrassi en créant une Pierre de Sang géante, il ne pouvait plus compter sur son pouvoir pour le guérir. Il a cherché partout une Pierre pure qui pourrait éliminer son cancer. Le temps jouait contre lui, et, désespéré, il s'est tourné vers la Pierre de Sang. Elle ne pouvait pas guérir, mais elle pouvait *transformer*. Il a absorbé son pouvoir, s'est fusionné avec la Pierre, en quelque sorte. L'énergie a circulé en lui et l'a modifié. Sa peau est devenue rouge, striée de veines noires. Son pouvoir a grandi. Le cancer s'est ratatiné et a disparu. Il était impossible de revenir en arrière, car la modification était irréversible. Il ne pouvait plus consommer de nourriture ou de boisson. La seule chose capable de le nourrir était le sang, la force vitale des créatures vivantes. Il convoitait le sang. Les Gardiens ont vu ce qu'il était devenu et se sont dressés contre lui, mais il les a détruits, car il était devenu une Pierre de Sang vivante au pouvoir incommensurable. Une fois les Gardiens morts ou en fuite, il a eu besoin de se nourrir et il est allé dans les terres des Enfants de l'Enfer. Vous connaissez leur croyance, monsieur Shannow. Ils adorent le Diable. Et quel meilleur Diable auraient-ils pu trouver ? Il est entré dans Babylone et il a pris son trône à Abaddon. Et il s'est nourri. Oh ! Il s'est nourri, c'est sûr. Avez-vous étudié l'histoire ancienne, monsieur Shannow ?

— Non.

— Mais vous connaissez la Bible ?

— En effet.

— Alors, vous vous souvenez sans doute des récits sur Moloch, le dieu qui était nourri par des âmes immolées par le feu. Les habitants des cités où Moloch était adoré amenaient leurs premiers-nés sur les lieux du sacrifice et les jetaient dans des fournaises ardentes. Tout ça pour Moloch. Les Enfants de l'Enfer font la même chose pour Sarento, moins les flammes. Les enfants sont tués, et, au début, Sarento se baignait dans le sang des victimes. Chaque citoyen portait une petite Pierre de Sang, une Graine de Satan. Il s'agit de Sipstrassi corrompues, dont le pouvoir pur a depuis longtemps été épuisé. Elles sont nourries avec du sang et acquièrent un pouvoir d'une nature différente. Elles ne peuvent plus guérir les blessures ou créer de la nourriture. Mais elles donnent une grande force et une grande vitesse à leurs porteurs, et se nourrissent également de leurs instincts les plus bas. Un homme colérique en possession d'une Pierre de Sang devient un fou furieux. Les désirs honnêtes se transforment en besoins pathologiques. Ces Pierres sont des créations maléfiques. Mais, grâce à elles, Sarento contrôle le peuple, augmente la luxure et les désirs des gens et réduit leur capacité de compassion et d'amour. Il gouverne une nation fondée sur l'égoïsme et la haine. « Fais ce que tu veux » résume la totalité de la loi. Mais son besoin de sang croît de jour en jour. D'où la guerre, et ses légions qui balaient la contrée. Devant elles avancent les Dévoreurs. Il a fait muter les Hommes-Loups, les a rendus plus grands et plus féroces, d'immenses bêtes qui se déplacent à une grande vitesse et tuent sans pitié. Il n'a plus besoin de se baigner dans le sang, désormais. Chaque fois qu'un Dévoreur se nourrit, cela fait enfler une Pierre de Sang incrustée dans son crâne. La Pierre transmet son pouvoir à Sarento, qui est la Pierre de Sang ultime.

» Au moment où vous entrerez dans ce monde, Samuel Archer sera l'un des quelques rebelles encore vivants. Mais ses gens et lui seront piégés dans les hauts plateaux, encerclés. Bientôt les Dévoreurs se jetteront sur eux.

Shannow se leva et s'étira le dos.

— La nuit dernière, Amaziga et vous avez parlé de probabilités. Pouvez-vous me les expliquer, d'une manière que je puisse comprendre ?

— Je pense que ça sera difficile, mais je vais essayer. C'est une question de mathématiques. Il existe des portes que nous pouvons traverser, et qu'on pensait être des passages pour une autre époque. Mais ce n'est pas réellement le temps que nous traversons. Il existe des millions de mondes. Un nombre infini. Dans le monde de la Pierre de Sang, personne ne connaît encore les portails temporels. En ouvrant un portail, nous augmentons donc la probabilité que la Pierre de Sang apprenne leur existence. Vous me suivez ?

— Jusque-là, oui.

— Donc, en sauvant Sam Archer, nous risquons que la Pierre de Sang découvre d'autres mondes. Et cela serait un désastre colossal. Connaissez-vous les oiseaux-mouches, monsieur Shannow.

— Ils sont minuscules, dit l'Homme de Jérusalem.

— Oui, répondit la machine. Ils sont petits, et leur métabolisme est extrêmement élevé. Le plus petit de ces oiseaux pèse quelques grammes. Mais ils ont le rapport dépense d'énergie/poids la plus importante de tous les animaux à sang chaud. Pour survivre, ils doivent consommer journellement la moitié de leur poids corporel en nectar. Soixante repas par jour, monsieur Shannow, uniquement pour survivre. Le besoin d'une source abondante de nourriture les rend extraordinairement agressifs quand ils défendent leur territoire. La Pierre de Sang est identique. Elle a besoin de se nourrir, elle vit uniquement pour se nourrir. Chaque seconde de son existence, elle connaît une faim dévorante. Et elle est insatiable, monsieur Shannow. Et, au final, impossible à arrêter. Tout monde qu'elle découvrira sera inexorablement dévoré.

— Vous ne pensez pas que le risque inhérent au sauvetage de Sam en vaille la peine, observa Shannow.

— C'est exact. Et vous non plus. Amaziga affirme que Sarento est un homme très intelligent, dont les capacités ont été augmentées par le pouvoir Sipstrassi corrompu. Elle est persuadée, peut-être à raison, qu'il découvrira l'existence des portails temporels de toute façon. Elle est donc décidée à ce que la quête continue. Mais je crains qu'elle soit guidée par l'émotion, non par la raison. Pourquoi l'aidez-vous ?

— Elle irait, même sans moi. C'est peut-être de l'arrogance de ma part, mais je pense qu'elle aura une meilleure chance de succès avec moi. Quand partirons-nous ?

— Dès le retour d'Amaziga. Vos revolvers sont-ils chargés ?

— Oui. Je crains qu'ils soient nécessaires…

Un rugissement de lion furieux retentit dehors, et Shannow se leva d'un bond, son pistolet de droite dirigé vers la porte.

— C'est seulement Amaziga, dit Lucas.

Mais l'Homme de Jérusalem était déjà sorti sous le porche. Il vit le véhicule rouge vif à quatre roues tourner sur la piste et s'arrêter devant la maison en soulevant de la poussière, avec un grand bruit, qui diminua puis cessa complètement.

Amaziga ouvrit une porte sur le côté et sortit.

— Aidez-moi avec ces cartons, Shannow !

Elle gagna l'arrière du véhicule et ouvrit une autre porte, qui pivota vers le haut. Shannow la regarda se pencher à l'intérieur. Il rengaina son revolver et la rejoignit. Une odeur étrange et désagréable émanait du véhicule, un relent qui lui piqua le nez.

Amaziga tira une grande boîte vers elle, et Shannow se pencha pour l'aider.

— Faites attention, c'est lourd, dit-elle.

Shannow la souleva et repartit vers la maison, ravi de s'éloigner de la puanteur du véhicule. Il entra, posa la boîte sur la table et attendit que la femme entre.

— Cela vous intéressera peut-être, monsieur Shannow, dit la voix de Lucas, de savoir que vos réflexes sont de cinq virgule sept pour cent plus élevés que la normale.

— Quoi ?

— La vitesse à laquelle vous avez dégainé le revolver montre que vous êtes plus rapide qu'un homme moyen, expliqua Lucas.

Amaziga entra et posa une autre boîte à côté de la première.

— Il en reste une, dit-elle à Shannow, qui sortit à contrecœur pour la récupérer.

Elle était plus légère. Comme il n'y avait plus de place sur la table, il la posa sur le sol.

— Avez-vous bien dormi ? demanda-t-elle.

Il fit signe que oui. Elle portait une chemise souple à manches longues, sans col. Elle était bleu foncé, et le portrait d'un homme noir en train de sauter était imprimé sur le devant.

— Est-ce Sam ? demanda-t-il.

Amaziga éclata d'un rire bon enfant.

— Non, c'est un joueur de basket. Un sportif, dans ce monde. Je vous expliquerai plus tard. Pour le moment, déballons mes courses. (Elle jeta un coup d'œil à un cadran sur son poignet et se tourna vers Lucas.) 18 h 30, c'est ça ?

— Une approximation adéquate, répondit la machine.

Amaziga sortit un petit couteau pliant de sa poche, déplia la lame et la fit courir rapidement le long de la première boîte, puis le posa sur la table. Elle ouvrit le carton et en sortit une arme noire compacte, qui parut à Shannow avoir la forme de la lettre T. D'autres armes suivirent : deux pistolets automatiques et douze chargeurs. Elle se débarrassa de la boîte vide et ouvrit la deuxième, de laquelle elle sortit un fusil court avec une crosse de pistolet et deux canons.

— C'est pour vous, Shannow, dit-elle. Je pense que vous l'apprécierez.

Shannow n'aimait pas l'arme, mais il ne dit rien. Elle posa des boîtes de cartouches à côté du fusil.

La laissant déballer la troisième boîte, il gagna la porte et regarda dehors. Le soleil était haut, et la température grimpait. Des vibrations de chaleur montaient de l'avant du véhicule. À gauche, il aperçut un mouvement dans un cactus géant. Il plissa les paupières et observa le trou dans la colonne centrale. Une petite chouette couleur chamois en sortit et vola en décrivant des cercles serrés autour du cactus, avant de disparaître de nouveau dans le trou. Shannow estima que l'oiseau mesurait environ quinze centimètres, avec une envergure d'une trentaine de centimètres. Il n'avait jamais vu de chouette aussi petite.

Amaziga le rejoignit et lui tendit l'arme hideuse à la crosse de pistolet.

— Ce fusil accepte six cartouches, dit-elle. Il est actionné par une pompe située sous les canons. Essayez-le sur ce cactus.

— Il y a un nid, à cet endroit, dit Shannow.

— Je ne vois pas de nid.

— Une petite chouette, dans ce trou. Allons plus loin.

Shannow s'éloigna. Le soleil du désert était haut, et la température était impressionnante. À une certaine distance, vers la droite, il vit ce qui aurait pu être un petit lac, mais était probablement un mirage. Il le montra à Amaziga.

— Il n'y a rien à cet endroit, dit-elle. Au cours du siècle dernier, des dizaines de colons sont morts là, en emmenant leurs bœufs fatigués dans la vallée, où ils pensaient trouver de l'eau. C'est un pays rude.

— C'est un des déserts les plus verts que j'aie jamais vus, dit Shannow.

— La plupart de ces plantes peuvent vivre jusqu'à cinq ans sans chute de pluie. Et maintenant, que dites-vous de ce saguaro ? Vous voyez des nids dedans ?

Shannow ignora le sarcasme et soupesa l'arme. À hauteur de hanche il visa un petit cactus tout proche. Il appuya sur la détente, et le cactus explosa. Le bruit de la détonation mit plusieurs secondes à s'estomper.

— C'est grotesque, dit l'Homme de Jérusalem. Ça pourrait arracher le bras d'un homme.

— J'aurais cru que ça vous plairait, dit Amaziga.

— Vous ne m'avez jamais compris, femme, et vous ne me comprendrez jamais.

Les paroles avaient été dites sans colère, mais Amaziga réagit comme si elle avait été frappée.

— Je vous comprends suffisamment bien ! cria-t-elle. Et je ne discuterai pas de mes pensées avec un type comme vous !

Elle pivota et visa un autre saguaro avec sa propre arme compacte, puis elle appuya sur la détente. Un bruit de tonnerre sortit du fusil, et Shannow fut inondé de douilles en cuivre étincelantes. Le saguaro pencha sur le côté, son épaisse colonne centrale percée de nombreux trous, puis il tomba sur le sol.

Shannow se tourna et repartit vers la maison. Il entendit Amaziga remettre un chargeur dans son arme, et tirer de nouveau. Il entra et laissa tomber le fusil sur la table.

— Sur quoi a-t-elle tiré ? demanda la machine.

— Sur un grand cactus.

— Un saguaro, dit la machine. Combien de bras avait-il ?

— Deux.

— Il faut environ quatre-vingts ans avant qu'un saguaro développe un bras. Et moins d'une seconde pour le détruire.

— Est-ce du regret que j'entends dans votre voix ? demanda Shannow.

— Une observation, répondit la machine. L'oiseau que vous avez vu s'appelle une chevêchette elfe. Elles sont très courantes, ici. Le désert abrite de nombreux oiseaux intéressants. Lucas, l'homme, passait de longues heures à les étudier. Son favori était le pic chrysoïde. C'est probablement l'un d'eux qui a fait le trou où niche maintenant la chevêchette.

Shannow ne dit rien, mais ses yeux se posèrent sur le fusil. C'était une arme obscène.

— Vous en aurez besoin, dit Lucas.

— Vous lisez dans les esprits ?

— Bien entendu. Mes capacités d'extralucide sont ce qui a poussé Amaziga à me créer. Les Dévoreurs sont des créatures puissantes. La seule façon de les arrêter est de leur tirer une balle en plein cœur, avec un fusil ou un pistolet puissant. Leurs crânes sont épais et résisteraient à vos armes. Quel calibre font-elles ? du 38 ?

— Oui.

— Amaziga a acheté deux 44. Des Smith & Wesson, à double action. Ils sont dans la boîte, par terre.

Shannow s'agenouilla et ouvrit le carton. Les armes avaient de longs canons et étaient d'une couleur bleu métallique, avec des crosses blanches et lisses. Il les prit et les soupesa pour juger de leur poids et de leur équilibre.

— Ils pèsent chacun un peu moins d'un kilo deux cent, dit Lucas. Les canons font dix-huit centimètres de long. Il y a trois boîtes de cartouches sur la table.

Shannow chargea les armes et sortit. Amaziga revenait vers la maison. Il y avait un petit sac pendu à un poteau de la barrière, à dix mètres de l'Homme de Jérusalem. Elle le prit, en sortit quatre cannettes vides qu'elle posa sur la barrière, à cinquante centimètres les unes des autres. Puis elle se mit sur le côté et dit à Shannow d'essayer les revolvers.

Il leva le bras droit. Le revolver tonna et une cannette disparut. Il leva le bras gauche, mais cette fois, il rata son coup.

— Mettez-les plus près les unes des autres, ordonna-t-il à Amaziga.

Elle obéit, et il tira de nouveau. La cannette de gauche s'envola de la barrière.

— D'autres cannettes, demanda-t-il.

Il rechargea les armes et attendit pendant qu'elle installait six autres cannettes.

Cette fois, il tira rapidement, à droite et à gauche. Toutes les cibles tombèrent de la barrière.

— Qu'en pensez-vous ? demanda Amaziga en s'approchant de lui.

— Ce sont de bonnes armes. Celle-ci dévie légèrement vers la gauche. Mais elles feront l'affaire.

— Le vendeur m'a assuré qu'elles sont capables d'arrêter la charge d'un rhinocéros… Un très gros animal, ajouta-t-elle en voyant son air étonné.

Il essaya de mettre les revolvers dans ses étuis, mais ils étaient trop gros.

— Ne vous inquiétez pas, dit Amaziga. J'ai acheté des holsters pour vous, vous aurez l'air d'un vrai cow-boy !

Elle gloussa, mais Shannow ne comprit pas ce qui l'amusait.

De retour dans la maison, elle défit un paquet marron et tendit à Shannow un ceinturon d'armes fait à la main, noir, avec deux étuis. Le cuir était épais et d'excellente qualité, et la boucle de ceinture en laiton bien poli. Il y avait des emplacements emplis de cartouches tout autour de la ceinture.

— Ce ceinturon est très beau, dit-il en le fermant sur ses hanches. Oui, très beau. Merci, ma dame.

— Oui, il vous va très bien, Shannow. Maintenant, je dois vous quitter de nouveau. Nous reviendrons au crépuscule. Lucas vous mettra au courant.

— *Nous* reviendrons ? demanda Shannow.

— Oui, je vais rejoindre Gareth. Il viendra avec nous.

Elle partit. Shannow la regarda aller au cercle de pierres brisées. Il n'y eut pas de lumière étincelante. La femme *disparut* tout simplement, comme si elle s'était effacée.

Shannow rentra et regarda le visage paisible sur l'écran.

— Que voulait-elle dire par « me mettre au courant » ?

— Je vais vous montrer la route que vous suivrez, et les repères que vous devrez mémoriser, monsieur Shannow. Asseyez-vous.

L'écran changea. Shannow vit devant lui une chaîne de montagnes couverte de pins disposés en rangs serrés.

Jacob Moon regarda les chariots peints s'éloigner, et la grande femme blonde et mince sur le dernier. Il cracha par terre. À une autre occasion, il aurait demandé un prix pour la libération du jeune homme roux, Meredith. Et ce prix aurait été la femme, Isis. Normalement, Jacob Moon préférait ses femmes plutôt grasses, mais il y avait quelque chose au sujet de cette fille qui l'excitait. Et il savait ce que c'était : l'innocence et une douceur fragile. Il se demanda si elle souffrait de consomption, car elle était étrangement pâle, et il avait remarqué qu'elle avait eu du mal à grimper dans le chariot. Il se détourna et se concentra sur des sujets plus importants.

Le cadavre de Dillon gisait dans le salon du croque-mort, et l'Homme de Jérusalem était quelque part dans les montagnes, libre. Ses poursuivants avaient perdu sa trace dans le désert. Shannow et une autre personne avaient chevauché jusqu'à un cercle de pierres, puis ils avaient disparu. Moon frissonna.

Se pouvait-il que l'homme soit un ange ? Cette ridicule légende biblique était-elle vraie, après tout ? Non. Il ne pouvait pas croire une telle chose.

Si Dieu existe, pourquoi ne me foudroie-t-Il pas ? Par le Christ, j'ai tué assez de gens ! Il a été bien rapide à foudroyer Jenny, et elle n'avait jamais fait de mal à personne.

Tout ça, c'est le fruit du hasard, pensa-t-il. *Une question de chance. Les forts survivent, les faibles meurent.*

Foutaises ! Tout le monde meurt, un jour ou l'autre…

La ville était étonnamment calme, ce jour-là. La fusillade de la veille l'avait sidérée. Dillon avait été un homme craint, mais il avait aussi été plein de vie. Un homme bruyant, puissant, qui irradiait la force et la certitude. Pourtant, en quelques secondes, il avait été tué par un étranger qui s'était dressé devant lui et avait dénoncé ses péchés.

Jacob Moon était arrivé à Domango trois heures après la fusillade, au moment où les poursuivants revenaient. Puis un cavalier était arrivé de la ferme de Hankin. Encore deux morts. L'Homme de Jérusalem ?

Probablement, pensa Moon.

Mais, tôt ou tard, il aurait Shannow au bout de son fusil. Et ce problème serait réglé.

Moon sourit et se souvint de la femme. Alors que le sang de Dillon tachait encore la poussière, elle était entrée dans le bureau des Croisés et s'était approchée de lui.

— On me dit, monsieur, que vous êtes un Cavalier de Jérusalem. (Moon avait fait signe que oui, en détaillant son corps mince.) Je m'appelle Isis. Je suis venue vous réclamer la justice, monsieur. Notre docteur, Meredith, a été emprisonné à tort. Je vous demande de le libérer.

Moon avait regardé le Croisé trapu debout près du râtelier. L'homme s'était éclairci la voix.

— Ce sont des *Vagabonds*, avait-il dit. Ils sont venus ici pour mendier.

— C'est faux, avait répondu Isis. Le docteur Meredith a simplement installé une pancarte qui disait qu'il était médecin et que les gens pouvaient venir le consulter.

— Nous avons déjà un docteur, avait craché le Croisé.

— Laissez-le partir, avait ordonné Moon.

Le Croisé était resté un moment immobile, puis il avait pris un trousseau de clés sur un crochet et gagné l'arrière du bâtiment.

— Je vous remercie, monsieur, avait dit Isis. Vous êtes un homme bon.

Moon avait souri sans rien dire. Il avait regardé le Croisé ramener avec lui un jeune homme roux au visage mou. Moon se demanda s'il était l'amant de la fille, et se les imagina en train de s'accoupler.

— Ils connaissaient l'homme qui a tué Dillon, dit le Croisé. C'est un fait.

Moon s'était tourné vers la femme.

— Il avait été blessé, avait-elle dit. Nous l'avons trouvé, mourant, et nous l'avons soigné. Puis, plus tard, quand nous avons été attaqués, il a combattu les brigands. Puis il a tué le Preneur de Serment de Pureté, et, après ça, il est parti. J'ignore où.

— A-t-il mentionné son nom ? avait demandé Moon.

— Il a dit qu'il s'appelait Jon Shannow. Jérémie, notre chef, pense que la blessure à la tête lui a perturbé l'esprit. Il n'a aucun souvenir. Il ne se rappelle pas qui lui a tiré dessus, ni pourquoi. Jérémie pense qu'il a trouvé un refuge dans l'identité de l'Homme de Jérusalem.

Le jeune homme roux avait rejoint Isis et lui avait mis un bras autour des épaules. Cela avait dérangé Moon, mais il n'avait rien dit.

— L'esprit est très complexe, avait dit Meredith. Il est probable qu'il ait beaucoup entendu parler de Shannow, pendant son enfance. Maintenant qu'il est amnésique, son esprit essaie de rassembler les bribes éparses de sa vie. D'où le fait qu'il pense être le légendaire Homme de Jérusalem.

— Il ne se souvient donc pas d'où il vient ? avait demandé doucement Moon.

— Non, avait dit Isis. J'ai eu le sentiment que c'était un homme très solitaire. Le traiterez-vous avec compréhension, quand vous le trouverez ?

— Vous pouvez compter là-dessus, avait dit Moon.

Shannow regarda l'écran et examina les repères. Il écouta Lucas parler des terres de la Pierre de Sang. Le terrain lui était inconnu, mais, de temps en temps, Shannow vit, au loin, une chaîne de montagne qui lui semblait familière.

— Vous devez garder à l'esprit, monsieur Shannow, qu'il s'agit d'un monde devenu fou. Les disciples qui servent la Pierre de Sang reçoivent des cadeaux somptueux, mais la plupart d'entre eux sont quand même condamnés à mourir pour assouvir sa faim. Nous n'aurons pas longtemps pour trouver Samuel Archer. La jeep nous amènera à proximité en une journée. Et il nous restera alors, au plus, vingt-quatre heures pour le sauver.

— La jeep ? demanda Shannow.

— Le véhicule, dehors. Il peut aller à soixante lieues à l'heure sur terrain accidenté. Et aucun Dévoreur ni cavalier ne pourra le rattraper.

— Vous pouvez voir de nombreux endroits et de nombreuses personnes, dit Shannow après un long silence.

— Oui. J'ai des fichiers très complets.

— Alors, montrez-moi Jon Shannow.

— Amaziga ne souhaite pas que vous voyiez votre passé, monsieur Shannow.

— Ce que veut la dame importe peu. Moi, je vous demande de me montrer le passé.

— Qu'aimeriez-vous voir ?

— Je sais qui j'étais il y a vingt ans, quand j'ai combattu les hommes-lézards et envoyé l'Épée de Dieu dans le passé pour détruire Atlantis. Mais qu'est-il arrivé, après ? Qu'ai-je fait, toutes ces années ? Et pourquoi suis-je toujours relativement jeune ?

— Un moment, dit Lucas. Je recueille les informations.

Shannow éprouva une sensation qu'il avait oubliée depuis longtemps, et qui le surprit. Il sentit son estomac se nouer et son cœur battre à toute allure. À cet instant, des terreurs sans nom se déchaînèrent au tréfonds de son esprit, et il comprit, avec certitude, qu'il n'avait pas envie de savoir. Il avait la bouche sèche et respirait trop vite, ce qui lui donna le vertige. Il sentit le besoin d'ordonner à la machine de ne rien dire.

— Je ne serai pas un lâche, murmura-t-il.

Il crispa les mains sur les bras du fauteuil et resta assis, rigide, pendant que l'écran changeait encore. Il se vit sur une tour de pierre, l'Épée de Dieu étincelant dans le ciel. L'homme sur l'image s'affala par terre et sa barbe poivre et sel devint plus foncée.

— C'est l'instant où vous avez retrouvé la jeunesse, dit Lucas. Les derniers restes du pouvoir des Sipstrassi émanant de la tour ont régénéré votre organisme.

La scène changea. Shannow regarda le pasteur Jon Cade, dans la vallée des Pèlerins, faire son premier sermon et parler d'espoir et de paix. Beth McAdam était assise au premier rang, l'amour étincelant dans les yeux qu'elle fixait sur le pasteur.

La tristesse engouffra l'Homme de Jérusalem. Celle de l'amour et de sa perte. Son amour pour Beth remonta du tréfonds de sa mémoire et lui déchira le cœur. Il se força à ne pas détourner les yeux de l'écran, et regarda les années passer. Il vit Shem Jackson le frapper, et sentit de nouveau la honte qui avait accompagné sa détermination à ne pas répliquer. Il entendit le rire moqueur de l'homme, derrière lui.

Puis il vit l'incendie de l'église et le meurtre des Hommes-Loups.

— Ça suffit, dit-il doucement. Je ne veux pas en voir davantage.

— Vous vous en souvenez ? demanda la machine.

— Je m'en souviens.

— Vous êtes un homme porté aux extrêmes, monsieur Shannow, et avec une grande force intérieure. Vous ne pouvez pas suivre la voie médiane et vous n'avez jamais appris à faire des compromis. Vous êtes devenu pasteur et vous avez parlé de l'amour et de la compréhension. Une doctrine de bonté. Vous ne pouviez pas être un homme de violence et prêcher une telle doctrine. Vous avez donc mis de côté vos revolvers et vous avez *vécu* en accord avec elle, avec le même contrôle de fer que vous aviez quand vous pourchassiez les brigands.

— Mais c'était une imposture, dit Shannow. Je vivais un mensonge.

— J'en doute. Vous avez tout investi dans ce que vous avez fait, même jusqu'à perdre la femme que vous aimiez. C'est plus que ce que la plupart des hommes auraient fait. Mais même le fer peut être brisé. Quand les brigands ont brûlé l'église, le fer a cédé. Vous les avez poursuivis et tués. L'esprit est une chose très sensible, monsieur Shannow. Vous aviez, en pratique, trahi tout ce que vous aviez soutenu pendant ces vingt ans. Et donc, votre esprit a jeté les souvenirs de ces années dans une boîte fermée pour vous les cacher. La question, maintenant que la boîte a été ouverte, est la suivante : qui êtes-vous ? Jon Cade, pasteur et homme de Dieu, ou Jon Shannow, tueur impitoyable ?

Shannow ignora la question et se leva.

— Merci, Lucas. Vous m'avez été d'une grande aide.

— C'était avec plaisir, monsieur Shannow.

Dehors, la lumière commençait à baisser et la chaleur diminuait. Shannow gagna l'enclos à chevaux et grimpa sur la barrière. Il regarda les quatre chevaux brouter. Ils étaient installés par deux, en cercle pour se protéger la tête des essaims de mouches qui les entouraient.

Il sortit un des revolvers au long canon bleu.

« La question, maintenant que la boîte a été ouverte, est la suivante : qui êtes-vous ? Jon Cade, pasteur et homme de Dieu, ou Jon Shannow, tueur impitoyable ? »

Pendant que Nestor Garrity et Clem Steiner chevauchaient vers Pureté et que Jon Shannow était seul dans les rues de Domango, l'Apôtre Saül poussait sa monture fatiguée vers la cité en ruine.

Saül bouillonnait de fureur contenue. Il avait appris la veille que le Diacre avait survécu à l'attaque de Moon, que l'homme tué était Geoffrey, le secrétaire du Diacre. Le conseil d'Unité était en désarroi, car le Diacre avait disparu.

Disparu !

Mon Dieu, pensa Saül, *et s'il sait que c'était moi ?*

Un moustique lui piqua la jambe droite, et il l'écrasa d'une main coléreuse. Le bruit fit sursauter le cheval. Il jura. La chaleur était intolérable, et de la sueur puante de cheval imprégnait son pantalon. Il avait mal au dos après des heures en selle, et l'antique cité ne semblait pas plus près. Il jura de nouveau.

Le Diacre était vivant ! Josiah Broome était vivant ! Jon Shannow était vivant ! Toutes ces années de planification soigneuse s'écroulaient devant ses yeux.

J'ai toujours été maudit, se dit-il, se souvenant de sa jeunesse à Chicago, des insultes que lui avaient values sa petite taille et son visage de fouine, de la part des autres enfants, des moqueries des filles qui n'auraient jamais voulu être vues avec « un avorton pareil ». Et, au travail, les autres étaient toujours promus à sa place, des hommes et des femmes avec moins de talent que lui. C'était toujours Saül Wilkins qu'on laissait de côté. Le petit Saül.

Pourtant, ce n'était pas faute de jouer le jeu. Il flattait ses supérieurs, riait de leurs blagues imbéciles, soutenait leurs entreprises et travaillait dur pour être parmi les meilleurs. Mais jamais il n'avait obtenu la reconnaissance sociale qu'il désirait tant.

Et voilà que ça arrivait de nouveau, cette fois à l'homme grand et beau aux cheveux dorés que l'Apôtre Saül était devenu. Rejeté par le Diacre, il avait, pour la première fois de sa vie, planifié sa grande revanche. Et il était en train d'échouer !

Comme toujours...

Non, pas toujours, pensa-t-il.

Il y avait eu cette époque dorée, au Tabernacle, quand il avait découvert Dieu. Licencié de son poste dans le Nord, Saül était parti en Floride. Un jeudi après-midi, vers la fin de février, il conduisait le long de l'autoroute I-A Ouest et s'était arrêté pour prendre un café dans un fast-food. Une caravane était parquée là, et plusieurs jeunes gens distribuaient des prospectus. Une jeune fille en avait donné un à Saül. C'était une invitation à un pique-nique biblique près de Kissimmee, le dimanche suivant. La jeune fille avait eu un sourire radieux et l'avait appelé « mon frère ».

Saül était allé au pique-nique, auquel participaient trois cents personnes environ. Il avait passé un bon moment, et le sermon du prêtre gras avait touché une corde sensible en lui, car il avait parlé surtout des gens humbles et modestes. L'amour de Dieu pour eux était une chose très spéciale.

Comme il avait peu d'amis, et un peu d'argent d'avance à la suite de son licenciement, il s'était joint à la petite église. Cela avait été le moment le plus heureux de sa vie, surtout quand le Diacre était arrivé et l'avait nommé trésorier de l'église à temps complet. Jason désirait ce poste, et il était grand et beau. Saül était persuadé qu'une fois de plus il ne serait pas choisi. Mais le Diacre l'avait appelé et lui avait calmement offert cet emploi. Jason, amer et furieux, avait quitté l'église.

Des jours fantastiques, comprit Saül.

Puis étaient venus le vol fatidique et la fin du monde qu'il connaissait. Même après, pourtant, il y avait eu des joies, les dons de la Sipstrassi, un nouveau corps, jeune et beau, des tas de femmes...

J'étais comblé, pensa Saül.

Mais la Sipstrassi s'était épuisée, le Diacre vieillissait, et bientôt, tout prendrait fin.

Sans la Sipstrassi, je serais redevenu le petit Saül Wilkins, chauve et voûté, regardant le monde avec mes yeux chassieux. Qui m'aurait encore pris au sérieux ? Qu'aurais-je pu faire ?

La réponse était simple. Devenir riche dans ce nouveau monde. Prendre le contrôle comme les hommes durs et impitoyables de l'ancien monde. Contrôler la terre, les ressources, le pétrole, l'argent, l'or. Et ne jamais cesser de chercher des Sipstrassi.

Le Diacre avait trouvé son trésor peu après son arrivée. Il était parti dans les terres sauvages, et il en était revenu avec un sac empli de Pierres.

Oh Dieu, pensa Saül, *il devait bien y en avoir une trentaine!*

Il lui avait demandé où il les avait trouvées.

— Lors de mes voyages, avait répondu le Diacre avec un sourire.

Puis, l'année précédente, un homme était venu à Unité. Il affirmait connaître le Diacre. Il avait été introduit dans le bureau de Saül. C'était un vieux prospecteur qui disait avoir rencontré le Diacre quand il voyageait dans les terres au-delà du Mur.

— Où ? avait demandé Saül.

— Près de la vallée des Pèlerins, avait répondu l'homme. Là où le Seigneur a fait atterrir votre machine volante.

Le Diacre avait découvert les Pierres de pouvoir non loin de l'endroit où Saül était à présent.

Il doit y en avoir d'autres! Dieu, je vous en prie, faites qu'il y en ait d'autres!

Avec assez de Sipstrassi, il pourrait encore s'emparer du pouvoir. Il lui fallait seulement cinq Pierres! Trois, même!

Dieu, aidez-moi à les trouver!

Il était désormais assez près pour voir les grandes colonnes de pierre qui marquaient le portail sud de la cité atlante. L'une, qui faisait une vingtaine de mètres de haut, était plus grande que l'autre. Autrefois, elles étaient surmontées d'un linteau de pierre, mais il était tombé sur la zone pavée en dessous et s'était brisé en mille fragments.

Pendant un instant, Saül oublia sa mission en observant l'immense étendue de ce qui avait été jadis une cité magnifique. Il y avait des statues en marbre, dont la plupart s'étaient brisées en tombant, mais certaines se dressaient encore sur leur socle, leurs yeux de pierre fixés sur cet intrus, témoin de leur chagrin silencieux. De nombreux bâtiments étaient encore debout, après avoir résisté à des milliers d'années passées au fond de l'océan. Saül avança, et le bruit des sabots de son cheval résonna étrangement sur les pavés des rues.

Le Diacre lui avait parlé de l'ancien roi d'Atlantis, Pendarric. C'était lui qui avait provoqué la ruine de son peuple, le basculement de la Terre et le raz-de-marée colossal qui avait noyé son empire.

Saül dirigea sa monture vers le haut d'une colline, en direction d'un palais aux nombreuses tours. Le cheval respirait lourdement et ses flancs étaient couverts de sueur. Au sommet, Saül mit pied à terre et attacha la pauvre créature en plein soleil. Le cheval baissa la tête. Ignorant l'inconfort de la bête, Saül entra dans le palais. Le sol était couvert d'une épaisse poussière sèche qui avait été autrefois du limon. Près de la fenêtre, là où le vent avait soulevé la poussière, Saül vit une mosaïque complexe sur le sol, en teintes de rouges et de bleus profonds. Il n'y avait aucun meuble. Tout ce qui était en bois avait été détruit depuis bien longtemps. Mais il y avait des statues, des guerriers portant des plastrons et des casques, qui rappelaient à Saül les images qu'il avait vues autrefois de guerriers grecs pendant la guerre de Troie.

Il passa de nombreuses portes et parvint à une grande salle circulaire au centre de laquelle se dressait un cercle de pierres rectangulaires, superbement taillées. La poussière, omniprésente, le fit tousser quand il pénétra dans la salle.

Il examina la totalité de la grande pièce, mais ne trouva rien excepté le manche doré d'une dague cérémonielle, qu'il mit dans la poche de son manteau. Il retourna auprès du cheval pour boire un peu d'eau de sa gourde. De là, il voyait encore mieux l'immensité de cette antique cité. Les ruines s'étiraient à perte de vue dans toutes les directions.

Le désespoir l'effleura.

Même si les Pierres sont ici, comment ferai-je pour les trouver ?

Puis une idée lui vint. Elle était brillante dans sa simplicité, mais, bien qu'il l'ignore, il était arrivé à une conclusion qui avait échappé à des milliers d'esprits brillants du passé. Il se lécha les lèvres et lutta pour contenir son excitation.

Le pouvoir des Sipstrassi était capable de tout ! Ne pourrait-il donc pas être utilisé comme une sorte d'aimant, pour appeler d'autres Pierres vers lui, ou, au minimum, le guider vers l'endroit où elles étaient cachées ?

Saül plongea la main dans sa poche et en sortit la Pierre. Il y restait seulement trois veines dorées. Cela serait-il suffisant ? Et où mettre en pratique sa théorie ?

Les Pierres avaient trop de pouvoir pour avoir appartenu à beaucoup de gens, dans la cité. Seuls les riches devaient y avoir eu accès, et l'homme qui possédait ce palais avait dû être très riche !

La salle circulaire était au centre du bâtiment.

C'est par là qu'il faut commencer, pensa Saül. Il revint au centre du cercle de pierres. Puis il s'arrêta. Comment utiliser le pouvoir ?

Réfléchis, mon gars !

Il serra la Pierre dans son poing et se représenta mentalement une Pierre entièrement dorée, et souhaita qu'elle vienne à lui. Rien n'arriva. La Pierre dans sa main ne devint pas tiède, comme elle le faisait habituellement quand on faisait appel à son pouvoir. Il ne pouvait pas savoir qu'il ne restait aucune Sipstrassi dans ces ruines antiques. Il resserra sa prise. Un morceau pointu de la Pierre lui entama la paume. Saül jura et ouvrit la main. Une minuscule goutte de sang sortit et toucha la Pierre. Les veines jaune vif prirent une couleur d'or sombre sous la lumière diffuse.

Mais la Pierre était désormais tiède. Saül essaya de nouveau. Il leva le poing et ordonna à la Pierre de chercher ses compagnes. Et la nouvelle Pierre de Sang obéit, et envoya son pouvoir de l'autre côté du portail, dans le cercle.

Une lumière violette emplit l'air autour de Saül, qui exulta. Ça marchait ! La lumière était aveuglante et, quand elle se dissipa, il vit une scène étrange. À une trentaine de mètres de lui, un homme puissamment bâti était assis sur un grand trône doré et regardait vers lui. La peau de l'homme était rouge foncé et semblait décorée de motifs noirs. Saül regarda derrière lui : tout était normal, le cercle de pierres et la salle couverte de poussière. Mais, devant lui, il y avait cet homme étrange.

— Qui êtes-vous ? demanda l'homme tatoué d'une voix riche et profonde.

— Saül Wilkins.

— Saül... Wilkins, répéta l'homme. Laissez-moi lire dans votre esprit, Saül Wilkins.

Saül sentit une chaleur étrange envahir sa tête et se répandre dans son corps. Quand elle se retira, il se sentit seul et perdu.

—Je n'ai pas besoin de vous, Saül Wilkins, dit l'homme tatoué. J'ai besoin de Jacob Moon.

Une forme se dressa devant Saül et lui cacha la vue. Il eut à peine une fraction de seconde pour voir la fourrure grise, les yeux rouge sang et les crocs jaunis dans la gueule ouverte. Il n'eut pas le temps de crier. Des griffes s'enfoncèrent dans sa poitrine, et la terrifiante bouche s'ouvrit devant lui. Les crocs se refermèrent sur son visage.

Chapitre 9

Un homme sage et un imbécile étaient perdus dans le désert. Le premier ignorait tout du désert, et fut bientôt assoiffé et désorienté. Le second avait grandi dans le désert. Il savait qu'on pouvait souvent trouver de l'eau en creusant à l'endroit le plus bas de la courbe extérieure du lit d'un ruisseau à sec. C'est ce qu'il fit, et les deux hommes se désaltérèrent. Celui qui avait trouvé l'eau dit à son compagnon :
— Lequel de nous d'eux est l'homme sage, maintenant ?
— Moi, répondit l'autre homme. Car je vous ai emmené avec moi dans ce désert, mais vous, vous avez choisi de voyager avec un imbécile.

La Sagesse du Diacre, Chapitre VI

Amaziga retrouva son fils à la croisée des chemins, en dehors de Domango. Elle sourit en le voyant arriver et lui faire signe. C'était un bel homme, plus mince que son père, mais avec une grâce et une confiance naturelles qui emplissaient de fierté le cœur d'Amaziga.

— Il est en sécurité ? demanda Gareth en se penchant sur sa selle pour embrasser la joue de sa mère.

— Oui. Et il est prêt.

— Tu aurais dû le voir, mère, quand il est sorti dans la rue pour affronter Dillon. C'était extraordinaire !

— C'est un tueur. Un sauvage, dit sèchement Amaziga, exaspérée par l'admiration contenue dans la voix de son fils.

Gareth haussa les épaules.

— C'était Dillon, le sauvage. Maintenant, il est mort. Ne t'attends pas à ce que je verse des larmes sur son sort.

— Je ne m'attendais pas à cela. Mais je ne m'attendais pas non plus à ce que mon fils admire un homme comme Jon Shannow. Mais tu es un garçon bizarre, Gareth. Après avoir été élevé dans le monde *moderne*, pourquoi as-tu choisi de vivre ici ?

— C'est excitant.

Elle secoua la tête, exaspérée, et fit volter son cheval.

— Nous n'avons pas beaucoup de temps, dit-elle. Il faut y aller.

Ils retournèrent rapidement au cercle de pierres. Amaziga leva sa Pierre, et la lumière violette enfla autour d'eux.

La maison apparut, et les deux cavaliers se dirigèrent vers l'enclos. Shannow était assis sur la barrière quand ils approchèrent. Il les salua de la tête. Amaziga mit pied à terre et ouvrit la porte de l'enclos.

— Desselle les chevaux, ordonna-t-elle à Gareth. Je vais charger la jeep.

— Pas de jeep, dit Shannow en descendant de la barrière.

— Comment ?

— Nous irons à cheval.

— Cette jeep peut aller trois fois plus vite qu'un cheval. Rien, dans le monde de la Pierre de Sang, ne peut la rattraper.

— Malgré tout, nous ne la prendrons pas, dit l'Homme de Jérusalem.

Amaziga laissa éclater sa colère.

— Pour qui diable vous prenez-vous ? C'est moi qui commande, ici, et vous ferez ce que je dis.

— Non, dit doucement Shannow. Ce n'est pas vous qui commandez. Si vous voulez que je vous accompagne, sellez des chevaux frais. Sinon, veuillez avoir l'amabilité de me ramener dans le monde que je connais.

Amaziga ravala la réponse furieuse qu'elle allait faire. Elle avait entendu la détermination dans la voix de l'homme et changea sa tactique.

— Écoutez, Shannow, je sais que vous ne comprenez pas le fonctionnement du… véhicule, mais faites-moi confiance. Nous serons bien en plus en sécurité avec la jeep qu'à cheval. Et notre mission est trop importante pour que nous courions des risques inutiles.

Shannow avança et regarda la femme dans les yeux.

— Toute cette entreprise est un risque inutile, dit-il d'une voix glaciale. Si je ne vous avais pas donné ma parole, je vous laisserais y aller seule, sans hésiter. Mais comprenez bien ça, femme : je commande, et vous et votre fils, vous m'obéirez. Sans poser de questions. Et ça commence maintenant. Choisissez vos chevaux.

Avant qu'Amaziga ait le temps de répondre, Gareth prit la parole.

— Ça ne vous dérange pas si je garde cette monture, monsieur Shannow ? Elle a de l'endurance, et elle est encore fraîche.

Shannow examina le cheval couleur chamois.

— Comme vous voulez.

Puis il partit en direction du désert.

Amaziga se tourna vers son fils.

— Comment as-tu pu prendre son parti ?

— Pourquoi avoir un chien si tu aboies toi-même ? répondit Gareth en descendant de cheval. Tu dis que c'est un tueur et un sauvage. Tout ce que je sais sur l'Homme de Jérusalem m'indique qu'il est doué pour survivre. Oui, il est dur et impitoyable mais, là où nous allons, nous aurons besoin d'un homme comme lui. Sans vouloir te manquer de respect, mère, tu es une excellente scientifique et une convive parfaite pour un repas. Mais, dans cette entreprise, je préfère suivre l'homme qui sait ce qu'il fait. D'accord ?

Amaziga cacha sa colère et se força à sourire.

— Pourtant, il se trompe, au sujet de la jeep.

— Moi, je préfère chevaucher, dit Gareth.

Amaziga retourna dans la maison et entra dans sa chambre. D'un placard près du mur, elle sortit un harnais où étaient attachées deux petites boîtes noir et argent. Elle le passa par-dessus son épaule l'attacha à sa ceinture de cuir noir, puis fixa deux fils à la première boîte, qui reposait contre sa taille, à gauche. Elle raccorda les autres extrémités des fils à la seconde boîte, qu'elle attacha à l'arrière de sa ceinture, à côté d'un étui de cuir contenant quatre chargeurs pour le Beretta à neuf coups qui pendait dans un holster, sur sa hanche. Elle retourna à la salle principale et prit un nouvel ensemble de fils dans le tiroir sous l'ordinateur, et les fixa d'abord à l'arrière de la machine, puis à la petite boîte de sa ceinture.

— Vous êtes en colère, dit Lucas.

— Les batteries devraient tenir environ cinq jours. C'est suffisant, je pense, dit-elle, ignorant la question. Es-tu prêt pour le transfert ?

— Oui. Bien entendu, vous avez conscience que je ne peux pas télécharger tous mes dossiers dans votre portable ? Je vous serai d'une utilité limitée.

— J'apprécie votre compagnie, dit Amaziga avec un grand sourire. Et maintenant, vous êtes prêt ?

— Bien sûr. Mais vous n'avez pas connecté le micro.

— Parfois, j'ai l'impression de vivre avec ma vieille tante, dit Amaziga en mettant des écouteurs autour de son cou.

Le transfert de fichiers prit un peu moins de deux minutes. Elle mit les écouteurs sur ses oreilles et les alluma.

— Vous m'entendez ? demanda-t-elle.

— Je n'aime pas être incapable de voir, dit la voix de Lucas, qui semblait provenir de très loin.

Amaziga régla le volume.

— Une chose à la fois, mon cœur, dit-elle.

La caméra à fibres optiques avait été conçue pour s'insérer dans un bandeau noir pour les cheveux. Les fils se raccordaient à une petite batterie située dans le harnais. Elle la mit en place et l'alluma.

— C'est mieux, dit Lucas. Déplacez votre tête de droite à gauche. (Amaziga obéit.) Excellent. Et maintenant, me direz-vous pourquoi vous êtes en colère ?

— Pourquoi vous dirais-je quelque chose que vous savez déjà ?

— Gareth a raison, dit Lucas. Shannow s'y entend, en survie. C'est un extralucide sans entraînement. Son don consiste à détecter le danger avant que ce danger se soit matérialisé.

— Je connais ses dons, Lucas. C'est pour ça que je me sers de lui.

— Regardez vers le bas, demanda Lucas.

— Comment ? Pourquoi ?

— Je veux voir vos pieds.

Amaziga gloussa et baissa la tête.

— Ah ! dit Lucas. C'est ce que je pensais. Des baskets. Vous feriez mieux de porter des bottes.

— Je suis déjà bardée de batteries et de fils. Les baskets sont confortables. Et maintenant, as-tu d'autres requêtes ?

— Je vous serai reconnaissant d'aller jusqu'au saguaro où la chevêchette elfe a fait son nid. La caméra du toit n'a pas une portée suffisante pour une étude adéquate.

— Quand nous reviendrons, promit-elle. Pour le moment, j'aimerais que vous vous concentriez sur les terres de la Pierre de Sang, si ça ne vous dérange pas. Vous devrez réétudier le trajet, ainsi que le lieu et le moment de l'entrée. Sans la jeep, ça nous prendra sacrément plus longtemps.

— Je n'ai jamais aimé les jeeps, dit Lucas.

Josiah Broome se réveilla et vit le vieil homme nettoyer deux revolvers à longs canons. La douleur flamba dans la poitrine de Josiah, et il gémit.

Jake leva la tête.

— Malgré ce que vous éprouvez en ce moment, vous vivrez, Josiah, dit-il.

— Ce n'était pas un rêve ? murmura Broome.

— Fichtre non ! Des Cavaliers de Jérusalem ont essayé de vous tuer, et ils ont descendu Daniel Cade dans l'aventure. Vous êtes maintenant un homme recherché. Avec l'ordre de tirer à vue.

Broome s'assit péniblement, et sentit le vertige s'emparer de lui.

— N'en faites pas trop, Josiah, dit Jake. Vous avez perdu beaucoup de sang. Allez-y doucement. Tenez...

Jake posa le revolver et prit un pichet en étain qui reposait sur les braises du feu. Il remplit une tasse et la tendit à Broome, qui l'attrapa de la main gauche. Le vieil homme retourna s'asseoir et reprit le revolver, dont il fit sortir le barillet avant de le charger.

— Que vais-je faire ? demanda Broome. Qui va me croire ?

— Ça n'aura pas d'importance, fiston. Croyez-moi.

— Comment pouvez-vous dire ça ? demanda Broome, sidéré.

Jake remit les revolvers dans ses holsters d'épaule et saisit un fusil à pompe à canon court qu'il entreprit également de charger. Quand il eut terminé, il actionna la pompe et posa l'arme.

—Très bientôt, dit-il à voix basse, les gens auront tout oublié de cette fusillade. Ils seront trop occupés à simplement rester en vie. Et, avec ce qui va arriver, ce ne sera pas facile. Vous étiez là quand les Dagues ont envahi cette contrée. Mais les Dagues étaient des soldats, disciplinés, qui obéissaient à des ordres. La terreur qui va bientôt être lâchée sur le monde est presque impossible à comprendre. C'est pour ça que je suis là, Josiah. Pour la combattre.

Josiah Broome ne comprenait rien. Il arrivait seulement à penser aux terribles événements de la veille, le meurtre de Daniel Cade et sa fuite à travers la nuit. Le vieil homme était-il fou ? se demanda-t-il. Il avait pourtant l'air rationnel. La douleur dans sa poitrine se calma un peu et devint une douleur sourde et insistante. La brise matinale le glaça. Il frissonna. Les bandages de sa poitrine maigre étaient couverts de sang séché, et tout mouvement de son bras droit envoyait des vagues de nausée dans son estomac.

—Qui êtes-vous ? demanda-t-il au vieil homme.

—Je suis le Diacre, dit Jake en vidant le pichet et en le rangeant dans un grand sac.

Du coup, Broome en oublia momentanément sa douleur. Il regarda l'homme sans cacher son étonnement.

—C'est impossible, dit-il enfin, regardant le pantalon usé de l'homme, ses bottes éculées, le vieux manteau en peau de mouton et la barbe et les cheveux blancs emmêlés.

Jake sourit.

—Ne vous laissez pas tromper par les apparences, fiston. Je suis celui que je dis être. Et maintenant, il faut que nous vous conduisions chez Beth McAdam. J'ai besoin de lui parler.

Jake mit le sac sur ses épaules, prit son fusil et aida Broome à se lever. Il enroula une couverture autour des épaules du blessé et le conduisit dehors, où la mule était entravée.

—Vous voyagerez sur son dos, je la conduirai, dit le vieil homme.

Avec difficulté, Broome se mit en selle.

Un hurlement bizarre retentit dans les arbres, et Jake se raidit. Un autre hurlement similaire lui répondit, à une certaine distance, vers l'est, puis un autre.

Broome remarqua le son, mais, à côté de la douleur dans sa poitrine et la migraine qui avait commencé à cogner à ses tempes, il sembla sans importance. Puis il entendit deux coups de feu au loin, suivis par un cri perçant de terreur, et il sursauta.

— Qu'est-ce que c'était ?

Jake ne répondit pas. Il enleva les entraves des jambes avant de la mule, prit les rênes dans sa main gauche et commença la longue descente dans la vallée boisée.

Le Diacre avançait prudemment, en dirigeant la mule et en regardant souvent le blessé. Broome délirait à demi, et Jake lui avait attaché les poignets au pommeau de la selle. La journée était claire et lumineuse, et il n'y avait pas de brise. Le Diacre s'en félicitait. Le sac et le fusil étaient lourds, et il se sentait mortellement fatigué. La descente vers la vallée était lente, et il s'arrêtait souvent pour écouter et regarder entre les arbres.

La mort rôdait désormais dans ces montagnes, et il savait que les Dévoreurs étaient rapides et meurtriers. Il aurait peu de temps pour tirer. De temps en temps, le Diacre regardait la mule. C'était une bête rusée, qui repérerait leur odeur bien avant lui. Pour le moment, elle marchait avec aisance, la tête baissée, les oreilles dressées, suivant tranquillement son maître.

Avec un peu de chance, ils arriveraient à la ferme de Beth McAdam au crépuscule. Mais ensuite ?

Comment vaincre un dieu de sang ?

Le Diacre l'ignorait. Mais il savait que la douleur dans sa poitrine était intense, et que son corps usé et fatigué fonctionnait à l'extrême limite de ses capacités. Pour la première fois depuis des années, il fut tenté d'utiliser la Pierre sur lui, pour rajeunir ses muscles anciens et réparer son cœur endommagé par le temps.

Cela aurait été agréable d'être jeune de nouveau, plein d'énergie et de détermination, soutenu par la passion et les certitudes de la jeunesse. Et la vitesse, comprit-il soudain. Cet élément pouvait être vital.

La mule s'arrêta soudain, tirant le Diacre en arrière. Il se tourna et vit la tête de l'animal se dresser et ses yeux s'écarquiller de peur. Il enleva le sac de ses épaules, prit le fusil et alla près de la tête de la mule.

— Tout va bien, ma belle, dit-il d'une voix apaisante. Calme-toi !

Il remarqua qu'une brise s'était levée, venant de l'est. La mule avait perçu l'odeur des Hommes-Loups. Laissant le sac par terre, le Diacre grimpa derrière Broome et lança la mule au galop. Elle partit le long de la pente à une allure périlleuse. Broome pencha vers la gauche, et le Diacre le retint.

La mule continua sa fuite éperdue. Quand une forme grise se dressa, à droite de la piste, le Diacre leva le fusil comme s'il s'était agi d'un revolver et tira. La balle frappa la bête à l'épaule et la fit virevolter. La mule la dépassa au galop et arriva sur le sol plat. Elle continua à foncer dans la vallée.

Ils traversèrent le portail à minuit. L'air était frais, et les étoiles scintillaient au-dessus d'eux. Quelques secondes après, ils émergèrent au soleil brillant d'un matin d'automne. Le cercle de pierres dans lequel ils arrivèrent était presque recouvert de buissons denses, et le trio dut mettre pied à terre et se frayer un chemin vers le terrain découvert, à une cinquantaine de mètres vers la gauche.

Amaziga parla doucement dans le micro. Shannow n'entendit pas les mots, mais il la vit régler l'objet qui mesurait le temps, à son poignet. Elle vit qu'il la regardait.

— Lucas dit qu'il est 8 h 45 et que nous avons deux jours pour atteindre les montagnes Mardidk, où Sam et son groupe tiennent bon. C'est à quarante-deux lieues d'ici, mais le terrain est surtout plat.

Shannow hocha la tête et se remit en selle. Gareth vint le rejoindre.

— Je vous suis reconnaissant, monsieur Shannow, dit-il. Ce n'est pas tous les jours qu'un homme a la possibilité de ramener son père d'entre les morts.

— D'après ce que j'ai compris, dit Shannow, il n'est pas votre père, simplement un homme qui a le même visage et le même nom.

— Et une structure génétique identique. Pourquoi êtes-vous venu ?

Shannow ignora la question et continua à chevaucher vers le nord, Amaziga et Gareth derrière lui. Ils continuèrent toute la journée et s'arrêtèrent une seule fois, pour prendre un repas froid. La contrée était vaste et vide, et les montagnes bleues, au loin, ne semblaient pas plus près qu'auparavant. Deux fois, ils dépassèrent des maisons abandonnées, et, vers le crépuscule, Shannow aperçut au loin des bâtiments qui avaient été une petite ville, sur les pentes est d'une vallée étroite. Il n'y avait aucun signe de vie, pas de lumière, pas de mouvements.

Quand le crépuscule fut proche, Shannow quitta la piste et grimpa dans un bosquet de pins pour trouver un endroit où camper. Devant eux, une falaise allait du nord au sud. Une petite cascade coulait sur le basalte, et les derniers rayons du soleil faisaient jouer des arcs-en-ciel dans l'écume et sur le petit ruisseau qui en partait et coulait vers la plaine.

Shannow mit pied à terre et desserra la sangle de la selle.

— Nous aurions pu parcourir encore cinq lieues, au moins, dit Amaziga.

Mais il l'ignora.

Il avait repéré du rouge dans le sous-bois, à une soixantaine de mètres au-delà de la cascade. Il laissa son cheval où il se trouvait, les rênes pendant sur le sol, traversa le ruisseau et grimpa la berge raide de l'autre côté. Gareth le suivit.

— Jésus-Christ ! murmura le jeune homme quand il vit les restes écrasés et tordus d'une jeep rouge.

— Ne prononcez pas son nom en vain, dit Shannow. Je n'aime pas le blasphème.

La jeep reposait sur le toit, qui était tordu. Une porte avait été arrachée, et Shannow vit des traces de griffes sur la peinture rouge et l'acier gris en dessous. Il leva la tête. Des branches cassées au-dessus de lui étaient le signe que la jeep était tombée du haut de la falaise et avait rebondi plusieurs fois contre des ressauts avant de s'écraser en bas. Il se pencha, écarta les buissons et regarda à l'intérieur. Gareth s'agenouilla près de lui.

Dans la jeep se trouvait un corps écrasé et tordu, lui aussi. On voyait seulement un bras levé, à moitié coupé. Le bras était noir, et la chemise trempée de sang était vert olive avec de fines rayures grises. La chemise de Gareth était identique.

— C'est moi, dit Gareth. C'est moi !

Shannow se leva et gagna l'autre côté de l'épave. Il baissa les yeux et vit de grandes empreintes de pattes sur la terre meuble, et une piste de sang séché qui menait aux broussailles. Il sortit son revolver et l'arma, puis suivit la piste. À vingt mètres de là, il trouva les restes d'un sinistre festin. Vers la gauche, il vit une petite boîte tordue, d'où sortaient des fils. Il désarma son arme et la remit au fourreau, puis il ramassa la boîte éclaboussée de sang et retourna rejoindre Gareth, qui regardait toujours le cadavre.

— Partons, dit l'Homme de Jérusalem.

— Nous devons l'enterrer.

— Non.

— On ne peut pas le laisser comme ça !

Shannow entendit l'angoisse dans la voix du jeune homme. Il lui posa une main sur l'épaule.

— Il y a des traces de sabots autour du véhicule, et des signes des Dévoreurs. Si l'un des cavaliers revient et s'aperçoit que les cadavres ont été enterrés, il saura que d'autres personnes sont passées par là. Vous comprenez ? Il faut les laisser comme ils sont.

Gareth leva la tête.

— Les cadavres ? Il n'y en a qu'un, non ?

Shannow secoua la tête et montra la boîte à Gareth.

— Je ne comprends pas…, murmura le jeune homme.

— Votre mère comprendra, dit Shannow quand il vit Amaziga les rejoindre.

Il la regarda examiner la jeep, impassible. Puis elle vit la boîte, identique à celle qui était attachée à sa ceinture, et ses yeux noirs plongèrent dans ceux de Shannow.

— Où est son corps ?

— Il ne reste pas grand-chose d'elle. Les Dévoreurs se sont montrés à la hauteur de leur réputation. J'ai trouvé une partie de la tête, suffisante pour l'identifier.

— Est-ce prudent de rester ici ?

— Nous ne serons à l'abri nulle part dans cette contrée, ma dame. Mais ici, nous pourrons nous cacher pour la nuit.

— J'imagine que le cadavre de votre double n'est pas là, monsieur Shannow ?

— Non.

— Elle a donc décidé d'entreprendre la mission sans vous. De toute évidence, une erreur qu'elle a payée très cher.

Amaziga retourna près des chevaux, et Gareth rejoignit Shannow.

— C'est sa façon à elle de vous dire que vous aviez raison, pour la jeep, dit le jeune homme en se forçant à sourire. Vous êtes un homme avisé, Shannow.

— Non. L'homme avisé est le Jon Shannow qui n'est *pas* venu avec eux.

Gareth prit le premier tour de garde, une épaisse couverture autour des épaules pour se protéger de la froide brise nocturne. Il était assis sur une grosse branche qui avait dû se casser lors d'un récent orage. La vue du cadavre dans la jeep l'avait impressionné comme rien ne l'avait jamais fait, dans sa courte vie. Il *connaissait* le mort mieux qu'il connaissait quiconque, comprenait les espoirs, les rêves et les peurs que l'homme avait connus. Et il ne pouvait s'empêcher de se demander quelles pensées étaient passées dans l'esprit de son jumeau quand la jeep avait basculé par-dessus la falaise. Du désespoir ? de la terreur ? de la colère ? Était-il encore vivant, après la chute ? Les Dévoreurs étaient-ils entrés dans le véhicule pour déchiqueter son corps sans défense ?

Le jeune Noir frissonna et regarda Shannow, qui dormait paisiblement sous un orme au branchage impressionnant. Cette quête avait semblé une aventure aux yeux de Gareth Archer, une expérience fascinante dans sa jeune et riche vie. L'idée du danger avait été presque excitante. Mais voir son propre cadavre ! La mort était quelque chose qui arrivait aux autres, pas à lui. Il regarda nerveusement vers la jeep.

La nuit était froide, et il s'aperçut que ses mains tremblaient. Il jeta un regard à sa montre. Encore deux heures avant qu'il réveille sa mère. Elle n'avait pas paru troublée par la tragédie qui avait frappé leurs doubles, et, un bref instant, Gareth avait envié son calme. Amaziga avait étalé sa couverture, retiré les boîtes et les écouteurs et les avait donnés à son fils.

— La caméra de Lucas est infrarouge, avait-elle dit. Ne la fais pas fonctionner trop longtemps, il faut économiser les batteries. Deux minutes toutes les demi-heures devraient suffire.

Désormais, elle semblait dormir, elle aussi.

Gareth appuya sur le bouton de la boîte.

— Vous êtes perturbé, dit la voix de Lucas, métallique et faible à travers les écouteurs. Gareth alluma le micro.

— Que vois-tu ? demanda-t-il en tournant la tête lentement pour que la petite caméra du bandeau balaie la plaine en dessous de lui.

— Déplacez votre tête vers la droite, de trois centimètres, dit Lucas.

— Qu'y a-t-il ? demanda Gareth, le cœur battant.

Il sortit son automatique Desert Eagle de son holster d'épaule.

— Une magnifique chouette tachetée, dit Lucas. Elle vient d'attraper un petit lézard. (Gareth jura.) Il n'y a rien sur la plaine qui doive vous inquiéter, reprocha la machine. Calmez-vous.

— C'est facile à dire pour toi, Lucas. Tu n'as pas vu ton propre cadavre !

— En fait, si. J'ai regardé le Lucas d'origine s'écrouler, victime d'une crise cardiaque. Mais la question n'est pas là. Votre pouls, au repos, est actuellement de cent trente-trois battements par minute. C'est très proche de la panique, Gareth. Prenez quelques inspirations longues et lentes.

— Mon pouls est cent trente trois fois plus rapide que celui du pauvre type dans la jeep, dit sèchement Gareth. Et ce n'est pas de la panique. Je n'ai jamais paniqué de ma vie, et je ne vais pas commencer maintenant !

Gareth se leva d'un bond quand une main lui toucha l'épaule. Il entendit Lucas murmurer :

— Cent soixante-cinq pulsations…

Il pivota et vit Amaziga derrière lui.

— Je t'ai dit d'utiliser la machine, pas de te disputer avec elle ! (Elle tendit la main.) Donne-moi Lucas et va dormir un peu.

— Il me reste deux heures de garde.

— Je ne suis pas fatiguée. Fais ce que je te dis.

Il sourit piteusement et retira le bandeau et les boîtes. Amaziga posa son Uzi et attacha la machine à son holster d'épaule. Gareth alla s'allonger sur sa couverture. L'automatique Desert Eagle s'enfonça dans sa chair. Il le sortit de l'étui et le posa à côté de lui.

Amaziga éteignit la machine et gagna la lisière des arbres, d'où elle regarda le paysage éclairé par la lune. Rien ne bougeait, et il n'y avait aucun son excepté le frémissement des feuilles au-dessus d'elle. Elle attendit que Gareth soit endormi, puis elle traversa le ruisseau, dépassa l'épave de la jeep et retourna à l'endroit du « banquet ». Ce qu'il restait du corps était en trois morceaux. La tête et le cou étaient appuyés contre un rocher, et, heureusement, le visage était tourné loin d'elle. Amaziga alluma la machine.

— Que cherchons-nous ? demanda Lucas.

— Je porte une Pierre Sipstrassi, qui recèle très peu de pouvoir. Elle devait en avoir une, elle aussi. Examine le sol.

Elle tourna lentement la tête.

— Tu vois quelque chose ?

— Non. Rien d'intéressant. Allez vers la gauche. Non, plus lentement. La Pierre était-elle dans la poche du pantalon ou de la chemise ?

— Du pantalon.

— Il ne reste pas grand-chose des jambes. Peut-être une des bêtes a-t-elle avalé la Pierre.

— Continue à chercher ! dit sèchement Amaziga.

— D'accord. Allez vers la droite… *Amaziga !*

La panique dans la voix de la machine fit frissonner la femme.

— Oui ?

— J'espère que votre arme est prête à tirer. Il y a une bête à une quinzaine de mètres de vous, à droite. Elle mesure environ deux mètres cinquante…

Amaziga arma l'Uzi et pivota. Quand la grande forme grise bondit vers elle, l'Uzi fit entendre un bruit de tonnerre qui déchira le silence de la nuit. Les balles s'écrasèrent sur la poitrine de la créature et du sang jaillit, mais elle continua à avancer. Amaziga appuya de nouveau sur la détente et vida le chargeur. Le Dévoreur fut projeté en arrière, la poitrine déchiquetée.

— *Amaziga !* hurla Lucas. Il y en a encore deux !

L'Uzi était vide. Amaziga essaya de sortir le Beretta accroché à sa ceinture. Au moment où elle le saisissait, les bêtes chargèrent.

Et elle comprit qu'elle n'aurait pas le temps de tirer…

— Couchez-vous, femme ! beugla Shannow.

Amaziga plongea sur le sol. Le bruit de tonnerre du revolver de Shannow fut suivi par le cri perçant du premier Dévoreur, qui recula, la moitié du visage arrachée. Le second dépassa Amaziga et fonça droit sur l'homme, à la lisière des arbres. Shannow tira une fois. La créature ralentit. Un deuxième coup pénétra dans son crâne, inondant Amaziga de sang et de cervelle.

Shannow avança, les revolvers levés.

Amaziga tourna la tête.

— Il y en a d'autres ? murmura-t-elle à Lucas.

Il ne répondit pas, et elle vit qu'un des fils s'était débranché de la boîte de droite. Elle jura à voix basse et le reconnecta.

— Vous allez bien ? demanda Lucas.

— Oui. Que vois-tu ? demanda Amaziga en faisant lentement un tour complet.

— Il y a des cavaliers à quatre kilomètres au nord, qui se dirigent vers nous. Je ne vois aucune bête. Mais la falaise est haute. Il peut y en avoir d'autres, en haut. Puis-je vous suggérer de recharger votre arme ?

Amaziga éteignit la machine et se dirigea vers Shannow. Il lui tendit l'Uzi au moment où Gareth arrivait en courant, son automatique à la main.

— Merci, dit Amaziga. Vous êtes arrivé très vite.

— J'étais là depuis le début. Je vous ai suivie quand vous avez traversé le ruisseau.

— Pourquoi ?

Il haussa les épaules.

— Je me sentais mal à l'aise. Et maintenant, si vous voulez bien m'excuser, je vous laisse à votre tour de garde.

— Saloperie, dit Gareth en regardant les trois bêtes sur le sol. Ils sont immenses !

— Et morts, dit Shannow en passant à côté de lui.

Gareth se tourna vers Amaziga, qui mettait un chargeur neuf dans l'Uzi.

— Jésus, ce type est de glace...

Il s'interrompit, et Amaziga vit ses yeux s'arrêter sur la tête éclairée par la lune de l'autre Amaziga.

— Oh, mon Dieu ! Doux Jésus !

Sa mère le prit par le bras et l'entraîna loin des restes humains.

— Je suis vivante, Gareth. Et toi aussi. Ne l'oublie pas ! Tu m'entends ?

— Oui. Mais, Christ...

— Pas de mais, mon fils ! Ils sont morts, nous ne le sommes pas. Ils sont venus sauver Sam. Ils ont échoué. Nous n'échouerons pas. C'est compris ?

Il inspira à fond.

— Je ne te décevrai pas, mère. Tu peux me faire confiance.

— Je sais. Maintenant, va dormir. Je reprends mon tour de garde.

Samuel Archer n'était pas un homme religieux. S'il existait un Dieu, il était soit insouciant, soit incompétent. Peut-être les deux, avait-il décidé depuis longtemps. Pourtant, Sam était debout à cet instant en haut de la colline et priait. Pas pour lui, même si survivre lui aurait été fort agréable, mais pour les derniers de ceux qui l'avaient suivi dans la guerre contre la Pierre de Sang. Derrière lui se trouvaient les vingt-deux rebelles qui restaient, en comptant les femmes. Au-dessus et en dessous d'eux, il y avait l'élite des Enfants de l'Enfer. Deux cents guerriers, dont les capacités étaient augmentées par les Graines de Satan incrustées dans leur front. Tous des tueurs ! Sam regarda autour de lui. Les rebelles avaient choisi une position favorable pour leur dernier combat, loin au-dessus des plaines, la lisière de la forêt et les sous-bois épais formant une barricade naturelle. Les Enfants de l'Enfer devraient avancer le long d'une piste escarpée et affronter les tirs des rebelles.

Avec suffisamment de munitions, nous aurions même pu tenir, pensa Sam.

Il regarda les deux ceintures de munitions attachées en travers de son large torse. Il y avait plus d'emplacements vides que de pleins. Il compta machinalement ses cartouches restantes. Il tira de sa poche un morceau de bœuf séché, tout ce qui restait de ses rations.

Ils ne pourraient pas battre en retraite, Sam le savait. À deux cents mètres derrière eux s'ouvrait une profonde gorge qui donnait sur le désert de Mardikh. Même s'ils parvenaient à descendre la pente abrupte, sans chevaux, ils mourraient de soif bien avant d'atteindre la lointaine rivière.

Sam soupira et se frotta les yeux. Depuis quatre ans, il combattait les Enfants de l'Enfer, recrutait des volontaires et luttait contre les guerriers ennemis et leurs Dévoreurs. Tout ça pour rien. Son petit stock de Sipstrassi était épuisé et, sans elles, il ne pouvait pas espérer tenir les assassins à distance. Une fourmi rampa sur son bras, et il la fit tomber d'un geste de la main.

C'est nous ! pensa-t-il. *Des fourmis qui affrontent une avalanche…*

Le désespoir était une force puissante à laquelle Sam avait résisté la plus grande partie de ces quatre années. Au début, cela n'avait pas été difficile. Les Gardiens restants s'étaient unis contre Sarento, et avaient gagné trois batailles contre les Enfants de l'Enfer. Mais aucune ne s'était avérée décisive. Puis la Pierre de Sang avait fait muter les Hommes-Loups, et une nouvelle et terrible race de créatures avait été lâchée contre l'humanité. Des villes et villages entiers s'étaient réfugiés dans les montagnes pour échapper aux bêtes. Ainsi, la petite armée des Gardiens ne pouvait plus compter sur les communautés locales pour s'approvisionner. Les munitions avaient commencé à manquer, et de nombreux combattants avaient quitté l'armée pour rejoindre leur foyer, dans le vain espoir de protéger leur famille.

Et maintenant, ils n'étaient plus que vingt-deux. Le lendemain, il ne resterait plus personne.

Une belle jeune femme à la peau olivâtre approcha de Sam. Elle était grande et portait deux pistolets dans des holsters d'épaule, par-dessus sa robe rouge décolorée. Sa chevelure d'ébène était coiffée en chignon serré sur sa nuque. Il sourit en la voyant.

— Je crois que nous sommes au bout d'une longue route pleine de chagrin, Shammy, dit-il. Je suis désolé que les choses en arrivent là.

Shamshad Singh haussa les épaules.

— Ici ou à la maison... Quelle différence ? On combat ou on meurt.

— Ou les deux, dit Sam d'une voix lasse.

Elle s'assit à côté de lui sur le rocher, son fusil à canon court posé sur ses cuisses fuselées.

— Parle-moi d'une époque heureuse, demanda-t-elle soudain.

— Un thème particulier ? J'ai vécu trois cent cinquante-six ans, alors j'ai le choix !

— Parle-moi d'Amaziga.

Il la regarda avec affection. Elle était amoureuse de lui, et ne le lui avait pas caché depuis deux ans qu'elle était avec les rebelles. Pourtant, Sam n'avait jamais répondu à ses avances. Au cours de sa longue vie, une seule femme avait su ouvrir les portes de son âme. Et elle était morte, tuée par les Enfants de l'Enfer lors des premiers mois de la guerre.

— Tu es une femme extraordinaire, Shammy. J'aurais dû mieux te considérer...

— Foutaises ! dit-elle avec un grand sourire. Et maintenant, parle-moi d'Amaziga.

— Pourquoi ?

— Ça te remonte toujours le moral. Et tu en as fichtrement besoin !

— Une chose qui m'a toujours paru particulièrement triste, c'est qu'il arrive un point, dans la vie d'un homme, où il ne lui reste pas de deuxième chance. Quand Napoléon a vu ses forces reculer à Waterloo, il a su qu'il n'y aurait jamais d'autre jour où il marcherait à la tête d'une grande armée. C'était fini. J'ai toujours pensé que ça devait être difficile à accepter. Maintenant, je le sais! Nous avons combattu contre des forces maléfiques, et nous avons été incapables de les vaincre. Et demain, nous mourrons. Ce n'est pas le moment pour des récits heureux, Shammy.

— Tu te trompes, dit-elle. À cet instant, je vois encore le ciel, je sens la brise de la montagne et le parfum des pins. Je suis vivante! Et je suis ravie de l'être. Demain est un autre jour, Sam. Nous combattrons. Qui sait, peut-être même vaincrons-nous? Peut-être Dieu ouvrira-t-il un trou dans le ciel et enverra-t-il ses éclairs foudroyer nos ennemis…

Il gloussa.

— Il est plus probable qu'il rate et nous foudroie, nous!

— Ne te moque pas, Sam, reprocha-t-elle. Nous ne pouvons connaître les intentions de Dieu.

— Je suis sidéré, après tout ce temps, que tu croies toujours en Lui!

— Et moi, je suis sidérée que tu n'y croies pas.

Dans la vallée, les Enfants de l'Enfer avaient commencé à allumer les feux de camp, et le bruit de chansons paillardes retentit dans les montagnes.

— Jered a exploré la gorge, dit Shamshad. La paroi de la falaise s'étend sur quatre lieues. Il pense que certains d'entre nous pourraient parvenir à descendre.

— En bas, c'est un désert. Nous n'aurions aucun moyen de survivre, dit Sam.

— Je suis d'accord. Mais c'est une option…

— Au moins, il n'y a pas de Dévoreurs, dit Sam en se tournant de nouveau vers le camp ennemi.

— Oui, c'est étrange, dit-elle. Ils sont tous partis, hier soir. Je me demande où.

— Peu importe, tant qu'ils sont ailleurs, dit-il avec sentiment. Combien de cartouches te reste-t-il?

— Une trentaine. Et vingt pour le pistolet.

— Je suppose que ça suffira, dit Sam.
— Je suppose que nous n'avons pas le choix, répondit-elle.

Amaziga regarda Gareth soulever la corde enroulée attachée à sa selle. La falaise était abrupte et haute de près de deux cents mètres, mais elle grimpait en une série de trois corniches, dont la première se trouvait à environ vingt-cinq mètres au-dessus d'eux, brillant d'une lumière argentée sous le clair de lune.

— Qu'en penses-tu ? demanda Amaziga.

Gareth sourit.

— Facile, mère. Il y a de bonnes prises pour les mains et les pieds tout du long. Le seul problème est ce ressaut, au-dessus de la corniche supérieure, mais je ne doute pas d'être capable de le passer. Ne t'inquiète pas. J'ai fait en solo des escalades bien plus difficiles que celle-là. (Il se tourna vers Shannow.) Une fois arrivé à la première corniche, je ferai descendre une corde vers vous. Nous grimperons par étapes. Vous craignez les hauteurs, monsieur Shannow ?

— Non, dit l'Homme de Jérusalem.

Gareth enroula deux tours de corde autour de sa tête et de ses épaules et gagna la paroi. L'escalade fut relativement simple jusqu'à ce qu'il arrive à un endroit sous la corniche où le rocher avait été érodé par les eaux. Il se demanda s'il allait traverser par la droite, puis il vit une petite faille verticale dans la paroi, deux mètres sur sa gauche. Il la rejoignit, puis enfonça sa main droite dans la fente, le plus haut possible, et ferma le poing. Il raidit le bras et se hissa de un mètre ou deux. Il y avait une bonne prise à droite. Il la saisit et grimpa encore un peu. Puis il libéra sa main droite, la passa par-dessus la corniche et se hissa dessus. Il pivota et s'assit, regardant les minuscules silhouettes, en dessous de lui. Il leur fit un signe de la main.

L'escalade le remplissait toujours d'enthousiasme. Sa première expérience, en Europe, dans les montagnes Triffyn du Pays de Galles, était encore fraîche dans son esprit. Lisa lui avait appris à grimper, lui avait montré comment trouver des prises et des fentes pour s'agripper, et il s'était émerveillé de sa capacité à gravir une paroi qui semblait aussi lisse que du marbre poli. Il se souvenait d'elle avec beaucoup d'affection et se demandait parfois pourquoi il l'avait quittée pour Ève.

Lisa voulait se marier, Ève voulait du plaisir. (Cette pensée était absurde.) *Es-tu vraiment si superficiel ?* se demanda-t-il.

Lisa aurait fait une excellente épouse, forte et loyale ; mais son amour pour lui avait été obsessionnel et, pis, possessif. Gareth avait vu ce qu'un amour de ce type pouvait faire, car il avait observé sa mère et vécu avec sa détermination aveugle toute sa vie.

Je ne veux pas de ce genre d'amour, pensa-t-il. *Jamais !*

Gareth repoussa ces pensées de son esprit et avança le long de la corniche. Il n'y avait aucun rocher en surplomb où attacher la corde, afin que le frottement facilite l'escalade de Shannow, mais il trouva une petite fente verticale. Il détacha un petit objet en acier, en forme de griffe, de sa ceinture. Il l'enfonça dans la crevasse et poussa son bouton central. La griffe s'ouvrit et se cala contre les parois de la fissure. Il souleva une longueur de corde, en glissa l'extrémité dans un anneau d'acier, sur la griffe, et la fit descendre jusqu'à Shannow. Quand l'Homme de Jérusalem eut commencé l'escalade, Gareth passa la corde autour de son épaule gauche et l'aida à rester tendue.

Shannow grimpa sans encombre et arriva sur la corniche.

— Comment avez-vous trouvé ça ? murmura Gareth.

Shannow haussa les épaules.

— Je n'aime pas l'allure de ces nuages, répondit-il à voix aussi basse.

Il avait raison. Le ciel s'obscurcissait et il restait un bon bout de chemin à parcourir.

Gareth fit de nouveau descendre la corde et aida sa mère à grimper. Elle respirait bruyamment quand elle arriva à côté d'eux.

Pendant l'heure suivante, les trois grimpeurs se rapprochèrent de la dernière corniche. Ils n'étaient plus qu'à une dizaine de mètres du sommet, mais l'obscurité s'était refermée autour d'eux, et la bruine s'était mise à tomber, rendant la paroi glissante. Gareth était désormais inquiet. Il n'avait pas pu bien voir le ressaut, d'en bas, mais l'escalader serait difficile, d'autant plus dans l'obscurité, et sous la pluie.

Gareth parcourut la corniche pour la troisième fois, essayant de trouver le meilleur trajet. Rien de ce qu'il vit ne lui parut encourageant. La pluie diminua. Il regarda les formes minuscules des chevaux entravés, en bas. Parvenir si loin et ne pas pouvoir accomplir la mission… Amaziga ne le lui pardonnerait jamais ! Il savait depuis longtemps que sa mère ne l'aimait pas, et il acceptait la fierté qu'elle manifestait à son endroit comme un substitut raisonnable. Elle ne pourrait jamais aimer personne comme elle aimait son mari. Cet amour-là primait sur tout. Enfant, Gareth s'était senti blessé, mais, adulte, il comprenait mieux la complexité et l'intelligence scintillante de la femme qui lui avait donné le jour. Si sa fierté était tout ce qu'elle pouvait lui offrir, il lui faudrait s'en contenter. Il tendit la main vers la première prise, guère plus qu'un sillon dans la paroi, trouva aussi une prise pour son pied, et il se hissa. Ces prises en friction étaient vitales sur un ressaut, mais les doigts du jeune homme étaient fatigués, et la paroi, glissante. Gareth sentit sa bouche s'assécher quand il parcourut cinq mètres de plus. Puis son pied glissa ! Il referma les doigts de la main droite sur une petite section de roche en relief et se balança au-dessus du précipice de deux cents mètres. La panique l'effleura. Il était suspendu par une main, incapable de trouver une autre prise. Pis, il s'était déplacé vers le ressaut, et, s'il tombait maintenant, il raterait la corniche la plus proche. Jusqu'à la deuxième, il y avait presque trente mètres. Il se tuerait sur le coup. Le cœur de Gareth cognait si fort qu'il sentit son pouls battre à ses tempes. Il se tortilla pour regarder vers le haut de la paroi. Il y avait une petite prise à une cinquantaine de centimètres au-dessus du petit relief où il était accroché. Il inspira à fond et se prépara à l'effort nécessaire pour l'atteindre.

Si tu le rates, tu tombes ! Christ ! Ne pense pas à ça !

Mais il ne put s'en empêcher, et ses pensées retournèrent à l'autre Gareth, mort dans une jeep accidentée.

Et il sut qu'il n'avait pas le courage de faire ce dernier effort.

Oh ! Dieu, pensa-t-il, *je vais mourir ici !*

Soudain, quelque chose appuya contre la plante de son pied et le soulagea de son propre poids. Gareth vit que Shannow avait grimpé derrière lui. Ils étaient désormais tous les deux sur la paroi, et si Gareth tombait, il entraînerait l'Homme de Jérusalem à sa perte.

La voix de Shannow lui parvint, calme et ferme.

— Je ne peux pas vous tenir comme ça toute la nuit, petit. Je vous suggère de faire quelque chose.

Gareth lança la main vers le haut, saisit la prise et posa son pied sur une petite arête de pierre. Ensuite, les prises étaient bien plus faciles, et il se hissa avec soulagement par-dessus le sommet.

Il resta un moment allongé, immobile, les yeux fermés, sentant la pluie sur son visage. Puis il s'assit, enroula la corde autour de son épaule et tira deux fois dessus, pour signaler à Shannow de commencer l'escalade. La corde se tendit, et Gareth se pencha en arrière pour résister à la traction.

Quelque chose de froid toucha sa tempe.

Un pistolet...

Une main apparut devant lui. Elle tenait un couteau acéré qui trancha la corde.

Shem Jackson était assis dans la pièce principale de sa maison, ses pieds bottés posés sur la table. Son frère, Micah, mélangeait un paquet de cartes écornées.

— Une p'tite partie, Shem ?

— Et tu joueras quoi ? répondit l'aîné en buvant une gorgée du pichet d'alcool posé à côté de lui. Tu as perdu tout ce que tu avais.

— Tu pourrais me prêter un peu d'argent, dit Micah d'un ton de reproche.

Shem posa bruyamment le pichet sur la table.

— À quoi ça rimerait, par le Diable ? On joue aux cartes quand on a de l'argent, un point c'est tout. Tu ne peux pas te fourrer ça dans le crâne ?

— On n'a rien d'autre à faire ! geignit Micah.

— Et la faute à qui ? dit sèchement Shem en se passant une main sale dans les cheveux. Elle n'était pas extraordinaire à regarder, mais il a fallu que tu la battes !

— Elle le méritait ! Elle m'a traité de tous les noms !

— Et maintenant, elle a filé ! Et cette fois, c'est la bonne, je parie. Tu sais quel est ton problème, Micah ? Tu ne t'aperçois pas de ta chance.

Shem se leva et s'étira. La pluie ne devait pas être loin, car il avait mal au dos. Il gagna la fenêtre et regarda la cour et la grange éclairée par la lune. Un mouvement lui attira l'œil. Il se pencha et frotta le verre poussiéreux, qui devint encore plus opaque. Shem jura.

— Qu'est-ce qu'il y a ? demanda Micah.

— J'ai cru voir quelque chose près de la grange. Rien, sans doute. (Il plissa les paupières et vit un éclair de fourrure gris argent.) Des Hommes-Loups, dit-il. Saletés de bestioles !

Il traversa la pièce et décrocha son fusil à long canon du râtelier situé au-dessus de la cheminée, puis, souriant, il se tourna vers Micah.

— Ça sera bien plus intéressant qu'une partie de cartes avec un taré comme toi, dit-il, insérant une cartouche dans la culasse. Viens, prends ton arme, mon gars, on a des sales bêtes à chasser.

Sa bonne humeur lui revint. Les petits salauds ne lui échapperaient pas, cette fois. Pas de Beth McAdam pour les sauver !

Il gagna la porte, l'ouvrit à la volée et sortit sous le clair de lune.

— Venez, espèces de misérables mendiants, montrez-vous ! cria-t-il.

La nuit était calme et la lune, incroyablement brillante. La lune idéale pour un chasseur ! Shem avança, son fusil levé. Il entendit Micah sortir derrière lui et trébucher sur le seuil. Maudit imbécile !

Désormais en terrain découvert, Shem se dirigea vers la droite, en direction du jardin potager et de l'enclos.

— Montrez-vous ! hurla-t-il. Le bon vieil oncle Shem a un petit cadeau pour vous !

Derrière lui, il entendit Micah faire un bruit de gargouillement, et quelque chose tomber sur le sol.

Probablement son fusil, pensa Shem en se tournant.

Mais ce n'était pas un fusil. La tête de Micah rebondit deux fois sur la terre tassée, son cou ayant été tranché par les longues griffes d'une main poilue. Le corps de Micah s'effondra mollement, mais Shem ne le regardait pas. Paralysé d'horreur, il fixait la créature qui se dressait devant lui de toute sa hauteur, sa fourrure argentée luisant sous la lune, ses yeux dorés et la pierre rouge vif incrustée dans son front.

Shem Jackson leva son fusil et appuya sur la détente. Les balles s'écrasèrent contre la poitrine du monstre, mais il ne tomba pas. Il hurla et se jeta vers Shem, les griffes en avant. Shem sentit le coup sur son épaule et recula en titubant. Son fusil était sur le sol. Il cligna des yeux, et vit un flot de sang jaillir de son épaule, mais n'éprouva aucune douleur, pas même quand son bras se détacha et vint atterrir en travers de sa botte.

Le Dévoreur leva ses griffes de nouveau.

Le visage de Shem Jackson disparut.

Des dizaines d'autres bêtes sortirent des ombres. Plusieurs s'arrêtèrent pour se nourrir.

Mais la plupart continuèrent à trotter vers la petite ville endormie de la vallée des Pèlerins.

Chapitre 10

La pire folie est de croire que le mal peut être vaincu par la raison. Le mal est comme la pesanteur, c'est une force qui est au-delà de toute discussion.

La Sagesse du Diacre, Chapitre XXVII

Normalement, Jacob Moon n'entendait pas de voix. Ces dons n'étaient pas pour lui. Pas de visions, de prophéties, de rêves mystiques ou de révélations. Jacob Moon avait un seul véritable don, si on pouvait l'appeler ainsi. Il pouvait tuer sans éprouver d'émotions. Donc, quand il entendit la voix, Moon fut totalement abasourdi. Il était assis près de son feu de camp, à l'abri du Grand Mur, à une vingtaine de lieues de la vallée des Pèlerins. N'ayant pas eu de nouvelles de l'Apôtre Saül, il avait quitté Domango et avait traversé les montagnes. Une crue subite l'avait forcé à se détourner de son chemin et l'avait retardé, mais il était désormais à trois heures de cheval seulement de la ville. Sa monture étant épuisée, Moon s'était arrêté près du Mur.

La voix lui parvint juste avant minuit, pendant qu'il s'installait pour dormir. Au début, ce fut un simple murmure, comme un souffle de vent nocturne. Puis il grandit.

—*Jacob Moon! Jacob Moon!*

Moon s'assit, le pistolet à la main.

—Derrière vous, dit la voix.

Moon pivota. Un des grands blocs de pierre rectangulaire avait disparu, et il se trouva face à un homme à la peau rouge, avec ce qui semblait être des lignes noires peintes sur le visage et le haut du corps. Il était assis sur un trône en ébène. Moon arma son pistolet.

—Vous n'en aurez pas besoin, dit l'homme assis.

L'image dériva de plus en plus près, jusqu'à ce que le visage étrange emplisse le trou dans le mur. Il avait des yeux rouge rubis, à la cornée injectée de sang.

— J'ai besoin de vous, Moon, dit l'apparition.

— Ma foi, moi, je n'ai pas besoin de vous, rétorqua Moon tandis que le pistolet tremblait dans sa main et que la balle traversait le visage rouge.

Il n'y eut aucune trace de son passage. Un grand sourire apparut sur le visage.

— Économisez vos munitions, Moon, et écoutez ma proposition. Je vous offre des richesses incommensurables et la vie éternelle. Je peux vous rendre immortel, Moon. Je peux réaliser vos rêves les plus fous.

Moon s'assit et rengaina son pistolet.

— C'est un rêve, n'est-ce pas ? Que Dieu me damne, je suis en train de rêver !

— Ce n'est pas un rêve, Moon, dit l'homme rouge. Aimeriez-vous vivre à tout jamais ?

— Je vous écoute.

— Mon monde agonise. J'ai besoin d'en trouver un autre. Un homme appelé Saül a ouvert le portail pour moi, et j'ai vu votre monde. Il me convient. Mais ça m'aiderait d'avoir un lieutenant sur place, pour diriger mes… troupes. Des quelques pensées que j'ai pu récupérer dans l'esprit de Saül, pendant qu'il mourait, j'ai déduit que vous étiez l'homme qu'il me faut. Est-ce vrai ?

— Parlez-moi de la vie éternelle, demanda Moon, ignorant la question.

— Elle peut commencer immédiatement, Moon. Est-ce ce que vous désirez ?

— Oui !

Moon recula quand une terrible sensation de brûlure envahit son front. Il cria et porta la main à sa tête. La douleur disparut aussi soudainement qu'elle était survenue, et Moon sentit une petite pierre incrustée dans la chair de son front.

— Tant que vous me servirez, Moon, vous serez immortel. Sentez-vous la force nouvelle dans vos membres, le pouvoir… la vie ?

Jacob Moon sentait bien davantage que ce que l'homme disait. Son amertume et sa colère longtemps refoulées étaient désormais à la surface de son esprit. Comme la vision l'avait dit, il se sentait fort. Plus de fatigue de son long voyage, plus de courbatures après des heures en selle.

— Je le sens, reconnut-il. Que voulez-vous de moi ?

— Du sang, répondit la vision. Des fleuves de sang. De la violence, de la mort, la haine et la guerre !

— Êtes-vous le Diable ? demanda Moon.

— Je suis plus fort que le Diable, Moon. Car j'ai gagné.

Gareth l'ignorait, mais c'était sa mère qui avait décidé de grimper derrière lui, laissant Shannow sur la corniche. Quand la corde céda soudain, elle fut délogée de la paroi. Beaucoup de gens, à sa place, auraient paniqué, hurlé, et seraient allés s'écraser en contrebas. Mais Amaziga était différente.

Elle vivait dans une seule intention : celle de trouver Sam.

À l'instant où la corde céda, elle glissa, mais elle lança la main contre la pierre humide. La première prise qu'elle trouva n'était pas assez grande pour la soutenir, et elle glissa de nouveau. Ses doigts raclèrent contre le rocher et un de ses ongles fut arraché. Puis sa main se referma sur une prise suffisante, et sa descente cessa. Elle était désormais suspendue à la partie inférieure du ressaut, les jambes pendant dans le vide, sous la courbe du rocher. Son bras se fatiguait rapidement, et elle sentait sa prise se relâcher.

— Shannow ! appela-t-elle. Aidez-moi !

Une main saisit sa ceinture à l'instant où elle perdait prise. Elle tomba, mais il la remonta sur la corniche. Elle se laissa tomber sur le sol et appuya la tête contre le rocher, les yeux fermés. La douleur de sa main blessée était presque agréable : elle lui confirmait qu'elle était vivante.

Shannow tira la corde et en examina l'extrémité.

— Quelqu'un l'a coupée, dit-il.

La peur envahit Amaziga.

— Gareth ! murmura-t-elle.

— Ils l'ont peut-être capturé vivant, dit Shannow à voix basse. Alors, que faisons-nous, maintenant ? Nous avons des ennemis au-dessus, et nos chevaux en dessous.

— S'ils regardent par-dessus le ressaut, ils ne nous verront pas. Ils supposeront que nous sommes tombés. Nous devrions continuer l'escalade.

Elle vit Shannow sourire.

— J'ignore si j'en suis capable, ma dame. Et je sais que vous ne pourrez pas. Pas avec cette main !

— Nous ne pouvons pas abandonner Gareth. (Elle regarda sa montre.) Et il reste seulement une heure avant que Sam soit tué. Nous n'avons pas le temps de descendre et de faire le tour.

Shannow se leva et examina la paroi. Il n'y avait aucun endroit où il aurait pu grimper. Amaziga se joignit à lui. De longues minutes passèrent, puis un bruit de fusillade nourrie retentit au-dessus d'eux.

— Vous avez raison, dit-elle enfin, du désespoir dans la voix. Il n'y a rien que nous puissions faire.

— Attendez, dit Shannow.

Il prit un revolver à sa ceinture, passa l'extrémité de la corde dans la protection de la détente et l'attacha. Il gagna le bord de la corniche et laissa filer la corde, avant de la faire tourner. Amaziga leva la tête. À environ huit mètres au-dessus d'eux, à l'endroit le plus étroit du ressaut, se trouvait une protubérance de pierre. Shannow lâcha plus de corde et continua à faire tourner l'extrémité lestée. Finalement, il expédia la corde vers le haut. Le revolver frappa la paroi, puis retomba, ce qui fit passer la corde par-dessus la protubérance. Shannow fit redescendre l'autre extrémité de la corde, récupéra son arme et la mit dans son holster.

— Vous pensez que cette pierre supportera votre poids ? demanda Amaziga.

Shannow tira trois fois sur la corde doublée.

— Espérons-le, dit-il.

Et il commença à grimper.

Gareth sentit sa colère grandir. La femme à la peau olivâtre avait coupé la corde, puis lui avait ordonné de se lever, les mains sur la tête.

— Écoutez-moi, dit-il, je suis ici pour…

— La ferme ! dit-elle sèchement. (Il entendit qu'elle armait le pistolet.) Avancez, et sachez que je suis juste derrière vous, et que j'ai déjà tué !

Elle ne lui prit pas ses armes, ce qui indiquait qu'elle avait confiance en elle, ou qu'elle était stupide. Gareth penchait pour la confiance. Il obéit et avança à travers la clairière. Il vit une dizaine d'hommes et de femmes agenouillés derrière des rochers ou des arbres tombés, des fusils à la main. Un homme noir de grande taille se tourna quand ils approchèrent.

— J'ai trouvé cette *créature*, dit la femme avec un ricanement, en train de grimper la paroi, derrière nous. Il y en avait d'autres, mais j'ai coupé la corde.

— Effectivement, dit Gareth, et, ce faisant, elle a probablement tué un des rares amis qui vous restent en ce monde, Sam.

Les yeux du Noir s'écarquillèrent.

— Est-ce que je vous connais, petit ?

— En quelque sorte. (L'approche de l'aube éclaircissait le ciel et la pluie avait cessé.) Regardez-moi bien, Sam. Je ne vous rappelle personne ?

— Qui êtes-vous ? demanda Samuel Archer. Parlez sans détour.

Gareth vit, à son expression surprise, que Sam avait, en partie du moins, deviné la vérité.

— Ma mère se nomme Amaziga, dit-il.

— Vous mentez ! J'ai connu Amaziga toute sa vie. Elle n'a pas d'autres fils.

— Ma mère est coincée quelque part sur cette paroi. Elle a traversé un monde pour vous trouver, Sam. Demandez-le-lui directement.

À cet instant, une volée de coups de feu éclata à droite de Gareth. Plusieurs hommes et femmes tombèrent en hurlant. Puis les Enfants de l'Enfer fondirent sur le camp en tirant, des hommes de grande taille en tunique de cuir noir et au casque surmonté de cornes de bélier. Sam pivota et tendit la main vers son pistolet. Gareth mit l'Uzi en position et un bruit de tonnerre éclata dans la clairière. La première rangée de guerriers ennemis tomba, comme fauchée. Gareth courut vers les autres, le pistolet-mitrailleur à la main. D'autres coups retentirent à côté de lui quand les rebelles ouvrirent le feu. Il enleva le chargeur vide et en mit un autre en place. Mais, la première attaque ayant échoué, les Enfants de l'Enfer s'étaient repliés à l'abri des arbres et tiraient depuis leur cachette. Une balle siffla près de la tête de Gareth, une autre souleva la poussière à ses pieds. Il plongea et courut se mettre à l'abri derrière un rocher. Une jeune femme morte gisait sur sa gauche, un petit trou rond à la tempe. Un coup ricocha sur le rocher, au-dessus de la tête de Gareth. Il leva les yeux et vit un homme armé d'un fusil, dans les branches d'un arbre proche de lui. Il leva l'Uzi et tira une rafale. L'homme bascula et tomba à travers les branches, s'écrasant dans le sous-bois.

De l'autre côté de la clairière, Sam était allongé derrière une souche d'arbre. Il se maudit et se traita d'imbécile pour ne pas avoir compris que les Enfants de l'Enfer tenteraient une attaque surprise à la faveur des brumes matinales. L'arrivée du jeune homme armé du fusil à répétition les avait sauvés. Il regarda Gareth. De profil, il voyait encore plus clairement la ressemblance avec Amaziga, les hautes pommettes bien dessinées, le front au profil pur. Gareth le vit et lui sourit, et ce fut la preuve finale. Sam ne comprenait pas comment une telle chose était possible, mais elle était vraie !

Une rafale vint de la gauche, et une trentaine d'Enfants de l'Enfer quittèrent leur abri et arrivèrent à la course, tout en tirant. Sam vit plusieurs de ses rebelles tomber. L'Uzi tonna, mais la charge continua. Levant son pistolet, Sam tira dans le groupe d'ennemis. Des balles sifflèrent autour de lui. L'une d'elle lui effleura le crâne et le renversa. Il roula et vit Shammy, un pistolet dans chaque main, courir vers les attaquants. Elle semblait imperméable aux balles – jusqu'à ce que l'une d'elles l'atteigne à la cuisse et la jette à terre. Jered, sans cesser de tirer, bondit pour l'aider. Au moment où il arrivait près d'elle, son visage explosa dans une gerbe écarlate.

Sam se mit à genoux et déchargea son pistolet sur le dernier des attaquants. Gareth tira de nouveau, et la clairière redevint silencieuse. Shammy rejoignit Sam en rampant. Le sang inondait son pantalon.

— Je vais te faire un tourniquet, dit Sam.

— Ça n'est pas la peine, répondit Shammy.

Sam regarda autour de lui. Environ quarante Enfants de l'Enfer étaient morts, ce qui en laissait plus de cent cinquante en vie. Mais les seuls survivants dans les rangs des rebelles étaient Shammy et lui. Et le jeune étranger.

Gareth les rejoignit, rampant sur le sol à la manière d'un commando.

— Ma corde est encore là-bas, dit-il. Si nous reculons, nous aurons au moins une chance.

— Pas le temps, dit Shammy en levant ses pistolets rechargés au moment où la vague suivante d'Enfants de l'Enfer chargeait.

Gareth se mit à genoux et vida son dernier chargeur sur les guerriers. Dix au moins furent projetés sur le sol, mais les autres continuèrent à avancer.

Puis un deuxième bruit de tonnerre retentit, et Gareth vit Amaziga courir vers lui, son Uzi balayant les rangs ennemis. Derrière elle venait Shannow, ses deux revolvers crachant le feu. Les Enfants de l'Enfer cessèrent la charge et reculèrent dans le sous-bois.

— Filons d'ici ! cria Gareth.

Sam et lui soulevèrent Shamshad et reculèrent de l'autre côté de la clairière. Des coups de feu retentirent, mais les rebelles atteignirent bientôt le couvert des arbres. Gareth attacha rapidement sa dernière corde au tronc d'un arbre.

— Vous d'abord, Sam, dit-il. Il y a une corniche dessous, et vous y trouverez une autre corde. Il y a des chevaux au pied de la falaise.

Sam parut ne pas entendre. Il dévisageait Amaziga.

— Les questions, plus tard, d'accord ? dit-il en prenant le bras de l'homme. D'abord, la corde ! Quand vous serez sur la corniche, tirez deux fois sur la corde, et le prochain d'entre nous vous suivra.

Sam saisit la corde et glissa par-dessus le bord de la falaise. Gareth rejoignit sa mère.

— Tu as d'autres chargeurs pour l'Uzi ?

— Un seul, dit-elle en le lui donnant.

Un Enfant de l'Enfer arriva en vue, son fusil levé. Shannow lui logea deux balles dans le corps. Gareth regarda la corde.

— Allez, mon gars, dépêchez-vous ! murmura-t-il.

Comme obéissant à son injonction, Sam, hors de vue, arriva sur la corniche et tira deux fois sur la corde.

— Toi ensuite, mère, dit Gareth. Donne l'Uzi à Shannow.

Amaziga jeta l'arme à l'Homme de Jérusalem, gagna le bord de la falaise et disparut.

Des coups retentirent autour d'eux. Shannow tira avec l'Uzi, et le silence retomba.

La corde s'agita.

— À vous, Shannow.

— Je passerai en dernier, dit-il. Descendez !

Gareth donna l'Uzi à Shammy et avança vers le bord.

Le silence régna un moment, puis la corde s'agita deux fois.

— On ferait mieux de les rejoindre, dit-il à la jeune femme.

Elle sourit et haussa les épaules.

— J'ai perdu trop de sang, l'ami. Je n'ai plus de forces. Allez-y. Je vais les retenir un moment.

— Je vais vous porter, annonça-t-il.

— Non. L'artère de ma cuisse a été sectionnée. Je suis en train de saigner à mort. Il me reste probablement quelques minutes à peine. Filez ! Et sauvez Sam. Emmenez-le loin d'ici.

Deux Enfants de l'Enfer se dressèrent. Une balle ricocha contre un tronc d'arbre, près de la tête de Shannow. Il pivota et vida l'Uzi, puis le jeta. Shammy était maintenant allongée sur le sol, une deuxième blessure s'étalait sur sa poitrine. Shannow rampa vers elle.

— Ma foi, murmura-t-elle, ce second coup a fait cesser la douleur.

— Vous êtes une femme courageuse. Vous méritiez mieux !

— Vous feriez mieux de partir. Mais d'abord, asseyez-moi. Je peux peut-être tirer encore quelques balles.

Shannow la souleva et l'adossa à un tronc, lui mettant l'Uzi dans la main. Puis il se glissa vers le bord et disparut.

Quand il arriva à la corniche, il entendit une volée de coups de feu.

Puis le silence…

Sam était assis sur la colline, au-dessus de la petite agglomération de bâtiments déserts, l'esprit toujours secoué par les chocs de la journée. Shammy était morte. Ils étaient tous morts : Jered, Marcia, Caleb… et Amaziga était vivante. Il était empli d'un sentiment d'irréalité qui bloquait toute émotion.

Ils étaient descendus jusqu'au pied de la falaise pendant que les Enfants de l'Enfer leur tiraient dessus, mais aucune balle ne les avait atteints. Puis Amaziga et lui avaient partagé le cheval de tête, suivis par le jeune homme noir et l'austère guerrier. Ils avaient chevauché pendant des heures, et s'étaient enfin arrêtés dans ce hameau désert dont les habitants avaient depuis longtemps été tués par les forces de la Pierre de Sang. Les quelques maisons étaient vides, un mémorial empli de poussière à la mémoire d'une communauté disparue à tout jamais.

Amaziga l'avait conduit dans une des maisons, l'avait fait asseoir, s'était agenouillée devant lui et lui avait tout expliqué. Mais ses mots tournaient toujours dans la tête de Sam, qui n'arrivait pas à leur trouver un sens. Il avait touché son visage. Elle s'était penchée vers lui et lui avait embrassé les doigts, comme elle l'avait toujours fait. Il avait pleuré à ce moment, et il était sorti de la maison en titubant, croisant le jeune homme au passage, puis il s'était mis à courir et il était arrivé en haut de la colline.

Shammy était morte. La loyale et fidèle Shammy, qui ne demandait rien, excepté de combattre à ses côtés.

Mais où était son chagrin ? Amaziga, qu'il avait aimée plus que tout, était de retour. Pas *son* Amaziga, avait-elle dit, mais une autre femme, venue d'un autre univers. Ça n'avait pas de sens… et ça ne faisait aucune différence. Pendant la chevauchée, il était assis derrière elle, et l'odeur de ses cheveux avait empli ses narines, et il avait senti son corps contre le sien.

Samuel Archer lutta pour remettre de l'ordre dans ses idées. Il avait étudié le principe des univers multiples, au Centre des

Gardiens, et avait effectivement postulé qu'il pouvait exister d'autres Samuel Archer. Puis Sarento s'était transformé en la Bête de Sang, et toutes les études de Sam avaient été oubliées dans les guerres sauvages qui avaient suivi.

Amaziga était morte, déchiquetée par une volée de balles, son beau visage éclaté et ensanglanté.

Amaziga était vivante !

Oh ! Dieu !

C'en était trop. Sam regarda le ciel. Il n'y avait pas un seul oiseau, et, aussi loin que la vue portait, il n'y avait aucune créature vivante dans la contrée. La Pierre de Sang avait desséché le monde. Le soleil brillait, le ciel était d'un bleu étincelant pommelé de nuages. Sam s'allongea sur l'herbe, ses pensées en chaos. Amaziga vint le rejoindre, et ses yeux burent ses moindres mouvements, sa sensualité sans affectation, la légèreté de ses pas. Dieu, elle était la plus belle femme qu'il ait jamais connue !

Je ne la connais pas !

— Nous devons parler, Sam, dit-elle doucement en s'asseyant près de lui.

— Parlons de nos souvenirs communs, dit-il plus rudement qu'il en avait eu l'intention. Tu te souviens de l'été à Lost Hawk, près du lac ?

Elle secoua tristement la tête.

— Toi et moi n'avons jamais partagé d'été, même si je ne doute pas que certains de nos souvenirs soient similaires. Ce n'est pas la question, Sam. J'ai traversé l'univers pour te trouver et te sauver de la mort. Je n'ai pas pu sauver mon propre Sam, comme tu n'as pas réussi à protéger l'Amaziga de ton univers. Mais nous sommes tous deux des copies parfaites des originaux. Tout ce que j'aimais au sujet de mon Sam, tu le partages, et c'est pourquoi je peux dire, sans crainte et sans contradiction, que je t'aime, Sam. Je t'aime et j'ai besoin de toi.

— Qui est le jeune homme ? demanda Sam.

Il connaissait la réponse, mais avait besoin d'une confirmation.

— Ton fils… ou celui que tu aurais pu avoir.

— C'est un homme courageux et fiable. Je pourrais être fier d'avoir un fils comme lui.

— Alors, sois fier, Sam ! dit-elle. Viens avec nous. Ensemble, nous pourrons empêcher un monde de basculer. Ce ne sera pas le nôtre, mais ce sera un monde identique à celui qui est presque mort. Nous pouvons le sauver, Sam. Nous pouvons réaliser les rêves des Gardiens.

— Et la Pierre de Sang ?

Elle écarta les mains.

— Que veux-tu dire, Sam ? Il a tué un monde. Il ne pourra plus se nourrir. Il est perdu, de toute façon.

— Non. Sarento n'était pas un imbécile. Qu'est-ce qui l'empêchera de trouver d'autres mondes ? Non. J'ai juré de le détruire, et je dois le faire !

Amaziga resta un moment silencieuse.

— C'est stupide, Sam, nous le savons tous les deux. Ses pouvoirs sont trop forts pour nous. As-tu un plan ? ou est-ce seulement le désir donquichottesque de sauver ce monde, qui t'empêche de t'apercevoir que tu es battu ?

— *Mon* Amaziga ne m'aurait jamais demandé ça.

— Si, elle l'aurait fait, et tu le sais, Sam. Tu es un romantique et un idéaliste, mais pas elle. N'est-ce pas ?

Il soupira et détourna le visage, regardant vers les bâtiments où attendaient les deux hommes.

— Qui est ce tueur glacial ? demanda-t-il, évitant de répondre à la question d'Amaziga.

— Il s'appelle Shannow. Dans son monde, on le connaît sous le nom de l'Homme de Jérusalem. Lui aussi, il avait un rêve impossible, mais il a appris à reconnaître la vanité de ses espoirs.

— Il n'a pas l'air d'un rêveur. Ni d'un homme qui a perdu espoir. (Il se tourna vers elle et sourit.) Tu as raison. Ma Ziga m'aurait posé la même question. Ce qui m'intéresse est de voir comment tu réagiras à ce que je vais dire. Ou si tu peux le prédire ?

— Oh ! Je peux le prédire, Sam. Tu vas dire que t'enfuir te détruirait, car cela signifierait tourner le dos à tout ce en quoi tu crois. Tu vas dire que tu continueras le combat contre la Pierre de Sang, même si je dis que je partirai sans toi. Ai-je raison ?

— Je ne peux pas le nier.

—Et tu as tort, Sam. Oh ! J'admire ton courage, mais tu as tort. Avant de venir ici, nous avons étudié la Pierre de Sang. Sarento ne peut pas être détruit par les armes qui sont en ta possession. Il est invulnérable. On ne peut pas lui tirer dessus, l'affamer ou le brûler. Nous pourrions l'enterrer sous des tonnes de glace, et ça n'aurait aucun effet sur lui. Dis-moi, Sam, comment combattras-tu ce monstre ?

Sam détourna le regard.

—Il doit y avoir un moyen. Dieu sait qu'il doit exister un moyen !

—Si c'est vrai, mon amour, nous ne le trouverons pas ici. Peut-être pourrions-nous trouver quelque chose dans le monde d'avant la Chute, puis revenir.

Sam y réfléchit un moment, puis hocha lentement la tête.

—Tu as raison, comme toujours. Comment rejoindrons-nous ton monde ?

Amaziga éclata de rire.

—N'aie pas l'air si déconfit ! Ensemble, nous pouvons faire beaucoup de choses pour le bien de l'humanité. Tu es vivant, Sam ! Et nous sommes réunis.

—Et la Pierre de Sang a triomphé, murmura-t-il.

—Pour le moment, seulement, lui affirma-t-elle.

Shannow les regardait, et les vit s'étreindre.

Gareth vint à côté de lui.

—Eh bien, nous avons réussi, monsieur Shannow. Nous avons permis aux amants de se retrouver.

Shannow hocha la tête sans répondre. Il regarda les montagnes, au loin, et le bord du désert, au nord.

—Pensez-vous qu'ils nous suivront ? demanda Gareth.

—Comptez-y, dit Shannow. Selon Lucas, il leur faudra presque une journée pour trouver une piste pour leurs chevaux. Même avec ce délai, je n'aime pas l'idée de rester assis ici et d'attendre. Quatre personnes, avec trois chevaux fatigués ? Nous ne pourrons pas les semer, c'est certain.

Il se leva et gagna un puits en brique à l'arrière de la première maison. Il descendit le seau et le remonta. L'eau était fraîche, et il but avidement. La mort de la jeune femme à la peau olivâtre l'avait touché. Elle était si jeune, et tant de possibilités s'étaient offertes à elle. Et voilà qu'elle n'en connaîtrait jamais aucune, tuée par une bande de meurtriers au service d'une abomination.

Il se demanda, une fois encore, comment l'humanité pouvait s'abaisser à de tels actes de barbarisme. Il se souvint des mots de Varey Shannow.

« Jon, l'Homme est capable de grandeur, d'amour, de noblesse, de compassion. Mais n'oublie jamais que sa capacité à faire le mal est infinie. C'est une triste vérité, mon garçon, mais si tu te mettais à l'instant à réfléchir aux pires tortures qu'il serait possible d'infliger à un autre être humain, tu peux être sûr qu'elle a déjà été pratiquée, quelque part. S'il y a un son qui suit la marche de l'humanité, c'est le hurlement. »

Gareth conduisit les chevaux au puits et emplit un deuxième seau.

— Vous semblez à des lieues d'ici, monsieur Shannow, dit-il. À quoi pensiez-vous ?

Shannow ne répondit pas. Il se tourna et vit Amaziga et Sam arriver, main dans la main.

— Nous sommes prêts à partir, dit-elle.

— Les chevaux auront besoin d'une nuit de repos. Ils sont épuisés. Nous utiliserons une de ces maisons, et nous partirons à l'aube. Je prendrai le premier tour de garde.

À sa surprise, Amaziga n'éleva pas d'objections. Elle enleva le bandeau et les boîtes qui contenaient Lucas et les lui donna. Elle lui montra comment allumer la machine, et le prévint de limiter son utilisation afin d'économiser l'énergie.

Sam et Amaziga entrèrent dans la première maison. Gareth resta un moment avec Shannow. Puis il sourit.

— Je crois que je dormirai dans la maison voisine, dit-il. Je vous relèverai dans quatre heures.

Shannow enleva son chapeau et glissa le bandeau sur son front, puis il passa le harnais sur son épaule et appuya sur le bouton de la première boîte. Quelques instants après, il entendit une voix étouffée.

— Tout le monde est sain et sauf ?

— Oui, dit Shannow.

— Je vous entends mal, monsieur Shannow. Servez-vous du micro. Il est sur le bandeau. Quand vous le descendrez vers votre bouche, il se mettra en marche automatiquement.

Shannow obéit.

— Oui, nous sommes tous saufs. Amaziga a trouvé Sam.

— Il y a de la tristesse dans votre voix. Je suppose qu'il y a eu une tragédie ?

— Beaucoup de gens sont morts, Lucas.

— Ah ! Oui, je la vois, maintenant. Elle était jeune et belle. Vous ne vouliez pas la quitter. Oh ! Monsieur Shannow… le monde peut être si sauvage. (Lucas resta un moment silencieux.) Quel endroit solitaire, ici ! Pas d'oiseaux, pas d'animaux. Rien. Voulez-vous tourner la tête ? Il y a une caméra sur le bandeau. Je vais examiner les alentours. (Shannow obéit.) Il n'y a rien. Pas même un insecte. Ce monde est réellement mort. Attendez… Je perçois quelque chose…

— Quoi ? des cavaliers ?

— Chut. Un moment, je vous prie.

Shannow examina les montagnes, mais ne vit aucun signe de mouvement dans la lumière déclinante. Finalement, la voix de Lucas revint.

— Dites à Amaziga que nous rentrerons par le cercle de pierres qui se trouve dans Babylone. Il est plus proche.

— Vous voulez que nous allions dans la cité des Enfants de l'Enfer ? demanda Shannow, sidéré.

— Cela fera gagner une demi-journée.

— Ne perdons pas de vue la présence d'une nation ennemie, dit Shannow.

— Faites-moi confiance, dit Lucas. Partez vers le nord-est, demain. Maintenant, je vous prie de couper l'alimentation, monsieur Shannow. J'ai vu tout ce que je voulais voir.

Shannow appuya sur le bouton puis retira le bandeau.

Else Broome ne pouvait pas dormir. Son corps énorme se retournait sans cesse sur le lit, dont les ressorts grinçaient sous son poids. Elle était en colère. Son mari avait perdu la tête et avait tué le Prophète, mettant ainsi fin à tous ses rêves de statut social et de respect. Il avait toujours été faible et inutile.

Je n'aurais jamais dû l'épouser, se reprocha-t-elle.

Et elle ne l'aurait pas fait si Edric Scayse ne l'avait pas rejetée. Scayse aurait été une bonne prise, riche, beau et respecté. Il était également mort jeune, ce qui aurait laissé Else veuve, libre et héritière de sa fortune, qu'elle aurait pu dépenser en vivant dans le luxe, peut-être à Unité. La veuve Scayse. Quelle idée délicieuse... Hélas, malgré tout ce qu'elle avait fait pour le séduire, Scayse était resté indifférent à ses avances, et elle avait finalement dû se contenter d'un pis-aller. Un véritable avorton ! Mais, grâce à la chance, et à l'aide d'une épouse avisée, Josiah Broome avait atteint une place enviée parmi les habitants de la vallée des Pèlerins.

Et maintenant, même ça lui avait été retiré ! Le jour même, dans la rue principale, devant tout le monde, un groupe de femmes avait traversé pour éviter de rencontrer Else Broome. Tous les yeux s'étaient détournés sur son passage, sauf ceux d'Ezra Feard, le principal concurrent de Josiah. Il lui avait décoché un grand sourire, et sa sorcière de femme était promptement sortie à côté de lui pour se réjouir de la chute d'Else.

Et ça ne ferait qu'empirer ! Les Cavaliers de Jérusalem ramèneraient son mari, probablement pleurant et gémissant, et l'enfermeraient dans la prison des Croisés, avant que le tribunal le condamne à la pendaison. Oh ! Quelle honte ce serait pour elle !

Elle ferma les yeux et dit une prière.

— Oh ! Seigneur, vous savez quelles épreuves j'ai endurées auprès de ce misérable. On a dit qu'il a été blessé en essayant de s'enfuir. Faites qu'il meure dans les montagnes, que son cadavre soit dévoré et que rien de lui ne soit jamais retrouvé.

Peut-être, après quelques années, le souvenir de son mari fou s'estomperait-il aux yeux de la communauté. Et elle pourrait se remarier.

Un bruit soudain, en bas, lui fit ouvrir les yeux. Quelqu'un se déplaçait dans sa maison.

— Grands dieux, faites que ce ne soit pas Josiah ! Tout sauf ça ! murmura-t-elle.

Il y avait un petit pistolet dans la table de nuit. Else s'assit. Si elle descendait discrètement et le tuait, elle serait une héroïne aux yeux de la ville, et récupérerait son statut social. Elle ouvrit le tiroir et sortit l'arme, qui semblait minuscule dans sa main grasse. Elle ouvrit le côté, vérifia que le pistolet était chargé, puis, déplaçant son corps pesant avec peine, elle gagna la porte et commença à descendre l'escalier. La première marche grinça bruyamment.

— Est-ce toi, Josiah, mon cher ? appela-t-elle.

Elle aperçut un mouvement vers la droite. Elle arma le pistolet et descendit dans la pièce. La lune sortit de derrière un nuage et sa lumière argentée inonda la fenêtre et la porte ouverte. Une immense forme se dressa devant elle.

Else Broome eut tout juste le temps de pousser un hurlement aigu…

Qui fut entendu par le capitaine Léon Evans, qui faisait une de ses rondes nocturnes. Le son lui glaça les sangs. Une silhouette se détacha de l'ombre, et Léon pivota, son arme à la main.

— C'est seulement moi, monsieur, dit Samuel McAdam en le rejoignant. Vous avez entendu ce cri ?

— Diantre, oui ! Il venait de la rue de l'Ouest.

— Vous voulez que je vienne avec vous ?

Léon sourit et flanqua une tape amicale sur l'épaule du jeune homme.

— Tu n'es pas encore un Croisé, Sam. Attends qu'on te paie pour faire ce travail !

Il remit son pistolet dans son holster et avança. Une forme argentée sortit des ombres et courut vers lui, mais Léon ne regardait pas dans cette direction, et il ne la vit pas. Samuel la vit, lui, et n'en crut pas ses yeux. Aucun Homme-Loup n'était aussi grand !

— Capitaine ! hurla-t-il.

Il sortit son pistolet. Son premier coup rata la bête, mais Léon Evans pivota, sortit son arme et tira d'un seul mouvement fluide. Samuel vit la bête tituber et du sang jaillir quand la balle lui entama le cuir chevelu. Samuel tira de nouveau. De la poussière sortit de la fourrure de la créature, au-dessus de la hanche, puis du sang gicla de la blessure. Léon Evans s'approcha et logea deux autres balles dans la poitrine du Dévoreur. Avec un cri terrible, le monstre tomba assis sur le sol. Des mouvements furent visibles, au bout de la rue, et des cris jaillirent de plusieurs maisons, à droite de Samuel. À un étage élevé, une fenêtre se fracassa et le corps d'un homme en fut projeté et s'écrasa sur le toit en bois en pente qui protégeait le trottoir. Il atterrit tête la première. Léon accourut vers le corps, Samuel sur ses talons. C'était Ezra Feard, dont la poitrine était lacérée.

Des gens sortirent en courant de leurs maisons et convergèrent vers le centre de la rue principale. Une immense bête sauta de la fenêtre d'Ezra Feard et atterrit au milieu de la foule. Samuel vit une femme jetée au sol, hurlante. Un homme se précipita vers elle, mais des griffes lui ouvrirent la poitrine. La panique s'empara de la foule, et les gens se mirent à courir en tous sens. Du bout de la rue arriva une dizaine d'autres créatures, dont les hurlements retentissaient plus fort que les cris de terreur de la foule.

— Allez dans le bâtiment des Croisés ! hurla Léon Evans, essayant de se faire entendre malgré le tumulte.

Pistolet en main, Samuel se fraya un chemin dans la foule et tenta de rejoindre l'officier. Le capitaine des Croisés tenait bon, le bras tendu, tirant calmement sur les bêtes enragées. Puis le chien percuta une chambre vide, et Léon Evans ouvrit en hâte le pistolet pour le recharger. Mais une bête se jeta vers lui et bondit. Samuel était à quelques mètres de là. Il tira, et rata son coup. Des griffes s'enfoncèrent dans la joue de Léon Evans et lui arrachèrent le visage. Le capitaine des Croisés recula en lâchant son arme. Quand la créature bondit de nouveau, l'homme mortellement blessé sortit un couteau de chasse et essaya d'en frapper le monstre, mais la lame ne perça même pas le cuir épais. Des griffes lui déchirèrent le corps, et il tomba dans un jet de sang. Samuel recula, tremblant, puis se tourna et se sauva à toutes jambes.

Beaucoup de gens s'étaient entassés dans le bâtiment en pierre des Croisés, tandis que d'autres couraient toujours dans la rue principale. Un cheval emballé passa à côté de Sam. Il sauta vers lui et lui saisit la crinière, essayant de grimper sur le dos nu de l'animal. Il rata son coup et fut traîné sur une trentaine de mètres, avant de tomber dans la poussière. Un immense Homme-Loup fonçait vers lui. Quand la main de Samuel toucha son holster, il s'aperçut qu'il était vide.

Un coup de fusil retentit, venant de plus haut, vers la droite. Frappée en pleine poitrine, la créature recula en titubant et lâcha un hurlement de douleur. Samuel leva la tête et vit le jeune Wallace Nash, penché à une fenêtre au-dessus de lui.

— Dépêche-toi d'entrer, Sam ! hurla Wallace.

Samuel monta en courant les trois marches qui conduisaient à la maison et entra rapidement. Dehors, la bête blessée se jeta contre la porte, qui se brisa en deux. Samuel grimpa l'escalier quatre à quatre, la bête sur ses talons. Wallace Nash apparut en haut de l'escalier.

— À terre, Sam ! cria le jeune homme.

Samuel se jeta au sol quand le fusil tonna. Il entendit le corps de la bête tomber dans l'escalier, derrière lui. Il se releva et rejoignit le jeune homme roux en haut de l'escalier. Il ne connaissait pas beaucoup Wallace Nash, mais il se souvenait que le garçon était un coureur de sprint, qui avait une fois battu le cheval de course d'Edric Scayse, Cercle de Feu.

— Merci, Wallace, dit-il tandis que le jeune homme poussait deux cartouches dans son fusil à canon double.

— Il faut qu'on sorte d'ici, dit Wallace. Ce vieux tromblon ne va pas les tenir longtemps en respect, c'est sûr ! Où est ton pistolet ?

Samuel s'empourpra.

— Je l'ai laissé tomber dans la rue. J'ai paniqué.

Wallace tira de sa ceinture un vieux pistolet à un coup des Enfants de l'Enfer.

De nouveaux cris retentirent dans la rue, et les deux jeunes gens coururent à la fenêtre. Une jeune femme portant un bébé tambourinait à la porte du bâtiment des Croisés, mais les gens à l'intérieur étaient trop terrorisés pour lui ouvrir.

Une bête avança vers elle.

— Par ici ! hurla Samuel.

La femme pivota, et Samuel vit qu'elle estimait la distance par rapport à la vitesse de l'Homme-Loup. Elle n'y arriverait pas…

Mais elle essaya.

Wallace visa et tira avec les deux canons. Les balles touchèrent la bête à l'épaule et la déséquilibrèrent. Mais elle recouvrit rapidement son équilibre et plongea vers la femme. Samuel ouvrit la fenêtre et sortit sur l'appui. Au grand regret de sa mère, il n'avait jamais fait preuve de beaucoup de courage ou d'endurance. Samuel estimait qu'il l'avait déçue à presque tous les points de vue. Il inspira à fond et sauta. Il atterrit lourdement et se tordit la cheville. La femme était presque arrivée à la porte, la bête juste derrière elle. Samuel se porta vers la gauche et tira. Sa première balle s'écrasa dans la gueule ouverte de la créature. La deuxième lui arracha la gorge, et du sang jaillit. Mais elle continua à avancer.

À cet instant, Samuel McAdam sut qu'il allait mourir, et un calme glacial s'installa dans son esprit.

La femme le dépassa en courant, sans le regarder, son bébé hurlant. D'autres bêtes se rassemblaient désormais. La première créature était parvenue à sa hauteur, et il tira deux fois, la touchant au cœur. L'Homme-Loup s'affala… puis sa main griffue déchira l'air.

— Recule, Sam ! cria Wallace.

La bête tomba morte. Quelque chose de chaud et de gluant inondait la chemise de Sam. Il regarda. Du sang, qui sortait de la blessure béante de sa gorge.

Samuel tomba à genoux, toute force le quittant. Il bascula sur le côté et son visage frappa la terre battue de la rue. Il n'éprouvait aucune douleur.

Je suis en train de mourir, pensa-t-il avec indifférence. *Voilà. C'est le moment.*

Une immense fatigue s'abattit sur lui, et une vieille prière de son enfance lui vint à l'esprit. Samuel essaya de la réciter, mais il n'en eut pas le temps.

Le moment que le docteur Julian Meredith redoutait depuis longtemps était arrivé. Isis était allongée dans le chariot, inconsciente, le pouls faible et erratique, les paupières bleues, les joues creuses. Il comprit, a posteriori, que cela se préparait depuis des semaines. L'énergie de la jeune femme était au plus bas, et elle avait même du mal à parler.

Meredith était assis à son chevet pendant que Jérémie conduisait le chariot.

Combien de temps avant la fin ? se demanda-t-il.

Il se pencha et embrassa son front glacé. Ses yeux s'embrumèrent, et une larme chaude s'écrasa sur la joue pâle de la jeune femme. Quand le chariot s'arrêta en grinçant, Meredith se leva, ouvrit la porte arrière et sortit. Jérémie enroula les rênes autour de la poignée du frein et le rejoignit.

— Comment va-t-elle ? demanda le vieil homme.

— Je crois que ce sera pour cette nuit, dit Meredith.

— Grand dieu, murmura Jérémie. C'est une fille si adorable. Il n'y a pas de justice, n'est-ce pas, docteur ?

— Pas dans des cas comme le sien, reconnut Meredith.

Jérémie fit un feu et apporta deux chaises du chariot.

— Je ne comprends toujours pas ce qui est train de la tuer, dit-il. Le cancer, je comprends, ou un cœur faible. Mais ça, non.

— C'est un phénomène très rare, expliqua Meredith. Dans le monde ancien, on l'appelait maladie d'Addison. Nous avons tous un système de défense dans notre organisme, qui peut isoler et détruire les germes. Dans le cas d'Isis, ce système fonctionne mal, et s'est retourné contre l'organisme. Il détruit, entre autres, les glandes surrénales.

— Alors, elle se tue elle-même, dit Jérémie.

— Oui. Dans l'ancien monde, il existait des substituts de cortisone qui permettaient de garder ces malades en vie. De nos jours, nous ne savons pas de quelle manière ces médicaments étaient fabriqués.

Jérémie soupira et regarda autour de lui, dans la vaste prairie vide. Ils avaient laissé les autres chariots après être sortis de Domango, quand l'état d'Isis s'était aggravé, et ils se dirigeaient vers la vallée des Pèlerins, à la recherche d'un miracle. L'Apôtre Saül était le dernier des disciples du Diacre, et on disait qu'il avait fait des miracles, à Unité, des années auparavant. Quand ils avaient entendu qu'il était dans la vallée des Pèlerins, Jérémie et Meredith avaient quitté leurs compagnons et s'étaient dirigés vers la ville.

Ils étaient à deux jours à peine de la vallée, mais ces deux jours auraient pu être aussi bien deux siècles, car Isis agonisait sous leurs yeux.

Jérémie se tut et alimenta le foyer pendant que Meredith retournait dans le chariot. Isis était si immobile qu'il pensa qu'elle était morte, mais quand il mit un petit miroir sous son nez, un léger nuage de vapeur apparut sur la surface. Il lui prit la main et lui dit les mots qu'il avait toujours voulu prononcer.

—Je vous aime, Isis. Presque depuis le premier jour où je vous ai vue. Vous aviez un panier de fleurs, et vous marchiez dans la rue principale en proposant vos fleurs aux passants. Le soleil brillait, et votre chevelure ressemblait à un casque d'or. J'ai acheté trois bouquets. Des jonquilles, il me semble. (Il se tut et lui serra les doigts. La jeune femme ne bougea pas, et il soupira.) Et maintenant, voilà que vous allez me quitter, et voyager là où je ne peux pas vous suivre. (Sa voix se brisa, et des larmes coulèrent sur ses joues.) Je trouve ça difficile à accepter. Très difficile !

Quand Meredith descendit du chariot, Jérémie avait mis une marmite de ragoût à cuire sur le feu, et il la remuait avec une cuiller en bois.

—J'ai cru voir un Homme-Loup, dit le vieil homme. Là-bas, au milieu des arbres.

Meredith regarda, mais il ne vit rien, excepté la brise qui agitait le haut des herbes et donnait à la prairie l'aspect d'un océan vert.

Au loin retentit un étrange hurlement.

—Avez-vous un fusil ? demanda Meredith.

—Non. Je l'ai confié à Malcolm. Je lui ai dit que je le reprendrai la prochaine fois que nous nous rencontrerions.

Meredith s'assit et tendit les mains vers le feu. Celui-ci donnait peu de chaleur, car la brise la dispersait rapidement. En temps normal, ils auraient cherché un endroit abrité pour dresser leur camp, contre un rocher ou un arbre couché. Mais les bœufs étaient fatigués et, à cet endroit, au milieu de la prairie, l'herbe était bonne.

—Je ne pense pas que nous aurons besoin d'une arme, dit Meredith. Je n'ai jamais entendu parler d'humains attaqués par des Hommes-Loups.

—Que ferez-vous, docteur, quand… ?

Jérémie se tut, incapable de finir sa phrase.

— Quand elle mourra ? (Meredith se frotta le visage. Il avait les yeux fatigués, et le cœur lourd.) Je quitterai les *Errants,* Jérémie. Je trouverai une petite ville sans docteur, et je m'y installerai. Je me suis joint à vous seulement pour être proche d'Isis. Et vous ?

— Oh ! Je continuerai à voyager. J'aime voir de nouveaux paysages, me baigner dans des ruisseaux oubliés et regarder le soleil se lever sur des montagnes sans nom.

Une forme gris argent émergea des herbes et se dressa, sans être remarquée, à une vingtaine de mètres du chariot. Meredith fut le premier à apercevoir l'Homme-Loup et tapota Jérémie sur l'épaule. Le vieil homme leva la tête.

— Viens nous rejoindre, mon petit ami, dit-il.

L'Homme-Loup hésita, puis trotta vers eux et s'assit près du feu.

— Je m'appelle Pakia, dit-il, la tête penchée sur le côté, sa longue langue pendant de sa bouche.

— Bienvenue, Pakia, dit Jérémie. Avez-vous faim ? Le ragoût est presque cuit.

— Pas faim. Mais très peur.

Jérémie gloussa.

— Vous n'avez pas à avoir peur de nous. Je m'appelle Jérémie, et voici mon ami, le docteur Meredith. Nous ne pourchassons pas ceux de votre peuple.

— Pas peur de vous, dit l'Homme-Loup. Où allez-vous ?

— La vallée des Pèlerins, répondit le vieil homme.

La créature secoua violemment la tête.

— Pas aller là. Maléfique ! Beaucoup de morts. Tous morts.

— Une épidémie ? demanda Meredith. (Pakia leva la tête, interrogeant Meredith du regard.) Une maladie ?

— Pas maladie. Les bêtes de sang venir, tuer tout le monde. Je les sens maintenant. Loin, mais se rapprochent. Vous avez fusils ?

— Non, dit Meredith.

— Alors vous mourrez, dit Pakia, et ma Beth mourra.

— Qui est Beth ? demanda Jérémie.

— Bonne amie. Ferme au sud d'ici. Allez la rejoindre, elle a des fusils. Peut-être vous survivrez. Elle survivra.

Pakia se leva et partit au trot sans rien ajouter.

— Étrange petite créature, dit Meredith. Était-ce un mâle ou une femelle ?

— Une femelle, dit Jérémie, et elle était très inquiète. Je parcours cette contrée depuis des années, et je n'ai jamais entendu parler de bêtes de sang. Elle parlait peut-être de lions, ou d'ours. Je n'aurais pas dû donner mon fusil à Malcolm.

— Que devrions-nous faire, à votre avis ? demanda Meredith.

Jérémie haussa les épaules.

— Nous finissons le ragoût, puis nous gagnons cette ferme. (Le hurlement retentit de nouveau, et Jérémie frissonna.) D'accord, on oublie le ragoût, dit-il.

Beth McAdam somnolait quand Toby Harris frappa doucement sur l'encadrement de la porte. Elle se réveilla aussitôt et se frotta les yeux.

— La journée a été longue, Tobe, dit-elle.

L'ouvrier enleva sa casquette et sourit.

— Il reste encore quelques vieux taureaux dans les bois. C'est un sacré boulot de les en déloger !

Beth s'étira le dos et se leva. Toby Harris était arrivé deux semaines plus tôt, sur un vieux cheval épuisé qui était en meilleur état que lui. C'était un petit homme nerveux et voûté, qui avait travaillé comme mineur à Pureté, comme dresseur de chevaux dans un ranch près d'Unité, et qui avait auparavant été marin pendant quatre ans. Sur un coup de tête, il avait décidé de se rendre dans ce qu'on avait l'habitude d'appeler « les terres sauvages » afin d'y faire fortune. Quand il était arrivé à la ferme de Beth McAdam, il n'avait plus de nourriture, plus de pièces de Barta, et plus énormément de chance. Beth avait tout de suite apprécié le petit homme. Il avait un sourire espiègle qui ôtait des années à son visage buriné par la vie, et ses yeux bleus étincelaient d'humour.

Tobe passa une main dans sa chevelure noire, qui s'éclaircissait.

— J'ai vu un chariot arriver vers ici, dit-il. Des *Errants,* probablement. Je pense qu'ils vont s'arrêter et mendier un peu de nourriture.

— Combien ? demanda Beth.

— Un seul chariot, peint de couleurs vives. Tiré par des bœufs. Avec deux hommes.

— Espérons qu'un d'eux soit bricoleur. J'ai des marmites qui auraient besoin d'être réparées, et des couteaux à affûter. Dites-leur qu'ils sont les bienvenus et qu'ils peuvent s'installer dans la prairie sud. Il y a un bon ruisseau, à cet endroit.

Tobe hocha la tête et sortit. Beth inspira à fond. Avec l'hiver qui arrivait, elle avait eu besoin d'un bon ouvrier. Ses quelques bêtes s'étaient éparpillées dans les collines et les bois. Les en faire sortir était un travail pour quatre hommes au moins, mais Tobe travaillait aussi dur que trois ouvriers normaux. Avant, Samuel l'aidait, mais il passait désormais tout son temps en ville et étudiait pour devenir Croisé. Beth soupira. Désormais, ils ne pouvaient plus se rencontrer sans échanger des paroles dures.

— J'ai été trop dure avec lui, quand il était petit, dit-elle à voix haute.

Tobe revint.

— Je vous demande pardon, maîtresse McAdam, mais il y a un cavalier qui arrive. Enfin, deux. Ils montent une vieille mule. Je crois que l'un des deux est malade… ou ivre.

Beth alla prendre son vieux fusil au-dessus de la cheminée. Elle mit une cartouche dans la culasse puis sortit dans la lumière déclinante du crépuscule. Les cavaliers arrivaient des montagnes et, même à cette distance, elle vit les flancs couverts de sueur de la mule. Elle vit une barbe blanche sur le visage de l'un des hommes. La silhouette de l'autre lui était familière, mais il était penché sur l'encolure de la mule et le vieil homme derrière lui le soutenait. La mule s'arrêta, et le vieil homme en descendit pour soutenir son compagnon. Beth vit qu'il s'agissait de Josiah Broome. Elle posa le fusil et se précipita pour aider l'homme à la barbe blanche.

— On lui a tiré dessus, dit-il.

— Tobe ! cria Beth.

L'ouvrier les rejoignit, et, ensemble, ils firent descendre le blessé de la mule. Broome était inconscient, le visage livide, et la sueur de la fièvre brillait sur son front.

— Amenez-le dans ma chambre, dit Beth, laissant les deux hommes emporter Broome dans la maison.

— Ramassez votre fusil, maîtresse McAdam, dit l'homme à la barbe. Il y a des tueurs dans le secteur.

Ils installèrent Broome dans le grand lit de Beth et le couvrirent d'une épaisse couverture. Puis le vieil homme sortit.

— Quels tueurs ? demanda Beth.

— Les plus terribles créatures que vous verrez jamais, dit-il. Des Hommes-Loups gigantesques. En ce moment, ils doivent être en train d'attaquer la vallée des Pèlerins. J'espère que les Croisés sont des hommes solides et efficaces.

— Des Hommes-Loups n'attaqueraient personne, dit Beth, soupçonneuse.

— Je suis d'accord avec vous, mais ceux-là ne sont pas de simples Hommes-Loups. Ce fusil est-il chargé ?

— Je ne vois pas à quoi il servirait s'il ne l'était pas ! dit sèchement Beth.

Le vieil homme était grand et autoritaire, mais son arrogance inconsciente exaspérait Beth McAdam. S'il existait des bêtes comme il venait d'en décrire, elle n'en avait jamais vu, et elle vivait depuis vingt ans à côté de la vallée des Pèlerins.

— Comment Josiah a-t-il été blessé ? demanda-t-elle, changeant le sujet.

— On lui a tiré dessus, chez lui. Ils ont aussi tué Daniel Cade.

— Le Prophète ? Mon Dieu ! Pourquoi ?

— Pour la même raison que Taureau Kovac a été tué. Broome devait vous servir de témoin pour la Prise de Serment.

— Ça n'a pas de sens ! Quelle différence ça peut bien faire ?

— Ces terres sont riches, maîtresse McAdam. Saül a entrepris de se les approprier, par l'entremise de Jacob Moon et ses hommes. J'aurais dû voir ce qui se passait. Mais j'avais d'autres problèmes plus urgents à l'esprit. Je m'occuperai de Saül. Si nous survivons à ce qui va arriver.

— *Vous* vous occuperez de Saül ? De quel droit ?

L'homme à la barbe blanche se tourna vers la femme.

— Je l'ai fait, Beth. Je suis responsable de lui. Je suis le Diacre.

— C'est de la folie ! cria Beth. Des Hommes-Loups géants, des meurtres supposés, c'est bien suffisant ! De toute évidence, vous n'avez plus toute votre tête !

— Je vous demande pardon, maîtresse McAdam, mais c'est *vraiment* le Diacre. Je l'ai vu à la cathédrale d'Unité, l'an dernier. C'est bien lui !

Le Diacre sourit à Tobe.

— Je me souviens de vous, dit-il. Vous travailliez avec les chevaux, et vous avez amené le jeune cavalier qui s'était fracturé le dos. Il a été guéri, si je me souviens bien.

— Oui, monsieur… Diacre. Puis il a été tué par une crue subite.

La colère de Beth monta.

— Si vous êtes le Diacre, dit-elle, vous n'êtes pas le bienvenu dans ma maison, dit-elle d'une voix glaciale. À cause de vous, un homme de bien a vu son église brûler, son peuple massacré. Et il est maintenant quelque part, perdu, souffrant. Par Dieu, vous devriez avoir honte de vous !

— J'ai honte, ma dame, dit-il doucement. J'ai donné des ordres pour que les Hommes-Loups soient éloignés des communautés humaines. Mes raisons seront, hélas, claires dans quelques jours. Un ennemi arrive, doté de pouvoirs que vous ne pouvez même pas imaginer. Il a provoqué la mutation d'Hommes-Loups en créatures d'une force et d'une sauvagerie colossales. Oui, j'ai honte. Peu importe que j'aie toujours fait ce que je pensais être juste. Le mal qui a été commis en mon nom est de ma responsabilité, et je devrai vivre avec elle. Quant à ne pas être le bienvenu ici… (Il écarta les mains.) Je ne peux rien y faire, excepté vous demander de me tolérer. Car moi seul peux combattre ce qui va arriver.

— Pourquoi devrais-je vous croire ? dit Beth. Tout ce que vous êtes est construit sur des mensonges. L'Homme de Jérusalem n'a jamais prédit votre arrivée. Dois-je vous dire comment je le sais ?

— Je vais vous le dire, dit le Diacre doucement. Parce que Jon Shannow, après avoir envoyé l'Épée de Dieu détruire Atlantis, est revenu ici pour vivre sa vie en tant que Jon Cade, un pasteur. Il a vécu avec vous durant plusieurs années, mais vous vous êtes lassée de sa pureté, et vous l'avez jeté dehors. Et maintenant, comprenez ça :

rien n'a été construit sur des mensonges. Shannow m'a fait venir du ciel, mais ce n'est pas tout. Il est ma raison d'exister ! C'est grâce à lui que je suis là, en ce moment, pour combattre cet ennemi. Il n'est pas nécessaire que vous me croyiez, Beth. Seulement que vous acceptiez de suspendre votre jugement, pour le moment.

— Un ami le recherche, dit-elle froidement. Il reviendra. À ce moment, vous pourrez lui expliquer ça vous-même !

Un hurlement étrange retentit dans la vallée. Plusieurs autres lui répondirent.

— J'ai vu un chariot au nord, dit le Diacre. Je vous suggère d'inviter ses occupants dans votre maison. Ils ne survivront peut-être pas jusqu'au matin, sinon.

Chapitre 11

Quand le fermier sème du blé dans son champ, il sait que des mauvaises herbes y croîtront aussi. Elles grandiront plus vite que sa moisson, les racines s'enfonceront profondément et aspireront les nutriments de la terre. Donc, s'il est avisé, il parcourt son champ et arrache les mauvaises herbes. Le cœur de chaque humain est comme le champ de ce fermier. Le mal y rôde, et un homme avisé dénichera les graines du mal. Méfiez-vous de celui qui dit « Mon cœur est pur », car le mal grandit en lui sans être contrôlé.

La Sagesse du Diacre, Chapitre XIV

La cité était vaste et silencieuse, les volets ouverts des fenêtres battaient dans la brise du petit matin, les portes bâillaient et grinçaient. Le seul autre son qui brisait le silence était celui des sabots des chevaux. Shannow chevauchait en tête, suivi d'Amaziga et Sam, qui partageaient un cheval. Gareth venait en dernier.

Le grand portail sud de Babylone était ouvert, mais il n'y avait aucun garde, pas de sentinelles sur les remparts. Le silence était étrange et presque menaçant.

Les rues étaient larges et élégamment pavées, les maisons, construites en pierre blanche, étaient souvent décorées de mosaïques colorées. Des statues bordaient les avenues, des personnages héroïques portant l'armure d'Atlantis. Babylone était une cité relativement nouvelle, mais un grand nombre de statues et d'ornements avaient été récupérés sur le site atlante, comme la plus grande partie des pierres utilisées pour les bâtiments. Les cavaliers avancèrent à travers un marché à ciel ouvert où des fruits pourris étaient toujours installés sur les étals : des pommes noircies et desséchées, des oranges couvertes de moisissure grise. Lentement, ils continuèrent leur chemin et passèrent devant une taverne. Sur les tables installées dehors, il y avait des gobelets et des assiettes contenant des boissons et du fromage moisis.

Il n'y avait ni chat ni chien dans les rues, et aucune mouche ne bourdonnait autour de la nourriture en décomposition. Dans le ciel clair, au-dessus d'eux, aucun oiseau ne volait.

Gareth fit avancer son cheval à côté de celui de sa mère et de Sam.

— Je ne comprends pas, dit-il.

— Attends, tu comprendras, dit-elle.

Ils continuèrent, passant par des rues étroites puis de larges avenues. Les sabots des chevaux résonnaient dans la cité. Shannow posa la main sur ses revolvers et examina les maisons désertes. Devant eux se dressait un immense Colisée de cinq étages, entouré d'énormes statues de démons, avec des cornes et des écailles. Shannow tira sur ses rênes.

— Et maintenant, où allons-nous ? demanda-t-il à Amaziga.

— Lucas dit que, derrière le Colisée, il y a un tunnel qui mène au palais. Le terrain qui se trouve au-delà contient les restes du cercle de pierres.

Shannow regarda l'immense bâtiment.

— Il doit pouvoir contenir des milliers de personnes.

— Quarante-deux mille, dit Amaziga. Allons-y.

L'avenue centrale conduisait directement aux portes en bronze de l'entrée principale. Elles étaient ouvertes. Shannow entra dans un tunnel voûté. De nombreuses portes s'ouvraient sur des escaliers, à droite et à gauche, mais ils continuèrent et sortirent enfin dans ce qui avait été une arène couverte de sable.

Elle était désormais « décorée » d'une manière nouvelle… Des cadavres s'étalaient partout, les restes desséchés de ce qui avait autrefois été des êtres humains. Le cheval de Shannow ne voulait pas avancer, mais il le poussa en avant. Le hongre avança avec prudence, mais son sabot frappa un corps au niveau du genou, et la jambe se détacha.

Shannow regarda autour de lui tandis que le cheval avançait avec précaution jusqu'au centre de l'arène. Des rangées de sièges disposés en cercle entouraient le cercle central. Il y avait un cadavre dans chaque siège.

— Mon Dieu ! murmura Gareth Archer.

— Non, dit Shannow, *leur* Dieu.

— Pourquoi les a-t-il tous tués ? Son propre peuple…

— Il n'avait plus besoin d'eux, dit Amaziga d'une voix sans timbre. Il a trouvé un portail conduisant à une terre d'abondance. Ce que vous voyez, ce sont les restes de son dernier repas.

— Doux Jésus !

Ils avancèrent dans l'arène de mort. Gareth gardait les yeux fixés sur l'entrée distante d'un autre tunnel, et sursautait chaque fois que des ossements desséchés se brisaient sous les sabots de sa monture. Finalement, ils atteignirent l'autre côté, et Gareth se tourna sur sa selle pour regarder le Colisée et son auditoire silencieux.

Quarante-deux mille personnes, dont le corps avait été drainé de toute son eau. Il frissonna et suivit les autres vers le second tunnel.

Les jardins du palais étaient envahis d'herbes folles et de broussailles, et seules trois des antiques pierres étaient encore dressées. Une d'elles avait glissé vers la droite et montrait une fente déchiquetée sur le côté. Shannow mit pied à terre et se fraya un chemin à travers la végétation dense.

— Est-ce que le cercle… fonctionne encore ? demanda-t-il à Amaziga quand elle le rejoignit.

— Les pierres n'ont pas d'importance, en elles-mêmes, dit-elle. Elles ont juste été placées par les Anciens à des endroits au grand pouvoir naturel.

Amaziga mit le micro en place et alluma l'ordinateur. Shannow s'éloigna et examina le mur qui entourait le jardin et les balcons qui surplombaient ce qui avait été autrefois des parterres de roses. Il se sentait mal à l'aise en ce lieu, exposé au danger. Un homme armé d'un fusil qui se serait caché derrière ces balcons aurait pu les tuer tous.

Samuel Archer s'approcha de lui.

— Je n'ai pas eu le temps de vous remercier correctement, monsieur Shannow. Je vous suis reconnaissant de votre courage.

Shannow sourit au grand Noir.

— Autrefois, j'ai connu un autre Sam Archer, dit-il. Je n'ai pas pu le sauver, et je l'ai toujours regretté. (Il regarda vers la gauche, où

Gareth Archer était assis, perdu dans ses pensées, le chagrin inscrit sur son visage.) Vous devriez lui parler, dit l'Homme de Jérusalem.

Archer fit signe qu'il allait le faire.

Gareth leva la tête quand l'homme s'assit sur le banc de marbre, à côté de lui.

— On sera bientôt à la maison, dit Gareth. Tu aimeras l'Arizona. Il n'y a pas de Pierre de Sang.

— Il est toujours difficile de contempler les fruits du mal, dit Sam doucement.

— Quarante-deux mille personnes ! Le fils de pute !

— As-tu étudié l'histoire, Gareth ?

— La Bataille d'Hastings, 1066 de notre ère. Seconde Guerre mondiale, 1939 de notre ère. Guerre de Libération, 2016 de notre ère, dit Gareth. Oui, j'ai étudié l'histoire.

— Je ne parlais pas des dates, mon fils. Tu viens de voir une multitude de morts. Mais Genghis Khan a tué dix fois plus de gens, et Staline en a assassiné cent fois plus. L'histoire de l'humanité est plongée dans les Pierres de Sang. Les morts que tu as vus avaient *choisi* d'adorer Sarento. Ils lui donnaient leurs enfants comme nourriture, et les enfants d'autres peuples. Finalement, ils l'ont nourri de leur propre vie. Je suis attristé par leur stupidité, mais il n'y a rien de nouveau au sujet d'un chef qui conduit son peuple à la destruction.

— Voilà une pensée réconfortante, dit Gareth.

Amaziga les rejoignit.

— Lucas dit que nous devons attendre quatre heures avant d'avoir une fenêtre pour rentrer. C'est presque fini, Sam.

Samuel Archer la regarda attentivement, et vit les rides d'angoisse sur son beau visage.

— Il y a autre chose, dit-il.

Elle hocha la tête et regarda autour d'elle, cherchant Shannow, mais il était parti.

— La Pierre de Sang est maintenant dans le monde de Shannow, dit-elle.

— Est-ce nous qui lui avons ouvert le portail temporel ?

— Lucas dit que non. Pourtant, le fait demeure. Il est désormais capable de détruire un autre monde.

— Tu m'as parlé de Sarento, autrefois, dit Gareth, de la colère dans la voix. Tu m'as dit qu'il voulait voir revivre l'ancien monde, les hôpitaux, les écoles, l'amour et la paix. Comment as-tu pu être trompée par un tel monstre ?

Sam intervint.

— Il voulait réellement toutes ces choses. C'était un amoureux du passé. Il adorait tous les aspects de la vie aux XXe et XXIe siècles. Et il s'intéressait réellement aux gens. Il y a trente ans, il y a eu une épidémie. Les Gardiens sont allés parmi le peuple, avec des médicaments et des vaccins qui, espéraient-ils, enrayeraient la maladie. Nous nous trompions. Un grand nombre d'entre nous est mort. Pourtant, Sarento a continué, jusqu'à ce qu'il soit lui aussi victime de la maladie. Il a failli mourir, Gareth, en essayant d'aider les autres. C'est la Pierre de Sang qui l'a corrompu. Il n'est plus le Sarento humain que nous connaissions.

— Je n'y crois pas, dit sèchement Gareth. Il devait y avoir du mal en lui, dès le début. Mais tu ne l'avais pas vu.

— Bien entendu, dit Amaziga. Comme il y a du mal en chacun de nous, dans notre arrogance, notre certitude de savoir tout mieux que les autres. Mais la Pierre de Sang augmente ces sentiments en même temps qu'elle noie le bien en nous. Tu n'as aucune idée de l'influence de ces Pierres. Même une petite Graine de Satan peut pousser son porteur à la violence et déchaîner la bête en lui. Mais Sarento a absorbé le pouvoir d'un *rocher* entier.

Gareth se leva.

— Il savait que la Pierre de Sang était maléfique, même avant ça. Je ne veux pas entendre d'excuses pour ce qu'il est devenu. Je veux savoir comment nous pouvons le tuer.

— Nous ne le pouvons pas, dit Sam. Pas tant qu'il a le pouvoir. Je pensais que, si nous arrivions à le priver de sang jusqu'à ce qu'il soit affaibli, nous pourrions l'attaquer et aurions une chance de le détruire. Pourtant, comment cela aurait-il été possible ? Tous ceux qui l'auraient approché l'auraient aussitôt nourri. Vous comprenez ? Il est invulnérable. Il serait peut-être mort ici, sur une planète dénuée de toute vie. Mais il est maintenant libre d'écumer l'univers et de faire croître indéfiniment son pouvoir.

— Il doit bien exister un moyen, dit Gareth.

— Si c'est le cas, nous le découvrirons, dit Amaziga. Je te le promets.

Jon Shannow erra dans les salles désertes de Babylone, dépassant des colonnes composées d'ossements humains et des mosaïques représentant des scènes de torture, de viol et de meurtre. Suivi par l'écho de ses pas, il sortit sur un balcon qui surplombait le jardin. De là, il vit la disposition d'origine du terrain, les sentiers en forme de serpents entremêlés qui formaient le Nombre de la Bête. La nature avait couvert la plus grande partie des sentiers, et des plantes grimpantes avaient poussé sur les répugnantes statues qui entouraient les six petites mares. Même l'eau était stagnante, et les fontaines, silencieuses.

Shannow sentit le poids de l'évidence de la stupidité de l'humanité peser sur lui.

Comment se fait-il, pensa-t-il, *que l'homme puisse être poussé à faire le mal plus rapidement et plus aisément qu'il peut l'être à faire le bien ?*

Sa tristesse augmenta.

Regarde-toi, Jon Shannow, avant de te poser ce genre de questions. N'est-ce pas toi qui as mis tes revolvers de côté et qui t'es voué à une vie de pacifisme et de religion ? N'est-ce pas toi qui es devenu pasteur et qui as consacré tout son esprit au Roi du Paradis ?

Et qu'est-il arrivé quand des hommes maléfiques ont semé la mort et la destruction ?

— Je les ai tués à coups de feu, dit-il à voix haute.

C'était toujours comme ça. Depuis son plus jeune âge, quand Daniel et lui avaient vu leurs parents se faire tuer, il avait été empli d'une grande colère, un besoin irrésistible d'affronter le mal en face, son revolver à la main. L'Homme de Jérusalem était passé dans de nombreux villages et villes. Toujours, derrière lui, il restait des cadavres à enterrer.

Est-ce que ça a fait du monde un endroit meilleur, Shannow ? se demanda-t-il. *Ce que tu as fait a-t-il assuré un avenir de paix et de prospérité ?*

C'étaient des questions difficiles, mais il les affronta comme il affrontait tous les dangers. Avec honnêteté.

Non, se répondit-il. *Je n'ai fait aucune différence.*

Par deux fois, il avait essayé de laisser l'Homme de Jérusalem derrière lui, une fois avec la veuve Donna Tabard, et une autre avec Beth McAdam. Le croyant mort, Donna avait épousé un autre homme, et Beth s'était lassé de la sainteté de Jon Cade.

Tu n'as aucune force de caractère, Shannow, se reprocha-t-il.

Un an plus tôt, quand Daniel Cade était venu vivre à la vallée des Pèlerins, il était allé rendre visite au pasteur, dans sa minuscule sacristie, derrière l'église.

— Bonjour, mon frère Jon, avait dit Daniel. Tu as l'air en forme pour un homme de ton âge.

— Ils ne me connaissent pas, ici, Daniel. Tout a changé.

— Les hommes ne changent pas, mon frère. Simplement, ils apprennent à mieux dissimuler le fait qu'ils n'ont pas changé. Moi, au fond, je suis toujours un brigand, mais je suis tenu de faire le bien par le poids de l'opinion publique et la force décroissante d'un corps affaibli par l'âge.

— J'ai changé, avait dit le pasteur. J'abhorre la violence, et je ne tuerai plus jamais.

— Vraiment, Jonnie ? Alors, dis-moi, où sont tes revolvers ? au fond d'un puits, quelque part, rouillés et inutilisables ? vendus ? (Ses yeux avaient étincelé et il avait souri.) Ou bien sont-ils ici, cachés quelque part, nettoyés et huilés ?

— Ils sont ici, avait reconnu le pasteur. Je les garde pour me souvenir de ce que j'ai été autrefois.

— Nous verrons, avait dit Cade. J'espère que tu as raison, Jonnie. Cette vie semble te convenir.

Le soleil sortit des nuages au-dessus de Babylone, et Jon Shannow sentit le poids des revolvers à son ceinturon.

— Tu avais raison, Daniel, dit-il doucement. Les gens ne changent pas.

Il regarda vers le jardin et vit Amaziga, Gareth et Sam assis ensemble. Le premier Samuel Archer avait été un homme de paix, intéressé seulement par l'exploration des ruines d'Atlantis. Il avait été battu à mort dans les cavernes de Castlemine. Dans ce monde, il était un combattant. Mais dans aucun des deux mondes il n'avait vaincu.

Amaziga avait dit qu'il existait une infinité d'univers. Peut-être, dans l'un d'eux, Samuel Archer était-il toujours un archéologue qui vieillirait lentement et avec dignité au sein de sa famille. Peut-être, dans ce monde, ou dans un autre, la famille de Jon Shannow n'avait pas été tuée à coups de feu. Il était un fermier, peut-être, ou un professeur, et ses fils jouaient autour de lui sous le soleil, son épouse aimante à ses côtés.

Un léger mouvement derrière lui l'alerta. Shannow se jeta vers la droite au moment où une balle venue du balcon ricochait près de lui et se perdait dans l'air. Il pivota en tombant et sortit son revolver de droite. Il tira. Le guerrier des Enfants de l'Enfer tituba, puis il tomba par-dessus le balcon. Sortant son revolver de gauche, Shannow se leva et courut vers l'entrée de la salle.

Deux autres guerriers étaient accroupis derrière des piliers. Le premier, surpris par sa soudaine apparition, tira trop vite et la balle passa à côté du visage de Shannow. Le revolver de gauche de celui-ci tonna, et l'homme fut projeté en arrière. Le second guerrier se dressa, un couteau à la main. Le canon du revolver de Shannow s'écrasa sur la pommette de l'homme, qui tomba lourdement.

Des coups de feu retentirent dans le jardin. Quand Shannow courut à travers la salle, un homme armé d'un fusil se pencha par-dessus la galerie, au-dessus de lui. Shannow tira, mais rata son coup, et la balle arracha une écharde à la rambarde. Il plongea dans un couloir latéral, tourna à gauche et descendit un escalier qui débouchait dans un autre couloir. Là, il s'arrêta et attendit, à l'affût de bruits de poursuite.

Des pas résonnèrent sur les marches et deux hommes descendirent en courant. Shannow sortit de sa cachette, leur tira dessus puis courut vers le jardin. Il s'arrêta sous une arche ombragée et rechargea son revolver. Aucun bruit ne venait plus du jardin.

Ses armes à la main, il avança sous le soleil et examina les balcons.

Il n'y avait personne en vue.

Il se glissa silencieusement dans les broussailles et approcha du cercle de pierres. Des voix dérivèrent vers lui quand il approcha.

— Notre Seigneur nous a quittés, entendit-il une voix basse dire. Et c'est votre faute. Nous avons reçu l'ordre de vous tuer, et nous avons échoué. Maintenant que vous êtes en notre pouvoir, il reviendra pour nous !

— Il ne reviendra pas, dit Amaziga. Vous ne comprenez donc pas ce qui est arrivé ? Ce n'est pas un dieu, seulement un homme, un homme corrompu et tordu qui se nourrit de la vie des autres. Vous n'avez pas vu le Colisée ? Il a tué tout le monde !

— Silence, femme ! Qu'en savez-vous ? Le Seigneur est retourné chez lui, dans les vallées de l'Enfer, et il y a emmené ceux de notre peuple pour qu'ils profitent des récompenses pour leurs services. C'est ce qu'il nous a promis. C'est ce qu'il a fait. Mes camarades et moi sommes restés en arrière parce que nous avons échoué à accomplir la tâche qu'il nous avait confiée. Quand vos corps saigneront sur le grand autel, il reviendra nous chercher, et nous connaîtrons la joie de la mort suivie de la vie éternelle.

La voix calme et forte de Sam retentit.

— Je comprends que vous ayez besoin de croire en tout ça. Pourtant, je vois que les Graines de Satan incrustées dans votre front sont désormais noires, dénuées de tout pouvoir. Vous êtes de nouveau des hommes, avec leur libre arbitre, leur intelligence. Et, au fond de vous, vous vous interrogez déjà sur vos croyances. N'ai-je pas raison ?

Shannow entendit le bruit d'une gifle violente.

— Espèce de sale Noir ! Oui, c'est vrai, et ça fait partie de l'épreuve que nous devons affronter à cause de vous. Nous ne nous laisserons pas détourner du droit chemin.

Shannow avança vers la droite, vers une brèche dans les broussailles, et sortit sur le chemin à environ quinze mètres du groupe d'Enfants de l'Enfer. Ils étaient cinq, et chacun d'eux pointait une arme sur ses trois compagnons. Le chef des Enfants de l'Enfer continua à parler.

— Ce soir, nous serons en Enfer, avec des serviteurs, des femmes, de la bonne nourriture et des boissons ! Vos âmes nous y emmèneront.

— Pourquoi attendre ce soir ? demanda Shannow.

Les guerriers pivotèrent pour lui faire face, et les revolvers de Shannow crachèrent le feu. Le chef fut projeté en arrière, le visage arraché. Un autre homme pivota sur lui-même, l'épaule fracassée. Shannow se porta sur la droite et continua à tirer. Un seul coup de feu vint dans sa direction, et le rata de deux bons mètres, pulvérisant la corne de pierre d'une statue de démon.

Les derniers échos se dissipèrent. Shannow rengaina ses armes et rejoignit ses compagnons. Amaziga était agenouillée à côté de Gareth, dont la chemise kaki était couverte de sang. Shannow s'accroupit près de lui.

— Doux Jésus, Shannow, murmura le jeune homme. Vous êtes vraiment l'incarnation de la mort.

Du sang bouillonna sur ses lèvres, et il toussa, le souffle court. Amaziga sortit sa Pierre Sipstrassi, mais la tête de Gareth s'affaissa.

— Non ! cria Amaziga. Dieu, je vous en prie, non !

— C'est fini, dit Shannow.

Amaziga tendit la main et caressa le front du jeune mort. Puis elle leva des yeux furieux vers Shannow.

— Où étiez-vous quand nous avions besoin de vous ? cria-t-elle.

— Tout près, dit-il d'une voix lasse. Mais pas assez près.

— Que Dieu vous maudisse, Shannow ! hurla-t-elle en levant la main pour le frapper au visage.

— Ça suffit ! rugit Sam.

Il la saisit et la tira loin de Shannow.

— Ce n'est pas sa faute. Comment serait-ce possible ? Et, sans lui, nous serions tous morts. (Il regarda Shannow.) Il y en a d'autres, à votre avis ?

— Il y en a deux que je n'ai pas tués, à l'intérieur. Et il peut en rester d'autres.

Sam prit Amaziga par les épaules.

— Écoute-moi, Ziga. Que se passera-t-il si nous activons le portail en avance ?

— Rien, mais ça puisera inutilement dans le pouvoir de la Sipstrassi. Et il m'en reste bien peu.

— Assez pour que nous puissions rentrer ?

Elle hocha la tête. Une balle ricocha sur le sentier, et Sam plongea, entraînant Amaziga avec lui. Shannow retourna les tirs, et ses balles arrachèrent des éclats de pierres à un balcon.

— Partons, dit calmement Shannow.

Amaziga tendit la main pour toucher une dernière fois le visage de son fils, puis elle se leva et courut vers le cercle de pierres. Sam lui emboîta le pas. Shannow les suivit à reculons, sans quitter des yeux les balcons. Un homme avec un fusil se dressa. Shannow tira, et l'homme replongea à couvert.

Dans le cercle, Amaziga s'agenouilla derrière une des pierres et alluma l'ordinateur. Des balles ricochaient sur le sol autour d'eux.

— Ils nous encerclent, dit Shannow.

De la lumière violette jaillit autour d'eux.

Shannow remit ses revolvers au fourreau et sortit sur la colline qui surplombait la maison d'Amaziga, en Arizona.

Shannow resta assis sur la barrière de l'enclos pendant plus d'une heure, sans se soucier du soleil brûlant. Le désert était une vue apaisante, les saguaros géants semblaient avoir été installés par un maître sculpteur. Son esprit retourna au sauvetage de Samuel Archer. Tant de morts ! La jeune femme, Shammy, et tous les autres héros sans nom qui avaient suivi Sam. Et Gareth. Shannow avait apprécié le jeune homme. Il aimait la vie, et il avait le courage de la vivre pleinement. Même la vue du cadavre de son double ne l'avait pas détourné de son chemin. Un chemin qui l'avait conduit à une balle tirée par un Enfant de l'Enfer qui avait assisté à la destruction de sa race et n'avait pas compris ce qui était arrivé.

La colère injuste d'Amaziga était difficile à accepter, mais Shannow la comprenait. Chaque fois qu'ils se rencontraient, il semblait que quelqu'un qu'elle aimait devait mourir.

Sam sortit.

— Venez à l'intérieur, mon ami. Vous avez besoin de repos.

— J'ai besoin de rentrer chez moi, dit Shannow.

— On va en parler, dit Sam en évitant le regard de l'Homme de Jérusalem.

Shannow descendit de la barrière et suivit le Noir dans la maison. Il y faisait frais, et le visage de Lucas brillait sur l'écran de l'ordinateur. Amaziga n'était pas en vue.

—Asseyez-vous, monsieur Shannow. Amaziga ne tardera pas à nous rejoindre.

Shannow déboucla son ceinturon et laissa les revolvers tomber sur le sol. Il était mortellement fatigué, épuisé au-delà de tout ce qu'il aurait pu imaginer.

—Vous devriez peut-être aller vous laver, suggéra Sam, et vous rafraîchir un peu.

Shannow hocha la tête et gagna la chambre où il avait dormi. Il enleva ses vêtements. Il ouvrit les robinets et grimpa sous la douche, levant le visage vers le jet d'eau. Après quelques minutes, il en sortit et alla s'asseoir sur le lit, avec l'intention de rassembler ses pensées, mais il s'endormit presque aussitôt.

Quand Sam le réveilla, il faisait nuit. La lune brillait à travers les nuages. Il s'assit.

—Je ne m'étais pas rendu compte à quel point j'étais fatigué, dit-il.

Sam s'assit à côté de lui.

—J'ai parlé avec Ziga. Elle est perturbée mais, même en ce moment, elle sait que la mort de Gareth ne vous est pas imputable. C'est une femme merveilleuse, vous savez, mais têtue. Elle a toujours été incapable de reconnaître qu'elle a tort. Vous avez sûrement rencontré des gens comme elle. Mais elle n'est pas méchante.

—Pourquoi me dites-vous ça ?

Sam haussa les épaules.

—Je voulais que vous le sachiez, c'est tout.

—Il y a autre chose, Sam.

—C'est à elle de vous le dire. Je vous ai apporté des vêtements propres. Amaziga sera dans le salon quand vous serez prêt.

Sam se leva et quitta la pièce.

Reposé, Shannow se leva et alla vers la chaise où Sam avait laissé les vêtements. Il y avait une chemise à carreaux bleus, un pantalon épais en coton, et une paire de chaussettes noires. La poitrine de la chemise était trop large et les manches, trop courtes, mais le pantalon lui allait bien. Il mit ses bottes et gagna la pièce principale, où Amaziga, assise devant l'ordinateur, s'entretenait avec lui. Sam n'était pas là.

— Il est parti se promener, dit Amaziga en se levant. (Elle s'approcha de Shannow.) Je suis désolée, dit-elle, les yeux pleins de larmes. (Il lui ouvrit instinctivement les bras, et elle se blottit contre lui.) J'ai sacrifié Gareth pour Sam. C'était ma faute.

— C'était un garçon courageux, dit Shannow, incapable de penser à une autre réponse.

Amaziga se dégagea de son étreinte et s'essuya les yeux sur sa manche.

— Oui, il était courageux. Il était tout ce que j'aurais pu désirer. Avez-vous faim ?

— Un peu.

— J'ai préparé quelque chose.

— Si ça ne vous dérange pas, ma dame, je préférerais rentrer chez moi.

— Mangez d'abord. Je vais vous laisser quelques instants en compagnie de Lucas.

Quand elle eut quitté la pièce, Shannow s'assit devant la machine.

— Que se passe-t-il ? demanda-t-il. Sam qui va se promener, Amaziga qui joue les maîtresses de maison… Quelque chose ne va pas.

— Vous êtes revenu par le portail plus tôt que prévu, dit Lucas. Ça a épuisé le pouvoir de sa Pierre.

— Elle en a sûrement d'autres ?

— Non. Pas en ce moment.

— Alors, comment va-t-elle me renvoyer chez moi ?

— Elle ne peut pas, monsieur Shannow. Je suis capable de pirater… de m'introduire dans les banques de mémoire des autres ordinateurs. Je l'ai fait, et, dans les jours qui viennent, des papiers arriveront, qui vous donneront une nouvelle identité dans ce monde. Je vous enseignerai également les habitudes et les lois des États-Unis. Il y en a un grand nombre !

— Je ne peux pas rester ici.

— Serait-ce un mal, monsieur Shannow ? Grâce à mes… contacts, si vous voulez, j'ai amassé une importante fortune pour Amaziga. Vous aurez accès à ces fonds. Et que laissez-vous derrière vous, dans votre monde ? Vous n'avez pas de famille, peu d'amis. Vous pourriez être heureux, en Amérique.

— Heureux ? J'ai perdu tout ce qui comptait pour moi, et vous me parlez de bonheur ? Soyez maudit, Lucas !

— Je crains d'être déjà maudit, dit la machine. Peut-être le sommes-nous tous, à cause de ce que nous avons fait.

— De quoi s'agit-il ? Que reste-t-il qui ne m'ait pas encore été révélé ?

Amaziga revint à cet instant, portant deux tasses de café.

— J'ai mis quelque chose au four. Ça ne prendra pas longtemps. Lucas vous a parlé ?

— Oui. Et maintenant, dites-moi tout.

— Que je vous dise quoi ?

— Plus de détours, ma dame. La vérité !

— J'ignore de quoi vous parlez. Le pouvoir a été épuisé. Jusqu'à ce que je trouve une nouvelle Sipstrassi, nous sommes prisonniers de cette version de l'ancien monde.

— Dis-lui, appela Sam de la porte. Tu le lui dois.

— Je ne lui dois rien ! cria Amaziga. Tu comprends ?

— Non, je ne comprends pas, mais je sais ce que tu ressens. Ziga, dis-lui !

Amaziga s'assit dans un fauteuil et fixa les yeux sur le sol.

— La Pierre de Sang a trouvé un portail vers votre monde, Shannow. C'est là qu'il est, maintenant. Ce n'est pas notre faute. Réellement ! Lucas en est témoin.

— Effectivement, dit Lucas. Amaziga a transféré les fichiers du portable. Je suis au courant de tout ce qui est arrivé à Babylone. Sarento est parti par le portail temporel pendant que nous étions dans les collines, dans la ville déserte où nous avons campé. Tout ce que je peux vous dire, c'est que la Pierre de Sang est dans l'époque du Diacre. Votre époque.

Shannow s'affala dans un fauteuil.

— Et je ne peux pas y retourner, rejoindre Beth ?

— Pas encore, dit Lucas.

L'Homme de Jérusalem regarda Amaziga.

— Et, pendant ce temps, que ferai-je ici, dans ce monde de machines ? Comment vivrai-je ?

Amaziga soupira.

— Nous y avons réfléchi, Shannow. Lucas s'est débrouillé pour vous avoir des papiers, sous une nouvelle identité. Et vous resterez ici le temps que nous vous enseignions les mœurs de ce monde. Il y a beaucoup de merveilles à voir, ici. Jérusalem existe toujours. Car ce monde est encore à vingt et un ans de sa Chute.

— Vingt ans, quatre mois et onze jours, dit Lucas.

— C'est le temps qu'il nous reste pour tenter d'empêcher la Chute, dit Amaziga. Sam et moi, nous chercherons des Sipstrassi. Vous ferez ce que vous faisiez à la vallée des Pèlerins. Vous deviendrez pasteur. Il y a une église, en Floride, une petite église. J'y ai des amis, qui vous accueilleraient avec joie.

Shannow écarquilla les yeux.

— Une église, en Floride ? N'est-ce pas de là que vient le Diacre ?

Amaziga fit signe que oui.

— Et mon nouveau nom ?

— John Diacre, dit-elle d'une voix qui était un murmure.

— Grand Dieu ! dit Shannow en se levant d'un bond.

— Nous l'ignorions, Shannow, dit Amaziga. Et ça ne se passera pas de la même façon. Nous trouverons des Sipstrassi, Sam et moi, et vous pourrez rentrer chez vous.

— Et si vous n'en trouvez pas ?

Amaziga resta un moment silencieuse, puis elle affronta le regard furieux de l'homme.

— Alors, vous devrez emmener vos disciples et prendre cet avion, le jour de la Chute de la Terre.

Le Diacre était devant la ferme et regardait Beth McAdam et Toby Harris emmener les chevaux de l'enclos à la grange.

Tu es toujours belle, Beth, pensa-t-il. *Et tu ne m'as pas reconnu.* Cela le blessait.

Mais comment aurait-elle pu me reconnaître ? se demanda-t-il.

Quelques semaines plus tôt, elle avait vu un homme relativement jeune faire des sermons. Et ce jour-là, un vieillard aux longs cheveux était arrivé chez elle, son visage en partie caché par une épaisse barbe blanche. Mais comprendre ne permettait pas d'alléger le chagrin…

Shannow se sentait seul à cet instant, et terriblement faible.

Amaziga et Sam étaient restés en contact avec lui, et l'avaient informé de leurs voyages et de leur recherche des Pierres Sipstrassi. Parfois, ils s'étaient crus près du but, mais avaient toujours été déçus. Quand il n'était resté que onze jours avant la Chute, ils avaient téléphoné à Shannow.

— Vous vous êtes occupé des billets ? avait demandé Sam.

— Oui. Pourquoi ne venez-vous pas aussi ?

— Ziga pense qu'il y a un cercle, au Brésil. L'architecture des ruines qui l'entoure est différente des autres constructions aztèques. Nous allons nous y rendre et voir ce qu'il y a à découvrir.

— Que Dieu vous accompagne, Samuel.

— Et vous aussi, Diacre.

Shannow se souvenait du jour où l'avion avait émergé du donjon du temps et avait volé au-dessus de la tour en ruine de Pendarric. Il avait regardé vers le bas, essayant de voir les minuscules silhouettes, espérant s'apercevoir lui-même, ainsi que Beth et Clem Steiner. Mais l'avion était trop haut et il avait continué son vol, pour atterrir à côté de la vallée des Pèlerins.

Au cours de ces premières années, il avait été fortement tenté de chercher à contacter Beth. Mais l'ombre de la Pierre de Sang restait toujours avec lui, et il avait réuni autour de lui des extralucides et des voyants pour essayer de percer les voiles du temps.

Shannow s'était habitué à être chef pendant l'époque de Kissimmee, mais les exigences de la création de lois et de règles pour tout un monde avaient prélevé un lourd tribut sur lui. Chaque décision semblait conduire à la discorde. Rien n'était simple. Bannir le port d'armes à Unité avait conduit à des protestations et des désaccords violents. Chaque communauté avait élaboré ses propres lois, et fédérer tout le monde s'était révélé une tâche longue et sanglante. Les Guerres Fédératrices avaient commencé quand trois communautés de l'Ouest avaient refusé de payer les nouveaux impôts. Pis encore, ils avaient tué les gens que Shannow avait délégués pour collecter les impôts. Le Diacre avait envoyé un détachement de Croisés pour arrêter les coupables. D'autres communautés s'étaient jointes aux rebelles, et la guerre s'était étendue, devenant de plus en plus sanglante à mesure que les mois passaient. Puis, après deux années sauvages, alors que la guerre était presque terminée, les Enfants de l'Enfer avaient envahi la contrée. Shannow se souvenait de sa décision avec un profond regret. Padlock Wheeler et lui avaient battu l'ennemi lors de trois batailles rangées, puis ils étaient entrés dans les terres des Enfants de l'Enfer, brûlant les villages et tuant des civils. Babylone avait été rasée. Aucune reddition n'avait été acceptée. L'ennemi avait été massacré jusqu'au dernier homme. Et pas seulement des hommes, comme Shannow se souvenait trop bien.

Le Diacre avait gagné, et, ce faisant, il était devenu un meurtrier de masse.

Les estimations des morts pour les deux guerres dépassaient les quatre-vingt mille. Shannow soupira. Comment l'appelait Amaziga, autrefois ? l'Homme d'Armageddon ?

À la suite des guerres, les lois édictées par le Diacre étaient devenues de plus en plus dures, et le gouvernement de Shannow avait reposé davantage sur la peur que sur l'amour. Il se sentait de plus en plus seul. De tous les gens qui avaient voyagé à travers le temps avec lui, tous sauf un étaient morts. Lui seul savait quelle terrible catastrophe allait un jour être lâchée sur le monde. C'était un fardeau horrible qui dominait son esprit et l'avait aveuglé au commencement de la trahison de Saül. Tout aurait été bien différent si Alan avait survécu.

Alan était le meilleur de ses disciples. Il était calme, fiable et sa foi était aussi solide qu'un rocher. Il était mort sur la colline de Fairfax, lors d'une des batailles les plus sanglantes de la Guerre Fédératrice. Saül avait été avec lui. La Pierre d'Alan n'avait jamais été retrouvée. Un par un, ses disciples étaient tous morts, trois victimes des maladies et des radiations laissées par la Chute de la Terre, et les autres tués lors de batailles ou d'escarmouches.

Jusqu'à ce qu'il ne reste que Saül. Toutes ces années passées à se demander où la Pierre de Sang frapperait ! Si seulement il avait su que la réponse se trouvait à côté de lui. Saül.

En effet, qui d'autre, dans cette région, avait accès à une Sipstrassi ? Qui d'autre aurait pu ouvrir le portail ?

— Tu as été un imbécile, Shannow, se reprocha-t-il.

Quelque chose bougea près de la barrière. Le fusil du Diacre se leva, et il s'aperçut qu'il visait un lièvre qui venait de sortir d'un trou dans le sol. Il examina soigneusement la vallée et les collines lointaines. La lune était brillante, mais il n'y avait aucun signe de mouvements.

Pourtant, ils viendront, se dit-il.

Tobe Harris vint le rejoindre.

— Tous les animaux ont été enfermés, Diacre. Sauf mon cheval, comme vous l'avez ordonné. Et maintenant ?

— Je veux que vous partiez pour Pureté, lui dit Shannow. Cherchez Padlock Wheeler. Dites-lui que le Diacre a besoin de lui et de tous les hommes armés d'un fusil qu'il peut réunir. Les mineurs, les fermiers, les Croisés, tout le monde. Dites-lui de ne pas entrer dans la ville, mais de nous retrouver ici.

— Oui, monsieur.

— Partez, maintenant, Tobe.

Beth McAdam, son fusil dans les bras, arriva à temps pour entendre l'ordre du Diacre.

— Nous n'avons encore rien vu, dit-elle. Qu'est-ce qui vous rend si sûr qu'ils vont arriver ?

— Je les ai vus, ma dame. Pas ici, je vous l'accorde. Mais je les ai vus.

Le Diacre, qui s'était appuyé à la barrière, se redressa et tituba, la fatigue le submergeant. Il faillit tomber, et Beth le rattrapa par le bras.

— Vous êtes épuisé, dit-elle. Allez vous reposer un peu. Je monterai la garde.

— Pas le temps de me reposer, dit-il.

Tobe partit au galop dans la nuit. Le Diacre inspira à fond et grimpa sur la barrière, où il s'assit, son fusil posé contre un poteau.

— Quelqu'un arrive, dit Beth.

Le Diacre suivit son doigt pointé, mais ses yeux âgés ne virent rien.

— Est-ce de couleur gris argenté ? demanda-t-il.

— Non, c'est un jeune homme conduisant une femme. Elle porte un bébé.

Ils attendirent ensemble. Comme ils se rapprochaient, Beth dit :

— C'est Wallace Nash et la fille d'Ezra Feard. Que diable font-ils ici, à cette heure de la nuit ?

— Regardez derrière eux, ordonna le Diacre. Sont-ils suivis par quelque chose ?

— Non… Oui ! Christ ! C'est un monstre ! Cours, Wallace ! hurla-t-elle.

Shannow se sentit inutile, mais il regarda Beth lever son fusil et tirer.

— Vous l'avez touché ? demanda-t-il.

Beth visa de nouveau, et le fusil tonna.

— Fils de pute, murmura Beth. Je l'ai blessé deux fois, mais il continue à courir !

Le Diacre sauta de la barrière et avança péniblement vers le couple qui arrivait, essayant de voir la créature derrière les jeunes gens. Sa poitrine était endolorie, et une douleur vive naquit dans son bras gauche. Le cœur battant, il se mit à courir. Il vit le jeune homme lâcher la main de la femme et se retourner pour affronter ce qui les poursuivait. Shannow vit la créature en même temps que Wallace Nash. Elle était énorme, plus de deux mètres trente de haut, et du sang coulait de deux blessures sur sa poitrine. Nash tira. La créature recula. Une autre surgit de l'obscurité, et Shannow tira trois fois, renversant la créature.

— Reculez ! hurla Beth. Il y en a d'autres !

Les jambes de Shannow lui semblaient de plomb, et toute son énergie s'était évanouie. Wallace lui prit le bras.

— Venez, le vieux ! Vous pouvez y arriver !

Avec l'aide du jeune homme, il recula jusqu'à la barrière pendant que le fusil de Beth tonnait.

— Dans la maison, haleta-t-il. Vite !

Quelque chose le frappa au flanc, et il tomba contre la barrière, dont le bois se brisa. Il perdit son fusil en atterrissant lourdement, mais instinctivement, il sortit son revolver et roula. Une immense forme se jeta sur lui, et il sentit son souffle fétide et chaud sur son visage. Il poussa de toutes ses forces le canon du revolver dans la gueule du monstre et appuya sur la détente. La tête de la bête partit en arrière quand la balle lui traversa le crâne. Beth saisit le bras de Shannow et l'aida à se dégager de la bête morte.

Tout était tranquille, désormais.

Le Diacre ramassa son fusil, et, avec Beth, retourna vers la maison.

La femme avec son bébé était affalée dans un fauteuil. Shannow ferma la porte et mit la lourde barre en place pour la verrouiller.

— Vérifiez les fenêtres de l'étage, dit-il au jeune homme roux. Assurez-vous que les volets sont fermés.

— Oui, monsieur, dit le garçon.

Shannow regarda autour de lui.

— Où sont les gens du chariot ?

— Oh ! Mon Dieu, je les ai oubliés, dit Beth.

Le chariot de Jérémie était à deux cents mètres de la ferme quand les coups de feu éclatèrent. Le vieil homme plongea, croyant d'abord que c'était sur eux qu'on tirait. Meredith grimpa sur le siège du conducteur.

— Je crois qu'ils tirent sur des lapins, dit-il. Je vois une femme blonde avec un fusil, et un vieil homme… Malédiction, c'est ce vieux tordu de Jake !

— J'aime bien ce vieux type, dit Jérémie. Sa compagnie est stimulante.

Meredith ne répondit pas. Les quatre bœufs étaient désormais fatigués, et ils traînaient les pattes, la tête baissée. La terre était meuble à cause des pluies abondantes de la nuit, et le chariot avançait lentement. Isis s'accrochait toujours à la vie, mais elle ne pouvait plus tenir bien longtemps, Meredith le savait, et il redoutait le moment où elle partirait pour toujours.

Il vit Jake sauter de la barrière et partir en courant, mais la maison en pierre lui cachait la vue. D'autres coups de feu suivirent.

Le chariot entra dans la cour, puis une roue s'enfonça dans un trou boueux. Jérémie jura.

— On est assez près, je pense, dit-il.

Une jeune femme portant un bébé arriva en vue. Elle plongea sous la barrière et courut vers la maison. Un jeune homme roux la suivit, soutenant Jake. Meredith n'oublierait jamais ce qu'il vit ensuite. Une énorme bête se dressa à côté de Jake et son bras balaya le vieil homme, l'expédiant contre la barrière, qui se brisa sous son poids. En tombant, Jake sortir un revolver, mais la créature lui bondit dessus. Meredith entendit le coup étouffé, et vit du sang jaillir comme un champignon écarlate de la tête de la créature. La femme dégagea Jake du cadavre, et ils partirent vers la maison. La porte se ferma.

Plusieurs autres créatures arrivèrent en vue.

À cet instant seulement, Meredith comprit la gravité de leur situation. Jusque-là, il avait eu l'impression de regarder une pièce de théâtre.

— Rentrez dans le chariot, souffla Jérémie en ouvrant la porte avant de la cabine. Le vieil homme entra, suivi de Meredith. La fermeture de la porte était un petit crochet de cuivre.

— Ça ne les retiendra pas, murmura Meredith.

— Taisez-vous, souffla Jérémie.

Les bœufs poussèrent des cris terribles, et le chariot se balança d'un côté à l'autre. L'air s'emplit du bruit des hurlements et des grognements. Meredith jeta un coup d'œil par la fente étroite de la porte… et le regretta aussitôt. Les bœufs, qui se débattaient toujours, étaient enveloppés d'une masse grouillante de fourrure grise éclaboussée de sang.

Le chariot continua à remuer pendant quelques minutes, puis les deux hommes restèrent assis, écoutant les bêtes se nourrir. Meredith se mit à trembler, sursautant chaque fois qu'un os se brisait. Jérémie lui posa une main sur l'épaule.

— Calmez-vous, maintenant, murmura-t-il.

Les rayons de la lune brillaient à travers les larges fenêtres latérales du chariot. Meredith et Jérémie étaient accroupis sur le sol, sous la fenêtre de gauche, écoutant le bruit de leur propre respiration.

Meredith leva la tête. Le clair de lune tombait directement sur le visage pâle et immobile d'Isis, allongée sur le lit, un bras hors des couvertures.

Un visage grotesque apparut à la fenêtre au-dessus d'elle. Malgré la vapeur qui obscurcissait la vitre, Meredith vit les longs crocs, les yeux ovales, et ce qui semblait être une pierre rouge, incrustée sur le front de la créature. Le museau s'appuya contre la fenêtre, et les deux hommes entendirent la bête renifler tandis qu'elle cherchait l'odeur de la chair.

Le chariot se balança de nouveau quand une deuxième bête arriva sur la droite et le poussa contre les parois.

Meredith avait la bouche sèche, et ses mains tremblaient tellement qu'il pensa que leur mouvement devait être aisément visible.

Soudain, la vitre éclata et du verre tomba dans toute la cabine. Une main griffue saisit le cadre, et la créature commença à se hisser dans le chariot, juste au-dessus d'Isis. Son museau s'abaissa et elle renifla le visage de la femme inconsciente. Puis un grognement se fit entendre, et le monstre retomba à l'extérieur.

Un coup de feu suivit, qui fit sursauter les deux hommes. Les créatures dehors hurlèrent, et Meredith entendit le bruit de leurs pas quand elles s'éloignèrent du chariot.

—Qu'allons-nous faire ? demanda Meredith.

—Restez tranquille, petit. Attendez.

—Ces monstres vont revenir. Ils vont nous déchiqueter.

Jérémie se mit à genoux et regarda par la fente de la porte. Puis il revint vers le médecin paniqué.

—Ils se sont goinfrés avec les bœufs, docteur. Je crois que c'est pour ça qu'ils ont laissé Isis tranquille.

Jérémie passa par-dessus son compagnon et jeta un coup d'œil par la fenêtre de droite. Meredith se leva et le rejoignit. La cour était vide.

—Nous devons essayer de rallier la maison, dit Jérémie.

—Non !

L'idée de sortir à l'air libre était trop terrifiante pour Meredith.

—Écoutez-moi, fiston. Je sais que vous avez peur. Moi aussi. Mais, vous l'avez dit vous-même, rester ici, c'est mourir. La maison semble solide, et il y a des gens armés dedans. Nous devons courir le risque.

Meredith regarda la femme inconsciente.

— Nous ne pouvons pas l'abandonner !

— Nous ne pourrons pas la porter, Meredith. Et elle a déjà presque quitté ce monde. Venez, mon garçon. Suivez-moi, d'accord ?

Jérémie gagna silencieusement l'arrière du chariot et déverrouilla la porte. Comme d'habitude, elle grinça en s'ouvrant. Il descendit précautionneusement sur le sol, Meredith derrière lui.

— Ne faites aucun bruit, avertit Jérémie. Nous allons traverser, et espérer que les gens dans la maison soient en train de nous regarder. Vous avez compris ?

Meredith hocha la tête.

La nuit était silencieuse, et il n'y avait aucun signe des créatures quand Jérémie inspira à fond et commença à traverser les trente mètres de terrain découvert qui séparaient la maison du chariot. Meredith était derrière lui. Soudain, il se mit à courir, et Jérémie le suivit.

— Ouvrez la porte ! hurla Meredith.

Une créature jaillit de derrière la grange, hurla et courut vers eux, avançant à une vitesse terrifiante. Meredith parvint à rejoindre le porche surélevé de la maison, puis il trébucha et tomba sur les marches. Jérémie le rejoignit et essaya de le saisir par le bras pour l'aider à se relever.

La créature était tout près, mais Jérémie ne se retourna pas.

La porte s'ouvrit.

Jake apparut, deux revolvers à la main. Meredith se leva d'un bond, percuta Jake et le fit basculer. Jérémie était juste derrière Meredith. Soudain, quelque chose le frappa dans le dos et une douleur atroce le déchira.

Recouvrant son équilibre, Jake fit feu deux fois. La créature s'envola du porche. Jake tira Jérémie à l'intérieur, et une femme claqua la porte derrière lui. Meredith se tourna et vit Jérémie sur le sol, du sang giclant d'une terrible blessure, dans son dos.

— Pourquoi diable avez-vous crié, petit ? hurla Jake en saisissant Meredith par sa chemise.

— Je suis désolé ! Je suis désolé ! cria Meredith.

Il se dégagea et s'agenouilla près de Jérémie, essayant de couvrir la blessure béante avec ses mains.

Jérémie soupira et roula sur le côté. Il tendit la main et saisit celle du médecin, couverte de sang.

— Ne vous… reprochez rien… Vous êtes… un type bien.

Puis il mourut.

— Espèce de misérable fils de pute, dit Jake.

Chapitre 12

Rien de ce qui vit n'ignore la peur. C'est une défense contre l'imprudence, un serviteur contre la tendance à ignorer le danger. Mais, comme tous les serviteurs, elle fait un mauvais maître. La peur est un petit feu à l'intérieur d'un homme, qui le réchauffe en période de conflit. Si on lui laisse libre cours, elle devient une fournaise qu'aucun mur de forteresse ne peut supporter.

La Sagesse du Diacre, Chapitre XXI

Esther s'était endormie, et Oz essayait vaillamment de la tenir droite sur la selle. Zerah Wheeler regarda en arrière et sourit au jeune garçon.

— Nous nous reposerons bientôt, dit-elle en conduisant le cheval plus haut dans la colline, vers l'ouest.

Il y avait de nombreuses grottes dans le secteur, cachées par les arbres, et seul un excellent pisteur aurait pu suivre les traces qu'elle avait laissées. Le fusil était lourd dans ses mains, et le pistolet dans son holster commençait à lui irriter la jambe.

Ça fait trop longtemps que je n'ai pas voyagé dans ces collines, se dit Zerah. *Je deviens vieille et inutile.*

L'entrée d'une grotte l'attira, mais elle était étroite et faisait face au sud. Et le vent sifflait par l'ouverture, soulevant de la poussière. Zerah continua, conduisant le vieux cheval le long d'une étroite corniche qui débouchait sur une cave profonde en forme de poire. L'animal renâcla au moment d'entrer dans le noir, mais Zerah le persuada avec de douces paroles et une main ferme sur les rênes. L'intérieur était aussi grand que la plus grande pièce de sa maison, et une longue cheminée naturelle s'ouvrait sur les étoiles. Zerah enroula les rênes sur la tête du cheval, appuya le fusil contre une paroi et revint soulever Esther. La petite fille geignit dans son sommeil, puis entoura de ses bras le cou de Zerah.

—Descend tout seul, mon garçon, dit-elle. Mais défais les couvertures roulées avant.

Oz défit les lanières de cuir brut qui retenaient les couvertures, puis passa ses jambes par-dessus la selle et sauta sur le sol.

—Vous croyez qu'ils nous trouveront ? demanda-t-il.

—S'ils y arrivent, ils le regretteront, dit Zerah. Tu as toujours ce pistolet avec toi ?

—Oui, maîtresse, dit-il en tapotant la poche de sa veste noire en drap.

Zerah ébouriffa sa chevelure blonde.

—Tu es un bon petit, Oz. Ton père aurait été fier de toi. Maintenant, reste ici avec Esther pendant que je ramasse du bois pour faire un feu.

Oz étala la couverture, et Zerah se pencha pour y déposer Esther. La gamine de six ans se tourna sur le côté, le pouce dans la bouche. Elle ne se réveilla pas.

—Voulez-vous que je vienne avec vous, maîtresse ?

—Non, mon petit. Reste ici et occupe-toi de ta sœur.

Elle ramassa le fusil et le donna au jeune garçon.

—Il est un peu long pour toi, Oz, mais ça ne te fera pas de mal de t'habituer à le manier.

Zerah quitta la caverne et retourna vers la corniche. De cette hauteur, plus de trois cents mètres, elle voyait une grande partie des plaines en dessous. Il n'y avait pas de signe de poursuite. Mais, se dit-elle, ils pouvaient être cachés par les arbres, sous la vaste étendue verte qui s'étirait très loin vers l'est.

Elle se pencha en arrière et étira ses muscles pour se délier le dos. Il lui faisait un mal de chien, mais elle inspira à fond et retourna à l'abri des arbres. La nuit tombait rapidement, et la température diminuerait bientôt. Zerah ramassa une brassée de bois mort et retourna à la grotte. Elle fit cinq voyages de plus avant que la fatigue la force à s'arrêter. De la poche de son vieux manteau en peau de mouton, elle sortit un sac contenant de l'amadou et construisit soigneusement un petit feu.

Oz la rejoignit.

—Ils ne nous trouveront pas, maîtresse, n'est-ce pas ?

— Je l'ignore, dit-elle en lui passant un bras autour des épaules et en l'attirant contre elle.

Un des hommes qui avaient tué le père d'Oz avait chevauché jusqu'à sa maison et s'était arrêté au puits pour boire. Il avait vu Esther et Oz jouer près de la barrière. Zerah, qui ne connaissait pas l'homme, était sortie de la maison pour accueillir l'étranger.

— Ces enfants sont mignons, avait dit l'homme. Ce sont vos petits-enfants ?

— Pour sûr, avait-elle répondu. Vous passiez par là ?

— Ouais. Merci pour l'eau, maîtresse.

Il avait tendu la main vers le pommeau de sa selle.

Esther l'avait regardé, puis elle avait hurlé en se levant.

— Il a tiré sur mon papa !

L'homme s'était laissé tomber sur le sol. Zerah avait appuyé sur la détente de son arme. La balle s'était enfoncée dans la cuisse de l'homme. Son cheval s'était cabré avant de partir au galop. Il avait eu le temps de saisir le pommeau et avait été traîné sur une trentaine de mètres. Zerah avait tiré deux fois encore, mais elle l'avait raté. Elle avait regardé l'homme se remettre en selle et s'enfuir.

Sachant qu'il reviendrait, elle avait emballé de la nourriture et quelques provisions, et elle avait emmené les enfants dans la montagne, en direction de Pureté. Mais ses poursuivants lui avaient coupé la route. Ils avaient dressé leur camp au travers de la piste, quand elle était arrivée à la dernière crête. Heureusement, Zerah avait laissé sa monture à Oz et avait rampé jusqu'au bord pour vérifier si la route était libre.

Ils étaient désormais haut dans la montagne et, Zerah en était presque sûre, ils avaient semé leurs poursuivants.

Quand le feu fut bien lancé, Zerah se leva et gagna l'entrée de la grotte pour vérifier si de la lumière ne se reflétait pas à l'extérieur. Un feu de camp installé sans précaution pouvait être visible à des lieues à la ronde. Mais, une fois dehors, elle constata qu'aucune lumière ne filtrait, et le peu de fumée qui s'échappait s'était rapidement dissipé.

Rassurée, Zerah rentra dans la grotte. Oz était allongé près d'Esther, et tous deux dormaient.

— Ça te rajeunit sacrément, femme ! dit-elle en couvrant les deux enfants.

Elle éprouva de la fierté. Elle les avait sauvés des tueurs qui les pourchassaient.

— Tu n'es pas si inutile que ça, murmura-t-elle.

Le lendemain, ils seraient en ville, en sécurité, et les Croisés se lanceraient aux trousses des tueurs.

Il y avait longtemps qu'elle n'était pas allée à la vallée des Pèlerins, et elle se demandait quels changements l'y attendaient.

Au loin, un loup hurla. Zerah s'installa à côté des enfants pour dormir.

Sarento arpentait les collines boisées au-dessus de la cité atlante en ruine et profitait du ciel bleu et des chants matinaux des oiseaux. Le vent était frais sur sa peau rouge doré et, pour la première fois depuis des années, il n'éprouvait aucune faim. Avec un frisson de plaisir intense, il se souvint du rassemblement, dans le Colisée, de l'attente impatiente et, à la fin, de l'afflux de la vie en lui. Riche, et chaude, et infiniment satisfaisante.

En dessous de lui se trouvait le camp de son élite, les cinq cents guerriers des Enfants de l'Enfer qu'il avait envoyés en avant-garde par le portail. Grâce à eux, et à des hommes comme Jacob Moon, il pourrait se nourrir dans ce nouveau monde… et rêver.

Il avait eu désespérément besoin du portail temporel. Dans l'ancien monde, sa faim avait été terriblement douloureuse, constante, et ses exigences avaient dominé sa vie. Mais ici, il pouvait de nouveau apprécier la beauté d'un ciel bleu. Ses yeux dorés se fixèrent sur la cité en ruine. Ce n'était pas une demeure adéquate pour un dieu, pensa-t-il en observant le palais délabré. Devant, il y avait deux colonnes effondrées et un linteau en miettes.

— Debout ! dit-il.

Les pierres gémirent et se dressèrent. Les parties pulvérisées se resolidifièrent, les fragments du linteau se ressoudèrent et s'élevèrent pour se remettre en place. Les minuscules restes de peinture grandirent et se répandirent sur les motifs du linteau, des rouges profonds, des bleus vibrants, des jaunes dorés. Des tuiles en or apparurent sur le toit du palais et étincelèrent sous le soleil.

Des arbres fleurirent dans les jardins du palais et des parterres de roses sortirent du sol. Les passerelles craquelées et brisées se réparèrent toutes seules. Les statues effondrées remontèrent sur leur piédestal, leurs membres de pierre aussi souples que ceux des guerriers des temps anciens dont elles étaient l'effigie.

Des feuilles d'or décorèrent les fenêtres du palais, et des fontaines desséchées depuis longtemps crachèrent des jets d'eau très haut, dans le jardin.

Sarento regarda la cité et sourit. Puis son sourire s'effaça.

La faim était revenue. Pas encore très violente, mais… Un besoin qui le rongeait… Il regarda son torse nu, et s'aperçut que les minces lignes noires sur sa peau s'étaient épaissies et que le rouge doré disparaissait lentement. Il leva la main et projeta son esprit.

Les oiseaux de la forêt volèrent vers lui. Les renards se réveillèrent et sortirent de leur terrier, les écureuils descendirent de leurs abris en haut des arbres. Un énorme ours grogna et quitta sa grotte. Sarento était presque dissimulé par les oiseaux qui voletaient autour de lui, et la masse de créatures à fourrure qui couraient entre ses pieds.

Puis, en un instant, le silence tomba. Les oiseaux chutèrent sur le sol, sans vie, l'ours s'effondra et se ratatina comme du parchemin antique.

Sarento marcha au milieu des cadavres, qui craquaient sous ses pieds comme des brindilles depuis longtemps desséchées.

Sa faim avait presque disparu.

Mais ce qui était à son origine était toujours présent.

Ses Dévoreurs écumaient la contrée, et il sentait le flot régulier de la force qu'ils lui transmettaient. Pas suffisant pour le satisfaire, mais, pour le moment, adéquat. Il se projeta mentalement et chercha d'autres Hommes-Loups, afin de les attirer à lui pour le *changement.* Mais il n'y en avait aucun à portée de son pouvoir.

Étrange, se dit-il, car il savait que ces créatures existaient dans ce monde.

Il avait vu leur image dans l'esprit agonisant de Saül Wilkins, et l'avait lue de nouveau dans l'esprit sadique de Jacob Moon. Une légère inquiétude l'effleura. Sans de nouveaux Dévoreurs, sa tâche dans ce nouveau monde serait plus complexe. Puis il pensa de nouveau au portail. S'il en existait un, il devait y en avoir d'autres.

Il se représenta les cités grouillantes de l'ancien monde : Los Angeles, New York, Londres, Paris...

Dans de tels lieux, il ne connaîtrait plus jamais la faim.

Beth posa une couverture sur le mort, puis saisit Meredith par les épaules. Le jeune homme sanglotait.

— Venez, dit-elle doucement. Éloignez-vous de lui.

— C'est ma faute, dit-il. J'ignore pourquoi j'ai crié. J'ai... paniqué, c'est tout.

— Fichtrement vrai ! dit le Diacre.

— Laissez-le tranquille ! dit Beth d'un ton glacial. Tout le monde n'est pas comme vous. Et heureusement ! Oui, il a paniqué. Il était terrorisé. Et même son ami lui a dit de ne pas s'en vouloir. (Elle tapota l'épaule de Meredith, puis se rapprocha du Diacre.) La mort et le sang, voilà tout ce que vous connaissez, Diacre. Le meurtre et la douleur. Et maintenant, fichez-lui la paix !

À cet instant, il y eut un bruit de bois brisé à l'étage, et un coup de fusil retentit.

— Ça va, Wallace ? cria Beth.

Le jeune homme apparut en haut de l'escalier.

— L'un d'eux a sauté vers la fenêtre. Mais je l'ai eu. Il y en a d'autres qui arrivent à travers la prairie, maîtresse McAdam. Au moins une cinquantaine.

— Les volets ne les arrêteront pas, dit le Diacre.

Il sortit un revolver, puis grimaça et s'affala contre le mur. Beth le rejoignit. Son visage était gris d'épuisement et de douleur. Elle lui passa un bras autour de la taille et le conduisit à une chaise. Quand il s'assit, elle s'aperçut que sa main était couverte de sang.

— Vous êtes blessé, dit-elle.

— Ce n'est pas la première fois de ma vie.

— Laissez-moi voir.

Il se tourna à demi. Le dos de son vieux manteau en peau de mouton était déchiré, et la chair en dessous portait une blessure béante. Beth se souvint que la barrière s'était cassée quand le corps frêle du vieillard avait été projeté contre elle.

— Vous vous êtes peut-être cassé une ou deux côtes, dit-elle.

— Je survivrai. Il le faudra bien.

Meredith se pencha.

— Laissez-moi l'examiner, dit-il à Beth. Je suis médecin.

Ensemble, ils aidèrent le Diacre à se lever et lui enlevèrent son manteau, puis la chemise. Meredith examina délicatement la blessure. Le vieil homme ne fit pas un bruit.

— Deux côtes, au moins, dit-il.

Dans la pièce, le bébé se mit à pleurer.

— Il a faim, dit Beth.

Mais la jeune femme affalée dans le fauteuil ne bougea pas. Beth la rejoignit et vit que son regard était vacant. Elle défit les boutons du chemisier taché de sueur de la jeune femme, puis souleva le bébé jusqu'au sein gonflé de lait. Quand il commença à téter, la jeune femme gémit et se mit à pleurer.

— Allons, allons, dit Beth. Tout va bien, maintenant. Regardez-la se nourrir ! Elle avait vraiment faim.

— C'est un garçon, murmura la mère.

— Oui, bien sûr, dit Beth. Que je suis bête ! Et c'est un beau petit garçon, solide et fort !

— Mon Josh était fort, lui aussi, dit la jeune femme. Ils lui ont arraché la tête.

Des larmes enflèrent dans ses yeux et elle commença à trembler.

— Pensez seulement à votre bébé, dit rapidement Beth. Pour le moment, il n'y a que lui qui compte. Vous comprenez ?

La jeune femme hocha la tête, mais Beth vit qu'elle retombait dans son mutisme. Elle soupira et rejoignit Meredith et le Diacre. Le jeune docteur avait découpé une nappe pour faire des bandages. Le vieil homme leva la main vers Meredith pendant qu'il terminait le pansement.

— Je suis désolé, fiston. J'espère que vous me pardonnerez mes dures paroles.

Meredith hocha la tête d'un air las.

— C'est plus facile de vous pardonner à vous qu'à moi-même. Je n'avais jamais eu si peur, et j'ai honte de ce que j'ai fait.

— C'est du passé, petit. Vous étiez au bord du puits, prêt à tomber dedans. Maintenant, vous pouvez décider d'être plus fort, ou plus faible. C'est votre choix. Dans la vie, un homme doit apprendre à être fort même quand il a des points faibles.

— Ils avancent vers la grange, cria Wallace.

— Ne criez pas comme ça, mon garçon ! ordonna Beth.

De l'autre côté de la cour leur parvint le son de bois arraché, suivi par le hennissement terrifié des chevaux. Dans son fauteuil près du feu, la jeune mère se remit à pleurer.

Beth alluma deux autres lanternes et les pendit à des crochets, sur le mur.

— La nuit sera longue, dit-elle.

Les hurlements des animaux piégés durèrent plusieurs minutes, puis le silence tomba. Beth envoya Meredith dans la pièce du fond pour qu'il vérifie l'état de Josiah Broome. La jeune femme s'était endormie dans son fauteuil. Beth lui prit le bébé et s'assit avec lui dans le vieux fauteuil à bascule.

Wallace Nash descendit l'escalier et vint se planter devant Beth.

— Qu'y a-t-il, Wallace ?

Le jeune homme roux était mal à l'aise.

— Je suis désolé, maîtresse McAdam, dit-il. Je n'ai pas d'autres façons de vous le dire qu'en y allant carrément. Samuel, eh bien, il est mort en sauvant la jeune femme ici présente et son bébé. Il a sauté par une fenêtre alors qu'une de ces créatures fonçait sur elle et son enfant. Il était d'un calme ! Il a tué la créature, pour sûr, mais elle l'a eu aussi. Je suis désolé, maîtresse.

— Retournez en haut, Wallace, dit Beth en serrant le bébé contre elle. Montez la garde, et ouvrez l'œil.

— Oui, comptez sur moi, dit-il doucement. Je m'en occupe, maîtresse.

Beth ferma les yeux. Elle sentait l'huile brûler dans les lampes, le cèdre dans le foyer et l'odeur de lait du nouveau-né dans ses bras.

Dehors, une bête hurla.

Shannow plongea la main dans sa poche et ses doigts perclus d'arthrite se fermèrent autour de la Pierre dorée.

Je ne veux pas vivre éternellement, pensa-t-il.

Je ne veux pas redevenir jeune. (La douleur dans sa poitrine augmentait et se mêlait à celle de ses côtes cassées.) *Tu n'as pas le choix*, se dit-il. Il agrippa la Pierre et força la douleur dans son cœur à disparaître. Il sentit une force et une vitalité nouvelles couler dans ses veines. Il guérit aussi les côtes cassées en puisant dans le pouvoir de la Pierre.

Ouvrant la main, il regarda le caillou doré. Une étroite ligne noire était apparue, là où il avait absorbé le pouvoir. Il se leva et gagna la fenêtre. La douleur constante de son épaule et de ses genoux avait disparu, et il marchait avec un ressort nouveau. Il regarda par la fente des volets et vit que les Dévoreurs avaient grimpé sur le chariot de Jérémie et étaient entrés à l'intérieur. La grange était désormais silencieuse, mais il vit des formes grises couchées sur la terre dure de la cour, ou accroupies près de la barrière.

Il recula et regarda les volets. Le bois faisait environ deux centimètres d'épaisseur. Il ne supporterait pas le pouvoir phénoménal des griffes des Dévoreurs. Il plongea la main dans son manteau et en sortit une boîte de cartouches, qu'il vida sur la table. Il en restait vingt-trois, plus les douze dans son revolver.

Meredith revint.

— Le blessé dort. Son teint est normal et son pouls est régulier.

— Il est plus solide qu'il le pense, dit Shannow.

— D'où viennent ces créatures ? demanda Meredith. Je n'ai jamais entendu parler d'êtres de ce genre.

— Ce sont des Hommes-Loups, dit Shannow. Mais ils ont été modifiés… par la magie, si vous voulez.

Il s'aperçut soudain que le jeune homme le regardait intensément, de l'incrédulité dans le regard.

— Je sais que c'est difficile à comprendre, dit-il. Mais croyez-moi, mon garçon. Il y a une créature qui…

— Beth vous a appelé Diacre, dit Meredith, l'interrompant.

Shannow comprit que le jeune homme n'avait pas écouté un mot de ce qu'il avait dit.

— Oui, dit-il d'une voix lasse. Je suis le Diacre.

— Je vous ai toujours détesté, dit Meredith. Vous avez été la cause de nombreuses choses maléfiques.

— Je ne vous dirai pas que vous avez tort, mon garçon. La boucherie dans la contrée des Enfants de l'Enfer était impardonnable.

— Pourquoi l'avoir perpétrée, alors ?

— Parce qu'il est un tueur et un sauvage, dit Beth d'une voix calme. Certains hommes sont comme ça, docteur. Il est venu au pouvoir grâce à la tromperie, et il l'a gardé grâce à la peur. Tous ceux qui s'opposaient à lui mouraient. C'est tout ce qu'il connaît.

Meredith se tourna vers Shannow.

— C'est comme ça que ça s'est passé ?

Shannow ne répondit pas. Il se leva et alla dans la chambre où dormait Josiah Broome.

C'est comme ça que ça s'est passé ?

Broome ouvrit les yeux.

— Bonjour, Jake, dit-il d'une voix ensommeillée.

Shannow s'assit au bord du lit.

— Comment vous sentez-vous ?

— Mieux, dit le blessé.

— Parfait. Reposez-vous, maintenant.

Broome ferma les yeux. Shannow resta assis là où il était, se souvenant des deux armées qui avaient convergé sur les terres des Enfants de l'Enfer. Il se rappela sa fureur à la trahison des Enfants de l'Enfer et sa peur au sujet de l'arrivée de la Pierre de Sang. Beaucoup de ceux qui avaient combattu sous ses ordres avaient perdu des amis ou de la famille par la faute des Enfants de l'Enfer, et la haine avait été puissante, chez eux.

Chez moi aussi, pensa-t-il tristement.

Padlock Wheeler et les autres officiers étaient venus le voir ce matin-là, devant Babylone, quand les chefs des Enfants de l'Enfer avaient supplié qu'on les autorise à se rendre.

— Quels sont vos ordres, Diacre ? avaient-ils demandé.

Il aurait pu dire beaucoup de choses à cet instant, sur la nature du mal et la sagesse du pardon. En les regardant, il avait seulement pensé à la terreur qui arriverait un jour, et au fait que, dans son monde précédent, la Pierre de Sang avait utilisé les Enfants de l'Enfer pour semer la destruction et la mort. Et, en l'espace d'un instant, il avait pris une décision qui le hantait toujours.

—Alors, Diacre ?

—Tuez-les tous.

Zerah se réveilla avant l'aube et gémit. Une petite pierre s'était enfoncée dans sa hanche et ses épaules la faisaient horriblement souffrir. Un autre gémissement accompagna sa tentative de s'asseoir, et elle jura abondamment.

—Ce n'est pas bien de jurer, dit Esther.

—Les rhumatismes non plus, ça n'est pas bien, grogna Zerah. Tu es réveillée depuis longtemps, petite ?

—Depuis que les hurlements ont commencé, dit l'enfant. Il y a un tas de loups, dehors.

Zerah n'avait rien entendu. Elle se leva péniblement et s'étira, puis alla chercher sa gourde sur la selle de son cheval. Elle but longuement, puis retourna près des enfants et du feu éteint.

—Les loups ne nous attaqueront pas, dit-elle. Regarde si tu peux trouver une étincelle dans les cendres, et je nous ferai cuire un petit déjeuner.

Elle bâilla et sortit devant la grotte. L'air était frais. Zerah sentit la rosée sur les feuilles et l'odeur musquée de la forêt. Le ciel s'éclaircissait à l'est, et le chant matinal des oiseaux l'accueillit quand elle marcha entre les arbres. Malgré la douleur des rhumatismes dans son dos et ses épaules, elle se sentait bien, heureuse d'être en vie.

C'est grâce aux enfants, pensa-t-elle. *Avec eux, tout me semble nouveau.*

Zerah n'avait pas compris à quel point la compagnie de ses semblables lui manquait, jusqu'à l'arrivée de l'étranger. Elle était triste qu'il ne soit pas revenu. Jon était un type bien, un compagnon paisible. Mais les enfants étaient une joie, même quand ils se querellaient. Ça lui rappelait les bons moments avec ses propres enfants, quand elle-même était encore jeune, quand le ciel était plus bleu et que l'avenir était un mystère fascinant qui restait à découvrir.

Zeb avait été un bel homme, à la repartie facile, que tout le monde appréciait. Et il était gentil et affectueux. Tout le monde aimait Zeb, parce que Zeb aimait tout le monde.

—Je n'aurais jamais cru qu'un homme pouvait voir tant de bien chez les gens, dit-elle à voix haute.

Quand il était mort, se souvint-elle, Padlock était venu la voir. Il lui avait passé un bras autour des épaules et lui avait dit :

—Tu sais, maman, il n'y a personne sur cette terre auprès de qui il aurait besoin de s'excuser.

Cela lui avait semblé une épitaphe adéquate pour un homme si gentil.

Des gens étaient venus de très loin pour ses funérailles, et cela avait fait plaisir à Zerah. Mais, après sa mort, les visiteurs avaient cessé de venir.

Je n'étais pas celle qui était populaire, pensa-t-elle. *La vieille Zerah avec sa langue bien pendue et ses manières abruptes...*

Elle regarda le ciel.

—Parfois, je me demande ce que tu me trouvais, Zeb.

En se tournant pour rentrer dans la caverne, elle vit une empreinte de patte sur la terre meuble. Elle s'agenouilla et mesura sa taille en se servant de sa main. Elle était énorme. Ce n'était pas un ours, même si la dimension aurait pu correspondre. Ni un lion. Elle avait la bouche sèche quand elle se releva. C'était une empreinte de loup, mais plus grande qu'aucune qu'elle ait jamais vue.

Zerah entra en hâte dans la grotte.

—Qu'y a-t-il pour le déjeuner ? demanda Oz. Esther a rallumé le feu.

—Je pense que nous attendrons d'être arrivés en ville, dit Zerah. Nous ferions mieux de partir.

—Mais j'ai faim, geignit Esther. Je meurs de faim !

Zerah gloussa intérieurement.

Bon sang, ma vieille, se dit-elle, *pas la peine de paniquer ! Tu as un feu et un bon pistolet.*

—D'accord, dit-elle. D'abord, on déjeune, et après, on se met en route.

Elle alla à l'arrière de la grotte et s'approcha de sa jument. Elle tremblait, les oreilles aplaties sur le crâne.

— Du calme, ma belle, ce n'est que moi !

À cet instant, Esther hurla, et Zerah se tourna rapidement vers l'enfant.

À l'entrée de la grotte, elle vit une monstruosité. Haute de deux mètres cinquante, avec de puissantes épaules et de longs bras, la bête était couverte de fourrure gris argenté. Sa tête massive était baissée et ses yeux fauves étaient fixés sur les enfants blottis près du feu. La jument se cabra et hennit, ce qui attira l'attention de la créature.

Zerah Wheeler sortit son vieux pistolet en se demandant si une balle pourrait abattre l'Homme-Loup géant.

— Restez calmes, les petits, dit-elle d'une voix ferme.

Elle arma le pistolet et avança.

— J'ignore si tu comprends ce que je dis, annonça-t-elle sans quitter la bête des yeux, mais ce pistolet a six cartouches. Et je n'ai pas l'habitude de rater ma cible. Alors, file de là et nous serons tous plus heureux.

La bête hurla, et le son résonna dans la grotte comme un coup de tonnerre. Zerah regarda le feu. À côté, elle vit une branche épaisse couverte de feuilles depuis longtemps mortes. Sans dévier le pistolet, elle tendit la main gauche et souleva la branche, après avoir plongé les feuilles dans le petit feu. Elles s'enflammèrent aussitôt. Zerah avança vers la créature.

— Allez, recule, misérable fils de pute.

La bête recula, mais pour mieux sauter. Zerah ne céda pas un pouce de terrain. Elle fourra sa branche enflammée dans la gueule du monstre et lui tira une balle dans la gorge. La bête tomba et roula sur le côté. Zerah tira de nouveau quand la créature tenta de se relever.

— Par les larmes de Jésus ! murmura-t-elle.

Devant la grotte, il y avait d'autres créatures.

— Les enfants, dit Zerah, je veux que vous grimpiez dans cette cheminée, à l'arrière. Immédiatement !

Tenant toujours la branche, elle recula dans la grotte. Une créature lui bondit dessus, mais elle lui logea calmement une balle dans la poitrine. Une autre fonça, sur la droite. Un coup de feu résonna, à l'arrière de la grotte, arrachant la moitié de la tête du monstre.

Elle sentit la fierté enfler en elle, mais sa voix était abrupte et autoritaire.

— Grimpe dans cette maudite cheminée !

Les bêtes avançaient avec prudence. Avec seulement trois cartouches, Zerah savait qu'elle ne pourrait pas les tenir toutes en respect. Et elle n'aurait pas non plus le temps de se retourner et de grimper hors d'atteinte.

— Vous avez escaladé la cheminée ? demanda-t-elle sans oser se retourner.

— Oui, maîtresse, dit la voix d'Oz, qui provenait de l'intérieur de la cheminée.

— Bon garçon.

Soudain, la jument passa en trombe à côté d'elle, éparpillant les bêtes dans sa tentative désespérée d'atteindre la liberté temporaire de la forêt. À cet instant, Zerah se tourna et fonça vers la cheminée. Elle fourra son pistolet dans le holster, saisit une petite corniche rocheuse et se hissa dans le conduit, ses bottes ripant sur la pierre. Elle grimpa rapidement et vit bientôt Oz au-dessus d'elle, qui aidait Esther. La cheminée était étroite, mais les enfants arrivèrent à atteindre une étroite corniche en dessous du sommet et à s'y blottir.

La douleur éclata dans son pied. Zerah hurla en se sentant tirée vers le bas. Oz passa le fusil par-dessus le bord de la corniche et tira. Zerah tira son pistolet et logea deux balles dans le corps de l'Homme-Loup qui l'avait attrapée. Il tomba, ses griffes arrachant la botte de Zerah. Oz attrapa la femme, et, avec son aide, elle parvint à faire passer son corps frêle par la trouée. Du sang coulait d'une blessure à sa cheville, et une griffe de quinze centimètres de long était fichée dans son talon. Zerah la retira.

— Vous êtes des enfants courageux, dit-elle. Par Dieu, je suis fière de vous !

Elle sortit un canif de son manteau et l'ouvrit.

— Si tu veux bien me céder ta chemise, Oz, je fais en faire des bandages pour essayer d'arrêter le saignement.

— Oui, maîtresse, dit-il en enlevant son manteau et sa chemise.

En travaillant, elle demanda au jeune garçon de compter les carouches restant dans le fusil. Cela ne fut pas long : il y en avait deux.

— J'ai toujours le petit pistolet que vous m'avez donné, dit Oz.

— Ça ne servira à rien contre ces créatures, dit Zerah. Mais le bruit peut quand même leur faire peur, on ne sait jamais…

Le jeune garçon se força à sourire. Zerah banda sa cheville puis plongea la main dans la poche de son manteau. Elle en sortit une lanière de viande séchée.

— Comme petit déjeuner, il y a mieux, mais il faudra que ça fasse l'affaire.

— Je n'ai pas faim, dit Esther. Est-ce qu'on va mourir ?

— Écoute-moi bien, petite. Nous sommes vivants, et j'ai bien l'intention que ça dure ! Et maintenant, grimpons hors de cette grotte.

— Est-ce bien sage, maîtresse ? demanda Oz. Ici, ils ne peuvent pas nous atteindre.

— C'est vrai, petit. Mais ce morceau de bœuf ne nous permettra pas de survivre des années ! Nous devons être seulement à six ou sept lieues de la vallée des Pèlerins. Nous y serons en sécurité. Je grimpe d'abord, et vous me suivrez.

Zerah se leva péniblement et grimpa vers le morceau de ciel bleu, à environ six mètres au-dessus d'elle.

Shannow gravit l'escalier jusqu'à l'étage et trouva le jeune homme roux agenouillé près d'une fenêtre, regardant vers la cour.

— Que font-ils ? demanda-t-il au jeune homme.

Wallace posa son fusil et se leva.

— Ils sont assis. Je n'y comprends rien, maître. À un moment, ils déchiquetaient tout sur leur passage, et voilà qu'ils sont aussi calmes que des chiens sous le clair de lune.

— Ils se sont nourris, expliqua Shannow. La question est : combien de temps avant que leur faim revienne ? On aura intérêt à être prêts.

— C'est une maison solide, maître, mais les fenêtres et les portes ne les arrêteront pas, je peux vous le dire. En ville, ils les ont arrachées comme si elles étaient faites de papier. Et ils savent sauter, aussi ! Par Dieu, j'en ai vu un faire un bond de cinq mètres pour se percher sur le côté d'un bâtiment.

— Oui, dit Shannow, ils peuvent sauter. Et ils peuvent aussi mourir.

Le jeune homme sourit.

— Oui, c'est bien vrai !

Quand Shannow se tourna pour partir, le jeune homme lui prit le bras.

— Vous m'avez sauvé la vie. Je n'avais même pas vu que ce monstre était si près. Je ne l'oublierai pas.

Shannow sourit.

— Vous avez payé cette dette quand vous m'avez pratiquement porté dans la maison. J'étais à bout de forces. Vous êtes un homme bien, Wallace. Je suis fier de vous connaître.

Les deux hommes se serrèrent la main, puis Shannow retourna sur le palier étroit et vérifia les deux autres pièces de l'étage, des chambres. L'une était décorée de rideaux en dentelle jaunis par l'âge. Des dessins d'enfants étaient toujours accrochés aux murs, des silhouettes en forme de bâton devant des maisons carrées surmontées d'une cheminée d'où sortait de la fumée. Dans le coin, près de la fenêtre fermée, il y avait un chien en peluche aux oreilles tombantes. Shannow se souvint de l'époque où la petite Mary le traînait partout avec elle. L'autre pièce était la chambre de Samuel. Les murs étaient couverts d'étagères qui débordaient de livres, dont une édition spéciale, dorée à l'or fin, du *Nouvel Élie*. Shannow soupira. Encore un des petits « travers » de Saül. Quand il avait été publié, Shannow avait lu le premier chapitre, qui racontait l'appel de Dieu au jeune Homme de Jérusalem, puis il avait fait chercher Saül.

— Qu'est-ce que c'est que ces âneries ?

— Ce ne sont pas des âneries, Diacre. Tout, dans ce livre, est réel. Nous avons recueilli ces récits de sources directes, des gens qui connaissaient l'Homme de Jérusalem, qui ont entendu ses paroles. J'aurais cru que vous seriez content. Il a prédit votre arrivée.

— Il n'a jamais rien fait de tel, Saül. Et la moitié des gens mentionnés dans le premier chapitre ne se sont jamais approchés à moins de cent lieues de Shannow. Et de nombreux autres ont laissé leur imagination s'envoler !

— Mais… Comment pouvez-vous savoir ça, Diacre ?

— Je le sais. Comment, ça ne vous regarde pas. Combien de ces livres ont été imprimés ?

Saül avait souri.

— Quarante mille, Diacre. Et ils se sont vendus si vite que nous allons lancer une deuxième édition.

— Pas question ! Laissez tomber, Saül.

Shannow prit le livre et l'ouvrit. Au centre se trouvait une gravure en noir et blanc qui montrait un bel homme sur un étalon noir cabré, avec des revolvers argentés à la main et un élégant chapeau noir. Autour de lui gisaient les cadavres de nombreux Enfants de l'Enfer.

— Au moins, ils n'ont pas écrit que j'avais tué des milliers de gens avec la mâchoire d'un âne, murmura Shannow en jetant le livre sur le lit en pin.

Il ouvrit le volet avec précaution et regarda au-dehors. Le chariot de Jérémie était là, le toit arraché. Plusieurs Hommes-Loups étaient endormis à l'intérieur, et d'autres étaient allongés dehors, près de la grange démolie.

Que vas-tu faire, Shannow ? se demanda-t-il. *Comment as-tu prévu d'arrêter la Bête ?*

À cet instant, il connut la peur, mais il la repoussa.

— Que faites-vous ici ? demanda Beth. C'est la chambre de mon fils.

Shannow s'assit sur le lit, se souvenant des nombreuses occasions où il avait fait la lecture à Samuel.

— Je n'ai pas besoin de votre haine, Beth, dit-il doucement.

— Je ne vous hais pas, Diacre. Je vous méprise. Il y a une différence.

Il se leva.

— Vous devriez vous décider, femme ! Vous me méprisez parce que je n'ai jamais cédé et que je me suis assuré que tous mes ennemis soient tués. Vous méprisiez votre amant, Jon Cade, parce qu'il refusait de tuer ses ennemis. Qu'exigez-vous au juste des hommes que vous avez connus ?

—Je n'ai pas à argumenter avec vous, dit-elle d'un ton glacial.

—Vraiment ? Alors, pourquoi m'avez-vous suivi jusqu'ici ?

—Je l'ignore. Je regrette de l'avoir fait.

Mais elle ne fit pas mine de partir. Elle gagna un vieux fauteuil en osier et s'y assit.

—Comment se fait-il que vous sachiez, au sujet de Jon et moi ? Vous avez des espions, ici ?

—Non… Pas d'espions. Je sais, parce que j'étais là, Beth. J'étais là.

—Je ne vous ai jamais vu.

—Et vous ne me voyez toujours pas, dit-il tristement en se levant et en quittant la pièce.

Les marches en pin grincèrent sous son poids, et le docteur Meredith se tourna quand Shannow approcha.

—Tout est terriblement calme, dit le jeune homme.

—Ça ne le restera pas longtemps, docteur. Vous devriez demander à maîtresse McAdam si elle a une arme en plus pour vous.

—Je ne suis pas très doué avec les armes, Diacre. Je n'ai jamais eu envie de l'être, à vrai dire.

—C'est parfait, docteur, tant qu'il y a quelqu'un d'autre pour chasser à votre place. Mais là, vous n'aurez pas besoin d'être doué. Vos cibles seront assez près pour vous arracher le visage. Allez chercher une arme.

—Que faut-il pour faire un homme comme vous, Diacre ? demanda Meredith, son visage s'empourprant.

—De la douleur, petit. De la souffrance, du chagrin et la perte de ceux qu'on aime. (Shannow montra le cadavre de Jérémie, sous la couverture.) Aujourd'hui, vous en avez eu un petit avant-goût. Demain, vous en saurez davantage. Peu importe que vous me jugiez, mon garçon. Vous ne pourrez jamais être plus dur avec moi que je le suis moi-même. Mais, pour le moment, je vous suggère que nous travaillions ensemble à survivre.

—Oui, vous avez sûrement raison. Vous aviez commencé à me parler des portails temporels. Qui les a créés, et pourquoi ?

Shannow s'approcha du fauteuil et regarda la femme endormie. Beth avait trouvé un petit berceau sculpté et y avait mis le bébé, à son côté.

— Personne ne le sait, dit-il à voix basse. Il y a très longtemps, j'ai rencontré un homme qui affirmait qu'ils avaient été créés à Atlantis, douze mille ans avant la Seconde Chute. Mais ils sont peut-être plus anciens. L'ancien monde regorgeait de récits au sujet de portails, de chemins directs, de pistes de dragons et de repères de chemins préhistoriques. Il y a peu de faits, mais des tas de théories.

— Comment les ouvre-t-on ?

Shannow s'éloigna silencieusement de la mère et de l'enfant et se plaça à côté de la porte.

— Je suis incapable de vous le dire. Je connaissais une femme qui en savait long sur le sujet, mais elle est restée en arrière, le jour de la Chute, et je suppose qu'elle a été tuée avec le reste du monde. Une fois, elle m'a emmené chez elle, dans un endroit appelé Arizona. Une superbe contrée... Mais comment l'a-t-elle fait... ? (Il haussa les épaules.) Elle possédait une Sipstrassi, une Pierre de Daniel. Il y a eu un éclair de lumière violette, et hop, nous y étions.

— Ah ! Oui, dit Meredith. Les Pierres. J'en ai entendu parler, mais je n'en ai jamais vu. Un des hôpitaux d'Unité s'en servait pour guérir les cancers, les maladies comme ça. Surprenant !

— Je suis bien d'accord, dit Shannow. Elles peuvent rajeunir un vieillard ou guérir les malades, ou créer de la nourriture à partir des molécules de l'air. Je pense que Moïse s'en est servi pour écarter les eaux de la mer Rouge. Mais je ne peux pas le prouver.

— Dieu n'y était pour rien, alors ? demanda Meredith en souriant.

— Je n'essaie pas de critiquer Dieu, jeune homme. S'Il a créé les Sipstrassi, c'est toujours un miracle. S'Il en a donné une à Moïse, on peut toujours dire que c'est le pouvoir de Dieu qui a ouvert les flots. Mais ce n'est pas le bon moment pour des débats bibliques. Les Pierres rendent réel ce qui est imaginaire. C'est tout ce que je sais.

— Ce serait super d'en avoir une ou deux sous la main en ce moment, dit Meredith. Avec une seule pensée, nous pourrions tuer tous les loups.

— Les Sipstrassi ne peuvent pas tuer, dit Shannow.

Meredith éclata de rire.

— Voilà votre problème, Diacre. Il vous manque l'imagination dont les Pierres ont besoin selon vous.

— Que voulez-vous dire ?

Meredith se leva.

— Regardez cette chaise. Elle est en bois. Je ne doute pas qu'une Pierre pourrait la transformer en arc et en flèches. Vous pourriez alors tirer sur une créature quelconque et la tuer. C'est donc une Sipstrassi qui l'aurait tuée, même si ce serait par procuration. Et ces portails dont vous parlez, eh bien, il n'existe peut-être pas de technique pour les activer. La femme que vous connaissiez n'était peut-être pas plus éclairée que vous, simplement plus imaginative.

Shannow y réfléchit.

— Vous pensez qu'il lui suffisait de souhaiter rentrer chez elle ?

— C'est très possible. Mais tout ça est pure théorie, désormais.

— Oui, dit Shannow d'un ton absent. Merci, docteur.

— De rien, Diacre.

Meredith gagna la fenêtre et se pencha pour regarder par la fente des volets.

— Oh ! Dieu ! dit-il soudain. Oh ! Grand Dieu !

Isis reprit conscience en flottant sur un lit tiède de rêves, des souvenirs de son enfance dans la ferme près d'Unité, de son chien, Misha, qui pourchassait les lapins – en vain – dans la prairie, aboyant furieusement dans son excitation. Il prenait un tel plaisir à ce qu'il faisait qu'Isis, quand elle avait fusionné délicatement avec son esprit, avait senti des larmes de joie couler sur son visage. Misha connaissait un bonheur qu'aucun humain – excepté Isis – ne pourrait jamais partager. C'était un bâtard, et son allure le montrait. Il était grand, avec une tête de loup et de grands yeux fauves. Mais il avait de longues oreilles tombantes et un poitrail large. Selon le père d'Isis, Misha était sans doute le chien de garde le plus nul qui ait existé. Quand des étrangers arrivaient, il se précipitait vers eux, agitait la queue et quémandait des caresses.

Isis l'adorait.

Elle était presque adulte quand il était mort. Isis marchait près d'un ruisseau quand un ours était sorti des fourrés. Isis n'avait pas bougé et avait projeté son esprit vers l'ours, utilisant tout son pouvoir pour calmer sa fureur. Elle n'y était pas parvenue, car l'animal était empli d'une douleur atroce. La jeune fille avait eu le temps de remarquer la tumeur cancéreuse dans le ventre de l'ours. Puis il s'était jeté sur elle.

Misha avait chargé le fauve, et avait bondi pour lui saisir la gorge dans ses puissantes mâchoires. L'ours avait été surpris par la férocité de l'attaque, mais il s'était repris et avait lacéré le chien avec ses griffes.

Trois coups de feu avaient retenti. L'ours avait titubé et avait essayé de fuir dans les fourrés. Un quatrième coup l'avait jeté au sol, et le père d'Isis était arrivé, avait lâché son fusil et pris sa fille dans ses bras.

— Mon Dieu, j'étais sûr que tu allais mourir, avait-il dit.

À cet instant, Misha avait gémi. Isis s'était arrachée aux bras de son père et s'était jetée sur le sol, à côté du chien agonisant. Elle lui avait caressé la tête et avait essayé de le soulager de sa douleur. Misha avait remué joyeusement la queue au moment où il expirait.

Isis avait pleuré, mais son père l'avait remise debout.

— Il est mort en faisant son travail, petite. Et il l'a bien fait, avait-il dit doucement.

— Je sais, avait répondu Isis. Et Misha aussi le savait. Il est mort heureux.

La tristesse embuait toujours son esprit quand elle ouvrit les yeux dans le chariot. Elle cligna des yeux et s'aperçut qu'elle voyait les étoiles. La moitié du toit manquait, et le reste était déchiqueté. Il y avait quelque chose de tiède à côté d'elle, et elle tendit la main.

— Oh, Misha, dit-elle, tu ne dois pas monter sur le lit. Papa va me gronder.

Un grondement sourd retentit, mais Isis retomba dans le sommeil, épuisée par les terribles effets de sa maladie. Un poids se posa sur sa poitrine. Elle ouvrit les yeux et vit une grande tête poilue au-dessus d'elle, avec une langue pendante et des crocs pointus. Sa main était toujours posée sur la fourrure de la créature, dont elle sentait la chaleur.

— Je ne peux plus te caresser, murmura-t-elle. Je suis trop fatiguée.

Elle soupira et essaya de se tourner sur le côté. Au moins, la douleur était partie.

La mort ne sera peut-être pas si terrible, après tout, se dit-elle.

Isis aurait voulu s'asseoir, mais elle n'en avait plus la force. Elle regarda autour d'elle et vit que la paroi latérale du chariot avait aussi été en partie détruite. Il avait dû se passer une catastrophe quelconque…

— Je dois me lever, dit-elle.

Elle passa son bras autour du cou de Misha et tira. Il grogna, mais elle parvint à se soulever. Une vague de vertige passa sur elle, et elle tomba vers Misha, posant sa tête sur son épaule.

Un autre grognement retentit à l'autre bout du lit, et une créature monstrueuse se profila devant elle. Isis la regarda et bâilla. Sa tête tournait, ses pensées étaient dissociées, mais Misha était si agréablement chaud ! Elle se projeta dans son esprit. Il y avait de la colère dedans, une haine féroce tenue en respect seulement par… Par quoi ? Les souvenirs d'un vallon, près d'un lac, de jeunes Enfants-Loups courant autour de lui… Une… épouse ?

— Tu n'es pas mon Misha, dit Isis, et tu souffres.

Elle caressa doucement sa fourrure.

La deuxième bête bondit sur elle. La première la frappa d'un puissant coup de patte et l'envoya bouler contre la paroi du chariot.

— Arrête ! Arrête ! dit faiblement Isis. Tu ne dois pas te battre.

Elle s'affala contre la bête.

— J'ai soif, dit-elle. Aide-moi à me lever.

Elle se leva sur des jambes tremblantes, dépassa le Dévoreur et gagna l'arrière du chariot, d'où elle descendit – tomba presque – dans la cour.

La lune était haute, et elle était pratiquement à bout de forces. Il n'y avait ni Jérémie, ni Meredith, ni aucun de leurs compagnons. Pas de chariots placés en cercle. Pas de feu de camp. Sa vision se troubla et elle vacilla, obligée de s'accrocher à la roue arrière pour ne pas chuter.

La cour était pleine de chiens, de très gros chiens.

Elle vit la maison et la lumière qui filtrait à travers les volets fermés.

Tout le monde doit y être, se dit-elle. *Mais je n'arriverai jamais jusque-là.*

Je le dois ! Je ne veux pas mourir ici, seule !

Elle inspira à fond, lâcha la roue et fit deux pas.

Puis elle tomba.

Le Diacre vit Meredith s'éloigner en hâte de la fenêtre. Shannow s'y rendit et regarda par la fente des volets. Il vit une jeune femme vêtue d'une robe bleue passée, ses cheveux blonds paraissant blancs sous le clair de lune, allongée sur le sol. Avant de pouvoir dire quelque chose, il entendit la porte s'ouvrir.

— Non ! souffla-t-il.

Mais Meredith était déjà dans la cour.

Avec un juron étouffé, Shannow le suivit, ses revolvers à la main. Les bêtes étaient partout, la plupart couchées paisiblement sous les étoiles, le ventre plein, mais d'autres rôdaient toujours devant la grange, ou grignotaient les os ensanglantés des chevaux, des vaches et des bœufs qu'ils avaient tués. Shannow, debout dans l'entrée, arma ses revolvers et regarda le jeune médecin rejoindre la jeune fille. Il avançait prudemment, et, pour l'instant, les bêtes semblaient l'ignorer.

Un Dévoreur arriva de l'arrière du chariot et vit l'homme. Il gronda, et commença à trotter vers lui. D'autres levèrent la tête. L'un d'eux s'étira et hurla, produisant un son étrange et terrifiant. Meredith hésita, mais se remit à avancer et s'agenouilla près d'Isis. Il lui prit le poignet. Elle avait le pouls faible et erratique. Il passa ses mains sous les épaules de la jeune femme, la souleva pour la mettre debout, puis se pencha pour saisir ses jambes. La tête d'Isis tomba sur son épaule.

Un Dévoreur se dressa au-dessus de lui, de la salive dégoulinant de ses crocs. Isis gémit, et Meredith recula. La bête le suivit.

À la porte, Shannow visa, mais d'autres bêtes se rapprochaient du médecin. Meredith leur tourna le dos et repartit vers la maison. Shannow avait la bouche sèche et les mains moites de sueur. Le docteur trébucha, mais recouvra l'équilibre et continua. Shannow s'écarta pour le laisser passer. Il monta les marches du porche et entra. Shannow le suivit rapidement et claqua la porte derrière lui. Puis il plaça la barre de fermeture.

Dehors, un hurlement puissant retentit. Les volets de la fenêtre explosèrent, et une bête passa son torse dans l'encadrement. Shannow lui logea une balle dans la tête. Une autre arriva et passa par-dessus le cadavre de la première. Shannow tira deux fois, la touchant à la poitrine. La bête tomba en avant, son sang coulant sur le sol de terre battue.

La jeune mère se leva d'un bond, hurlante.

— Ne les laissez pas m'attraper ! Ne les laissez pas m'attraper !

Des griffes raclèrent la porte, déchirant le bois. Wallace Nash arriva à la course du haut de l'escalier et leva son fusil. Une partie de la porte vola en éclats, et un bras griffu y apparut. Wallace fit feu des deux canons. Du sang jaillit du bras. Shannow tira à travers la porte.

Les échos des coups de feu moururent. Shannow alla à la fenêtre, et vit que les bêtes avaient reculé.

— Je n'ai jamais rien vu de tel, dit Wallace. Saloperie ! Vous avez fait preuve d'un sacré courage !

Meredith n'écoutait pas. Il était agenouillé près d'Isis, et ses larmes coulaient sur le visage de la jeune femme.

Shannow ferma les volets. La barre de fermeture s'était brisée en deux, mais il bloqua les volets en enfonçant un couteau dans l'appui de la fenêtre. Ça ne tiendrait pas contre un Dévoreur, mais ça donnait au moins une illusion de sécurité.

Il avait du mal à croire ce qu'il venait de voir. Meredith, l'homme dont l'accès de panique avait tué Jérémie, venait d'accomplir un acte de pur héroïsme ! Beth descendit de l'étage. Le bébé pleurait, et elle le prit dans ses bras. Quand la jeune mère saisit l'enfant et courut à l'étage, Beth rejoignit Meredith. Il n'y avait pas de traces de blessures sur le corps de la jeune femme blonde.

—Quel est son problème, docteur? demanda Beth.

—Elle souffre d'une maladie qui a corrompu son système immunitaire. Un mal très rare. Même dans l'ancien monde, elle touchait seulement quelques personnes sur des millions. (Il leva la tête et vit que Beth ne le comprenait pas. Il soupira.) Nos organismes sont équipés d'une sorte de mécanisme de défense. Quand la maladie nous atteint, nous fabriquons des anticorps pour la combattre. Comme la rougeole, par exemple. En général, un enfant ne l'attrape qu'une fois, parce que son corps identifie les germes responsables et fabrique les défenses nécessaires pour que ça ne se reproduise plus. Vous comprenez? Eh bien, dans le cas d'Isis, son système de défense s'attaque à des organes de son propre corps, et les détruit lentement. Ça s'appelait la maladie d'Addison.

—Et on ne peut rien faire?

—Rien. L'ancien monde utilisait des médicaments appelés stéroïdes, mais nous ne savons plus les fabriquer.

—D'où vient-elle? demanda Wallace. Comment est-elle arrivée ici, à travers toutes ces créatures?

—Nous l'avons amenée avec nous, dit Meredith. Elle était dans le chariot. Nous pensions qu'elle agonisait, et… à ma grande honte… Je l'y ai laissée.

—Jésus! dit Wallace. Mais pourquoi ne l'ont-ils pas tuée? Les bêtes ont démoli le chariot!

Meredith haussa les épaules.

—Je n'ai aucune réponse à ça.

—Vous, non, mais elle, oui, dit doucement le Diacre.

Il s'agenouilla près d'elle et lui posa la main sur le front.

—Revenez vers nous, Isis, dit-il.

Sidéré, Meredith regarda la couleur revenir aux joues pâles d'Isis. Sous ses doigts, son pouls se stabilisa et devint plus fort.

Isis ouvrit les yeux et sourit.

—Bonjour, Jake, dit-elle.

—Comment vous sentez-vous?

—Merveilleusement bien. Reposée. (Elle s'assit et regarda autour d'elle.) Où sommes-nous?

—Dans une ferme de la vallée des Pèlerins, dit Shannow.

— Où est Jérémie ?

Shannow l'aida à se lever.

— Vous vous souvenez des bêtes, dans le chariot ? demanda-t-il.

— Oui. Elles sont énormes, non ? Elles vous appartiennent, Jake ?

— Non. Ce sont des fauves. Elles ont tué Jérémie, et beaucoup d'autres gens. La question est : pourquoi ne vous ont-elles pas tuée ?

— Jérémie est mort ? (Elle vit le cadavre sous la couverture.) Oh ! Non, Jake !

Isis alla vers le corps et souleva la couverture, regardant le visage du mort.

Meredith approcha de Shannow.

— Est-elle… guérie ?

— Oui. Totalement. Mais je dois savoir, pour les bêtes.

— Laissez-lui le temps, pour l'amour de Dieu, protesta Beth. Avec ce qu'elle vient d'endurer…

— Nous n'avons pas le temps, dit Shannow. Quand ces bêtes se livreront à une attaque concertée, nous serons morts. Si Isis connaît un moyen de les contrôler ou de les rendre inoffensives, je dois l'apprendre. Vous m'entendez, petite ?

Isis hocha la tête et recouvrit le visage de Jérémie. Puis elle se leva et fit face au Diacre.

— J'ignore pourquoi elles ne m'ont pas fait de mal, dit Isis. Je ne peux pas vous aider.

— Je crois que si, mon amour, dit Meredith. Les animaux ne s'en prennent jamais à vous, n'est-ce pas ? Vous m'avez dit une fois que c'était parce que vous les aimiez. Mais il y a autre chose, n'est-ce pas ? Vous pouvez… communiquer avec eux. Souvenez-vous de ce que vous avez dit à Jérémie, quand son bœuf de tête était handicapé par cette maladie des poumons ?

— Je… ne peux pas leur parler, dit Isis. Je… fusionne avec leur esprit.

— De quoi vous souvenez-vous, au sujet de *leur* esprit ? demanda le Diacre, le doigt pointé vers la fenêtre.

— Il est très brumeux. On dirait que leurs pensées sont pleines de guêpes en colère, qui les harcèlent sans arrêt.

— Elles arrivent ! hurla Wallace.

Oz Hankin était plus fatigué qu'effrayé quand ils traversèrent la crête et entamèrent la longue descente vers la vallée des Pèlerins. Ils avaient marché presque toute la journée, et il n'y avait eu aucun signe des créatures-loups. Le vent soufflait derrière eux depuis le matin, et il semblait désormais qu'ils échapperaient aux monstres. Esther était portée par maîtresse Wheeler, ce qui exaspérait Oz. Les filles étaient toujours mieux traitées que les garçons. C'était pareil à la ferme de leur père. Si leur chambre était en désordre, ou si les travaux ménagers n'avaient pas été faits, ça retombait toujours sur lui.

Et maintenant, Esther se faisait porter ! Le fait qu'il pesait plus lourd qu'elle et mesurait huit bons centimètres de plus ne faisait pas de différence pour le jeune garçon. La vie n'était pas juste !

En plus, il avait faim. En marchant, il se remémora le goût de la tarte aux pommes et du sucre en poudre, et les délicieux gâteaux au miel que son père avait faits, quand ils avaient découvert la ruche, dans les bois.

Maîtresse Wheeler s'arrêta et posa Esther.

— J'ai besoin de me reposer un peu, petite, dit-elle.

Les bois étaient proches. Oz vit que Zerah les observait. Elle renifla, puis cracha. Cela surprit Oz, car les dames n'étaient pas censées cracher par terre. Esther fit la même chose, et Zerah éclata de rire.

— Ne m'imite pas, Esther ! prévint-elle. Il y a des choses que les gens tolèrent chez les vieux, mais pas chez les jeunes.

— Pourquoi ? demanda Esther.

— Parce que ça ne se fait pas, petite. Jeune Oz, tu as les yeux perçants. Que vois-tu dans les arbres, là-bas ?

— Rien, maîtresse. Ils ont l'air tranquilles.

— Alors, nous prendrons le risque de passer par là, dit-elle en soulevant son fusil.

Le trio avança lentement sur les derniers mètres de terrain découvert. À droite, il y avait une descente abrupte et, en avançant, ils virent une piste qui menait vers l'ouest, en direction des montagnes.

— Une route de forestiers, dit Zerah quand ils l'empruntèrent.

En bas, Zerah s'arrêta de nouveau, son visage ridé couvert de traces pourpres sous les yeux et autour de la bouche. Elle respirait lourdement, et Oz s'inquiéta.

— Vous vous sentez bien, maîtresse ? demanda-t-il.

La vieille femme transpirait abondamment et ses yeux n'avaient plus leur éclat habituel. Elle sourit, mais Oz vit que ce n'était pas sans peine.

— Je suis seulement fatiguée, petit. Mais je ne suis pas encore fichue ! Donne-moi une minute pour reprendre mon souffle.

Oz s'assit sur un rocher pendant qu'Esther courait jouer dans les buissons sur le côté de la route.

Un bruit de sabots arriva jusqu'à eux. Oz allait prévenir Esther quand les cavaliers apparurent au tournant de la route. Au début, Oz en fut content. Si c'étaient des hommes de la vallée des Pèlerins, ils rejoindraient la ville à cheval, en relative sécurité. Mais sa joie fut de courte durée, car il reconnut l'homme du cheval de tête. C'était un de ceux qui avaient tué son père. L'homme les vit et poussa son cheval vers eux. Ils étaient sept, mais Oz s'aperçut qu'il connaissait seulement le premier quand celui-ci mit pied à terre devant Zerah.

— Ma foi, qui voilà ? dit le chef, un homme maigre avec de longs favoris et des yeux noirs profondément enfoncés.

Il tenait un petit pistolet compact qu'il pointait sur Zerah. Oz vit que le fusil de Zerah était toujours appuyé contre le rocher. Elle n'aurait pas le temps de le prendre et de tirer. Et, même si elle l'avait eu, il restait seulement deux cartouches dedans.

— Ne faites pas de mal à ces enfants, dit la vieille femme d'une voix lasse.

— Où est la gamine ? demanda le chef.

Oz glissa la main dans sa poche et saisit la crosse du petit pistolet. Le chef était le seul à avoir son arme à la main, les autres étaient assis sur leurs chevaux et regardaient.

— Passez votre chemin, dit Zerah. Tuer des enfants n'est pas un travail d'homme.

— Ne me fais pas de sermon, vieille bique ! On m'a ordonné de les trouver et de me débarrasser d'eux, et c'est ce que je vais faire.

Et maintenant, dis-moi où est la gamine, et je te tuerai proprement. Une seule balle. Sinon, je vais te faire sauter les rotules et hurler pendant une bonne heure ou deux.

— Tu as toujours été un être méprisable, Bell, dit une voix. Mais tu es tombé si bas que tu pourrais entrer dans un trou de souris sans plier les jambes !

Oz regarda vers la droite, où deux cavaliers étaient arrivés sans se faire remarquer. L'homme qui avait parlé avait de larges épaules et portait un manteau noir poussiéreux et un gilet en brocart rouge. Il avait des cheveux noirs, touchés d'argent aux tempes. Il était accompagné d'un homme plus jeune.

— Par le ciel, tu es bien loin de chez toi, Laton ! J'ai entendu dire que ton gang a été massacré et que tu t'es enfui, la queue entre les jambes. J'ai toujours su que tu n'étais pas si fort que ça. Maintenant, file, on a du boulot, ici !

— Menacer des vieilles femmes ? C'est le seul boulot que tu sais faire, Bell ? Tu ne vaux pas mieux !

Bell éclata de rire.

— Tu as toujours eu la langue bien pendue, Laton, dit-il.

Oz vit le tueur lever soudain son pistolet vers le cavalier. Laton se pencha sur le côté et un pistolet nickelé sembla bondir dans sa main. Bell tira, et rata sa cible. Laton retourna le feu, et Bell s'effondra sur le sol. Saisissant l'occasion, Oz sortit son petit pistolet et tira sur l'homme le plus proche. Il vit qu'il avait fait mouche quand un peu de poussière sortit du manteau de l'homme, qui s'affala sur sa selle. Les chevaux se cabrèrent, et une fusillade nourrie éclata. Oz voulut viser, mais Zerah plongea vers lui, le projeta sur le sol et le protégea de son corps.

Il entendit des sabots de chevaux et vit les trois survivants s'enfuir. Un cheval avait été tué, et il y avait quatre cadavres humains sur la route forestière. Les trois autres chevaux s'étaient éloignés et s'étaient arrêtés à une cinquantaine de mètres.

— Tout va bien, maîtresse, dit-il. Ils sont partis.

L'homme au gilet de brocart s'agenouilla près d'eux et souleva Zerah.

— Vous êtes blessée, ma dame ? demanda-t-il.

— Seulement dans ma fierté, dit-elle en laissant Laton l'aider à se relever. Je me demande comment j'ai fait pour les laisser approcher comme ça !

Laton sourit. À sa gauche, un gémissement annonça que Bell essayait de se relever, la main droite appuyée sur le ventre, le sang coulant entre ses doigts. Oz regarda leur sauveur rejoindre le blessé.

— Par l'Enfer, Bell, tu es sacrément dur à tuer ! dit-il.

Il leva son arme et tira. Bell s'effondra et ne bougea plus.

— Ce type méritait qu'on le descende, dit Zerah en se relevant.

Oz l'aida, puis récupéra son pistolet, tombé sur la route.

— J'aurais dû le faire il y a bien longtemps, dit Laton. (Il se tourna et appela son ami.) Eh, Nestor, attrape ces chevaux ; nous tiendrons compagnie à ces gens sur la route.

Esther sortit la tête des buissons. Zerah l'appela, et elle rejoignit la vieille femme. Elle se blottit contre sa jambe. Zerah se pencha et embrassa la tête de l'enfant.

Pendant que le plus jeune des deux hommes s'occupait des chevaux sans cavalier, le plus âgé se tourna vers Oz.

— Tu t'es bien débrouillé, tout à l'heure, petit. J'aime bien les garçons qui ont du caractère.

— Êtes-vous Laton Duke, monsieur ? demanda Oz.

L'homme sourit et tendit la main.

— Je m'appelle Clem. Clem Steiner.

— Mais il vous a appelé…

— Une erreur d'identité. Je n'avais jamais vu ce type, dit-il avec un clin d'œil.

Oz serra la main de l'homme pendant que Zerah récupérait son fusil.

— Peu importe qui vous êtes, dit-elle. J'aurais accueilli le Diable lui-même à bras ouverts, pour le simple plaisir de voir cette canaille aller en Enfer.

— Ta grand-mère est une sacrée dure, dit Clem.

— Oui, monsieur ! dit Oz. Et encore, vous ne savez pas tout !

L'attaque ne dura pas longtemps. Seules quatre créatures foncèrent vers la maison. Wallace tua la première d'un coup de fusil pendant qu'elle était encore dans la cour, Shannow en descendit deux pendant qu'elles arrachaient les volets. La dernière bondit sur l'auvent du porche et essaya d'entrer par une fenêtre de l'étage. Beth courut dans la pièce et logea trois balles dans la poitrine de la bête, la projetant dans la cour, où Wallace l'acheva quand elle tenta de se relever.

Les pièces du bas puaient la cordite et un brouillard de fumée bleue dérivait dans l'air. Meredith s'approcha du Diacre.

— Vous possédez une Pierre, n'est-ce pas ? demanda-t-il pendant que Shannow rechargeait ses revolvers.

— Oui, une seule petite Pierre.

— Avec son pouvoir, vous pourriez sûrement bloquer les portes et les fenêtres ?

— Je pourrais, dit le Diacre, mais j'ignore combien de temps le pouvoir durerait, et j'aurai besoin de cette Pierre, docteur, quand la créature réellement maléfique arrivera.

— La créature *réellement* maléfique ? Ces bêtes ne le sont pas ?

Shannow lui parla de la Pierre de Sang et du monde qu'elle avait détruit. Il lui raconta l'horreur du Colisée, les quarante mille morts, l'absence d'oiseaux, d'animaux et d'insectes.

— Oh ! Dieu ! Vous avez vraiment vu ça ? demanda Meredith.

— Je l'ai vu, docteur. Et, croyez-moi, je m'en serais bien passé.

— Alors, qu'est-ce qui peut l'arrêter ?

Le Diacre eut un sourire las.

— C'est un problème qui me hante depuis vingt ans. Je n'ai toujours pas de réponse.

Isis les rejoignit. Elle se pencha et embrassa le Diacre sur la joue. Le vieil homme leva la tête et lui sourit.

— Le baiser d'une jolie fille est le meilleur tonique qui soit, dit-il.

— Ça doit être vrai, dit Isis, parce que je suis sûre que votre barbe est plus noire qu'avant, Jake.

— C'est vrai, dit Meredith. Comment va votre blessure ?

— Je l'ai guérie, dit Shannow.

— Je crois que vous avez fait plus que ça, dit Meredith. Isis a raison. Votre peau est moins ridée… Vous avez rajeuni. (Il soupira.)

Grand Dieu ! Quelles merveilles ne pourrions-nous pas accomplir si nous avions davantage de ces Pierres !

— Les Gardiens en avaient, dit Shannow, mais les Pierres ont été corrompues, comme tout ce que la main de l'homme effleure. Les Sipstrassi ont aussi un côté obscur, docteur. Quand on les nourrit avec du sang, le résultat est terrifiant. Regardez ces créatures, avec les Pierres de Sang sur leur front. Autrefois, elles étaient des Hommes-Loups, doux et paisibles. Regardez-les, maintenant ! Et la Pierre de Sang elle-même. Autrefois, c'était un homme chargé d'une mission, celle de refaire du monde un jardin d'Éden. Maintenant, c'est un destructeur. Non, je pense que nous serions mieux lotis sans Pierres de pouvoir.

Beth appela Meredith pour qu'elle vienne l'aider à préparer un repas. Le docteur la rejoignit, et Isis s'assit à côté de Shannow.

— Vous êtes triste, dit-elle.

— Vous voyez trop de choses, répondit-il en souriant.

— Je vois encore plus que vous pensez, dit-elle à voix basse. Je sais qui vous êtes.

— Il vaut mieux ne rien dire, petite.

— J'avais l'impression de flotter sur une mer noire. Puis vous êtes arrivé. Nous avons fusionné quand vous m'avez ramenée à la vie. Nous n'étions qu'un… Comme maintenant, dit-elle en lui prenant la main.

Il sentit une chaleur soudaine dans son esprit, la disparition de la solitude et du chagrin. Il entendit en esprit la voix de la jeune femme.

— Je connais toutes vos pensées et vos inquiétudes. Vos souvenirs sont désormais miens. Voilà pourquoi je peux affirmer que vous n'êtes pas un homme mauvais, Jake.

— Je suis responsable de la mort de milliers de gens, Isis. C'est à leurs fruits que vous les reconnaîtrez. *Des femmes, des enfants… Une race entière. Tous morts, sur mon ordre.*

De terribles souvenirs envahirent son esprit, mais Isis les submergea, les forçant à reculer.

— Le passé ne peut pas être changé… Diacre. Mais un homme mauvais ne se tourmenterait pas avec la culpabilité. Il ignorerait ce concept même. En mettant ça de côté un moment, je partage désormais

vos inquiétudes au sujet de la Pierre de Sang. Vous ignorez quoi faire mais, dans vos souvenirs, il existe quelqu'un qui pourrait vous aider. Un homme à la grande imagination, doté des pouvoirs d'un voyant.

— Qui ?

Aussi soudainement qu'elle avait fusionné avec lui, elle se retira, et Shannow sentit la douleur de son absence et du retour à la prison solitaire de son propre être.

— Lucas, dit-elle à voix haute.

Il regarda son beau visage et soupira.

— Il a disparu avec la Chute du monde, il y a des centaines d'années.

— Vous ne réfléchissez pas, dit-elle. Que sont les portails, sinon des passages à travers le temps ? Amaziga vous a emmené en Arizona, dans le passé. Ne pouvez-vous prendre le même chemin ? Vous devez aller chercher Lucas.

— Je n'ai pas de cheval et, même si j'en trouvais un, c'est un voyage de trois jours jusqu'à Domango. Je n'ai pas le temps.

— Pourquoi aller à Domango ? Amaziga ne vous a-t-elle pas expliqué que les cercles de pierres se trouvent partout où l'énergie de la Terre est la plus puissante ? Il doit exister des endroits où cette énergie existe, même s'ils n'ont pas été repérés par des cercles.

— Comment en trouverai-je un ?

— Ah ! Diacre, vous manquez de la qualité même dont les Pierres ont besoin. Vous n'avez pas d'imagination.

— Meredith me l'a déjà fait remarquer, dit-il, vexé.

— Donnez-moi la Pierre, ordonna-t-elle.

Il la sortit de sa poche et la posa dans sa main.

— Venez avec moi.

Il la suivit à l'étage, dans la chambre de Mary. Elle ouvrit le volet.

— Dites-moi ce que vous voyez.

— Des collines, la pente qui mène à la vallée, des bois. Le ciel nocturne. Que voudriez-vous que je voie ?

Elle posa la Pierre contre son front.

— Je veux que vous voyiez la Terre et son pouvoir. Où placeriez-vous un cercle de pierres ? Réfléchissez, Diacre. Les hommes qui ont érigé les cercles étaient capables d'identifier les points d'émergence du pouvoir. Utilisez la Sipstrassi. Et *voyez!*

Ses yeux se troublèrent, et le gris foncé de la nuit commença à se peupler de couleurs. Du rouge foncé, du violet, du jaune et du vert, en mouvement constant. Des rivières de couleurs, jamais immobiles, mouvantes et vibrantes.

— Quelle est la couleur du pouvoir ? entendit-il Isis demander, comme si elle était très loin de lui.

— Le pouvoir est partout, dit-il. La guérison, la réparation, la croissance.

— Fermez les yeux et représentez-vous le cercle de pierres de Domango.

Il obéit et revit les collines et la maison d'Amaziga, en Arizona, et les lointains pics de San Francisco.

— Je le vois, dit-il.

— Et maintenant, regardez-le avec les yeux de la Sipstrassi. Pour voir sa couleur.

Le désert était bleu-vert, les montagnes, roses et grises. Les rivières de pouvoir y étaient plus lentes et fatiguées. Shannow regarda le cercle de pierres. La colline était baignée dans une douce lueur dorée qui pulsait. Il ouvrit les yeux.

— Le pouvoir est jaune doré, dit-il.

— Voyez-vous un endroit similaire, d'ici, Jake ? demanda-t-elle en désignant l'extérieur.

Chapitre 13

Quand aurons-nous la paix ? C'est ce que crie la multitude. Je l'entends. Je le comprends. La réponse n'est pas facile à dire, et encore plus dure à entendre. La paix ne survient pas quand les brigands ont été tués. Elle n'arrive pas à la fin d'une guerre. Elle ne se produit pas avec la beauté du printemps. La paix est le cadeau qu'apporte la mort. Elle se trouve seulement dans le silence de la tombe.

Extrait de la dernière lettre du Diacre à l'église d'Unité

Isis sortit dans la cour et savoura la fraîcheur de l'air, en cet instant précédant l'aube. Plusieurs des créatures-loups étaient couchées et dormaient, mais elle perçut la présence d'autres, éveillées, dans la grange en ruine. Elle les sentait, elle sentait leur douleur, leur angoisse et, quand elle traversa les lignes de pouvoir qui les reliaient à la Pierre de Sang, tous ses membres lui firent mal.

Elle se concentra et plissa les paupières. Elle voyait désormais les lignes, minuscules et rouges, qui s'étiraient et pulsaient comme des câbles entre les serviteurs et le maître. Elles passaient à travers la maison et s'enfonçaient dans les collines. Son corps inondé de pouvoir de Sipstrassi, elle regarda intensément les lignes et les coupa, observant leur racornissement. Un instant plus tard, elles avaient disparu, soufflées comme des flammes de chandelles.

Elle s'approcha de la première bête endormie. Elle tendit la main vers son front et saisit la Pierre de Sang qui y était incrustée, entre le pouce et l'index. Le mal contenu dans le fragment coula vers elle, et, un bref instant, elle sentit une bouffée de haine. C'était une émotion qu'elle n'avait jamais connue, et elle faillit abandonner. Puis la Pierre de Sang devint noire et tomba du front du loup.

— Je ne hais point, dit-elle. Je refuse la haine.

La sensation passa, et Isis sut qu'elle était désormais plus forte.

— Venez à moi ! dit-elle. Venez !

Les bêtes se levèrent et grognèrent. D'autres sortirent de la grange. Elle sentit la haine se diriger vers elle comme un raz-de-marée. Isis l'absorba et la vida de son énergie.

Une créature se dressa devant elle, mais Isis tendit la main et toucha sa poitrine. Elle fusionna avec elle. Ses souvenirs d'Homme-Loup étaient profondément enfouis, mais elle les trouva et les ramena à la conscience de la bête. Avec un cri, l'animal recula.

Isis laissa le pouvoir enfler et envelopper les créatures mutantes, comme une brume guérisseuse qui renvoyait le pouvoir au loin, vers les montagnes et les collines. Une par une, les bêtes tombèrent sur le sol, et elle les regarda rapetisser, pendant que les Pierres mortes tombaient de leur front.

Puis le pouvoir la quitta, dériva au loin quand la lumière de l'aube pointa sur les montagnes de l'est. Fatiguée, Isis s'assit. Un petit Homme-Loup vint à elle et lui prit la main.

Le Diacre sortit dans la cour, remettant ses revolvers au fourreau. Les Hommes-Loups s'éparpillèrent et partirent en direction des collines.

— Je l'ai senti, Diacre. J'ai senti la Pierre de Sang.

Le Diacre l'aida à se lever.

— Où est-il ?

— Il a reconstruit une cité en ruine, à un jour de cheval de la vallée des Pèlerins. Il a des guerriers avec lui, des hommes vêtus de noir avec des casques cornus. Et le Cavalier de Jérusalem, Jacob Moon.

— Le mal attire toujours le mal à lui, dit le Diacre.

— Les créatures-loups étaient liées à lui, et elles le nourrissaient. Maintenant, il ne reçoit plus rien.

— Il devra subir la faim.

— Non. Les cavaliers cornus viendront, Diacre. La guerre ne fait que commencer.

Jon Shannow était debout sur la crête de la colline, la Pierre Sipstrassi à la main. Il n'y avait pas de cercle de pierres, et aucune indication qu'il y en ait eu un autrefois. Pourtant, il savait que c'était un point de pouvoir, mystérieusement lié aux autres à travers le temps. Mais il ignorait comment utiliser ce pouvoir pour voyager vers une destination précise.

L'imagination suffisait-elle, ou les utilisateurs avaient-ils besoin d'une série de coordonnées ?

À Babylone, il avait appris qu'il se produisait parfois des *fenêtres* dans le temps qui permettaient aux voyageurs de passer par les portails en utilisant très peu d'énergie des Sipstrassi. Mais comment savoir quand une telle fenêtre s'ouvrait ?

Il referma la main autour de la Pierre et se représenta la maison, en Arizona, l'enclos et la jeep rouge, ainsi que le soleil sur le désert. La Pierre devint tiède.

— Emmène-moi dans le monde d'avant la Chute, dit-il.

De la lumière violette naquit autour de lui, puis se dissipa.

La maison était là. Il n'y avait pas de jeep rouge, et l'enclos avait disparu, remplacé par deux courts de tennis. Derrière la maison, il vit une piscine. Shannow sortit du cercle et marcha vers le bâtiment.

La porte d'entrée était fermée. Il flanqua un solide coup de pied dessus. Le bois se fendit mais ne céda pas. Il lui fallut deux autres coups de pied avant que la porte s'ouvre.

Il traversa rapidement la salle à manger. Il faisait une chaleur étouffante, à l'intérieur. Par habitude, il gagna le salon et alluma l'air conditionné. Il sourit. Il était resté absent si longtemps, et pourtant, dès son retour, sa première pensée était pour le confort merveilleux qu'offrait cet ancien monde condamné.

Il revint à la salle principale et alluma l'ordinateur. Le visage de Lucas apparut.

— Bonjour, monsieur Shannow, dit Lucas.

— J'ai besoin de vous, mon ami, dit le Diacre.

— Amaziga est-elle avec vous ?

— Non. Je ne l'ai pas vue depuis plus de vingt ans.

Shannow prit un siège pivotant et s'assit devant l'écran.

— Elle est partie pour le Brésil, il y a un certain temps. J'ai du mal à garder trace des dates. Je crois qu'il y a eu un orage électrique. Quelle est la date d'aujourd'hui ?

— Je l'ignore. Écoutez-moi, Lucas. La Pierre de Sang est dans mon monde. J'ai besoin de votre aide pour la détruire.

— Rien dans votre monde ne peut la détruire, monsieur Shannow. Tant qu'elle vivra, elle se nourrira. Si vous lui refusez du sang, elle se mettra en hibernation et elle attendra. Mais il n'existe aucune arme capable de la tuer.

— L'Épée de Dieu l'aurait pu, dit Shannow.

— Ah ! Oui, mais c'était un missile nucléaire, monsieur Shannow. Voulez-vous réellement voir une telle arme fondre sur votre monde ? Elle tuerait des millions de gens et empoisonnerait encore davantage la Terre, pour des siècles.

— Bien sûr que non. Mais ce que je dis est qu'il existe des armes capables de détruire Sarento.

— Comment puis-je vous aider ? Je vous donnerai accès à tous mes fichiers, mais peu d'entre eux ont un rapport direct avec votre monde, excepté ceux qu'Amaziga m'a fournis.

— Je veux tout savoir sur Sarento. Tout !

— La question est, *quel* Sarento ? J'en sais très peu sur l'homme qui est devenu la Pierre de Sang.

— Parlez-moi du Sarento que vous connaissez, de ses rêves, de ses travers, de ses ambitions.

— Très bien, monsieur Shannow. Je vais réunir les fichiers. Le réfrigérateur fonctionne toujours. Vous y trouverez des boissons fraîches. Quand vous reviendrez, nous examinerons les informations.

Shannow gagna la cuisine et y prit une brique de jus d'orange de Floride et un verre. Il s'assit devant la machine et écouta Lucas retracer la vie de Sarento. Il n'était pas un survivant direct de la Chute, comme il le prétendait parfois, mais était né cent douze ans plus tard. C'était un mathématicien de génie qui avait fait partie de la première équipe qui avait découvert les fragments de Sipstrassi, et il les avait utilisés au bénéfice de ceux qui étaient devenus les Gardiens. En écoutant, Shannow se souvint de la lutte à bord du *Titanic* restauré, et du désastre dans la grotte de la Pierre de Sang originelle. Sarento était mort là, et Shannow s'en était sorti vivant, de justesse [1].

---

1. Voir *Le Loup dans l'ombre.*

Il y avait peu de choses nouvelles dans ce que dit Lucas. Sarento avait été obsédé par l'idée de redonner au monde le niveau et le style de vie qu'il avait eus aux XXe et XXIe siècles. C'était l'œuvre de sa vie.

— Cela vous a-t-il aidé, monsieur Shannow ?

Shannow soupira.

— Peut-être. Maintenant, parlez-moi des portails temporels et des points de pouvoir sur lesquels ils ont été construits.

— Je suis très désavantagé à ce sujet, monsieur Shannow. Les portails étaient utilisés par les Atlantes jusqu'à l'époque de Pendarric et la Première Chute du monde. Mais savoir s'ils ont été construits par eux ou pas est une autre question. La plupart de ce qu'ont fait les anciennes races est perdu pour nous. Il se pourrait même que le monde ait Chuté plusieurs fois et éliminé chaque fois de grandes civilisations. Quant aux sites de pouvoir, il en existe de nombreux. Il en existe trois près d'ici, et l'un d'eux est certainement aussi puissant que ceux sur lesquels les Anciens avaient érigé des cercles de pierres. La Terre en est couverte. En Europe, des églises ont été construites sur la plupart de ces sites. Ici, aux États-Unis, certains ont été recouverts de tertres, d'autres portent d'anciennes ruines. Le peuple appelé Anasazi construisait ses cités autour des centres d'énergie.

— Avez-vous des cartes, dans vos dossiers ?

— Bien entendu. Que souhaitez-vous voir ?

— Montrez-moi les déserts de l'Arizona, du Nouveau-Mexique, du Nevada.

— Avez-vous des instructions spécifiques ?

— J'aimerais voir tous les centres d'énergie, comme vous les appelez.

Pendant plus d'une heure, Shannow examina les cartes et les sites de pouvoir que Lucas avait mis en surbrillance.

— Plus de détails pour celui-ci, dit Shannow. Agrandissez-le.

Lucas obéit.

— Je vois ce que vous voulez dire, monsieur Shannow. Je vais accéder à d'autres données qui pourraient aller dans le même sens que cette ligne de recherche. Pendant que je le fais, est-ce que ça vous gêne si j'allume la télévision ? Je suis exaspéré que ma section date et heure soit en panne.

— Allez-y, dit Shannow.

L'unité murale s'alluma et l'image devint un panneau d'informations. La date et l'heure étaient soulignées en jaune en haut et à droite de l'écran.

— Monsieur Shannow !

— Qu'y a-t-il ?

— Vous avez choisi un moment étrange pour passer à travers le portail. Nous ne sommes qu'à douze minutes de la Chute.

Shannow comprit aussitôt comment cela était arrivé. Sa dernière pensée, quand la lumière violette l'avait entouré, avait été d'arriver en Arizona avant la Chute. Et il s'était souvenu de cet horrible matin, quand l'avion avait décollé, comme il était en train de le faire à cet instant, sur la côte lointaine.

— J'ai besoin de vous avec moi, Lucas. Où est le portable dont se servait Amaziga ?

— Elle en a emporté un avec elle, monsieur Shannow. Il y en a un second, dans la chambre du fond, dans un petit placard sous l'unité de télévision et de vidéo.

Shannow gagna rapidement la pièce. Le portable était encore plus petit que celui qu'Amaziga avait emporté dans le monde de la Pierre de Sang. Shannow faillit le rater, le prenant pour un casque stéréo.

— Huit minutes, monsieur Shannow, dit la voix calme de Lucas quand l'Homme de Jérusalem revint dans la pièce principale.

— Comment dois-je connecter ces fils ?

Lucas le lui indiqua.

— Fixez le fil bleu à l'arrière de la machine, juste au-dessus de la prise d'alimentation. (Shannow obéit.) Transfert de fichiers en cours, dit Lucas. Il nous reste cinq minutes et quarante secondes.

— Combien de temps prendra le transfert ?

— Trois minutes.

Shannow gagna la porte et regarda le désert. Il était silencieux et chaud, et le ciel était d'un bleu brillant. Un grand jet passa au-dessus de lui, en direction des pistes d'atterrissage de l'aéroport de Los Angeles, des pistes qui seraient englouties sous des milliards de tonnes d'eau de mer bien avant que l'avion arrive.

La terre trembla sous les pieds de Shannow et il saisit l'encadrement de la porte pour se stabiliser.

— Presque terminé, monsieur Shannow, dit Lucas. J'ai réussi à économiser quarante-deux secondes. Débranchez-moi et mettez le casque.

Shannow débrancha le fil et attacha le portable à son ceinturon d'armes. Il n'y avait pas de bouton marche/arrêt. La voix de Lucas était métallique dans le casque.

— Je pense que vous devriez vous dépêcher, monsieur Shannow, dit-il avec un calme presque effrayant.

L'Homme de Jérusalem sortit de la maison, sauta les marches situées sous le porche et courut vers le cercle de pierres.

— Une minute et douze secondes, dit Lucas.

Le sol trembla. Shannow trébucha. Il se rattrapa et fonça jusqu'au cercle.

— Ramenez-nous, dit Shannow.

— Quelles coordonnées ? demanda Lucas.

— Coordonnées ? Que voulez-vous dire ?

— Une trace. Un lieu et une date. Nous devons savoir où nous allons.

— La ferme de Beth McAdam... Mais j'ignore la date exacte.

Le vent commença à augmenter et les nuages filèrent dans le ciel.

— Vingt-huit secondes, monsieur Shannow. Surtout, tenez bien la Pierre.

De la lumière violette les engouffra au moment où le vent les fouettait.

— Où allons-nous ? cria Shannow.

— Faites-moi confiance, dit doucement Lucas.

Clem Steiner recula de la crête de la colline sans se redresser et rejoignit les autres. Zerah et les enfants avaient mis pied à terre, et Nestor était toujours assis sur sa selle.

— Qu'avez-vous vu ? demanda Zerah.

— Les enfants, occupez-vous des chevaux, dit Clem avec un sourire.

— Je veux aller voir ! cria Esther d'une voix aiguë.

Clem posa un doigt sur ses lèvres.

— Il faut rester tranquille, petite. Il y a des hommes méchants près d'ici.

— Désolée, murmura Esther en mettant la main sur sa bouche.

Nestor descendit de sa monture et, avec Clem et Zerah, gagna le bord de la crête avant de se mettre à plat ventre et d'enlever son chapeau. Les autres rampèrent à côté de lui. Sur la plaine, à moins de deux cents mètres, Nestor vit une dizaine de cavaliers portant un plastron noir et un casque à cornes, un fusil à la main. Ils chevauchaient lentement près d'un groupe d'hommes, de femmes et d'enfants, environ soixante-dix personnes, estima Nestor.

— Que font-ils ? demanda Nestor. Qui sont-ils ?

— Des Enfants de l'Enfer.

— Il n'y a plus d'Enfants de l'Enfer, dit sèchement le jeune homme. Ils ont été exterminés.

— Alors, ce que nous voyons est un simple rêve, dit Clem, irrité.

— Ce sont bien des Enfants de l'Enfer, dit Zerah. Zeb et moi étions avec Daniel Cade pendant la première guerre des Enfants de l'Enfer. Et les gens qui sont avec eux sont traités comme des prisonniers.

Nestor constata qu'elle avait raison. Les Enfants de l'Enfer – si c'était bien ce qu'ils étaient – chevauchaient avec leur fusil pointé sur le groupe.

— Ils se dirigent vers la vallée des Pèlerins, dit Nestor, pensant à la force tranquille du capitaine Léon Evans et de ses Croisés, qui sauraient s'occuper de la situation.

Comme s'il avait lu dans l'esprit du jeune homme, Clem parla.

— Ils voient déjà les bâtiments, au loin, mais ça ne semble pas les inquiéter le moins du monde, murmura-t-il.

— Qu'est-ce que ça signifie ?

Zerah prit la parole.

— Ça signifie que la ville a déjà été prise, ou que tout le monde est parti.

Nestor, qui avait de meilleurs yeux que ses compagnons, aperçut un cavalier au loin, sortant de la ville. Quand celui-ci s'approcha, Nestor plissa les paupières pour mieux voir, mais il ne connaissait pas l'homme.

Clem Steiner jura à voix basse.

— Que je sois transformé en singe si ce type n'est pas Jacob Moon !

Nestor avait entendu parler du redoutable Cavalier de Jérusalem.

— Nous devons l'aider, dit-il. Il ne peut pas les affronter tous à lui seul !

Il commença à se lever, mais Clem le tira en arrière.

— Contentons-nous de regarder, petit. Je ne crois pas que Moon soit là pour se battre.

Nestor se tourna vers lui, le visage tordu de colère.

— Oui, je comprends que vous n'ayez pas envie d'affronter Jacob Moon ! siffla-t-il. Il ne ferait qu'une bouchée d'un sale brigand appelé Laton Duke !

Le cavalier approcha des Enfants de l'Enfer et leva la main en signe de salut. Une des prisonnières, une femme en jupe bleue, se précipita vers Moon et lui saisit la jambe. Le Cavalier de Jérusalem lui flanqua un coup de pied qui l'expédia dans la poussière. Un jeune homme cria et bondit sur le cavalier. Le coup de feu résonna à travers la plaine, et l'homme retomba en hurlant, la main crispée sur l'épaule.

— Mon Dieu, dit Nestor. Moon est avec eux !

— C'est très bien vu, jeune homme, marmonna Zerah. Ce que je ne comprends pas, c'est pourquoi les Enfants de l'Enfer ont fait des prisonniers. Ils ne le faisaient pas, autrefois. Ils se contentaient du sang et du carnage. Ça n'a pas de sens. Ils ne peuvent pas être très nombreux, alors pourquoi gaspiller du temps et des hommes pour garder des prisonniers ? Vous comprenez, vous, maître Steiner ?

— Non. Mais si Moon est dans le coup, c'est qu'il y a un profit à faire. Cet homme est un voleur et un meurtrier, et peut-être le tireur le plus rapide que j'aie jamais vu.

— Aussi rapide que vous ? ricana Nestor.

Steiner ignora l'ironie.

— Plus rapide, je dirais. Espérons que ce ne sera pas nécessaire de le vérifier.

— Vous avez peur, c'est ça ?

— Oh ! Pour l'amour de Dieu ! Grandis un peu ! dit sèchement Clem. Tu crois être le premier *gamin* qui apprend que le monde n'est pas peuplé de chevaliers et de demoiselles en détresse ? Oui, j'étais… je suis… Laton Duke. Et non, je n'en suis pas fier. J'ai été faible au moment où j'aurais dû être fort, et bien trop fort quand j'aurais dû être faible. Mais je ne te dois rien, fiston, et tu n'as aucun droit de défouler ton amertume sur moi. Je l'ai toléré jusqu'ici parce que tu es un gentil garçon et qu'apprendre la vérité sur le Diacre a été un coup dur pour toi. Mais tu ferais mieux de reprendre tes esprits, petit, parce que nous sommes en très mauvaise posture, et nous aurons bien de la chance si nous sortons de là vivants.

— Écoutez ces paroles, jeune homme, dit Zerah. J'ai deux enfants à ma charge, et les forces du mal semblent bien fortes dans ce secteur ! Je ne pense pas que ce serait judicieux de nous quereller. (Elle se tourna vers Clem et lui sourit.) Et maintenant, où allons-nous, maître Brigand ?

— Une femme que je connais habite tout près d'ici… si elle est encore en vie. Nous essaierons de rejoindre sa ferme. Ça te va, Nestor, ou tu préfères partir de ton côté ?

Nestor ravala sa réponse acide et inspira à fond.

— J'irai avec vous jusque-là, dit-il.

L'esprit d'Amaziga Archer était calme tandis que le vent hurlait au-dessus du vieux temple aztèque, arrachant les pierres de l'antique mur et les projetant dans les airs comme si elles étaient faites de papier. Des arbres déracinés s'écrasaient contre les murs et le bruit était assourdissant pendant que Sam et elle étaient blottis dans la salle souterraine. Le vent de tempête augmentait. Il soufflait à près de neuf cents kilomètres à l'heure, se souvint-elle. Elle avait étudié la Chute du monde, autrefois. Quand la Terre avait basculé sur son axe, le soleil s'était levé à l'ouest et les vents avaient balayé la

Terre, suivis par un raz-de-marée tel qu'aucun homme ou femme n'en avait jamais vu, en lui survivant.

Quelles créatures étranges nous sommes, pensa Amaziga pendant qu'elle s'abritait de la terrible tempête. *Pourquoi nous cachons-nous, alors que le raz-de-marée nous noiera tous les deux ? Pourquoi ne pas sortir et laisser ce vent démoniaque nous emporter vers le Paradis ?*

Mais elle connaissait la réponse. L'instinct de survie, le besoin de se raccrocher à ces précieuses quelques dernières secondes de vie.

Aussi soudainement qu'il avait commencé, le vent cessa.

Amaziga sortit de sa cachette, Sam derrière elle, et courut vers le haut de la colline. Elle trébucha sur des arbres arrachés et grimpa les marches de la pyramide, de plus en plus haut, sans cesser d'observer l'horizon, à l'ouest, d'où la gigantesque vague de mort arriverait bientôt sur eux. Qu'avait prédit le prophète Isaïe, déjà ? *Les mers déborderont de leurs lits, et il ne restera pas une pierre debout.*

Un vieux type intelligent, se dit-elle en gravissant les dernières marches qui menaient au sommet.

— Regarde ! hurla Sam.

Amaziga se tourna vers l'ouest. La vue était incroyable, et, l'espace d'un bref instant, elle se sentit privilégiée de voir ce qui se passait. Le mur d'eau qui arrivait était noir et emplissait le ciel. Il faisait au moins trois cents mètres de haut. Plus, comprit-elle, car ici, dans cette jungle lointaine, ils étaient déjà à six cents mètres au-dessus du niveau de la mer.

— Oh ! Dieu, murmura Sam. Grand Dieu !

Ils se serrèrent dans les bras l'un de l'autre pendant que le mur fonçait vers eux.

— Je t'aime, Sam. Je t'ai toujours aimé. Je t'aimerai toujours.

Il la regarda et sourit. Puis il l'embrassa doucement sur les lèvres.

De la lumière violette enfla autour d'eux et un rugissement énorme emplit leurs oreilles…

Quand la lumière se dissipa, ils se retrouvèrent debout sur une île minuscule qui ne faisait pas plus de soixante mètres de diamètre, entourés par l'océan à perte de vue. Jon Shannow était debout à trois mètres d'eux, mais il était infiniment plus vieux que le jour où ils lui avaient fait leurs adieux ! Il avait une longue barbe blanche striée de noir, et il était équipé de l'ordinateur portable.

Amaziga lui sourit.

— J'ignore comment vous avez fait, mais je vous en suis reconnaissante, dit-elle.

— Ce n'était pas moi, ma dame, dit-il, décrochant la machine de son ceinturon et enlevant le casque, qu'il lui tendit.

Amaziga mit le casque sur sa tête et entendit le doux son de la voix de Lucas.

— La cavalerie électronique à la rescousse, ma chère, dit-il.

— Qu'as-tu fait ?

— Je nous ai fait avancer de six jours. Le raz-de-marée est passé, et la mer commence à se retirer.

— Comment m'as-tu trouvée ?

— Ah ! Amaziga, je suis toujours lié à vous. Je n'ai pas besoin de coordonnées. Lucas, l'homme, était amoureux de vous jusqu'à l'instant de sa mort. Peut-être même au-delà, je l'ignore. Donc, je vous aime aussi. Est-ce tellement étrange ?

— Non, dit-elle, confondue. Où pouvons-nous aller ?

— Dans des circonstances normales, dit Lucas, n'importe où. Mais la Pierre appartient à monsieur Shannow, et il combat la Pierre de Sang. J'ai besoin de coordonnées pour le ramener chez lui. Une date sur laquelle je puisse me focaliser.

Amaziga appela Shannow, qui vint s'asseoir près d'elle. Pendant un moment, elle lui posa des questions sur les événements qui l'avaient conduit à voyager par le portail temporel, mais elle ne découvrit rien dont elle pouvait se servir. Sam les rejoignit et l'interrogea sur la position des étoiles, les cycles de la lune, les saisons. À la fin, Amaziga abandonna.

Shannow sentit le désespoir enfler en lui.

— Vous avez l'air plus humain, en vieillard, dit Amaziga. Moins terrifiant.

Shannow sourit.

— Je sais. Je me suis rencontré moi-même... Pas très agréable ! Voir cette jeunesse et savoir où je me dirigeais, mais être incapable de me dire quoi que ce soit. C'est bizarre, quand j'étais un jeune homme qui venait d'être blessé et avait perdu la mémoire, j'ai vu un très vieil homme qui semblait proche de la mort. Il a dit que je pouvais l'appeler Jake. Je n'ai rien reconnu de moi-même en lui. Puis je l'ai rencontré de nouveau, quand j'étais Jake, et j'ai vu un visage sans rides et un corps qui possédait la force et la souplesse que j'avais oubliées depuis si longtemps. À mes yeux, il avait l'air d'un gamin.

Amaziga se pencha.

— Vous l'avez rencontré dans les montagnes ? Avant qu'il aille à Domango ?

— Un jour avant, dit Shannow.

— Et combien de temps après cette rencontre avez-vous voyagé à travers le portail ?

— Huit… neuf jours, je crois. Pourquoi ?

— Parce que je vous ai rejoint aux environs de Domango. Lucas connaît cette date. Si nous avançons de… disons, dix jours, nous devrions vous ramener dans la même ligne temporelle. Qu'en penses-tu, Lucas ?

— Oui, je peux le faire, dit Lucas. La question est : où ? Je n'ai pas de fichier sur le point de pouvoir que Shannow a utilisé. Nous devrons passer par un autre. Vous connaissez le secteur. Lequel suggérez-vous ?

— Il y a un centre de pouvoir très puissant près de la vallée des Pèlerins. Je l'ai moi-même utilisé deux fois.

— Alors, ce sera notre destination, dit Lucas. Mais je ne peux pas garantir que nous arriverons au même moment, ni le même jour. En faisant une estimation prudente, je dirais que nous pourrions avoir une marge d'erreur allant jusqu'à une semaine après son départ.

Quatre jours avaient passé. Wallace Nash et Beth avaient réparé de leur mieux les volets endommagés des fenêtres pendant qu'Isis et le docteur Meredith récupéraient la viande qui restait sur les carcasses des animaux tués pendant l'attaque. Le troisième jour, la mule du Diacre était revenue au trot dans la cour. Beth avait battu des mains en la voyant.

— Espèce de vieille crapule ! dit-elle en souriant et en allant caresser le museau de l'animal. Tu as réussi à t'échapper !

Ils prirent des cordes dans la grange et traînèrent à l'écart les cadavres des Hommes-Loups et des bœufs. Beth cueillit des légumes dans le petit jardin potager, à l'arrière de la grange, et les entreposa dans la cuisine de la maison. Elle remplit également plusieurs seaux d'eau et les laissa dans la ferme. Le quatrième jour, le docteur Meredith aida Beth à transporter le corps de Jérémie sur le terrain derrière la grange en ruine. Wallace et le médecin creusèrent une tombe profonde. Isis était à côté de Beth quand la terre fut pelletée sur le cadavre enveloppé d'une couverture.

— C'était un homme de bien, dit-elle en serrant la main de Beth.

— Même les hommes de bien meurent. Tout le monde meurt, dit Beth. Espérons que ce soit la fin de la terreur !

— Ça ne l'est pas, dit Isis. Des hommes au casque cornu et en armure noire arriveront bientôt ici. La Pierre de Sang ne peut pas être arrêtée, Beth. Je la sens, je sens le pouvoir de celui qu'elle est devenue, sa soif de sang et sa terrifiante détermination. Et maintenant, le Diacre est parti. Je crois que nous allons tous mourir.

Beth leva son fusil et ne dit rien.

Meredith, debout à côté de la tombe, posa sa pelle. Son visage mince était couvert de sueur, et il avait les yeux baissés, le chagrin écrit sur ses traits.

— Je suis désolé, Jérémie. Vous étiez gentil avec moi, et je vous ai tué.

— Ne ressassez pas ça sans arrêt, dit Beth. Vous avez fait une erreur. Tout le monde en fait. Il vous reste à apprendre à vivre avec. (Elle se tourna vers le jeune homme roux.) Si je me souviens bien, Wallace, vous avez un joli brin de voix. Pourquoi ne chanteriez-vous pas pour nous ? *Rock of Ages* serait une bonne idée, non ?

— Des cavaliers approchent, dit Wallace.

Beth arma le chien de son fusil et se tourna.

Clem Steiner arriva dans la cour et mit pied à terre. Nestor Garrity resta en selle, les mains sur le pommeau. Le jeune homme avait l'air plus vieux, pensa Beth, il avait les traits tirés et les yeux fatigués. Derrière lui venaient deux autres chevaux, dont l'un portait une vieille femme maigre comme un clou avec une peau tannée et des yeux bleus brillants. L'autre était monté par deux enfants.

— Je ne l'ai pas trouvé, Beth, dit Clem, mais il est vivant.

Elle fit un signe de tête à Clem et rejoignit la vieille femme.

— Bienvenue dans ma maison, dit Beth en se présentant.

La vieille femme eut un sourire las.

— Je suis contente d'être ici, mon enfant. Je m'appelle Zerah Wheeler, et ça a été un sacré voyage ! Je vois que vous étiez en train d'enterrer quelqu'un. Je ne veux pas interférer avec les paroles d'adieu.

— Il y a à manger et à boire dans la maison, dit Beth.

Ensemble, les deux femmes firent descendre les enfants de leur monture, et Zerah les conduisit dans la maison.

— D'accord, Wallace, dit Beth. Et maintenant, l'hymne !

Sa voix était puissante et étonnamment basse. Les paroles de l'ancien hymne retentirent, et Clem, Beth et Nestor y joignirent leur voix. Isis pleura, se souvenant de la gentillesse que Jérémie lui avait toujours témoignée.

Le chant se termina, et Beth s'éloigna de la tombe, son bras passé sous celui de Clem. Il lui raconta leurs voyages, et comment Nestor avait été obligé de tuer un homme. Elle écouta avec un grand sérieux.

— Pauvre Nestor, dit-elle. C'est un garçon qui a toujours été romantique. Mais il est fort, Clem, il s'en remettra. J'aimerais que Jon soit ici. Nos ennuis ne sont pas terminés.

— Je sais.

Il lui parla des cavaliers au casque cornu qui emmenaient des prisonniers vers la ville. Beth lui expliqua tout sur le Diacre et la Pierre de Sang, et le sort de changement qu'il avait infligé aux Hommes-Loups.

— Peut-être devrions-nous partir loin d'ici, aussi vite que possible, dit Clem.

— Je ne pense pas, Clem. D'abord, nous avons seulement quatre chevaux et nous sommes dix. Et l'un de nous est grièvement blessé. Tu te souviens de Josiah Broome ?

— Bien sûr. Un type inoffensif qui détestait la violence.

— Il la déteste toujours. On lui a tiré dessus, Clem. Des Cavaliers de Jérusalem.

— Je n'ai jamais fait confiance à ces types, surtout avec Jacob Moon à leur tête. Ce type est pourri jusqu'à la moelle. Je l'ai vu avec les Enfants de l'Enfer. (Clem sourit à Beth.) Alors, on reste ici ?

— C'est ma maison, Clem. Et tu as dit toi-même que c'est une vraie forteresse ! Personne n'a réussi à m'en déloger, jusque-là.

Clem jura.

— On dirait que cette affirmation va bientôt être mise à l'épreuve, ma chère Beth, dit-il.

Beth suivit son regard. Sur le flanc de la colline du nord, elle vit une rangée de cavaliers, assis sur leurs chevaux et regardant la ferme.

— Je crois qu'on ferait mieux de rentrer, dit-elle.

Se tenant par le bras, ils retournèrent lentement vers la maison. Les cavaliers étaient à environ deux cents mètres. Beth les compta en marchant : environ cinquante hommes, tous portant un casque à cornes et un fusil.

Dans la maison, elle envoya Wallace et Nestor à l'étage pour surveiller les hommes depuis les fenêtres des chambres pendant que Zerah prenait un fusil et se plaçait à la fenêtre du rez-de-chaussée. Le docteur Meredith était assis par terre près du feu, à côté d'Isis, de la jeune mère et de son bébé. Clem regarda le jeune homme roux.

— Vous avez besoin d'une arme, maître ?

Meredith secoua la tête.

— Je ne peux pas tuer, dit-il.

Josiah Broome, dont la poitrine étroite était bandée, avec une tache de sang qui avait traversé le tissu, pénétra dans la pièce principale.

— Que se passe-t-il ?

Il avait les yeux fiévreux et son visage était couvert de sueur froide. Il vit Clem et sourit.

— Eh bien, mais c'est le jeune Steiner ! Je suis content de vous voir, mon garçon.

Soudain, il s'affala contre l'encadrement de la porte.

—Malédiction, murmura-t-il. Je suis plus faible que je le pensais.

Clem lui prit le bras et le ramena dans la chambre, où il l'aida à s'allonger sur le lit.

—Je pense que vous devriez rester là, maître. Vous n'êtes pas en état de vous battre.

—Qui combattons-nous, Clem ?

—Des hommes maléfiques, Josiah, mais ne vous faites pas de souci. Je suis toujours très bon, avec un pistolet.

—Trop bon, dit tristement Josiah, fermant les yeux.

Clem rejoignit les autres. Les Enfants de l'Enfer étaient descendus de la colline et avançaient lentement vers le bâtiment. Beth sortit. Clem lui saisit le bras.

—Par l'Enfer, qu'est-ce que tu…

—Écoutons ce qu'ils ont à dire, dit Beth.

—Pourquoi ? demanda Clem. Tu crois qu'ils sont là pour avoir du baker et des biscuits ?

Beth l'ignora et attendit sous le porche, son fusil dans les bras. Clem enleva sa veste et resta à côté d'elle, la main posée sur la crosse de son pistolet.

Beth attendit tranquillement les cavaliers. C'étaient des hommes sinistres, aux yeux durs et méfiants et au visage sévère. *Des fanatiques,* pensa-t-elle, *rigides et inflexibles.* Ils portaient un plastron noir gravé de volutes d'argent et un casque noir cornu attaché sous le menton. Ils tenaient un fusil à canon court, et un pistolet pendait à leur ceinture. Pourtant, leur caractéristique la plus troublante, pour Beth, était la Pierre de Sang qui était incrustée au milieu de leur front. *Comme les loups*, se dit-elle. Les Enfants de l'Enfer entrèrent dans la cour et se placèrent en éventail devant la maison. Un guerrier au visage en lame de couteau fit avancer son cheval vers Beth et s'arrêta. Ses yeux étaient du gris d'un ciel d'hiver et son regard ne recélait aucune chaleur. Son casque était cornu aussi, mais les extrémités des cornes avaient été plongées dans de l'or.

—Je suis Shorak, dit-il. Premier lieutenant du second corps. Cette terre est désormais la propriété du Seigneur de l'Enfer.

Beth ne dit rien pendant que Shorak examinait le bâtiment, remarquant les hommes armés de fusil, à l'étage. Il posa de nouveau les yeux sur Beth.

— Je suis ici, dit-il, pour vous escorter vers le seigneur Sarento, afin que vous puissiez lui rendre hommage et apprendre sa grandeur de première main. Vous n'aurez besoin de rien, ni d'armes, mais vous pouvez emporter de la nourriture pour le voyage.

Beth regarda l'homme, puis ses compagnons silencieux.

— Jamais entendu parler du seigneur Sarento, dit-elle au chef des cavaliers.

Il se pencha vers elle, et le soleil étincela sur les cornes dorées de son casque.

— Tant pis pour vous, femme, car il est le Dieu vivant, le Seigneur de Tout. Ceux qui le servent gagneront la vie éternelle et un bonheur inimaginable.

— Ici, c'est ma maison, dit Beth. J'ai combattu pour la garder et tué ceux qui voulaient me la prendre. J'ai élevé des enfants, ici, et je suppose que c'est ici que je mourrai. Si le seigneur Sarento veut que je lui rende hommage, il n'a qu'à venir ici. Je lui ferai un gâteau. Et maintenant, si c'est tout ce que vous aviez à me dire, je vous suggère de partir. J'ai du travail.

Shorak ne sembla pas troublé par sa réponse. Il resta un moment silencieux, puis il reprit la parole.

— Vous ne m'avez pas compris, femme. Je vais m'expliquer clairement. Prenez de la nourriture et nous vous escorterons jusqu'au seigneur Sarento. Refusez et nous vous tuerons tous. Et votre mort ne sera pas paisible. Il y a d'autres gens dans la maison. Je vous suggère de parler avec eux. Je suis sûr qu'ils n'ont pas tous envie de mourir. Vous avez jusqu'à midi pour prendre une décision. Nous reviendrons à ce moment.

Shorak fit pivoter son cheval et conduisit ses cavaliers sur le flanc de la colline.

— Très poli, ce type, dit Clem.

Beth ignora la plaisanterie et entra dans la maison. La première personne qui parla fut la jeune mère, Ruth.

— Je veux aller avec eux, maîtresse McAdam, dit-elle. Je ne veux plus de peur et de bagarres.

— Il semblerait que ce soit la seule solution, dit le docteur Meredith. Nous ne pouvons pas les vaincre.

Wallace et Nestor descendirent pour se joindre à la discussion. Beth se versa une tasse d'eau et la but sans rien dire.

— Combien de munitions nous reste-t-il ? demanda Wallace.

Beth sourit.

— Une centaine de cartouches pour les fusils. Vingt pour mon pistolet.

— J'en ai trente, dit Clem.

— Nous ne devons pas les combattre, dit Ruth. Nous ne devons pas ! Je dois penser à mon bébé. Qu'y a-t-il de si difficile dans le fait de rendre hommage à quelqu'un ? Ce ne sont jamais que des mots.

— Ouais, fit remarquer Zerah Wheeler, mais nous n'avons que leur parole que rendre hommage à leur seigneur est tout ce qu'ils veulent. Une fois que nous serons dehors et désarmés, ils pourront faire de nous ce qu'ils veulent.

— Pourquoi voudraient-ils nous faire du mal ? demanda Meredith. Ça n'aurait pas de sens.

— Ce sont des Enfants de l'Enfer, dit Isis, et c'est leur maître qui a envoyé contre nous les créatures-loups.

— Je m'en moque ! cria Ruth. Je ne veux pas mourir !

— Personne ne veut mourir, dit sèchement Beth. Wallace, remontez et allez les surveiller. Je ne veux pas qu'ils arrivent par surprise.

— Oui, maîtresse, dit-il.

Il retourna à son poste.

— Quand nous les avons vus se diriger vers la ville, ils conduisaient un groupe de prisonniers. Ils n'en ont tué aucun. Peut-être s'agit-il seulement d'aller rendre hommage à leur seigneur, comme l'a dit le chef, dit Ruth.

Beth se tourna vers Clem.

— Tu ne dis rien ?

Clem haussa les épaules.

— Je ne pense pas qu'il y ait grand-chose à dire. J'ignore d'où viennent ces Enfants de l'Enfer mais, s'ils ressemblent un tant soit peu à ceux de la première guerre, ce sont des sauvages et des meurtriers. Ils violeront et tortureront les femmes et mutileront les hommes. Pas question que j'abandonne mes armes à des types comme ça.

— Vous êtes fou ! Vous nous condamnez tous à mort !

— Fermez-la ! cria Beth. Ce n'est pas le moment de devenir hystérique. Qu'en pensez-vous, Zerah ?

Zerah mit son bras autour des épaules d'Esther. Oz s'approcha d'elle, et elle lui ébouriffa les cheveux.

— J'ai moins à perdre que vous, car je suis vieille et fatiguée. Mais j'essaie depuis plusieurs jours de garder ces enfants en vie, et je suis partagée. Vous me semblez une femme d'expérience, maîtresse McAdam. Qu'en pensez-vous ?

— Je n'aime ni les menaces ni les hommes qui en font. Ils nous veulent vivants, c'est clair, mais j'ignore dans quelle intention, et je m'en moque pas mal !

— Je peux vous dire dans quelle intention, intervint Isis. Quand je suis allée vers les créatures-loups, j'ai senti le pouvoir de la Pierre de Sang. Il a faim et il se nourrit d'âmes. Allons vers lui et nous mourrons.

— Qu'est-ce que ça veut dire, se nourrir d'âmes ? ricana Ruth. C'est de la folie. Vous avez tout inventé !

— Non. J'étais liée aux loups. Chaque fois qu'ils tuaient, une partie de la vie qu'ils prenaient était envoyée à leur maître, grâce aux Pierres incrustées dans leur front. C'est un être de sang et de mort. Pour lui, nous sommes simplement de la nourriture. Le Diacre le savait.

— Et où est-il ? siffla Ruth. Il nous a abandonnés, il y a des jours. Il s'est enfui ! Moi, je refuse de mourir ici. Peu importe ce que vous autres direz.

— Je pense que nous devrions voter, dit Clem. Midi approche.

Beth appela Wallace, et il resta en haut de l'escalier, le fusil à la main.

— Tu as demandé un vote, Clem, dit Beth. Quel est ton avis ?

— Combattre, dit Clem.

— Wallace ?

— Je n'irai pas avec eux, dit le jeune homme.

— Nestor ?

Le jeune homme eut une brève hésitation.

— Combattre.

— Isis ?

— Je ne les suivrai pas.

— Docteur ?

— Je suivrai le vote majoritaire, dit-il.

— Zerah ?

La vieille femme posa un baiser sur la joue d'Esther.

— Combattre.

— Bon. C'est réglé, alors.

Ruth les regarda à tour de rôle.

— Vous êtes tous fous !

— Ils reviennent ! cria Wallace.

Beth gagna la commode et en sortit trois boîtes de munitions.

— Servez-vous, dit-elle. Les enfants, couchez-vous sur le sol.

Esther et Oz allèrent se cacher sous la table. Zerah se leva et prit son fusil pendant que Beth allait à la porte.

— Tu ne vas pas sortir encore ? demanda Clem.

Beth ouvrit la porte et resta là, son fusil armé et prêt.

Les Enfants de l'Enfer arrivèrent et se postèrent en éventail, comme la première fois.

Ruth traversa la pièce en courant, dépassa Beth et sortit dans la cour.

— Je veux rendre hommage, cria-t-elle. Laissez-moi venir avec vous !

Shorak l'ignora et regarda Beth.

— Votre décision, femme ?

— Nous restons ici.

— C'est vous tous, ou aucun, dit Shorak.

Il tira son pistolet d'un geste souple et tira une balle dans la tête de Ruth. La jeune femme tomba, raide morte. Beth fit feu. La balle passa à côté de Shorak et s'enfonça dans la poitrine du cavalier qui se tenait juste derrière lui. L'homme tomba de sa monture. Clem saisit Beth et la tira à l'intérieur pendant que des balles s'écrasaient contre le chambranle et sifflaient dans la pièce. Nestor ferma la porte d'un coup de pied, et Clem remit la barre à sa place.

Zerah tira trois coups de feu par la fenêtre, puis une balle la toucha à l'épaule et la fit tomber sur le sol. Un guerrier ennemi courut à la fenêtre. Clem lui logea une balle dans le visage. La porte trembla quand des hommes se jetèrent contre elle.

Beth se releva. Plusieurs autres Enfants de l'Enfer arrivèrent à la fenêtre et tirèrent dans la pièce. Zerah, la chemise tachée de sang, roula contre le mur situé sous l'appui de la fenêtre. Beth tira et toucha un homme à la poitrine. Il tomba. Un autre guerrier se jeta contre la fenêtre, démolit l'encadrement et roula dans la pièce. Nestor lui tira dessus deux fois. L'homme atterrit à plat ventre, son corps tressauta un peu, puis il s'immobilisa.

Clem traversa la pièce en courant et renversa la table sur le côté. Des balles s'enfoncèrent dans les murs et ricochèrent dans la pièce. La porte commença à céder. Beth expédia trois balles à travers, et entendit un homme hurler de l'autre côté et tomber sous le porche.

Nestor se précipita en haut de l'escalier. Des balles frappèrent le mur autour de lui, mais il arriva sur le palier et alla aider Wallace. Meredith était allongé sur le sol, tenant Isis dans ses bras et essayant de la protéger de son corps. Les deux enfants étaient accroupis derrière la table retournée. À l'arrière de la maison, le bébé se mit à pleurer d'une voix grêle mais perçante.

— Ils sont à l'arrière ! beugla Wallace du haut de l'escalier.

Beth regarda Clem et désigna la chambre de Josiah Broome.

— La fenêtre du fond ! cria-t-elle.

Clem se baissa et rampa sur le sol. Quand il arriva à la porte, les volets de la fenêtre de la chambre explosèrent. Il se dressa et tira sur le premier homme qu'il vit, le touchant à la gorge. L'homme fut projeté contre ses camarades. Broome était inconscient, mais il se trouvait directement dans la ligne de tir. Clem plongea vers le lit et tira le blessé sur le sol. Des coups de feu explosèrent autour de lui, s'enfonçant dans l'édredon et faisant voler des plumes partout. Une balle effleura le cou de Clem et lui arracha un bout de peau. Il tira, et la balle pénétra sous le menton de l'homme puis lui traversa le cerveau.

Clem s'abrita derrière le lit et rechargea son arme. Une balle traversa le matelas et s'enfonça dans sa cuisse. Elle s'écrasa contre l'os et lui déchira la chair. Clem se jeta en arrière et expédia trois balles au milieu des hommes massés à la fenêtre. Les Enfants de l'Enfer plongèrent à couvert. Clem regarda sa jambe, et vit le sang jaillir de la blessure. Il jura.

Un homme bondit sur la fenêtre. Clem le tua au moment où il grimpait à l'intérieur. Son corps tomba sur l'encadrement, et son pistolet atterrit sur le sol. Clem roula sur le ventre et rampa jusqu'à l'arme, qu'il récupéra.

Puis le silence retomba.

Josiah Broome se réveilla, son esprit ayant secoué le rêve enfiévré. Il était couché sur le sol de la chambre, et le jeune Clem Steiner était assis à un mètre de lui, deux pistolets à la main et la jambe couverte de sang.

— Que se passe-t-il, Clem ? demanda-t-il.

— Des Enfants de l'Enfer, répondit le tireur.

Je suis toujours en train de rêver, pensa Broome. *Les Enfants de l'Enfer ont tous été détruits par le Diacre, lors du pire massacre jamais vu dans ce nouveau monde.*

Une balle arracha du bois à l'encadrement de la fenêtre et alla s'écraser contre une tapisserie encadrée, sur le mur du fond. Josiah Broome gloussa. Son rêve était vraiment bizarre ! La tapisserie bascula, déchirée par le coup, mais Broome pouvait toujours lire ce qui était écrit dessus : « Les travaux de l'Homme périront, mais l'amour de Dieu demeura à jamais. »

Il essaya de se lever.

— Couchez-vous ! ordonna Steiner.

— C'est juste un rêve, Clem, dit Josiah en se mettant à genoux.

Steiner plongea vers lui à travers la pièce, et son épaule faucha les jambes de Broome quand celui-ci se redressa. Des balles s'écrasèrent dans le mur du fond. La tapisserie tomba par terre et son cadre en pin se brisa.

— Ce n'est pas un rêve ! Vous comprenez ? Pas un rêve !

Josiah, le souffle coupé par sa chute, sentit la douleur renaître dans sa blessure à la poitrine.

— Mais… mais, ça ne peut pas être des Enfants de l'Enfer !

— Peut-être, mais croyez-moi, Josiah, si ça n'en est pas, ce sont d'excellentes imitations !

Le jeune homme gémit quand il se rassit, les pistolets armés.

— Si vous en avez la force, vous pourriez mettre un garrot sur ma blessure. Je n'ai pas envie de saigner à mort et de rater les réjouissances.

Une ombre se dressa en travers de la fenêtre. Les pistolets de Clem tonnèrent, et Josiah vit un homme tomber.

— Pourquoi font-ils ça ? demanda-t-il.

— Je n'ai pas très envie de leur poser la question, dit Clem. Déchirez un drap et faites des bandages.

Josiah regarda la blessure de Clem. Le sang coulait régulièrement, tachant le pantalon de drap noir. Ses propres vêtements étaient posés sur le dossier d'une chaise. Il rampa jusqu'à eux, prit la ceinture et retourna à côté de Clem. Puis il cassa une partie du cadre de la tapisserie. Clem enroula la ceinture autour de sa cuisse, au-dessus de la blessure, en la serrant bien. Puis il essaya de se servir du bout de cadre pour la serrer davantage, mais le bois cassa. Le saignement ralentit mais ne s'arrêta pas.

— Vous devriez prendre un de ces pistolets, Josiah, dit Clem. Je risque de m'évanouir.

— Non. Je suis incapable de tuer, même pour sauver ma vie. Je ne crois pas en la violence.

— C'est super de rencontrer un homme de principes à un moment pareil, dit Clem d'une voix lasse.

Des coups de feu retentirent au-dessus d'eux, et dehors, un homme hurla.

Clem retourna à la porte de la chambre en rampant et regarda dans la pièce principale. La vieille femme, Zerah, était à la fenêtre, un pistolet au poing. Le docteur Meredith était couché près du mur ouest, Isis et les enfants à côté de lui.

— Tout le monde va bien ? demanda Clem.

— Ce salaud m'a fracturé l'épaule, dit Zerah. Ça fait un mal de chien.

Meredith rampa jusqu'à Zerah et l'examina rapidement.

— La balle vous a fracturé la clavicule et elle est ressortie par le haut de votre épaule, dit-il. Ça saigne pas mal, mais aucun organe vital n'a été touché. Je vais chercher des bandages.

— Que voyez-vous, en haut ? cria Beth.

La voix de Nestor Garrity leur parvint.

— Ils se sont abrités dans la grange et derrière l'abreuvoir. Nous en avons descendu quatorze. Certains sont allés se mettre en sécurité, mais il y a neuf types qui n'ont pas bougé. Et je crois que Clem en a tué encore deux que nous ne pouvons pas voir d'ici.

— Ouvrez l'œil, dit Beth, et prévenez-nous s'ils bougent.

— Oui, maîtresse.

Le bébé se mit à pleurer d'une petite voix pitoyable. Beth se tourna vers Isis.

— Il reste un peu de lait dans la cuisine, petite. Soyez prudente en allant le chercher.

Isis traversa la pièce en restant près du sol. La porte arrière de la cuisine était fermée, ainsi que les volets. Le pichet de lait se trouvait sur l'étagère du haut. Isis se leva, le prit et revint vers le bébé. Elle s'assit à côté du berceau.

— Comment dois-je faire pour le nourrir ? demanda-t-elle à Beth.

Beth jura et gagna la commode. Elle posa son fusil et sortit une paire de fins gants de cuir d'un tiroir. C'étaient les seuls gants qu'elle ait jamais possédés, et qui lui avaient été offerts par son premier mari, Sean, juste avant leurs noces.

Je n'ai jamais eu l'occasion de les porter, pensa t elle.

Elle prit sa boîte à couture, en sortit une aiguille et fit trois petits trous au bout du doigt le plus long. Puis elle reprit son fusil et alla à côté du berceau. Le bébé hurlait désormais à pleins poumons. Beth dit à Isis de prendre le petit garçon dans les bras. Elle emplit à moitié le gant de lait et attendit qu'il coule par les trous. Au début, le bébé eut du mal à téter le gant, et il toussa. Isis lui soutint la tête, et il parvint à se nourrir.

— Ils sont en train de se faufiler par l'arrière ! cria Nestor. On n'est pas bien placés pour leur tirer dessus !

Clem retourna dans la chambre du fond et attendit à côté de la fenêtre. Des ombres se déplaçaient sur le sol, et Clem vit les cornes d'un casque sur la terre battue. Il lui était impossible de savoir combien d'hommes il y avait dehors. Le seul moyen de les arrêter était de se dresser dans l'encadrement de la fenêtre et d'ouvrir le feu. Clem avait la bouche sèche.

— Vas-y immédiatement, s'ordonna-t-il. Sinon tu n'auras jamais le courage de le faire.

Il pivota, ses pistolets crachant le feu à travers la fenêtre brisée. Deux hommes tombèrent, mais le troisième tira et Clem fut touché durement à la poitrine. Malgré ça, il logea calmement une balle dans le crâne de l'ennemi. Puis il s'affala et retomba sur le lit.

Josiah Broome le rejoignit.

— C'est grave ? demanda-t-il.

— J'ai connu des jours meilleurs, dit Clem, qui essayait de recharger le pistolet des Enfants de l'Enfer.

Mais cette arme n'avait pas le même calibre que la sienne, et elle était vide. Dégoûté, il la jeta sur le sol.

— Dieu me damne, dit-il, mais ces fils de putes commencent sérieusement à me taper sur les nerfs !

Son pistolet chargé, il s'appuya en arrière, trop effrayé pour regarder sa blessure à la poitrine. Broome appela le docteur Meredith. Le jeune homme arriva et examina la blessure de Clem.

Meredith ne dit rien. Clem ouvrit les yeux.

— Alors, une bonne nouvelle ? demanda-t-il.

— Elle n'est pas bonne, dit doucement Meredith.

— Quelle surprise !

Clem avait le vertige et craignait de s'évanouir, mais il s'accrocha. Il n'y avait pas assez de défenseurs dans la maison. Pas question qu'il meure tout de suite ! Il toussa. Du sang jaillit de sa gorge et éclaboussa la chemise claire de Meredith. Clem se laissa retomber contre le mur. Le soleil se couchait et le ciel était couleur cuivre. Clem se mit péniblement debout, tituba et se rattrapa à l'encadrement de la fenêtre.

—Que faites-vous ? demanda Josiah Broome en tendant la main pour prendre le bras de Clem.

Meredith tira Broome en arrière.

—Il va mourir, murmura le médecin. Il lui reste seulement quelques minutes à vivre.

Clem tomba par-dessus l'appui de la fenêtre, puis passa sa jambe de l'autre côté. L'air était frais et propre, dehors, pas empli de fumée acre. C'était une soirée agréable, le ciel était clair. Clem atterrit de l'autre côté et manqua de tomber. Du sang monta à sa gorge et il crut qu'il allait étouffer, mais il réussit à le ravaler et avança en titubant vers les cadavres. Il leur prit leurs armes et les lança par la fenêtre. Un des Enfants de l'Enfer portait une bandoulière de munitions. Clem la défit avec peine et la passa à Broome.

—Revenez à l'intérieur ! cria Broome.

—Ici... ça me... plaît, murmura Clem, l'effort provoquant un autre accès de toux.

Clem avança en titubant jusqu'au coin du bâtiment. De là, il voyait l'abreuvoir à chevaux et les deux hommes cachés derrière. Quand il arriva en vue, ils essayèrent de lui tirer dessus, mais Clem les tua tous les deux. Un troisième homme se dressa de derrière la barrière de l'enclos, et une balle s'enfonça dans le corps de Clem, le faisant pivoter. Il tira aussi, mais rata son coup.

Clem tomba à genoux et plongea la main dans sa poche pour en sortir ses dernières cartouches. Une autre balle le frappa. Le sol était dur contre sa joue et toute douleur le quitta. Trois Enfants de l'Enfer quittèrent leur cachette et accoururent vers lui. Clem entendit le bruit de leurs bottes sur la terre battue.

Avec ses dernières forces, Clem roula sur le dos. Il lui restait deux cartouches, et il les tira. La première s'enfonça dans le ventre du premier homme, et l'autre déchira la gorge du deuxième.

Un fusil tonna, et le troisième Enfant de l'Enfer s'arrêta net, le sommet du crâne emporté par le coup. Puis son corps s'effondra sur le sol.

Allongé sur le dos, Clem regarda le ciel. L'espace d'un instant, celui-ci devint d'une clarté insupportable, puis l'obscurité se referma sur lui de tous les côtés, jusqu'à ce qu'il reste seulement un petit cercle de lumière au bout d'un long tunnel obscur.

Puis il n'y eut plus rien.

Nestor et Wallace le regardèrent mourir.

— C'était un dur, dit Wallace.

— C'était Laton Duke, dit doucement Nestor.

— Ouais ? Eh bien, ça, c'est le comble !

Wallace leva son fusil et visa un homme qui rampait sous la barrière de l'enclos. Il tira. La balle fit éclater le bois au-dessus de l'homme, qui plongea à l'abri.

— Malédiction ! Je l'ai raté. Laton Duke, tu dis ? Il était sacrément doué avec ce pistolet.

— Il était bon, reconnut tristement Nestor. Tu as peur, Wal ?

— Ouais.

— Tu n'en as pas l'air.

Le jeune homme haussa les épaules.

— Mes parents n'aimaient pas trop les grandes démonstrations... Tu sais, les émotions, tout ça. Une fois, je me suis cassé le bras, et j'ai pleuré. Mon père a remis l'os en place, puis il m'a flanqué une bonne claque parce que j'avais geint. (Il renifla et gloussa.) Mais je l'aimais, cette vieille peau de vache ! (Wallace tira de nouveau.) Je l'ai eu, par Dieu !

Nestor vit que le guerrier était allongé, immobile, dans le crépuscule qui tombait.

— Tu crois qu'ils vont nous attaquer quand il fera nuit ?

— Tu peux y compter, répondit Wallace. Espérons que le ciel sera dégagé et qu'il y aura un bon clair de lune.

Un mouvement, au loin, attira l'œil de Nestor.

— Oh, non ! murmura-t-il.

Wallace les vit aussi. Des dizaines d'Enfants de l'Enfer chevauchaient vers le bas de la colline.

Jacob Moon était avec eux.

Quand ils approchèrent, Wallace essaya de tirer sur le Cavalier de Jérusalem, mais il le rata. La balle s'enfonça dans l'épaule d'un homme, à la gauche de Moon. Le blessé mit pied à terre et alla se cacher derrière la grange. Wallace cracha par la fente du volet mais ne dit rien.

Nestor recula vers l'escalier pour annoncer la nouvelle à Beth McAdam.

— Nous les avons vus, dit-elle. Clem nous a envoyé quelques pistolets. Vous devriez descendre et en prendre un, petit.

Nestor dégringola les marches. Isis et Meredith avaient chacun un pistolet, mais Josiah Broome était assis sur le sol, les mains sur les genoux.

— Vous êtes donc un lâche ? demanda Nestor. Vous n'avez même pas le courage de vous battre pour défendre votre vie ?

— Ça suffit ! cria Beth. Parfois, il faut plus de courage pour s'en tenir aux choses en quoi on croit. Maintenant, remontez et restez avec Wallace.

— Oui, maîtresse, dit Nestor d'un ton piteux.

Beth s'agenouilla près de Broome et lui mit une main sur l'épaule.

— Comment vous sentez-vous, Josiah ?

— Je suis triste, Beth, dit-il en lui tapotant la main. L'homme n'apprend jamais, n'est-ce pas ? Il ne change jamais. Toujours en train de tuer, de provoquer de la douleur…

— Ce n'est pas le cas de tout le monde. Certains d'entre nous se battent seulement pour rester en vie. Quand ça commencera, allongez-vous sur le sol.

— J'ai honte de reconnaître que j'aimerais qu'il soit là, à cet instant, dit Josiah.

Beth fit un signe de tête. Elle se souvint de Shannow, dans la force de l'âge. Il y avait chez lui une énergie et une puissance qui donnaient l'impression qu'il était invincible.

— Moi aussi, Josiah, moi aussi.

Beth appela les enfants et leur dit de rester avec Josiah. Esther se blottit contre le vieil homme et se cacha la tête contre son épaule. Broome lui passa un bras autour des épaules.

Oz sortit son petit pistolet.

— Je me battrai, dit-il.

— Attends qu'ils soient à l'intérieur, dit Beth.

— Ils arrivent ! hurla Nestor.

Beth courut à la fenêtre. Zerah, du sang coulant de sa blessure à l'épaule, était à gauche de l'encadrement, son pistolet levé. Beth jeta un coup d'œil. Les Enfants de l'Enfer arrivaient en rangs serrés.

Les quelques défenseurs ne pourraient jamais les arrêter.

Il était inutile de viser. Beth et Zerah tirèrent dans le tas pendant que les ennemis avançaient. Des balles s'écrasèrent dans la pièce et ricochèrent contre les murs.

À l'étage, Nestor arrosait de coups de feu les Enfants de l'Enfer en train de charger.

Ils étaient à mi-chemin de la maison quand Wallace poussa un cri de joie.

— Saloperie ! cria-t-il.

D'autres cavaliers descendaient la colline au triple galop. Mais ce n'étaient pas des Enfants de l'Enfer. Beaucoup d'entre eux portaient la tunique grise renforcée des Croisés.

Ils ouvrirent le feu en approchant, et une volée de balles s'écrasa dans les rangs des attaquants. Les Enfants de l'Enfer ralentirent, puis se tournèrent pour affronter leurs adversaires. Nestor vit plusieurs chevaux tomber, mais les autres continuèrent à avancer et arrivèrent dans la cour.

— Saloperie ! cria de nouveau Wallace.

Les Enfants de l'Enfer s'éparpillèrent, mais se firent descendre alors qu'ils tentaient de fuir.

Wallace et Nestor continuèrent à tirer jusqu'à ce qu'ils tombent à court de munitions, puis ils descendirent au rez-de-chaussée.

Beth tituba jusqu'à une chaise et s'assit, le pistolet soudain très lourd dans sa main fatiguée. Un visage apparut à la fenêtre. C'était Tobe Harris.

— Je suis contente de vous voir, Tobe, dit Beth. Je jure devant Dieu que vous avez le plus beau visage que j'aie jamais vu !

Nestor ramassa le pistolet de Beth et sortit en courant. Des cadavres gisaient partout, les membres tordus dans la mort. Les Croisés de Pureté étaient partis vers les champs, où ils pourchassaient les Enfants de l'Enfer en fuite. Nestor avait du mal à y croire. Il allait vivre ! La mort avait semblé si certaine… Inévitable. Le soleil descendit derrière les montagnes, et Nestor sentit des larmes enfler dans ses yeux. Il sentait l'odeur de la poudre et, à travers elle, le parfum doux et frais de l'humidité sur l'herbe.

— Oh ! Dieu ! murmura-t-il.

Les cavaliers revinrent dans la cour, conduits par un homme de grande taille aux épaules carrées et vêtu d'un manteau noir. L'homme souleva son chapeau plat et sortit un mouchoir de sa poche, avec lequel il s'épongea le visage et la barbe.

— Par le Seigneur, vous vous êtes bien battus, ici, mon garçon. Je suis Padlock Wheeler. Le Diacre m'a fait appeler.

— Je suis Nestor Garrity, monsieur.

— Vous avez l'air crevé, petit, dit Wheeler en mettant pied à terre.

Il attacha son cheval à une barrière. Autour de lui, les Croisés avançaient au milieu des cadavres. De temps en temps, un coup de feu résonnait quand ils trouvaient un Enfant de l'Enfer encore en vie. Nestor détourna le regard. C'était si froid, si impitoyable… Padlock Wheeler le suivit et lui tapota l'épaule.

— Il faut que vous m'expliquiez ce qui s'est passé ici, dit-il. L'homme, Tobe, m'a parlé des Hommes-Loups géants, mais c'est la deuxième fois que nous affrontons des Enfants de l'Enfer. D'où viennent-ils ?

Isis sortit dans la cour. Padlock Wheeler s'inclina, et la jeune fille blonde lui sourit d'un air las.

— Ils viennent d'au-delà des portails temporels, maître. Le Diacre me l'a dit. Et leur chef est un voleur d'âme, un preneur de vie.

— Nous nous occuperons de lui, jeune dame. Mais où est le Diacre ?

— Il a disparu à travers un portail temporel. Il est parti chercher de l'aide.

Nestor resta silencieux, l'esprit plongé dans la confusion. Le Diacre était un menteur et un imposteur. Tout n'était que mensonges. Mensonges, mort et violence. Il sentit un goût de bile dans sa bouche et se sentit trembler, l'estomac retourné.

Un des Croisés appela Wheeler et désigna l'est. Trois cavaliers arrivaient. Nestor s'appuya contre la barrière sous le porche et les regarda approcher. En tête se tenait un vieil homme à la barbe blanche, et derrière lui venait une femme noire dont la tête était bandée. Enfin il y avait un homme noir, sa chemise blanche tachée de sang.

— Le Diacre ! dit Padlock Wheeler d'une voix joyeuse.

Il descendit les marches situées sous le porche et s'avança dans la cour, levant les bras en signe de salut.

À cet instant, un corps bougea à côté de ses pieds et se dressa d'un bond, un pistolet à la main. Un bras entoura le cou de Wheeler, et on lui fourra un pistolet sous le menton. Personne ne bougea.

L'homme était Jacob Moon.

— Reculez, salauds ! cria le Cavalier de Jérusalem.

Il n'y avait pas un bruit, excepté celui des sabots du cheval que le Diacre montait, et qui avançait au pas. Nestor regarda le cavalier, puis Moon et sa victime. Le Diacre portait un long manteau noir et une chemise claire. Sa barbe brillait sous les rayons de la lune, et ses yeux profondément enfoncés étaient fixés sur Moon. Il descendit lentement de son cheval. La femme noire et son compagnon restèrent où ils étaient, immobiles sur leurs chevaux.

— Laissez-le partir, dit le Diacre d'une voix calme et profonde.

— Je veux un cheval et qu'on me laisse partir d'ici, libre, dit Moon.

— Non, dit simplement le Diacre. Mais je vais vous donner la possibilité de survivre. Libérez Padlock, et vous pourrez m'affronter, d'homme à homme. Si vous triomphez, personne ici ne vous empêchera de partir.

— Mon œil ! cria Moon. Dès que je le lâcherai, vous me descendrez.

— Je suis le Diacre, et je ne mens jamais !

Moon tira Padlock en arrière, vers le mur.

— Vous n'êtes pas le Diacre ! cria-t-il. Je l'ai tué, dans son chalet !

— Vous avez tué un vieil homme qui me servait fidèlement. L'homme que vous retenez est Padlock Wheeler, un de mes généraux lors des Guerres Fédératrices. Il me connaît, ainsi que plusieurs de ces cavaliers. Et maintenant, aurez-vous le courage de vous mesurer à moi ?

— Le courage ? ricana Moon. Vous croyez qu'il faut du courage pour descendre une vieille bique ?

Nestor sursauta. Le vieil homme ignorait qui il menaçait ! C'était de la folie.

— C'est Jacob Moon ! cria-t-il. Ne faites pas ça !

Il faisait nuit, désormais, et la lune brillait dans le ciel. Le Diacre ne sembla pas avoir entendu les paroles du jeune homme.

— Alors ? demanda-t-il en enlevant son manteau.

Nestor vit qu'il portait deux revolvers.

— Je serai libre de partir ? demanda Moon. J'ai votre parole ? Vous le jurez ?

— Que tout le monde ici comprenne bien, dit le Diacre. Si je meurs, cet homme partira, libre.

Moon poussa Padlock Wheeler loin de lui et resta un moment immobile, l'arme à la main. Puis il éclata de rire et se dirigea vers un endroit dégagé. Derrière lui, les hommes reculèrent et s'installèrent à l'écart de la ligne de tir.

— J'ignore pourquoi vous voulez mourir, vieil homme, mais je suis prêt à vous faire plaisir. Vous auriez dû écouter le gamin. Je suis Jacob Moon, le Cavalier de Jérusalem, et je n'ai jamais été vaincu.

Il remit son pistolet au fourreau.

— Et moi, dit le Diacre, je suis Jon Shannow, l'Homme de Jérusalem.

En parlant, le Diacre dégaina son revolver d'un seul mouvement souple, dénué de tension. Ses paroles avaient momentanément figé Jacob Moon, mais sa main jaillit vers son pistolet. Il était rapide, bien plus rapide que le vieil homme, mais son temps de réaction avait été émoussé par les paroles du Diacre. Une balle s'enfonça dans son ventre et il recula d'un pas. Son pistolet tonna, mais trois autres coups l'atteignirent et le projetèrent sur le sol.

Le monde tourbillonna autour de lui quand Moon se mit à genoux. Il essaya de lever son pistolet, mais sa main était vide. Il regarda le terrifiant vieil homme approcher de lui.

— Le salaire du péché, c'est la mort, Moon.

Ce furent les derniers mots qu'il entendit.

Padlock Wheeler courut vers le Diacre. Le vieil homme s'affala dans ses bras. Nestor vit alors le sang sur la chemise du Diacre. Deux hommes accoururent vers lui et portèrent le Diacre dans la maison. Nestor les suivit.

La première personne qu'il vit fut Beth. Son visage était terriblement pâle, et elle avait les yeux écarquillés et la main sur la bouche quand les hommes allongèrent le Diacre sur le sol.

— Oh ! Christ ! murmura-t-elle. Oh !

Elle s'agenouilla près de lui et passa sa main dans la chevelure grise.

— Comment est-il possible que ce soit toi, Jon ? Tu es si vieux !

L'homme esquissa un sourire, sa tête reposant dans le giron de Padlock Wheeler.

— C'est une longue histoire, dit-il d'une voix distante.

La femme noire entra et s'agenouilla près de Shannow.

— Servez-vous de la Pierre, ordonna-t-elle.

— Pas assez de pouvoir.

— Mais si, elle en a assez !

— Pas pour moi… et la Pierre de Sang. Ne vous en faites pas pour moi, ma dame. Je vivrai assez longtemps pour faire ce qui doit être fait. Où est Meredith ?

— Je suis ici, monsieur.

— Emmenez-moi dans la chambre du fond et examinez ma blessure. Puis pansez-la, faites le nécessaire.

Wheeler et Meredith le portèrent dans la chambre. Beth se leva et fit face à la femme noire.

— Ça fait bien longtemps, Amaziga, dit-elle.

— Plus de trois cents ans, dit Amaziga. Voici mon mari, Sam.

L'homme noir sourit et tendit la main gauche à Beth, car la droite était en écharpe, sur sa poitrine.

Beth lui serra la main.

— Vous aussi, vous avez été à la guerre, je vois.

Amaziga hocha la tête.

— Nous sommes arrivés par un portail temporel au nord d'ici. Nous avons marché pendant un moment, puis nous avons été surpris par des guerriers des Enfants de l'Enfer. Quatre. Sam a reçu une balle dans l'épaule et moi, cette égratignure, dit-elle en touchant le bandage sur son front. Shannow les a tués. Il excelle en ce domaine.

— Il excelle à bien d'autres choses que ça, dit Beth, qui s'était empourprée. Mais c'est quelque chose que vous n'avez jamais été capable de comprendre.

Elle pivota et gagna la chambre du fond. Shannow était sur le lit, et Meredith examinait la blessure pendant que Josiah Broome, assis à gauche, tenait la main de Shannow. Wheeler était au pied du lit. Beth rejoignit le docteur. La balle avait pénétré au-dessus de la hanche de Shannow et était ressortie sur son flanc. Le sang coulait abondamment. Le visage de Shannow était gris et il avait les yeux fermés.

— Il faut que j'arrête l'hémorragie, dit Meredith. Trouvez-moi du fil et une aiguille.

Dans l'autre pièce, Nestor se présenta à Amaziga et Sam Archer. La femme était extraordinairement belle, pensa-t-il, malgré le gris dans sa chevelure.

— Est-il réellement l'Homme de Jérusalem ? demanda Nestor.

— Oui, répondit Amaziga avant de partir vers la cuisine.

Sam sourit au jeune homme.

— Une légende vivante, Nestor.

— Je n'arrive pas à croire qu'il ait battu Jacob Moon. Je n'y arrive pas ! Alors qu'il est si vieux…

— Je suppose que Moon a eu encore plus de mal à le croire. Maintenant, excusez-moi, mon garçon, mais je suis fatigué et j'ai besoin de me reposer. Y a-t-il un lit quelque part ?

— Oui, monsieur, à l'étage. Je vais vous montrer.

— Inutile, mon garçon. Je suis blessé, mais je pense avoir encore la force de trouver un lit !

Pendant que Sam s'éloignait, Nestor vit Wallace assis près de la fenêtre avec Zerah Wheeler. Le jeune homme roux parlait avec les enfants. Esther gloussait, et le jeune Oz regardait Wallace avec une admiration évidente.

Nestor sortit de la maison.

Dehors, les Croisés emportaient les cadavres dans le champ situé derrière les bâtiments. Plusieurs feux de camp avaient été allumés près de la grange, et les hommes étaient assis en groupes et parlaient tranquillement.

Isis était assise près de la barrière de l'enclos et regardait les collines illuminées par la lune. Quand Nestor la rejoignit, elle leva la tête et sourit.

— C'est une nuit magnifique, dit-elle.

Nestor regarda les étoiles.

— Oui, dit-il. C'est bon d'être en vie.

Beth était assise près du lit de Shannow, Padlock Wheeler debout à côté d'elle.

— Par Dieu, Diacre, je n'aurais jamais cru vous entendre mentir un jour, dit Wheeler, mais ça a marché. Ça l'a complètement perturbé !

Shannow eut un sourire las.

— Ce n'était pas un mensonge, Pad.

Lentement et avec peine, il lui raconta l'histoire de ses voyages, en commençant par l'attaque de son église, son sauvetage par les *Errants*, le combat contre Aaron Crane et ses hommes, et enfin sa rencontre avec Amaziga près de la ville de Domango.

— C'était donc vous, dans mon église ? dit Wheeler. Par le ciel, Diacre, vous ne cessez jamais de me surprendre.

— Ce n'est pas tout, Pad, dit Shannow.

Il ferma les yeux et lui parla de la Pierre de Sang et du monde détruit d'où elle était venue.

— Comment lutter contre un monstre pareil ? demanda Padlock Wheeler.

— J'ai un plan, dit Shannow. Il n'est pas fantastique, je vous l'accorde mais, avec la grâce de Dieu, il nous donnera une chance.

Zerah Wheeler entra dans la chambre, l'épaule bandée et le bras immobilisé sur la poitrine.

— Laisse le blessé tranquille, dit-elle, et viens dire bonjour à ta mère.

Padlock se tourna vivement, bouche bée.

— Par le Christ, mère, j'ignorais que tu étais là ! Et tu es blessée !

Il s'approcha d'elle et lui passa un bras autour des épaules.

— Doucement, grande andouille ! Tu vas me faire saigner de nouveau, grogna-t-elle en repoussant sa main. Maintenant, sors de là et laisse cet homme se reposer. Vous aussi, Beth.

— Je vous rejoindrai bientôt, dit-elle doucement.

Zerah emmena son fils hors de la chambre. Josiah Broome tapota le bras de Shannow.

— C'est bon de vous revoir, mon ami, dit-il.

Puis il laissa le blessé seul avec Beth.

— Pourquoi ne m'as-tu pas dit qui tu étais ? demanda-t-elle.

— Pourquoi ne m'as-tu pas reconnu ? rétorqua-t-il.

Elle haussa les épaules.

— J'aurais dû, oui. J'aurais dû faire tant de choses, Jon ! Et maintenant, tout est fini, gâché. Je n'ai pas pu le supporter, tu sais. Tu avais changé, d'homme d'action, tu étais devenu pasteur. C'était un tel changement ! Pourquoi a-t-il fallu qu'il soit aussi radical ?

Il sourit faiblement.

— Je suis incapable de te le dire, Beth. Mais je n'ai jamais compris les compromis. Pour moi, c'est tout ou rien. Pourtant, malgré tous mes efforts, j'ai échoué. En tout. Je n'ai pas trouvé Jérusalem et, en tant que pasteur, je n'ai pas pu rester un pacifiste. (Il soupira.) Pendant que l'église brûlait, j'ai éprouvé une rage terrible. Elle m'a engouffré… Puis, en tant que Diacre, j'ai cru que je pourrais faire une différence. Apporter Dieu au monde… Établir une discipline. Là aussi, j'ai échoué.

— Seule l'histoire jugera de votre succès ou de votre échec, Shannow, dit Amaziga en entrant dans la chambre.

Beth leva les yeux, prête à dire à la femme de partir, mais Shannow lui serra la main et secoua légèrement la tête. Amaziga s'assit de l'autre côté du lit.

— Lucas m'a dit que vous avez un plan, mais il refuse de me le communiquer.

— Laissez-moi lui parler.

Amaziga lui passa le casque et le portable. Shannow tressaillit quand il essaya de lever le bras. Amaziga se pencha et lui posa le casque sur la tête, puis elle mit le micro en position.

— Laissez-moi seul, dit-il.

Beth se leva la première. Amaziga semblait ne pas vouloir partir, mais elle finit par se lever et suivit Beth.

Dehors, Padlock et son frère Seth étaient assis avec Zerah, Wallace et les enfants. Beth sortit sous le clair de lune, dépassant Archer, qui était assis sous le porche et regardait les étoiles. Amaziga était avec lui. Beth inspira à fond l'air nocturne. Nestor et Isis passèrent à côté d'elle, souriants.

Le docteur Meredith était debout près de la barrière de l'enclos, regardant les collines.

— Tout seul, docteur ? dit-elle en s'approchant de lui.

Il eut un sourire enfantin.

— J'ai des tas de choses auxquelles réfléchir, maîtresse McAdam. Il s'est passé tant de choses, ces derniers jours. J'aimais ce vieil homme. Jérémie avait toujours été gentil avec moi. Ça me fait souffrir de savoir que j'ai provoqué sa mort. Je donnerais n'importe quoi pour qu'il revienne.

— Il y a des choses qu'on ne peut pas changer, dit doucement Beth, même si on le souhaite ardemment. Mais la vie continue. C'est ça qui différencie les forts des faibles. Les forts continuent.

— Vous pensez que ça changera un jour ?

— Quoi ?

— Le monde. Les gens. Vous pensez qu'un jour il n'y aura plus de guerre, plus de tueries inutiles ?

— Non, dit-elle simplement. Je ne le pense pas.

— Moi non plus. Mais c'est quelque chose à quoi on peut aspirer, non ?

— Je suis tout à fait d'accord.

La faim de Sarento était intense, semblable à un gouffre béant empli de langues de feu. Il sortit du palais reconstruit et gagna la grande cour. Quatre guerriers des Enfants de l'Enfer étaient assis sous une arche. Ils se levèrent à son approche et s'inclinèrent. Sans réfléchir, il draina leur force vitale de leur corps et les regarda s'effondrer sur le sol.

Sa faim resta entière.

La panique effleura son âme. Pendant un moment, en fin d'après-midi, il avait senti le flot de sang venant des hommes qu'il avait envoyés à la ferme. Depuis, plus rien.

Il continua son chemin et arriva à une avenue en ruine. Il entendit les voix d'hommes en train de chanter et, au bord de ce qui avait été autrefois un jardin près d'un lac, il vit un groupe de ses guerriers assis autour de feux de camp. Derrière eux se tenait une dizaine de prisonniers.

La faim lui déchira les entrailles…

Il approcha silencieusement. Les hommes s'effondrèrent sur son passage. Les prisonniers, voyant ce qui se passait, se mirent à crier et tentèrent de s'enfuir. Pas un seul ne s'échappa. La faim de Sarento fut brièvement apaisée. Il dépassa les cadavres desséchés et grimpa sur un grand étalon. Autour de lui, il y avait environ trente autres chevaux. Un à un, ils moururent.

Tous, excepté l'étalon…

Sarento inspira à fond, puis il projeta son esprit.

De la nourriture. Il me faut de la nourriture, pensa-t-il.

Déjà, sa faim revenait, et il lui fallut toute la force de sa volonté pour ne pas dévorer l'énergie vitale de l'étalon qu'il montait. Il ferma les yeux et laissa son esprit dériver sur la terre illuminée par la lune, cherchant l'odeur mentale de la chair vivante.

Il la trouva et lança le cheval au galop. Il partit en direction de la vallée des Pèlerins.

Shannow, le flanc bandé, du sang suintant à travers le tissu, était assis à la grande table criblée de balles, Padlock Wheeler à côté de lui. À la table étaient aussi assis Amaziga Archer et son mari ; à côté de Sam, il y avait Seth Wheeler et Beth McAdam. Amaziga leur expliqua à tous ce qu'était la Pierre de Sang, et le terrible pouvoir qu'elle possédait.

— Alors, que pouvons-nous faire ? demanda Seth. On dirait que ce monstre est invincible.

— Pas tout à fait, dit Sam Archer. Sa faim est son talon d'Achille. Elle grandit sans cesse. S'il n'a pas de sang – de vie, si vous préférez –, il s'affaiblira et mourra littéralement de faim.

— Alors, il suffit de rester hors de son chemin ? demanda Padlock. Ça suffira ?

— Pas vraiment, reconnut Amaziga. Nous ignorons combien de temps il pourrait survivre. Il pourrait passer de l'état de veille à un état de stase, et se réanimer seulement à l'approche d'une force vitale. Mais ce que nous espérons, c'est qu'en état de faiblesse, s'il a faim, son corps sera moins immunisé contre les balles. Chaque coup devrait drainer un peu plus son pouvoir, s'il doit lutter pour se protéger. Il se peut que, si nous arrivons à le coincer, nous puissions le détruire.

Seth Wheeler regarda la splendide femme noire.

— Vous n'avez pas l'air trop sûre de vous, remarqua-t-il.

— Je ne le suis pas.

— Tu as dit que tu avais un plan, dit Beth en regardant Shannow.

Il avait le visage gris d'épuisement, mais il hocha la tête. Quand il parla, sa voix était à peine un murmure.

— J'ignore si j'aurai la force de le mener à bien. Je préférerais que la… théorie… d'Amaziga soit juste. Quoi qu'il arrive, nous devons arrêter Sarento, l'empêcher d'atteindre Unité ou une ville importante. J'ai été témoin de l'étendue de son pouvoir.

Tout le monde se tut quand il leur parla de l'amphithéâtre dans le monde d'origine de Sarento, et des rangées de cadavres desséchés.

— Son pouvoir est actif au moins sur une centaine de mètres. J'ignore ses limites. Mais je sais que, quand nous le trouverons, nous devrons le cribler de coups de fusil, et que les hommes qui lui tireront dessus devront rester le plus loin possible de lui.

Nestor entra en courant.

— Un cavalier arrive, dit-il. L'homme le plus bizarre que j'aie jamais vu.

— Bizarre ? De quelle façon ? demanda Shannow.

— On dirait que tout son corps est peint de lignes rouges et noires.

— C'est lui ! cria Amaziga en se levant d'un bond.

Padlock Wheeler prit son fusil et sortit en courant, criant à ses Croisés de se réunir près de la barrière de l'enclos à chevaux. Le cavalier était encore à deux cents mètres. La bouche de Wheeler se dessécha. Il mit une cartouche dans la culasse, visa et tira. La balle rata le cavalier, qui poussa son cheval au galop.

— Arrêtez ce fils de pute ! hurla Wheeler.

Aussitôt éclata une fusillade nourrie. Le cheval tomba, et son cavalier se retrouva par terre, mais il se leva et marcha d'un pas tranquille vers la ferme. Trois balles le touchèrent à la poitrine et le ralentirent. Une autre s'écrasa contre son front, et sa tête partit en arrière. Une autre encore le frappa au genou droit. Sarento trébucha et tomba, mais il se releva.

Soixante fusils crachèrent le feu, inondant l'homme de balles qui rebondissaient contre sa peau, s'écrasaient contre ses os et tombaient dans l'herbe. Très lentement, il avança en dépit de la barrière de coups de feu. De plus en plus près des hommes alignés devant la barrière de l'enclos.

Même à travers la faim terrible et dévorante qu'il éprouvait, Sarento commença à percevoir la douleur. Au début, il ne remarquait même pas que les balles le touchaient. Elles étaient comme des piqûres de moustiques, puis devinrent comme des grêlons, puis comme des doigts griffus s'enfonçant dans sa chair. Il se mit bientôt à gémir alors que les balles s'écrasaient contre sa chair de plus en plus meurtrie. Une balle s'enfonça dans son œil. Il recula avec un hurlement, du sang giclant sous sa paupière. Il leva la main pour se protéger les yeux et continua à avancer, poussé par la promesse de la nourriture toute proche.

L'odeur de la force vitale était si forte qu'il commença à saliver.

Ils ne pouvaient pas l'arrêter.

— Sarento !

Malgré le bruit de la fusillade, il entendit la voix qui l'appelait. Il tourna la tête et vit un vieil homme, soutenu par une femme noire, qui avançait lentement à sa gauche, loin de la ligne de tir. Surpris, il s'arrêta. Il connaissait cette femme : Amaziga Archer. Mais elle était morte depuis longtemps. Il cligna des yeux, son œil abîmé l'empêchant de voir clairement.

— Cessez le feu ! cria le vieil homme.

Le tonnerre de la fusillade s'arrêta. Sarento resta planté sur place et regarda l'homme avec intensité. Il projeta son esprit pour lire dans les pensées de l'homme, mais elles étaient bloquées.

— Sarento ! appela de nouveau l'homme.

— Parlez, dit la Pierre de Sang.

Il vit que le vieil homme était blessé. Sa faim était si intense qu'il dut s'imposer un violent effort pour ne pas drainer la force vitale des deux personnes qui approchaient de lui. Mais il était intrigué, et cela l'aida à se contrôler.

— Que voulez-vous ?

Le vieil homme s'affala à demi contre la femme. Amaziga soutint son poids, sans cesser de regarder la Pierre de Sang. Il goûta sa haine et éclata de rire.

— Je pourrais vous offrir l'immortalité, Amaziga, dit-il doucement. Pourquoi ne pas vous joindre à moi ?

— Vous êtes un meurtrier de masse, Sarento, et je n'ai que mépris pour vous.

— Un meurtrier ? Je n'ai tué personne, dit-il, sincèrement surpris. Ils sont tous vivants. Là-dedans, ajouta-t-il en se tapotant la poitrine. Chacun est là, chaque âme. Je connais leurs pensées, leurs rêves, leurs ambitions. Grâce à moi, ils ont la vie éternelle. Nous parlons ensemble tout le temps. Et ils sont heureux, Amaziga, car ils habitent à l'intérieur de leur dieu. C'est le Paradis.

— Vous mentez !

— Les dieux ne mentent pas, dit-il. Je vais vous montrer.

Il ferma les yeux et parla, mais la voix n'était pas celle de Sarento.

— Oh ! Grand Dieu ! murmura Amaziga.

— Éloigne-toi de lui, mère ! dit la voix de son fils, Gareth. Éloigne-toi de lui !

— Gareth ! hurla-t-elle.

— Il est le Diable ! cria la voix familière. Ne crois pas…

Sarento ouvrit les yeux, et sa propre voix grave retentit.

— Il n'a pas encore appris à apprécier sa chance, dit-il. Mais je pense que j'ai prouvé ce que je voulais. Ils ne sont pas morts. Ils ont simplement changé de demeure. Et maintenant, que voulez-vous ? Car j'ai faim.

Le vieil homme se redressa péniblement.

— Je suis ici pour exaucer… votre désir le plus cher, dit-il d'une voix faible.

— Mon désir est de me nourrir, dit Sarento, et cette conversation m'en empêche.

— Je peux ouvrir des portails temporels vers d'autres mondes, dit le vieil homme.

— Si c'est vrai, il me suffit de vous absorber, et je posséderai cette connaissance.

— C'est faux, dit le vieil homme d'une voix plus forte. Vous connaissiez les ordinateurs, Sarento, mais vous n'en avez jamais vu un comme celui-là. (Il tapota la boîte accrochée à sa ceinture.) C'est un portable. Et il est conscient de son existence. Grâce à cette machine, je peux contrôler les portails. Si je meurs, il a l'ordre de s'autodétruire. Vous voulez vous nourrir ? Regardez autour de vous. Combien y a-t-il de gens, ici ? (Sarento regarda vers la ferme, et vit une soixantaine d'hommes.) Pas assez, n'est-ce pas ? dit le vieil homme. Mais je peux vous emmener là où il y en a des millions.

— Pourquoi feriez-vous ça ?

— Pour sauver mes amis.

— Vous sacrifieriez un monde, pour ces quelques personnes ?

— Je vous emmènerai où vous le souhaiterez.

— Et je suis censé vous faire confiance ?

— Je suis Jon Shannow, et je ne mens jamais.

— Vous ne pouvez pas faire ça, Shannow ! cria Amaziga en essayant de s'emparer du portable.

Shannow lui flanqua une gifle magistrale qui l'expédia sur le sol. Sous l'effort, il tituba et porta la main à son flanc, où du sang suintait sous les bandages. Amaziga le regarda, de là où elle était tombée.

— Comment pouvez-vous faire ça, Shannow ? Quelle sorte d'homme êtes-vous ?

Sarento se projeta et effleura l'esprit d'Amaziga. Elle le sentit, et se recroquevilla.

— Bien, dit Sarento, vous dites toujours la vérité. Et vous m'emmènerez là où je vous le dirai ?

— Oui.

— Le XXe siècle, sur Terre ?

— À quel endroit, dans le XXe siècle ?

— Les États-Unis. Los Angeles serait très agréable.

— Je ne peux pas vous promettre d'arriver à l'intérieur d'une cité. Les points de pouvoir se trouvent généralement dans des zones moins peuplées.

— Peu importe, Jon Shannow. Bien entendu, vous viendrez avec moi.

— Comme vous voulez. Nous devons gagner le sommet de cette colline, dit Shannow.

Sarento tourna la tête vers l'endroit que Shannow indiquait, puis se tourna vers le groupe d'hommes, près de la barrière.

— Si vous en tuez même un seul, vous ne verrez jamais le XXe siècle, avertit Shannow.

— Combien de temps cela prendra-t-il ? J'ai faim !

— Dès que nous serons arrivés au sommet.

Il se tourna et avança lentement vers la colline. Sarento le rejoignit et le souleva. Puis il se mit à courir, parcourant sans peine la distance. Le vieil homme était léger, et Sarento sentit que sa vie le quittait lentement.

— Ne mourez pas, vieil homme, dit-il.

Arrivé en haut, il posa Shannow sur le sol.

— Et maintenant, tenez votre promesse !

Shannow mit le micro devant sa bouche.

— Allez-y ! murmura-t-il.

De la lumière violette les entoura… puis ils disparurent.

Amaziga se releva. Derrière elle, les hommes poussèrent des acclamations, mais Amaziga éprouvait seulement de la honte. Elle se détourna de la colline et retourna à la ferme. Comment avait-il pu faire ça ? Comment ?

Beth sortit à sa rencontre.

— Il a donc réussi.

— Si on peut appeler ça réussir…

— Nous sommes encore vivants, Amaziga. J'appelle ça réussir.

— Le prix en valait-il la peine ? Pourquoi l'ai-je aidé ? Il a condamné un monde.

Quand la Pierre de Sang était arrivée, Shannow avait appelé Amaziga.

— Je dois m'approcher de lui, avait-il dit. J'ai besoin de vous.

— Je ne crois pas que je sois capable de supporter votre poids. Il vaudrait mieux que Sam vous aide.

— Non. Il faut que ce soit vous.

Sam sortit. Il posa sa main sur l'épaule d'Amaziga et lui embrassa le front.

— Qu'ai-je fait, Sam ? demanda-t-elle.

— Ce que tu devais faire, affirma-t-il.

Ensemble, ils partirent vers les champs, main dans la main. Beth regarda un moment la colline. Zerah Wheeler et les enfants la rejoignirent.

— Je n'avais jamais rien vu de tel, dit Zerah. Il a disparu, comme ça !

— Comme ça, répéta Beth, tenant bon contre le gouffre qui s'était ouvert en elle.

Elle se souvint de Shannow tel qu'elle l'avait vu la première fois, plus de vingt ans auparavant : un homme dur et solitaire, contraint de chercher une cité qu'il savait ne pas pouvoir exister.

Je t'aimais, à ce moment, pensa-t-elle, *comme je n'ai jamais été capable de t'aimer ensuite.*

— Le méchant homme est parti ? demanda soudain Esther.

— Il est parti, dit Zerah.

— Il reviendra ?

— Je ne pense pas, petite.

— Que va-t-il nous arriver, à Oz et à moi ?

Zerah gloussa.

— Vous allez venir vivre avec la vieille Zerah. N'est-ce pas une terrible punition ? Vous devrez vous occuper de la maison, laver, nettoyer. J'imagine que vous préférerez filer loin d'une telle corvée !

— Je ne filerai jamais loin de vous, Zerah, promit Esther, le visage soudain sérieux. Jamais ! Jamais !

— Moi non plus, dit Oz. (Enlevant le petit pistolet de sa poche, il le tendit à Zerah.) Vous devriez le garder pour moi, maîtresse. Je ne veux pas tirer sur les gens.

Zerah sourit et prit l'arme.

— Allons nous chercher un petit déjeuner, les enfants, dit-elle.

Beth resta seule. Son fils était mort. Clem était mort. Shannow était parti.

À quoi ça rime, tout ça ? se demanda-t-elle.

Vers la gauche, elle vit Padlock Wheeler parler à un groupe de ses hommes. Nestor Garrity était avec eux. Isis était tout près, et Beth vit Meredith lui prendre la main et la porter à ses lèvres.

L'amour naissant…

Mon Dieu, à quoi rime tout ça ?

Tobe Harris la rejoignit.

— Désolé de vous ennuyer, maîtresse, dit-il. Mais le bébé devient grognon, et le lait qui restait a tourné. Sans parler du fait que ce petit garnement est en train d'empuantir la maison, si vous voyez ce que je veux dire.

— Vous n'avez jamais changé un bébé, Tobe ?

— Non. Vous voulez que j'apprenne ?

Elle rencontra son regard, et vit son sourire éblouissant.

— Je devrais peut-être vous l'apprendre, dit-elle.

— J'aimerais bien, Beth.

C'était la première fois qu'il l'appelait par son prénom, et Beth s'aperçut que cela lui avait fait plaisir. Elle se tourna vers la maison et vit Amaziga et Sam revenir de la colline. La femme s'approcha d'elle.

— Je me trompais, au sujet de Shannow, dit-elle doucement. Avant de me demander de l'aider à sortir de la maison, il a donné ça à Sam.

Elle sortit un morceau de papier déchiré de sa poche et le tendit à Beth. Un seul mot était écrit dessus : « Trinity ».

— Qu'est-ce que ça signifie ? demanda Beth.

Amaziga le lui expliqua.

Trinity

Nouveau-Mexique, 16 juillet, 5 h 20 du matin.

L'orage s'éloignait au-dessus des montagnes, et des éclairs zébraient le ciel au-dessus des pics lointains. La pluie avait cessé, mais le désert était humide et frais. Shannow tomba quand la lumière violette s'estompa. Sarento le rattrapa et le tira vers lui.

— Si vous m'avez joué un tour…, commença-t-il.

Puis il perçut l'odeur des âmes, si dense et si riche qu'elle faillit le submerger. Des millions d'entre elles. Des dizaines de millions. Sarento lâcha Shannow et tourna plusieurs fois sur lui-même. L'arôme mental était si entêtant que sa faim en fut presque apaisée.

— Où sommes-nous ? demanda-t-il au vieil homme.

Shannow s'assit sur un rocher et regarda le désert illuminé par les éclairs. À l'est, le ciel s'éclaircissait.

— Au Nouveau-Mexique, dit-il.

Sarento s'éloigna du blessé et grimpa sur une colline basse qui donnait sur le désert. Il regarda vers la gauche et aperçut une tour en métal ajouré qui ressemblait à un puits de pétrole, et, en dessous, une tente dont les volets ondulaient sous le vent.

Le XXe siècle ! Son rêve ! Ici, il pourrait se nourrir pendant une éternité. Il éclata de rire et se tourna vers Shannow. Le vieil homme le rejoignit en boitant et regarda la tour.

— Nous sommes très loin de la ville la plus proche, dit Sarento, mais j'ai tout le temps du monde pour la trouver. Quel effet cela fait-il, Shannow, d'avoir condamné une planète entière ?

— Maintenant, je suis devenu la mort, dit Shannow.

Le vieil homme se détourna et, d'un pas lent, redescendit la colline. Sarento sentit son désespoir, et cela accrut la joie qu'il éprouvait. Le ciel s'éclaircissait. L'aube approchait.

Il regarda de nouveau la tour métallique, qui mesurait environ trente-cinq mètres de haut. Quelque chose avait été placé en dessous mais, de là où il était, Sarento ne voyait pas de quoi il s'agissait.

Peu importe, se dit-il.

La plus grande concentration de gens se trouvait au nord.

C'est là que j'irai, décida-t-il.

Les paroles de Shannow lui revinrent à l'esprit, et quelque chose s'agita dans sa mémoire.

« Maintenant, je suis devenu la mort. »

C'était une citation d'un ancien livre. Il lutta pour retrouver le souvenir. Ah ! Oui… La *Bhagavad-Gita*. « Je suis devenu la mort, le destructeur des mondes. » Comme c'était approprié !

Il y avait autre chose, mais il n'arrivait pas à se souvenir quoi. Il s'assit pour attendre l'aube, exultant dans sa liberté nouvelle. En haut de la tour de métal se trouvait une boîte en acier galvanisé aussi grande qu'une cabane. Quand le soleil se leva, la boîte étincela, et de la lumière se refléta en bas de la tour. Sarento vit ce qui avait été placé en dessous.

Des matelas. Des dizaines de matelas. Il sourit et secoua la tête. Quelqu'un avait installé des matelas, empilés sur plus de six mètres de haut, sous la tour. C'était d'un ridicule !

La citation continua à le hanter.

Maintenant, je suis devenu la mort.

Soudain, le souvenir lui revint à l'esprit, avec autant de violence que les éclairs lointains. Et avec la connaissance arriva une panique terrifiante, et il sut, sans l'ombre d'un doute, où il se trouvait.

Le désert d'Alamogordo, au Nouveau-Mexique, à trois cent cinquante kilomètres au sud de Los Alamos. Une fois le souvenir réactivé, tous les faits se bousculèrent dans son esprit. Les matelas avaient été placés sous la bombe atomique pendant que des ouvriers la hissaient en place avec des cordes. Ils avaient craint de la lâcher et de déclencher une explosion prématurée.

Il pivota et chercha le vieil homme. Il n'était nulle part en vue.

Sarento se mit à courir. Les faits ne cessaient d'emplir son esprit.

« L'explosion de la bombe au plutonium dégagea une énergie équivalente à vingt mille tonnes de TNT. La détonation d'une bombe atomique libère d'énormes quantités de chaleur, qui produisent une température de plusieurs millions de degrés dans la bombe elle-même, ce qui crée une grande boule de feu. »

Sur les ailes de la peur, Sarento courut.

« Les courants de convection générés par l'explosion aspirent la poussière et d'autres matériaux dans la boule de feu, ce qui donne naissance au nuage caractéristique en forme de champignon. La détonation produit également une onde de choc qui se propage sur plusieurs kilomètres et détruit les bâtiments sur son passage. D'importantes quantités de neutrons et de rayons gamma sont émises, et des radiations létales inondent le site de l'explosion. »

Je ne peux pas mourir ! Je ne peux pas mourir !

Il était à cent soixante-deux mètres de la tour à 5 h 28 du matin, le 16 juillet 1945. Une seconde plus tard, la tour fut vaporisée. Sur des centaines de mètres autour du point zéro, qu'Oppenheimer avait baptisé « Trinity », le sable du désert fut transformé en verre. La boule d'air incandescent formée par l'explosion grimpa rapidement jusqu'à une hauteur de douze kilomètres.

À plusieurs kilomètres de là, J. Robert Oppenheimer regarda le champignon atomique se former. Autour de lui, les hommes commencèrent à lancer des acclamations.

— Maintenant, je suis devenu la mort, dit-il.

CPI
Aubin Imprimeur

IMPRIM'VERT
Votre imprimeur agit pour l'environnement

Achevé d'imprimer en décembre 2009
N° d'impression L 73458
Dépôt légal, décembre 2009
Imprimé en France
35294366-1